소설을 쓸 때
내가 생각하는 것들

소설을 쓸 때
내가 생각하는 것들

셰익스피어 앤드 컴퍼니
인터뷰집

The Shakespeare and
Company Book
of Interviews

애덤 바일스 엮음
정혜윤 옮김

이 책은 실로 꿰매어 제본하는 전통적인 사철 방식으로 만들어졌습니다.
사철 방식으로 제본된 책은 오랫동안 보관해도 손상되지 않습니다.

세상의 모든 독립 서점 운영자에게

차례

소개 글

1951년 나의 아버지 조지 휘트먼George Whitman이 처음 이 서점을 열었을 때는 1층의 일부가 열차처럼 좁고 길쭉하게 연결된 세 칸짜리 공간이 전부였다. 전기도 들어오지 않았고, 책장 한구석엔 아버지가 주무시는 침대가 놓여 있었다. 비록 공간은 넉넉하지 않았지만 그는 곧바로 무료 세미나, 예술가와 작가를 위한 워크숍, 토론 모임 등을 열기 시작했다. 아버지는 이것을 〈평생 교육을 추구하는 사람들을 위한 야간 학교〉라고 여겼다. 그에게는 — 세상 모든 서점 주인이 그러듯 — 책을 주문하고, 포장을 풀고, 호기심 가득한 독자들에게 팔거나 빌려줄 책을 고르고, 각종 행사를 여는 일이 전부 하나로 연결된 일이었다.

1950년대 중반에는 서점을 확장해 1층 전체를 사용하게 됐고, 서점은 아나이스 닌Anaïs Nin, 훌리오 코르타사르Julio Cortázar, 리처드 라이트Richard Wright 같은 파리 거주 작가가 모이는 공간이 되었다. 아버지는 작가들을 설득해, 사람들을 불러 모아 낭독회나 사인회를 열었다. 그가 1956년 겨울에 딱 한 번 공격적으로 발간한 소식지 『파리 북 뉴스 *Paris Book News*』를 보면, 제임스 볼드윈James Baldwin의 사인회, 크리스마스 캐럴 공연, 현대 프랑스 시에 관한 대담, 엄선된 특별 강좌(시인이자 통계학자 찰스 해처Charles Hatcher의 「인공두뇌학과 예술」을 비롯한), 민요 메들리, 라이트 작가 환영회 등을 알리는 안내문이 실려 있다.

셰익스피어 앤드 컴퍼니는 또한, 일손을 보태는 대가로 하룻밤 묵어갈 수 있는 곳으로도 유명했다. 아버지는 이 손님들을 〈회전초〉[1]라고 불렀다. 작가들이 수십 년 동안 꾸준히 이 서점에 들락거렸다는 것은 서점이 문을 닫은 밤에도 책에 관한 토론이 계속되었다는 말이었다.

1958년 4월엔 비트 문학 작가들이 모두 파리에 와 있었고, 앨런 긴즈버그Allen Ginsberg가 그레고리 코르소Gregory Corso 등의 시인들과 함께 서점에서 「울부짖음Howl」을 낭독했다. 코르소는 실내를 꽉 채우고도 모자라 테라스까지 점

---

1 주로 온대 초원 지대 또는 사막 기후 지역에서 보이는, 뿌리에서 분리되어 바람에 굴러다니는 여러 식물군 뭉치. 이하 〈원주〉라고 표기하지 않은 모든 주는 옮긴이의 주이다.

령한 사람들 앞에서 입고 있던 옷을 홀랑 벗어 던졌다. 그에게 무대를 빼앗기고 싶지 않았던 긴즈버그도 이 알몸 퍼포먼스에 동참했다. 또 윌리엄 버로스William Burroughs는 당시 집필 중이던, 훗날 『벌거벗은 점심Naked Lunch』이라는 제목으로 출간될 책의 한 부분을 여기서 처음으로, 그러나 옷은 모두 갖춰 입은 채로 즉흥 낭독했다. 나중에 아버지는 〈당시엔 그걸 보고 웃어야 할지 역겨워해야 할지 아무도 알지 못했다〉고 회고했다.

프랑스 정부의 〈비트족 척결 정책〉[2]으로 1966~1968년에 서점이 잠깐 문을 닫았을 때도 낭독과 강좌, 토론은 그가 명명한 파리 자유 대학이라는 이름으로 계속되었다.

1980년대 초까지 서점의 규모와 명성은 꾸준히 성장했고, 그 흐름은 언제까지나 계속될 것만 같았다. 그런 분위기는 테드 조앤스Ted Joans와 같은 훌륭한 작가들 덕분인데, 비트 시인이자 나의 첫 친구 중 하나인 그는 날마다 정오 무렵에 와서 『인터내셔널 헤럴드 트리뷴International Herald Tribune』을 읽고, 서점 앞에 서서 자신의 시를 낭송하며 행인들의 발길을 멈추게 했다. 파리 중심부의 수백 년 된 건물, 한때 도서관이자 공연장이자 상점이었던 곳에서 태어

2 드골 정부와 프랑스의 보수층은 젊은이들 사이에서 1960년대에 확산된 자유분방한 비트족 문화를 사회 질서를 해치는 위험 요소로 간주하고, 각종 규제를 통한 억압 정책을 폈다. 이 문화는 결국 자연스레 쇠퇴했지만, 이후 1968년 5월 학생 운동의 사상적 토대가 되었다고 평가받는다.

나 자란 나는 얼마나 운이 좋은 사람인지! 비록 그 상점이 파는 〈제품〉은 본래 의미의 제조품이 아니라 우리 인생을 바꿔 놓는 개체, 온 세상을 담고 있으면서도 마법처럼 호주머니에 쏙 들어가는 그릇이었지만 말이다.

나는 루이스 버즈비Lewis Buzbee가 『노란 불빛의 서점 The Yellow-Lighted Bookshop』에서 독립 서점을 두고 절묘하게 표현한, 〈홀로 또 같이의 멋진 조합〉 속에서 평생을 살아왔다. 한동안 잠시 떠났다가 20대 때 다시 돌아간 서점은 〈문학의 월요일〉이라는 형식으로 행사를 진행하고 있었다. 문학의 월요일은 중구난방식으로 진행되긴 해도 무척 매력적인 주간 모임이었다. 월요일마다 전면 창에 포스터를 내걸었는데 그 주의 초대 손님 이름만 달랑 적어 놓을 때도 많았고, 영수증 뒷면에 휘갈겨 놓을 때도, 작가가 직접 적어 놓을 때도 있었다. 〈이벤트! 오늘 저녁 7시! 누구나 환영!〉이라고 말이다.

그즈음 나는 친구들과 함께 근처 공원에서 문학 축제를 열기로 했다. 서점 이름으로 주최하되 아버지의 관여는 사양할 셈이었다. 프로그램 초안을 아버지에게 보여 주니 그는 대뜸 우렁찬 목소리로 특유의 실용적인 문제 제기부터 했다. 〈근데 이 작가들이 먹을 음식은 전부 누가 만들 거냐?〉 아버지의 이런 엉뚱한 반응은 사실, 그가 너무도 잘 알고 있었던 것, 내가 나의 파트너 데이비드 델라닛과 함께 지금도 지키려 애쓰는 것 때문이었다. 만약 우리가 문학 행사를 주최한다면, 작가와 독자 모두 똑같이 우리의 손님이라는 사실 말이다.

작가들에게 잠시 머물 곳을 제공하는 것은 우리의 유서 깊은 전통이자 정체성의 핵심이었다. 그것에는 책장들 사이에 끼여 자는 젊은 〈회전초들〉만이 아니라 우리가 마련한 작가 아파트에 머물러 오는 기성 작가들까지 모두 포함된다. 이들 손님이 아래층을 돌아다니며 자기 작품을 읽어 주고 사람들이 그 글귀가 든 책을 품고 집으로 돌아가는 일은 예술 작품을 발견하는 더없이 자연스러운 방법이라고 생각한다. 방문 작가들이 턱없이 줄고 각종 문학 행사도 갈수록 드물어진 요즘, 데이비드와 나는 작가들이 우리 서점에 나타나는 놀라운 일에 대해 더욱 깊이 감사하게 되었다.

그렇다고 지나친 낭만화는 금물이다. 모든 행사가 다 그렇게 유유자적한 분위기로 진행되진 않으므로. 작가가 느닷없이 책장에서 떨어진 책에 하마터면 머리를 찧을 뻔해 혼비백산한 일도, 청중들 중 누구도 질문을 하지 않아 어색한 침묵이 흐른 순간들도 있었다. 작가는 창조적 정신에 이끌려 마치 〈시간이 멈춘 듯〉 끝도 없이 낭독을 이어 가지만, 엉덩이가 점점 아려 오는 청중은 그 순간을 영원처럼 느끼기 시작하는 때도 있다. 그런 순간이면 아버지는 대뜸 초를 집어 들고 자신의 머리카락을 태워 그 순간을 모면하곤 했다. 청중들의 화들짝 놀라는 소리에 낭독은 바로 중단됐으니까. (아버지가 늘 이런 방식으로 자기 머리카락을 다듬는다는 걸 알았다면 그들이 그렇게까지 놀라진 않았을 텐데 말이다.)

행사를 특별하게 만드는 요소는 무엇일까? 테드 조앤스의 즉석 시 낭독과 짜릿한 재즈 공연, 스무 개의 특별한 대화를 하나로 묶는 어떤 별난 요소가 있을까?

1960년대에는 흔히 〈행사〉란 말 대신 〈해프닝〉이라는 말을 썼다. 말 그대로 작가에게, 청중에게, 그 방 자체에 무언가가 〈일어나는〉 순간이었으니까. 더 구체적으로 말하자면 그것은 하나의 전하, 혹은 전기와도 같은 것이자 한 무리의 사람들이 가진 회합이었다. 그들이 서로 교감하고, 그 교감에서 어떤 새로운 것을 만들어 내는 일이었다. 이에 대해선 케이트 템페스트Kate Tempest가 『연결에 관하여On Connection』에서 너무도 완벽하게 표현한 적이 있다. 〈이야기가 힘을 얻기 위해서는 (……) 사람들이 거기에 참여해야 한다. 이야기는 읽는 이가, 노래는 듣는 이가 있을 때여야만 완전한 생명력을 갖는다 (……) 연결은 협업이다. 글이 의미가 있으려면 그걸 읽는 이가 있어야 한다.〉

나는 이 책에 포함된 각 인터뷰를 모두 하나의 〈해프닝〉이라고 생각한다. 이 인터뷰들은 우리 서점에서 나눈 가장 통찰력 있는 대화들을 골라 놓은 것으로, 그 대화를 이끈 사람은 지난 7년간 이 행사를 기획하고 발전시켜 온 애덤 바일스였다. 세계에서 가장 흥미로운 지성들과 그토록 친밀하고 심오한 대화를 나눌 수 있는 그의 능력에 나는 감탄하지 않을 수 없었다. 분명 그 자신이 작가로서, 책을 쓰는 과정과 그 고뇌에 대해 깊은 존경과 세심한 이해를 보여 주는 점 또한 한 이유일 것이다. 〈해프닝〉은 뭐니 뭐니 해도 그 본질이라 할 수 있는 일회성 덕택에 더 특별한 게 사실이지만(〈진짜 너도 거기 왔어야 했는데!〉) 지금까지 서점에서 개최된 다른 행사와는 달리, 이렇게 인터뷰 내용을 기록해 그 마법의 일부를 여러분과 함께 나눌 수 있게 되어 얼마나 다행인지 모르겠다.

이제 다시 행사가 더 정기적으로 열리게 되니 그간 우리가 얼마나 그걸 그리워했는지, 그게 얼마나 특별한 일인지 깨닫게 될 것이다. 여러분은 이 책을 소유하는 일만으로도 그런 이벤트가 계속 이어지도록 돕는 셈이다. 모든 판매 수익금은 기존에 진행해 온 각종 비상업적 활동을 계속 이어 가기 위해 2020년에 발족한 비영리 단체 〈프렌즈 오브 셰익스피어 앤드 컴퍼니〉로 들어간다. 그 활동은 누구나 참여할 수 있는 무료 행사만이 아니라 2층의 작가 숙소 및 독서실도 포함된다. 작가들이 들어서자마자 마치 책으로 둘러싸인 센강 가의 아파트를 물려받은 기분이 들고, 그걸 다른 작가들과 공유할 수 있기에 더 뿌듯한 마음이 들면 좋겠다고 아버지가 말씀하신 공간이다. 나는 서점뿐만이 아니라 도서관, 공원처럼 누구나 자유로이 드나들 수 있는 공유 공간을 지켜 나가는 일이 얼마나 중요한지 믿어 의심치 않는다.

이 대화들을 다시 읽으면서, 그리고 그간의 행사를 통해 셰익스피어 앤드 컴퍼니의 역사를 떠올리면서 이토록 급변하는 세상에서 앞으로의 행사는 어떤 모습이 될지, 혹은 되어야 할지 고민할 점도, 대답해야 할 질문들도 참 많다는 것을 알게 됐다. 바라건대 나만의 고민이 아닐 그 일에 영감을 주는 말이 있기에 이 책의 독자들과도 공유하려 한다. 출판인이자 시인인 존 프리먼John Freeman이 자신이 맡아 진행해 온 한 행사에서 한 말로, 우리 서점뿐만이 아니라 세상 모든 독립 서점에 대해 느끼는 바와, 이 서점들이 항상 사람들을 한데 불러 모으는 중요한 역할을 하게 되길 바라는 마음을 아름답게 담아내고 있다.

이곳은 아름다운 공간입니다. 아무 말도 하지 않고 있으면 무슨 소리가 들리지요. 사람들이 한 공간에 모여 있을 때 일어나는 어떤 진동이 느껴집니다. 얼마간 집단적이고 자유롭고 개방적인 공간에 들어서면 항상 이런 경험을 하게 되지요. 그래서 우리가 이곳에 이끌리는 것입니다. 온라인 화면을 들여다보며 함께 일하는 공간 대신 이곳에 오는 것입니다. 우리에겐 이런 유대감이 필요합니다.

셰익스피어 앤드 컴퍼니 서점 대표
실비아 휘트먼

서문

지금까지 얼마나 많은 작가를 인터뷰했는지 일일이 세어 보진 못했지만, 확실히 수백 명은 될 것이다. 그 대화들은 대부분 셰익스피어 앤드 컴퍼니 서점의 소설 진열대에 놓인 르네상스 시대 소원 우물 근처나 아늑한 2층 독서실, 또는 노트르담 대성당이 내려다보며 한 번씩 그 종소리로 우리를 감싸는 돌바닥 테라스에서 이루어졌다. 이 매력적인 공간이 작가와 청중, 인터뷰 진행자 모두에게 얼마나 깊은 영향을 주었는지는 아무리 강조해도 역부족으로만 느껴진다.

이 책에 수록할 인터뷰를 고르는 일은 결코 쉬운 일이 아니었다. 아마 완전히 다른 행사 스무 개를 골랐어도 똑같이 흥미로운 컬렉션이 됐을 것이다. 그 대부분은 서점이 부리는 마법과 작가와 인터뷰 진행자 사이의 교감, 청중의 기대가 신비한 연금술을 부리는 순간들을 확인해 주었다. 또한 작가들은 하나같이 안전한 일화와 편안하게 미리 준비된 답변을 거부하고, 더 위태롭고 흥미진진하며 새로운 생각을 전하려 했다. 그런 밤이면 방 안에 억누를 길 없는 어떤 힘이 솟아오르는 듯했고, 운이 좋으면 마치 우리가 로켓의 〈중력 탈출 속도〉라 부르는 지점까지 도달한 느낌이 들었다. 격식을 차린 인터뷰가 그 이상의 무언가가 되는, 아마 서점을 떠난 뒤에도 모두의 삶에 오랫동안 울려 퍼지게 될 의미심장한 대화가 이루어지는 짜릿한 순간이었다.

이 대화들과 여기 포함되지 않은 수십 개의 다른 대화들을 다시 읽으면서, 같은 주제가 이토록 반복되어 등장한다는 사실이 놀라웠다. 지난 10여 년 동안 사람들의 관심이 부쩍 높아진 주제들이 있다. 이를테면 표현의 문제나 특정 이야기를 할 권리가 누구에게 있는지, 소설이라는 형식의 적절성, 영어권에서의 〈자전 소설〉의 등장에 관한 질문이다. 좀 더 시대를 초월한 질문들도 있다. 이야기를 전달하는 법, 인물의 마음속으로 들어가는 법, 창작의 벽을 극복하는 법 등에 관한 것이다. 이렇게 모아 둔 인터뷰를 보면서 느낀 큰 즐거움은, 몇 달이란 시차를 두고 작가들이 서로에게 직접 말하는 것만 같은 우연한 순간들을 만나는 일이었다. 이를테면 아니 에르노Annie Ernaux와 카를로 로벨리Carlo Rovelli는 시간의 본질과 경험에 관해 이야기하고, 제스민 워드Jesmyn

Ward와 하리 쿤즈루Hari Kunzru와 조지 손더스George Saunders는 소설 속 영혼의 역할에 대해 고민하며, 레이철 커스크Rachel Cusk, 미나 칸다사미Meena Kandasamy, 클레어루이즈 베넷Claire-Louise Bennett은 글로 삶의 지도를 그리려는 시도의 어려움과 위험을 이야기하고 있었다. 이런 목록은 얼마든지 더 만들 수 있다.

개인적으로는, 작가로서 독자로서 그리고 좌충우돌하며 살아가는 한 인간으로서의 고민이 이 대화들에 얼마나 많이 녹아들어 가 있는지를 발견하곤, 정말 재밌다고 느끼면서도 조금 울컥하는 기분이 들었다. (그 고민이 뭔지를 알아내는 일은 탐구심 많은 독자의 몫으로 남겨 두겠다만.) 하지만 무엇보다 여기 모아 둔 대화들을 보면서, 이토록 아름다운 서점에서 이토록 뛰어난 사상가들과 내가 이야기를 나눌 기회를 누렸다는 것이 실로 엄청난 특권이었음을 느낀다. 그리고 부디 앞으로도 오래오래 이런 기회를 누릴 수 있기를 바라는 마음이다.

셰익스피어 앤드 컴퍼니 서점 문학 디렉터
애덤 바일스

퍼시벌 에버렛
『나는 시드니 포이티어가 아니다』

2012년 11월 12일 월요일

Percival Everett

I'm Not Sidney Poitier

애덤 바일스 퍼시벌 에버렛의 열일곱 번째 작품 『나는 시드니 포이티어가 아니다』는 제목과 동명인 인물의 파란만장한 삶을 좇으면서, 미국 사회가 엄청나게 부유한 흑인 남자를 만났을 때 경험하는 인지 부조화를 탐구합니다. 우선 주인공 이름이 〈시드니 포이티어〉가 아니라 〈시드니 포이티어가 아니다〉라는 점부터 분명히 하고 넘어가야겠습니다. 그러니까 〈아니다Not〉가 그의 이름이지, 여러분이 응당 짐작했을 형용사가 아니라는 거지요. 그럼, 이제 오해가 풀렸기를 바랍니다. 이 작품은 가장 심각한 주제를 다루는 최선의, 어쩌면 유일한 방법은 유머라는 걸 이해하는 작가가 쓴 격렬한 피카레스크 소설입니다. 퍼시벌 에버렛 작가님, 셰익스피어 앤드 컴퍼니에 오신 걸 환영합니다.

이 자리에서 첫 번째로 나누고 싶은 이야기는 당신의 작품에 『나는 시드니 포이티어가 아니다』만이 아니라 『삭제 *Erasure*』 같은 소설에도 마찬가지로 등장하는 정체성에 관한 생각입니다. 두 작품 모두 전성기가 지난 소설가가 가명으로 소설을 발표한 후 재기에 성공하는 이야기가 나오는데요. 등장인물이 자신이거나 사실 자신이 아닌 누군가라는 생각에 흥미를 느끼는 이유는 무엇인가요?

퍼시벌 에버렛 사실 저는 정체성 자체보단 〈나의 정체성〉이란 개념에 관심이 있는 것 같습니다. 하지만 이렇게 말하는 순간, 실은 모든 예술 작품이 어떤 종류의 정체성에 관한 것이라는 사실이 떠오르네요. 그래서 저는 항상 정체성에 관심을 두는 사람이라고 자주 여겨지지만 제 작품만 유독 그런 건지는 잘 모르겠습니다. 그건 그냥 모든 작품의 필수 요소 같은 겁니다. 그렇긴 해도, 제가 글을 쓰는 이유 중 하나가 사물의 아름다운 산술을 사랑하고 항상 그것에 매료되기 때문입니다. 정체성의 속성에 말이죠. 이를테면 〈A=A〉라는 등식은 어쩐지 틀린 것 같다는 거죠. 하나는 등식의 왼쪽에 있고 다른 하나는 오른쪽에 있으니까요.

바일스 또한 그 등식은 정체성보단 거울상에 가깝기도 하죠.

에버렛 맞아요. 아시다시피, 우리가 거울을 볼 때 우리 모습을 그대로 보는 게 아니잖아요. 좌우가 바뀐 거울상을 보는 거죠. 사진이 가장 근접한 이미지를 보여 주는 것 같지만, 그것조차 우리가 보는 건 그저 한 장의 사진이죠. 사진에 뭐가 들어 있는지는 잘 모르겠습니다. 예전엔 은이나 뭐 그런 금속으로 되어 있었는데 지금 우리가 보는 건 픽셀이죠.

바일스 상(像)과 형상화에 관해 이야기를 좀 해보자면, 당신의 작품에 퍼시벌 에버렛이란 인물이 두어 차례 등장하는데요. 소설 도입부에서 당신은 그 인물을 이 책의 작가와 혼동하면 안 된다고 말합니다. 하지만 그 인물에 당신의 이름을 붙여서 독자들이 바로 그렇게 혼동할 수밖에 없도록 만들죠. 퍼시벌 에버렛이라는 인물은 작가 퍼시벌 에버렛에게 어떤 역할을 하나요?

에버렛 저는 그 소설 한 편에만 등장했던 것 같은데, 얼마나 다행인지……. 정말 다양한 사람들을 불러 세워 신나게 놀다가 어느 날 〈이번엔 나를 한번 놀려 봐야겠다〉라고 생각했죠. 알고 보니 저는 정말 놀리기 쉬운 사람이었습니다. 약간 슬픈 일이긴 했지만요. 그 부분은 사실 논픽션과 다를 바 없어요. 우리가 무언가가 〈아닌 것〉으로 정의되는 명칭을 가져야 한다는 게 저는 늘 기이하게 느껴졌습니다. 하지만 미국 문화에서도 그런 일이 일어나죠. 미국에는 〈비백인〉이라는 말이 있습니다. 그래서 저는 어렸을 때 〈백인들은 내가 아침에 일어나 거울을 보면서 《그래, 난 백인이 아니야》라고 말할 줄 아나 보다〉 하고 생각했죠. 그래서 그 부분을 좀 건드려 본 겁니다.

바일스 이 책에서 당신은 퍼시벌 에버렛이란 인물의 등장을 굉장히 즐기는 게 분명한 것 같은데요. 독자 입장에선 그 인물이 일종의 성스러운 바보인지 아니면 그냥 바보인지 계속 헷갈립니다만······.

에버렛 그냥 바보예요.

바일스 그렇군요. 이제 그 의문은 풀렸네요······. 근데 작가님과 마찬가지로 그 인물도 대학에서 가르치는 사람이지요. 당신은 대학 교육의 가치 자체를 깎아내리는 것은 아니지만 명백히 그걸 풍자하며, 심지어 교육 기관이나 문학 이론, 이론가들을 조롱하기까지 합니다. 이런 것들을 풍자 대상으로 삼은 이유는 무엇일까요?

에버렛 음, 위험이 적기 때문입니다. 저는 소설 창작과 문학 이론을 가르치는데, 대학원생들에게 철학자를 조롱하는 법을 꼭 알려 줍니다. 제가 그렇게 하는 이유는 두 가지입니다. 첫째, 어떤 대상을 잘 모르면 제대로 조롱할 수 없기 때문입니다. 둘째는, 어떤 걸 조롱하다 보면 종종 그 대상의 진가를 제대로 알아보게 되는 경우가 많기 때문입니다. 그래서 비록 저 자신을 등장시켜 교실과 대학을 조롱하지만, 한편으로 제가 그런 것들을 매우 진지하게 여긴다는 뜻이기도 한 거지요.

바일스 실제로 당신의 작품에는 철학자들이 많이 언급됩니다. 「버질 러셀이 쓴 퍼시벌 에버렛」을 발췌독하는 대목에서 버트런드 러셀과 비트겐슈타인을 언급했고, 다른 책에서는 쇼펜하우어를 언급한 적도 있죠. 혹시 특별히 관심을 둔 철학 분파가 있을까요?

에버렛 아뇨. 저는 어떤 철학자든 다 공평하게 대합니다.

바일스 관심의 대상으로서 말인가요, 아니면 조롱의 대상으로서 말인가요?

에버렛 아, 둘 다라고 할 수 있죠.

바일스 그럼, 이번엔 공평한 유머라는 주제로 말해 볼까요. 제가 읽은 당신의 책에선 무엇보다 유머가 상당히 두드러집니다. 『시드니 포이티어』의 경우가 압도적이고, 다른 작품들은 좀 덜 그렇긴 해도 항상 유머가 들어가 있죠. 책을 구상하실 때 이미 코믹한 이야기가 될 거라는 느낌이 오는지, 아니면 이야기가 먼저 떠오르고 유머는 그 뒤에 더해지는 건지요?

에버렛 저는 그냥 텅 빈 화면 앞에 앉습니다. 그 안에 단어가 채워지는 건 그 자체가 마법과도 같은 일이죠. 어떻게 그런 일이 일어나는지는 저도 잘 모르겠습니다. 그러니까 소설이 어디서 오냐는 거죠? 저도 몰랐어요. 20년 동안 시드니 포이티어에 대해 생각해 본 적조차 없었으니까요. 그러다 어느 날 그가 절 부르더니 제가 자기한테 50달러를 빚졌다는 거예요. 처음엔 책의 형태가 보입니다. 그 안의 논리가 보여요. 그러면 저는 저를 성가시게 하는 세상일들을 떠올리고, 그걸 어떤 식으로든 표현하죠. 스스로 수긍이 가도록요. 그리고 그 위에 얹을 수 있는 이야기를 찾습니다. 그러다 그 이야기가 너무 지루해지면 흥미를 느낄 만한 다른 무언가를 해야 해요. 하지만 이 소설 『나는 시드니 포이티어가 아니다』는 어떻게 시작됐는지 모르겠네요…….

아, 참. 방금 생각났어요. 미국에 끔찍한 텔레비전 프로그램이 하나 있었는데, 아직 하고 있는지도 잘 모르겠네요. 「머레이」인지 뭔지 하는 쇼였는데. 진짜 가엾은 사람들을 데려다가 무대에 올려놓으면 자기들끼리 막 싸우다가 친자 확인을 하기 시작해요. 어느 날 제가 책상에 앉아 있는데 텔레비전에서 이 토크 쇼의 예고편이 흘러나오는 겁니다. 시작이 이랬어요. 〈나는 그 아이 아버지가 아니야, 아니야, 아니야, 아니야, 아니야, 아니야, 아니야, 아니야, 아니야, 아니야, 아니야.〉 그때 그 무수한 〈아니야〉를 듣고 나서, 그것이 『나는 시드니 포이티어가 아니다』의 시작이 됐습니다. 그게 제 마음속에 들어온 거지요. 아직도 그 쇼는 안 봤지만.

바일스 우화 같은 느낌도 있지만 동시에, 끝에 가더라도 어떤 교훈이나 도덕적 가르침이 부여되는 느낌은 없는 것 같습니다. 몇몇 작품에선 그리스 신화를 새로 쓰기도 하셨지요. 이런 형식의 어떤 점에 흥미를 느끼는 걸까요?

에버렛 글쎄요, 어떤 도덕적 교훈이 있을 수도 있겠지만 저는 작가입니다. 만약 저한테 어떤 도덕적 진실을 기대한다면 번지수를 잘못 찾은 거예요. 저는 평생 이야기와 소설을 쓰면서 살기로 한 사람이고, 그것만으로도 제가 도덕성이 모자란 사람이라는 증거가 되기에 충분하죠. 그러니까 여러분은 제가 하는 말은 아무것도 믿어선 안 됩니다.

　어떤 예술가든 자기가 뭔가에 대한 해답을 안다고 생각하기 시작하는 순간 작품은 수난에 빠지게 되는 것 같습니다. 저는 그냥 좋은 질문을 품고 있는 사람이라고 생각합니다. 저도 나름의 정치적, 도덕적 신념이 있다는 걸 알고 있지요. 사실 제가 어떻게 해도 그것들이 작품에 스며들어 가는 것을 막을 수는 없어요. 하지만 제가 가장 하지 말아야 할 것이 바로, 제가 누구에게 어떤 메시지를 줄 수 있다고 생각하는 일입니다.

바일스 그리스 신화는 딱히 도덕을 전하는 이야기는 아닌 것 같아요. 사실 현대인의 시각에서 봤을 땐 도덕적으로 상당히 모호해 보이기도 하죠.

에버렛 신화가 실제로 어떻게 활용됐는지는 저도 모르겠습니다. 신화에 관한 책을 꽤 읽어 봤지만, 초창기 신화의 아름다움 중 하나는 신들이 인간적인 약점을 보여 준다는 점이라고 확신합니다. 신들에 관한 이야기는 우리 자신에 관해 말해 줍니다. 무척 영리한 이야기들이죠.

바일스 바로 그 점이 성찰이란 개념을 다시 생각하게 만드는 것 같습니다. 독자들이 그 이야기들에 자신을 비춰 보길 바라는 건지요?

에버렛 잘 모르겠습니다. 고속 도로를 운전할 때면 저는 보통 다른 운전자들이 그냥 자기 차선만 잘 지켜 줬으면 좋겠다고 생각하지요. 제가 정말 염려하는 건 그것뿐이에요. 하지만 제가 메데이아에 관한 소설을 쓴 이유는 그 이야기가 마음에 들지 않기 때문입니다. 어렸을 때도 뭔가 이상하다 싶었어요. 그러다 커서 작가가 되고 나서 그게 다시 떠올랐죠. 메데이아가 자기 아이들을 죽인 이야기가요. 그 이유가 뭘까요? 미쳤기 때문이죠. 하지만 그것만으로는 충분히 설명이 안 됩니다. 그래서 메데이아에게 다시 기회를 주기 위해 소설을 쓰게 된 겁니다.

바일스 신들과 신화라는 주제와 관련해 이야기하자면, 작가님이『제퍼슨 성경』[3]의 한 판본에 서문을 쓰셨지요. 저도 하나 구하려고 여기저기 알아봤지만 결국 손에 넣지 못했어요. 광고에서 당신이『제퍼슨 성경』에 관한 무신론적 관점을 제시했다고 선전하는 걸 보고 당장 읽고 싶어지더군요. 서문에 뭐라고 쓰셨는지 조금만 이야기해 주실 수 있을까요?

에버렛 거참. 그게 기억이 나면 얼마나 좋겠어요! 제퍼슨과 제가 나눈 짧은 대화가 들어가 있다는 것만 기억납니다. 저희 할아버지는 무신론자였고 아버지는 불가지론자였지요. 저는 자칭 무관심주의자고요. 저는 그냥 저 위에 누가 있든 말든 별 관심이 없습니다.

바일스 그런데도 그런 제안을 받아들였다는 게 재밌네요.

3 토머스 제퍼슨이 쓴 두 종교 작품 중 하나. 첫 번째 작품인『나자렛 예수의 철학』은 오늘날 사본이 남아 있지 않고, 두 번째 작품『나자렛 예수의 삶과 도덕』을 가리킨다. 신약 성서에서 기적이나 초자연적인 부분을 모두 제외하고 예수의 교리만을 추출해 완성했다.

에버렛 독립 선언서를 쓴 사람이 노예 소유주였다는 건 명백히 문제가 있죠. 제가 거기에 관심을 가진 것도 그 때문이고요. 그래도 제퍼슨은 아주 똑똑한 사람이었습니다. 불가지론자이기도 했고요. 제퍼슨은 기존 성경에서 자기가 남기고 싶은 부분만을 떼어 내 성경을 새로 만들었는데, 저는 그 점이 흥미로웠어요. 마치 어떤 클럽에 가입한 다음 기존의 모든 규칙을 폐기하고 자신만의 규칙을 만드는 거나 다름없는 일이었죠. 예수의 가르침이 좋은 가르침이라고 믿지만 그가 신의 아들이란 점은 받아들이지 않는 불가지론자들이 바로 그런 사람들입니다. 사실, 제퍼슨이 요즘 시대에 살았다면 신은 없다고 주장했을 거라고까지 말하는 사람도 아마 있을 겁니다. 제퍼슨은 그냥 이 예수라는 사람의 가르침을 수용한 거지요. 제가 제퍼슨이라는 인물에게 끌리는 건 그 때문이에요.

바일스 제가 갖고 있는 『삭제』 판본 뒷면에 『런던 리뷰 오브 북스*London Review of Books*』가 당신을 〈미국의 대표적인 포스트 인종주의 소설가〉라고 소개한 문구가 들어가 있습니다. 무슨 뜻으로 쓴 말일까요?

에버렛 저도 잘 모르겠습니다. 〈포스트 인종주의〉라는 말은 그 개념 자체를 바로 무효화하는 느낌이 들어요. 그런데 그런 의미라면 〈포스트 인종주의〉라는 말을 절대 쓸 리가 없겠지요. 그래서 그게 무슨 뜻인지 잘 모르겠어요.

바일스 작가를 특징적인 문체나 배경으로 분류하려는 시도가 종종 있는 것 같습니다. 작가님을 소개할 때 〈실험적〉이라는 단어가 사용되는 모습을 자주 보게 되는데요. 작가님이 관심을 둔 소설의 메커니즘, 혹은 형식에 대해 조금 이야기해 주실 수 있을까요? 또, 실험적이라는 수식어를 받아들이시는 건지도 궁금하군요.

에버렛 저는 실험 소설이란 건 존재하지 않는다고 강연 때마다 말해 왔습니다. 소설을 쓰려고 하면 일단 처음에는 자신이 무엇을 해야 할지 모르는 상태이기 때문에 매번 그 과정과 형식을 재창조할 수밖에 없다는 게 저의 주장입니다. 그렇게 본다면, 아주 엄격한 장르 소설을 제외한 모든 소설이 실험적이라고 할 수 있죠. 그런데 제가 『수치 요법*The Water Cure*』이란 정말 이상한 소설을 쓰고 나서는 그만 입을 다물어야겠다 싶더군요. 하지만 지금 다시 생각해 보면, 실은 그것도 다른 소설과 다를 바가 없다 싶어요. 그래도 그 이야기는 좀 달라 보인다고요? 그게 무슨 대수라고요! 저는 추상화를 좋아하는데 전엔 추상이라는 말을 애써 피했습니다. 추상은 꼭 실체가 없다는 말처럼 들렸기 때문에 비구상적non-representational이라고 표현하곤 했죠. 하지만 이젠 추상이라는 말을 믿습니다. 제가 쓰고 싶은 건 추상 소설이에요. 문제는 제가 사용하는 매체가 본질적으로 구상적이라는 점입니다. 구상적인 재료로 추상적인 것을 만들어 내기란 보통 어려운 일이 아니지요.

그게 과연 성공할 수 있을지 없을지도 모르고, 어쩌면 절대 성공하지 못할지도 모르지만, 어쨌든 저는 그걸 위해 계속 쓰게 됩니다. 요즘엔 과연 제가 정말 추상 소설을 쓸 수 있을까 하는 의문이 듭니다. 저는 난센스에 관해 자주 이야기합니다. 저는 난센스가 정말 좋아요. 특히 루이스 캐럴 같은 빅토리아 시대 난센스요. 정말 대단한 것들이죠. 그래서 제 소설에도 난센스를 잔뜩 집어넣습니다. 제 소설 자체가 난센스라고 하는 사람도 있을지 모르지만요. 난센스가 재밌는 점은 말이 되는 이야기를 할 때보다 패턴을 더 단단히, 더 엄격히 고수해야 한다는 점입니다. 말이 안 되는 말을 말이 된다고 생각하도록 속이는 게 목표니까요. 그렇게 만드는 게 바로 리듬, 구조 같은 것들입니다. 그러니까 제가 하고 싶은 것은, 실제로 말이 되는 난센스를 쓰는 것입니다. 제게 행운을 빌어 주세요.

바일스 당신의 책을 읽다 보면 『트리스트럼 샌디*Tristram Shandy*』[4]나 『돈키호테』 같은 책의 영향이 느껴지는데, 혹시 실제로 그런가요?

4 영국의 소설가 로런스 스턴이 쓴 작품으로, 18세기에 출간되어 실험적이고 전위적인 형식으로 현대 소설에 지대한 영향을 준 책으로 평가받는다.

에버렛 글쎄요, 그 작품을 쓴 두 작가야말로 실험 소설가라 부를 만한 작가들이죠. 세르반테스는 기사 소설에 대한 논평을 쓴 겁니다. 그거야말로 진정한 출발이었지요. 거기서 유머가 또 중요한 역할을 하고요.

지금까지도 『트리스트럼 샌디』만큼 포스트모던한 텍스트는 없습니다. 사실 저는 포스트모던 같은 게 있다고도 생각하지 않습니다. 『트리스트럼 샌디』야말로 얼마나 포스트모던합니까. 그 책에는 정말 놀라운 부분이 있는데, 그걸 보면서 저는 해방감 같은 걸 느꼈어요. 이게 왜 여기 있지? 하는 의문이 들지만, 사실 아무 이유도 없는 거지요. 그냥 거기 있는 거고, 말도 안 되는 것 같아 보이지만 또 잘 들어맞아요. 게다가 아름답고요. 이탈의 미학이라고나 할까요. 처음에 예고했던 이야기가 절대 나오지 않죠. 얼마나 멋집니까. 〈지금부터 내 이야기를 들려줄게요〉라고 해놓고선 절대 본론으로 들어가지 않는 거죠. 정말 천재적인 발상이에요.

그런데 작가만 그런 시도를 하는 건 아닙니다. 최근에 미켈란젤로 안토니오니Michelangelo Antonioni 감독에 대한 강연을 두어 차례 한 적 있는데, 그의 「태양은 외로워 L'eclisse」를 처음 봤을 때가 열여섯 살 때였어요. 아버지를 따라 동네 예술 영화관에 가서 봤는데, 인종과 관련된 이상한 부분이 있어서 나중에 둘이 그 이야기를 나눴습니다. 그런데 앉아서 가만히 영화를 보고 있는데 무슨 이야기랄 게 없는 겁니다. 그냥 어딘가로 계속 따라가기만 했죠. 어렸을 때 악기를 이것저것 배웠는데, 그 영화를 보고 나와서야 재즈를 어떻게 연주하는 건지 알게 된 기분이었어요. 더는 상자 안에 갇혀 있지 않게 됐으니까요.

저는 뭐든지 가리지 않고 다 읽습니다. 제가 싫어하는 글조차, 아니 종종 싫어하는 글이 오히려 좋아하는 글보다 소설 쓰기에 관해 더 많은 것을 알려 주거든요. 제가 하고 싶지 않은 것만이 아니라 때로는 제가 하고 싶은 것들에 대해서도요. 저는 항상 안전하게 성공한 것보다 엉망진창으로 실패한 것을 훨씬 좋아합니다.

바일스 당신은 엄청난 다작가인 것 같습니다. 적어도 저한테는 그렇게 느껴지는데요. 지금까지 열일곱 권의 장편과 단편집, 시집까지 내셨죠.

에버렛 한 가지 분명히 말씀드릴 게 있는데, 저는 시인이 아닙니다. 제가 시를 쓰는 이유는 제가 시를 쓸 수 없다는 걸 입증하기 위해서인데, 지금 꽤 잘해 내고 있는 것 같아요. 아마 다들 제 말에 동의하실 거예요.

바일스 그렇다고 해도, 무슨 계획에 따라 쓰시는 건가요?

에버렛 만약 무슨 계획에 맞춰 글을 써야 했다면 저는 아마 자살하고 말았을 거예요. 저는 그냥 내킬 때 일을 합니다.

그건 아마 오랫동안 목장 일을 해온 탓도 있을 겁니다. 5시 반에 일어나 말을 먹이는 일부터 하루 종일 할 일이 정말 많아요. 그래서 10분, 15분씩 짬짬이 시간을 내서 글을 써요. 별 준비 없어요. 여태 쭉 그래 왔습니다. 그냥 앉으면 바로 쓰는 거죠. 인터넷은 아예 접속하지 않아요. 이메일은 확인하지만, 그때조차 꼭 발을 들여놓기 싫은 나쁜 동네에 들어가는 기분이에요.

일에 아무 진척이 없는 이유가 늘 궁금한 친구가 하나 있었는데, 알고 보니 그게 책상에 앉아 있는 네 시간 중 세 시간을 인터넷을 하느라 허비해서였더군요. 제가 본 중 가장 극단적인 경우이긴 하지만요. 대학에서 같이 일하는 동료였는데, 그 친구 책상은 볼 때마다 진짜 깔끔했어요. 그래서 이제 책상이 깔끔한 사람은 신뢰하지 않아요. 책상이 깔끔하면 뭔가 잘못된 겁니다. 그 책상에는 모든 연필이 제자리에 놓여 있었거든요. 언젠가 점심 초대를 받아서 그 친구 집에 간 일이 있는데, 그의 서재에 들어가 보니 책상이 학교 사무실 책상하고 똑같은 거예요. 도저히 그럴 수 없이 깔끔해요. 그 즉시 그 친구가 두려워졌어요.

그래서 저는 걱정하지 않습니다. 어떤 것에도 스트레스 받지 않습니다. 저는 그게 중요하단 걸 아니까요. 그건 말을 키우면서 알게 됐는데, 녀석들 옆에선 제가 스트레스를 느끼면 안 되거든요. 이게 바로 내가 항상 생각하는 것이구나 싶어요. 저는 이야기를 쓰는 사람이고, 어떤 이야기를 쓸 때마다 〈이건 좋지도 나쁘지도 않아〉라는 생각이 들면 그런 생각을 얼른 떨쳐 버려야 하니까요.

올리비아 랭
『외로운 도시』

2016년 6월 14일 화요일

Olivia Laing
The Lonely City

애덤 바일스 외롭다는 건 무슨 뜻일까요? 단순히 혼자인 것과는 무엇이 다를까요? 2천만 명이 함께 살고 있는 도시가 어떻게 세상에서 가장 외로운 도시일 수 있을까요? 만약 예술이 그 고통을 덜어 줄 수 있다면 무엇 때문일까요? 올리비아 랭은 본인의 경험과 특정 예술가들의 삶을 바탕으로 이 질문을 탐구합니다. 점점 더 많은 이들이 겪고 있음에도 여전히 무서울 정도로 금기시되는 〈외로움〉이라는 조건을 감동적이고 도발적으로 설명하지요.

　『외로운 도시』는 장르의 경계를 허무는 책입니다. 이 작품은 우리를 가르치고, 새로운 사실을 알려 주며, 감동 또한 전해 주죠. 독자가 읽던 책을 내려놓고 당장 책에 소개된 예술가들의 작품을 찾아보게끔, 혹은 다시 찾아 읽어 보도록 만드는 책이라고 할 수 있지요. 물론 『외로운 도시』는 한번 집어 들면 다시 내려놓기가 불가능한 책이라는 점만 빼면요. 여러분, 올리비아 랭 작가님이 셰익스피어 앤드 컴퍼니에 오신 것을 저와 함께 환영해 주시기 바랍니다.

올리비아 랭 여기에 오게 되어 정말 기쁩니다. 이곳은 제가 가본 서점 중 가장 아름답고 신비로운 곳인 것 같군요. 저는 평생 동안 서점에서 정말 많은 시간을 보냈지요. 부끄럽게도 파리는 열일곱 살 때 이후로 처음이지만요. 이제 그때보다 훨씬 나이가 많네요. 아무튼 이렇게 이곳에 다시 와서 많은 사람까지 만나게 되어 얼마나 감격적인지 모르겠습니다.

바일스 당신의 작품이 정말 좋은 이유 중 하나는 주제를 다루는 방식이 상당히 유기적으로 느껴진다는 점입니다. 항상 어떤 경험을 하고 난 후 거기에서 책이 솟아나는 느낌이죠. 우선 이 책을 어떻게 쓰게 되셨는지 조금만 이야기해 주시겠어요?

랭 맞습니다. 제 작품은 거의 유기적으로 생겨난다고 할 수 있죠. 뉴욕에서 이전 책 『작가와 술*The Trip to Echo Spring*』을 집필하면서 아주 이상한 시간을 보내고 있을 때였어요. 영국에 있는 동안 제가 잔뜩 희망을 품었던 연애가 끝났고,

그것과는 별개로 뉴욕으로 오기로 결심한 상태였죠. 어쩐지 뉴욕은 — 사람들이 대도시에 대해 흔히 느끼듯이, 그리고 아마 이곳 사람들도 파리에 대해 느끼듯이 — 일종의 공동체에 속할 수 있는 곳이라는 느낌이 들었습니다. 특히 예술 공동체에 말이죠. 제 느낌은 옳았습니다. 하지만 그걸 찾는 데는 예상보다 시간이 훨씬 오래 걸렸어요. 저는 셋집을 빌려 살았기 때문에 말 그대로 계속 떠돌이 생활을 했어요. 제 나이 서른 중반에, 주변 사람들은 전부 결혼하고 아이도 있었어요. 저와는 인생이 완전히 다른 방향으로 나아가고 있었죠. 그래서 소외감이 들었어요. 그런 소외감을 안고 뉴욕으로 갔습니다. 그때 처음 살게 된 동네가 아주 황량한 동네였어요. 게다가 알코올 중독에 관한 책까지 쓰고 있었죠. 제가 알코올 중독자 가정에서 자랐거든요. 아무튼 그때 저는 아주 원초적인 문제와 씨름하고 있었고 외로웠습니다. 정말 외로웠어요. 그다지 유쾌한 경험은 아니었지요. 하지만 작가는 늘 두 사람으로 존재합니다. 자연인인 동시에 예술가이죠. 제 안의 예술가, 제 안의 비평가는 고독이 금기시되는 상태라는 사실을 단박에 인식하고 거기에 사로잡혔습니다. 고독은 터부시되는 상태이기 때문에 고백하기가 어렵죠. 그것을 이야기할 언어가 존재하지 않습니다. 이런 이상한 장벽 때문에, 사람들은 고독을 제대로 들여다보지조차 않습니다. 그래서 개인적으론 너무 비참했지만, 그와 동시에 그동안 지나치게 간과된 낯부끄러운 주제를 만났다는

걸 알았죠. 그게 저한텐 취약이에요! 저는 왠지 그렇게 낯부
끄러운 주제에 자꾸 끌리는 것 같습니다.

만약 그에 관한 책을 쓴다면 회고록은 아니리란 걸 일찌감
치 알았죠. 저는 회고록은 쓰지 않아요. 별로 흥미가 생기지
않습니다. 저는 주제와 관련된 제 이야기와 제 나름으로 공
부한 것들을 엮어 내는 걸 좋아합니다. 하지만 제가 원하는
건 그 주제를 다양한 각도로 살피는 일입니다. 이렇게 다양
한 예술가들을 활용한 것도 그 때문이죠. 그중 일부는 사회
적으로 무척 고립돼 있었어요. 고독한 사람의 전형 같았다고
나 할까요. 하지만 이 책의 주요 인물 중 하나인 앤디 워홀 같
은 사람은 좀 더 사교적이지요. 그럼에도 그는 제가 확실히
경험한 적 없는 종류의 고독을 탐구할 수 있게 해줍니다.

바일스 방금 고독을 다루는 언어가 없다고 말씀하셨는데요.
그래서 당신이 책을 막 쓰기 시작했을 땐 고독에 관한 대략
적인 정의만을 확보한 상태에서, 사회적으로 고립된 사람
이나 워홀 같은 사람이 그러한 감정을 느끼는 방식을 이해
했을 것 같습니다. 책을 다 쓰고 나서는 간명한 정의를 찾으
셨을까요?

랭 네. 일부는 제 경험 덕분이기도 하고, 또 일부는 다른 접
근 방식들을 많이 찾아 읽은 덕분이기도 합니다. 그래서 이
책에는 딱딱한 과학이 들어가 있죠. 심리학이요. 하지만

1940년대, 1950년대에 첫 세대 심리학자들이 처음 고독에 관해 쓰기 시작했을 때조차 — 아시다시피, 프로이트는 고독에 대해 한 번도 언급한 적이 없지요 — 이 주제가 다른 어느 곳보다 대중가요에서 가장 흔히 다뤄지는 주제라는 이야기들을 했습니다.

고독의 확실한 정의는 매우 단순하다고 생각합니다. 홀로 있는 것과는 관련이 별로 없어요. 반드시 물리적인 고립과 관련되지도 않고요. 물리적으로 고립되어 있어도 아주 깊은 만족감을 느낄 수 있으니까요. 혼자 살면서 몇 달 내내 아무도 안 만나도 전혀 아무렇지도 않을 수 있죠. 반면, 도시에 살고 친구도 많고 애인이나 배우자가 있어도 굉장히 외로울 수 있습니다. 외로움은 지금보다 더 큰 친밀감을 갈망하는 것과 관련된 감정이니까요. 외로움은 단순히 우정이나 내 삶에 들어온 사람들의 수와 관련된 것이 아니라, 내가 사랑받고, 이해받고, 소통하고 있다는 깊은 수준의 감정과 관련된 거예요.

하지만 그 언어에 대해서는 좀 다른 이야기를 하고 싶습니다. 외로움에 관한 경험의 전달 방식에 대해 말하자면, 예술이 이야기하는 고독은 제게 너무도 시각적이었습니다. 제 경험에서도, 다른 사람들의 경험에서도 자꾸 유리와 얼음이 그 경험을 은유하는 매개체로 떠올랐거든요. 아마 고독이 한편으로는 분리에, 다른 한편으론 수치스럽게 노출된 느낌에 관한 것이기 때문에 그처럼 투명한 유리와 얼음이 주된 상징물이 된 것 같다는 생각입니다.

바일스 심리학이나 정신 의학에서 이 문제를 오랫동안 다루지 않았다니 정말 흥미롭군요. 작가님은 고독이 부끄러운 동시에 두려운 감정이라고 쓰셨는데요. 제겐 어떤 감정이 부끄러운 동시에 두렵다는 것이, 특히 사람들은 고독이 꼭 스스로 초래한 감정은 아니라고 생각하기에 그렇다는 게 놀랍게 느껴졌어요. 부끄러움이 고독과 관련이 있다고 생각하는 이유는 무엇인가요?

랭 우울이나 불안 같은 감정에 대해선 지난 수십 년간 엄청난 연구가 이루어졌습니다. 이 감정들을 둘러싼 금기를 깨고 공개적으로 더 많이 논의할 수 있도록 다들 무척 열심히 노력했지요. 그러나 고독은 이상하게도 그 과정에서 끝내 제외됐습니다. 그건 아마도 인간의 본질과 깊이 관련된 감정이기 때문인 것 같아요. 우리는 사회적 동물입니다. 사랑, 우정, 특히 낭만적 사랑에 엄청난 가치를 두지요. 그래서 고독이 사회적 실패라는 감각과 아주 밀접하게 연결되어 있다고 생각합니다. 그 실패를 인정하기는 정말로 힘들지요.

바일스 이제 예술가에 대한 이야기를 좀 해보겠습니다. 각각의 예술가에 대해 한 시간씩 이야기해도 모자라겠지만, 그 몇 가지만 골라서 이야기해 보겠습니다. 작가님이 맨 처음 다룬 인물이 에드워드 호퍼였지요. 「밤을 새우는 사람들 Nighthawks at the Diner」은 세상에서 가장 유명한 그림이니 실제로 많은 이들의 공감을 얻을 수 있는 선택이라고 생각합니다. 하지만 저는 호퍼라는 사람에 대해서는 아는 바가 거의 없었는데, 그에 관한 이야기를 읽고 정말 놀랐습니다.

랭 흔한 일이지요. 누군가의 전기를 쓰다가 그 사람이 그리 좋은 사람이 아니라는 사실을 알게 되는 일 말입니다. 항상 그런 건 아녜요. 간혹 훌륭한 사람도 있으니까요. 하지만 호퍼의 경우 그런 때가 좀 있었는데, 덫에 빠진 상태가 노출되는 매우 고통스러운 감정 경험을 놀랍도록 예술적으로 전달하는 그의 방식에 제가 굉장히 흥미를 느꼈기 때문이에요. 그는 건축물, 벽, 창문 등을 통해 사람들이 서로에게서 분리되어 있다는 시나리오를 만들어 냅니다. 강렬한 분리와 갈망의 공간을 만들어 내는 거지요. 이것이 바로 그의 작품이 그토록 마법처럼, 그토록 강력하게 느껴지는 지점입니다. 저는 그것이 어디에서 오는지 알고 싶었어요. 물론 개인사만으로는 누군가의 예술이 탄생하는 이유를 설명하지 못하지만, 저는 그의 개인사에 대해 거의 아는 바가 없었기 때문에 좀 궁금했습니다. 게일 레빈Gail Levin이 훌륭하게 쓴 『에드워드 호퍼Edward Hopper: An Intimate Biography』에서 알게 된 사실 중 하나는 그의 아내와의 관계였습니다. 그는 40대에 결혼했어요. 늦은 나이에 한 거죠. 아내 역시 40대였어요. 같은 예술가였고요. 이름은 조 호퍼였습니다. 여기 계신 분 중에 그녀가 그린 그림을 본 사람은 아마 한 분도 안 계실 거예요. 호퍼가 죽고 나서 몇 년 뒤에 그녀가 죽었을 때 호퍼의 유언대로 두 사람의 작품이 모두 휘트니 미술관에 기증됐는데, 여러분은 아마 호퍼의 작품만 보셨을 겁니다. 휘트니 미술관이 호퍼의 작품은 아주 잘 보존했지만 조의 작품은 모조리 폐기했으니까요. 그 이야기에서 너무도 슬픈 대목 중 하나는 호퍼 역시 예술가로서의 아내를 억압하기 위해 할 수 있는 모든 일을 다 했다는 점입니다. 어쩌면 조가 형편없는 예술가였는지도 모르지요. 충분히 그럴 수도 있습니다. 하지만 두 사람의 결혼 이후 호퍼가 그린 그림의 여자 모델은 전부 조였어요. 조는 자신의 정체성과 주체성이 박탈당한 채로 말없이 거기에 있습니다. 그의 일기는 읽어 보지 못했어요. 더는 남아 있지 않으니까. 하지만 게일의 전기에 길게 인용되어 있습니다. 그는 더 많은 그림을 그리려고 필사적으로 애썼지만, 남편이 그걸 막았다는 사실이요. 정말 어두운 이야기였습니다.

바일스 흥미롭군요. 그래도 부부 사이는 매우 가까웠던 것 같아요.

랭 맞아요. 엄청 가까웠죠. 그게 또 주목할 만한 점이에요.

두 사람의 관계는 정말 끈끈했어요. 호퍼가 인터뷰하는 영상엔 항상 조가 함께 있습니다. 조가 그를 대변해 이야기하죠.

바일스 작가님은 그걸 〈친밀한 적대 관계〉라고 표현하시지요. 고독이라는 주제로 돌아오면 특히나 흥미로운 지점인 것 같습니다. 이렇게 친밀한 관계를 가지면서도…….

랭 외로울 수 있다는 것이요. 참으로 외로운 결혼 생활이었지요. 조는 자신의 결혼 생활이 마치 고급 시계 전문가의 관심을 기다리는 일 같았다고 말해요.

바일스 호퍼가 자신에 대해 〈저는 아마 외로운 사람일 겁니다〉라고 부정 관사를 써서 말하는 순간이 있지요. 자신이 외롭다고 하지 않고 외로운 사람이라고 표현하는 걸 보면, 마치 외로움이 그라는 존재의 본질적인 부분인 것처럼 들립니다.

랭 하지만 고독은 아주 민주적인 면도 있지요. 그의 그림은 온통 외로운 사람들로 가득합니다. 그의 그림이 그토록 사랑을 받는 이유는 그가 고독감을 공동의 무엇으로 느껴지게 만들어서, 우리가 그 안에 들어가면 그런 외로움을 잊게 되기 때문인 것 같습니다. 나 혼자만 외로운 줄 알았는데 실은 그것이 우리가 공동으로 느끼는 감정이란 게 이 책의 주제 중 하나이기도 하지요.

바일스 이제 워홀 이야기를 좀 해볼까요. 워홀은 표면적으론 호퍼와 완전히 상반되는 인물처럼 보입니다. 작품이든 예술 활동이든 사회생활이든 모든 면에서 말이지요. 제가 놀랐던 사실은 작가님이 외로워지기 전에는 워홀 작품을 좀 무시했었다는 고백입니다. 잘 와닿지 않았다고요.

랭 그러다 나중엔 정말 사랑하게 됐지요! 저는 워홀 작품을 무척 좋아합니다. 워홀이 자기 작품에 대해 한 말들이 너무 좋아요. 워홀은 시각적으로 너무 도드라져서 오히려 이상하게 저평가된 진짜 재밌는 예술가입니다. 사실 영상을 보고 그걸 알게 됐죠. 뉴욕에 있을 때 유튜브를 정말 많이 봤는데, 그때 우연히 그가 인터뷰하는 영상을 보게 됐어요. 우리는 워홀을 감정이 없는 인물로, 20세기를 떠도는 거의 로봇 같은 인물로 생각하죠. 그런 그가 질문을 받고 무척 힘들게 대답하는 모습을 보게 된 겁니다. 얼굴을 붉힌 채 말을 더듬으면서요. 한 문장 한 문장 내뱉는 일이 굉장히 힘겨워 보였어요. 그 불안한 몸짓에 어쩐지 강렬하게 이끌리는 부분이 있었지요. 그 순간 저는 그 모습에 동화되었고, 이후 그의 작품을 다시 찾아보곤 완전히 다른 시각으로 보게 됐죠. 그의 작품은 진정 친밀감에 대한 갈망과 공포에 관한 것이었습니다.「스크린 테스트Screen Tests」처럼, 누군가 샌드위치를 먹거나 잠자는 모습을 그냥 가만히 지켜보기만 하는 〈지루한〉 영화들 말예요. 그 작업에서 그는 인간 삶의 친밀하고 원초적인 경험에 다가가려고 하면서도 카메라 뒤에 머물러 있죠. 그 점이 저에게 큰 감동을 주었습니다.

바일스 솔직히 말씀드리자면, 그동안 저는 워홀에 대해 별다른 의견이 없었습니다. 아마 워홀은 너무 많이 보여서 잘못 보는 예술가 중 하나였던 것 같아요. 하지만 당신의 책을 읽고 나서 어떤 부분들이 전보다 훨씬 더 와닿게 됐죠. 〈모든 콜라는 똑같고 모든 콜라는 좋다〉는 인용구 말입니다. 그게 워홀주의죠. 그런데 당신처럼 그걸 타인과 관계 맺는 데 깊은 어려움을 느끼고 진실로 외로워하는 사람이라는 맥락에서 보니 갑자기 워홀이 한 많은 말들, 그리고 작품에서 사물을 끝없이 복제하려는 그의 노력이 새삼 가슴 아프게 와닿는군요.

랭 그는 항상 자신이 남과 다르다고 느끼는 병약한 게이 이민자 아이였습니다. 초기엔 스크린 프린트로, 달러 지폐나 캠벨 수프 캔 같은 가난한 사람들이 가질 수 있는 미국의 아이콘들을 대량으로 복제합니다. 그는 팝 아트를 〈공동 예술 Common Art〉이라고 부르고 싶어 했어요. 소속감에 대한 지극히 민주적인 충동이지요. 저는 그게 그냥 감동적이더군요.

바일스 그 이야기는 책에서 특별한 위치를 차지하는 예술가 데이비드 보이나로비치David Wojnarowicz와도 연결됩니다. 그도 게이 예술가이고, 섹슈얼리티란 주제 역시 책의 상당 부분을 차지하죠. 특히 워홀과 보이나로비치가 자라고 보니 자신들이 사회가 이미 정해 놓은 틀에 맞지 않았기 때문에, 그 〈다르다는 느낌〉이 거의 필연적으로 고독으로 이어질 수밖에 없었다고 생각하는지요?

랭 그런 것 같아요. 이 책을 집필한 계기 중 하나는 고독을 개인의 잘못이라는 사적 경험으로 쓰고 싶지 않아서였습니다. 저는 고독이 어떤 면에서 사회가 유발한 것이기도 한지 생각해 보고 싶었어요. 인종, 성, 그 이유가 무엇이든 자신이 어떤 틀에 맞지 않을 경우, 적대적인 사회에서 엄청난 고립을 겪으니까요.

보이나로비치는 그 점을 알린 위대한 예언자 중 하나이지요. 그를 모른다고 해서 부끄러워할 필요는 없습니다. 그는 1992년 서른일곱의 나이에 에이즈로 죽었고, 오랫동안 역사에서 완전히 누락되어 있었으니까요. 하지만 지금은 화려하게 부활했죠. 그는 게이였어요. 폭력적인 가정에서 자랐고요. 오랫동안 노숙자로 살다가 70년대에 미술을 시작했고, 이후 1980년대 이스트빌리지 미술계에서 두각을 나타내기 시작했죠. 낸 골딘Nan Goldin이라든지 장미셸 바스키아Jean-Michel Basquiat, 키스 해링Keith Haring 같은

54

사람들과 같이 활동했고요. 그는 주로 화가로 알려졌지만, 사진작가이기도 했어요. 또 영화도 만들고, 에이즈 퇴치 활동가, 공연 예술가로도 활동했습니다. 무엇보다 『칼에 가까이Close to the Knives』라는 최고의 책을 쓴 작가이기도 하고요. 정말 대단한 사람이고, 제가 각별히 좋아한다는 사실 외에도 그가 책에서 그토록 큰 부분을 차지하는 이유는, 사람들이 끝내 고립되는 이유를 분명히 말해 준다는 점 때문입니다. 그는 친구가 아주 많은 사람이었습니다. 연인도 있었고, 공동체에도 속해 있었죠. 하지만 그는 자신의 성 정체성 때문에 세상의 표적이 되었다는 사실에 깊은 외로움을 느꼈습니다. 여러분은 〈뭐, 그건 1980년대 얘기지, 이제 더는 그런 시대가 아니니까〉하고 생각할 수도 있겠죠. 하지만 유감스럽게도, 이 자리에 계신 여러분들도 저만큼 올랜도에서 일어난 일[5]에 대해 애도하는 마음이리라 생각합니다. 그런 시대는 아직 지나가지 않았습니다. 폭력적인 동성애 혐오의 시대는 아직 지나가지 않았어요.

바일스 작품 속에 사람들 간의 이런 종류의 친밀한 관계를 표현할 언어가 없다는 이야기가 많이 나오는데요. 제겐 그 점에서 사회에 제법 변화가 있었던 걸로 보입니다. 사회가 정해 놓은 정상성의 정의에 맞지 않는 사람들을 위한 어휘

---

5 게이 클럽 펄스에서 2016년 6월 12일 49명을 죽음으로 몰아넣은 총기 난사 사건 — 원주.

가 점점 많아지고 있는 게 사실이니까요. 하지만 방금 말씀 하신 것과 같은 끔찍한 모순도 존재하지요. 우리는 이런 진 보를 이루었지만, 여전히 올랜도 사건 같은 일이 일어날 수 있으니까요.

얼마 전 텔레비전에서 젊은 영국 저널리스트 오웬 존스 가, 이러한 학살의 저변에 동성애 혐오가 있다는 사실을 논 객들에게 설득하느라 쩔쩔매는 모습을 봤습니다. 당신의 책 을 읽은 지 얼마 되지 않았던 때라 〈그래, 조금 변하긴 했지 만 그 어휘들은 아직 주류가 아니구나〉 하는 생각이 들더군 요. 그 이야기는 여전히 귀에 잘 들어오지 않는 것 같습니다.

랭 맞습니다. 어제 눈뜨자마자 스카이 뉴스에서 오웬의 그 장면을 보고, 내 경험을 진지하게 받아들이지 않는 사회에 의해 무시당했던 기억이 우수수 떠올라서 정말 끔찍했죠. 오웬이 〈나와 같은 사람들이 학살당했다. 이것은 홀로코스 트 이래 최악의 동성애자 학살이다〉라고 말하니, 진행자들 이 〈동성애자가 아니라 그냥 사람들이에요〉 하고 되받더군 요. 오웬은 다시 〈동성애자들이에요. 학살당한 동성애자들〉 이라고 응수하고요. 〈흑인의 생명도 소중하다〉라고 하니, 다른 사람들이 〈모든 생명이 다 소중하다〉라고 대꾸하는 것 과 다를 바 없지 뭡니까. 물론 모든 생명이 다 소중하죠! 근 데 어떤 생명은 다른 생명보다 더 취약한 상태에 놓여 있어 요. 우리가 말하는 건 그런 생명들입니다. 그래서 그 장면은 여전히 비가시성과 침묵의 힘이 얼마나 강하게 작동하고 있는지를 제대로 상기해 주는 장면이었던 것 같아요. 여러분이 운이 좋을 뿐이라는 걸 모른다면, 그건 그 힘이 작동하지 않는다는 뜻이 아니라 여러분이 그런 현실을 보지 않고 있다는 뜻임을요.

바일스 다시 보이나로비치의 작품으로 돌아와서 이야기하자면, 무엇보다 가면이 눈에 들어오는데요. 워홀 역시 가발과 안경으로 이런 가면을 만들어 쓴 거나 다름없었죠. 그걸 보면서 페르소나라는 단어가 가면이라는 라틴어에서 유래했다는 사실이 떠올랐습니다. 자신이 사는 사회에서 소외된 사람들이 주변 사람들과 만나고 관계를 맺으려면 가면을 쓸 수밖에 없다는 점에서 이러한 종류의 분리를 발견하신 건지요?

랭 그렇기도 하지만, 어떤 면에선 보이나로비치가 그 가면으로 하는 일이 그걸 자기 밖에 두는 일이라고 생각해요. 그는 자기 경험을 놀라울 정도로 정직하게 표현하는 데 통달한 사람이었던 것 같습니다. 책에는 적지 않았지만, 그는 오랫동안 파리에서 살았어요. 프랑스 문화에 푹 빠져 있었지요. 그의 남성 사진 시리즈에는 전부, 아르튀르 랭보의 시집 『일뤼미나시옹*Les Illuminations*』의 표지에 실린 그 시인의 얼굴 가면이 들어가 있습니다. 그 유명한 남성의 얼굴을 뉴욕의 육류 시장, 타임스 스퀘어, 포트 오토리티 버스 정류장 등에 붙여 놓은 거죠. 그 남자는 진짜 꿈속의 인물입니다. 읽을 수도, 닿을 수도 없지만 동시에 매우 강력한 존재이지요. 그 사진들은 보이지 않는다는 것이 의미하는 바를 다양한 방식으로 보여 줍니다.

바일스 어떻게 보면 슈퍼히어로의 가면 같은 거군요. 일종의 반항과 힘이 그 뒤에 숨어 있는.

랭 하지만 동시에 아무도 그에게 닿을 수 없고, 그는 혼자예요. 그래서 가면의 양면성을 모두 가지는 거죠.

바일스 가면, 그리고 혼자라는 이 감각 때문에 우리는 기술에 관심을 가지게 되는 것 같아요. 이를테면 워홀은 진심으로 기술을 받아들였습니다. 그는 자신의 일기를 테이프에 녹음하는 일과 같은 것들이 혼자라는 느낌을 덜 들게 한다고 말한 바 있습니다. 세상과 소통하는 한 방식이 되어 준 거지요. 하지만 당신은 트위터, 크레이그리스트[6] 같은 현대의 소통 기술에 관해 많은 이야기를 하셨는데요. 인터넷의 발달로 고독의 본질이 바뀌었다고 생각하는지요?

---

6 구인이나 중고 물품 거래 등 다양한 방식으로 소통하는 미국의 대표적인 안내 광고 사이트.

랭 물론입니다. 그리고 저는 인터넷을 흑백 논리로만 보는 사람이 아니에요. 저는 온라인상에서 많은 시간을 보냅니다. 트위터도 열심히 하고요. 트위터는 특히 물리적으로 고립되어 있을 때 사람들과 소통하고 친구를 만드는 훌륭한 공간이 되어 주는 것 같습니다. 주변에 사람이 없어도 이 매체로 사람들과 사귈 수 있다는 게 정말 대단한 것 같아요. 동시에 이 공간은 사회적 경쟁이 굉장히 심해서, 종종 버겁게 느껴질 정도로 사회적인 삶을 살도록 요구하기도 하지요. 특히 젊은 사람들에겐 그 압박감이 위험 수준인 것 같아요. 〈나는 너무 행복해. 내 인스타그램 좀 봐. 내 친구들 좀 봐. 우리는 아름다워.〉 이런 식의 연기를 계속해 나가는 건 결코 쉬운 일이 아니죠. 그렇게 계속 경쟁해야만 한다면 누구나 상당한 고립감을 느낄 수 있습니다. 만약 자기가 그런 삶을 살고 있거나 적절한 필터로 그걸 드러낼 수 있다고 느끼지 못한다면 무척 외로울 거예요.

바일스 인터넷이 처음 도입됐을 때를 떠올려 보면, 그땐 그곳이 사회적 어려움을 겪는 사람들이 익명성의 가면 뒤에서 정체성을 실험하고 노는 곳으로 각광받았었죠. 진정한 연결의 장으로요.

랭 그건 분명한 사실입니다. 하지만 그와 동시에, 반드시 물리적 공간에서 일어나야만 하는 종류의 친밀감에 대한 갈망도 있습니다. 가면을 벗을 때, 덜 밝은 불빛 속에서 자신을 드러낼 때 일어나는 친밀감 말이지요. 세상과 도시가 복잡한 것처럼 인터넷과 세상도 마찬가지이지요. 그러니 인터넷이 좋은, 또는 나쁜 사회적 공간이라고 단정하는 건 말도 안 되는 일이라고 생각해요. 너무도 다양한 측면들이 있으니까요.

바일스 방금 인터넷과 공간의 관련성을 말씀하셨는데요. 작품에서 크레이그리스트를 인터넷의 타임스 스퀘어라고 언급하시기도 했지요.

랭 참 매력적이면서도 지저분한 공간이죠.

바일스 네. 그런데 아마 지금이 아니라 예전의 타임스 스퀘어를 말씀하신 게 아닌가 싶습니다.

랭 물론이죠. 책에서 뉴욕의 옛 타임스 스퀘어 이야기를 많이 썼는데, 그때 그곳은 성 노동자들이 오가던 장소였어요. 뉴욕의 섹스와 범죄의 중심지였죠. 수많은 사람을 만나는 곳이기도 했고요. 성적인 만남만이 아니라 친밀한 만남도 이루어졌지요. 그러다 결국 젠트리피케이션의 희생양이 되고 말았습니다. 말끔히 정돈되어 말 그대로 디즈니화됐지요. 그 일대가 전부 디즈니 소유가 됐거든요. 그래서 지금은 그곳에 가면 거대한 「세서미 스트리트」 주인공들이나 경찰을 만나게 되죠. 크레이그리스트를 언급했던 건 거기가 굉장히 세련된 일부 데이트 사이트와는 달리 완전 날것 그대로라는 이야기를 하기 위해서였어요. 사람들은 자신이 원하는 걸 그냥 말하고, 그건 기본적으로 자신들이 원하는 섹스죠. 일단 멋진 데이트부터 하고 싶다는 식으로 포장하지 않습니다. 저는 그 정직함에서 쾌감을 느꼈던 것 같아요. 맨해튼에선 이미지를 너무 중시하는 경우가 많은데, 그와는 달리 진정성이 느껴지는 날것 그대로의 느낌이 좋았어요. 그래서 제가 타임스 스퀘어를 좋아한 것 같아요.

바일스 이렇게 몇 시간이고 계속할 수 있지만, 마지막으로 한 가지 더 여쭙고 싶은 것은 예술의 회복 기능에 관한 것입니다. 이 작품에서 자주 보게 되는 것 중 하나는, 예술가의 세계에 들어가고 그 세계에 대해 배우고 그들 작품을 가까이하면서, 작가님이 뉴욕에서 겪고 있던 외로움이 치유되다시피 했다는 이야기입니다. 이 이야기가 흥미로운 것이, 보통은 외로움을 치유하려면 살아 있는 사람과 친밀한 관계를 맺어야 한다고 생각하기 쉬우니까요.

랭 저는 치유라는 단어를 경계합니다. 저는 〈자, 여기 외로움에 시달린 경험이 있어요. 그래서 결국 어떻게 됐냐고요? 누군가를 만나서 지금은 다 괜찮아졌지요〉라는 식의 책을 쓰고 싶지 않았어요. 제가 하고 싶었던 건 외로움이 어떤 것이고, 그 자체에 숨겨진 가치나 아름다움이 있는지를 탐구하고 이해해 보는 일이었습니다. 그렇기에 치유는 외로움에 어울리는 말이 아닌 것 같아요. 그건 수치심에 어울리는 말이죠. 외로움에 대한 수치심이 바로 고통을 유발하는 요소이니까요. 외로움은 사랑을 갈망하는 여린 감정이에요. 그래서 아름답고 상처받기가 쉽죠. 반면 외로움에 대한 수치심은 고통스럽고, 거기에는 아무 가치도 없다고 생각합니다. 예술 세계를 모험하면서, 예술가들의 삶을 들여다보고 그들을 외롭게 만든 수많은 사회적 힘을 이해하고 나서 깨닫게 된 것은, 외로움은 전혀 부끄러워할 필요가 없는 감정이란 것입니다. 데이비드 보이나로비치는 에이즈로 죽었습니다. 그 전에 그는 에이즈 퇴치 활동가였고, 이 병을 둘러싼 사회적 낙인은 그 영향을 받은 이들에겐 고통스러울 정도로 외롭고 고립감이 들게 만드는 것이었죠. 단지 그 병을 앓는 사람들만 그런 감정을 느낀 게 아니었습니다. 노숙자도 난민도 그런 감정을 느꼈지요. 어떤 이유에서든 사회적 낙인을 경험한 모든 사람이요. 그런 것들이 사람을 외롭게 만드는 일종의 힘입니다. 제가 시선을 둔 예술이 그 사실을 일깨워 준 것 같습니다. 바로 그 점이 저를 치유한 것입니다. 내가 그 경험에서 빠져나와야 하는 게 아니라, 더는 그 경험에 대해 수치심을 느낄 필요가 없다는 사실이요.

말런 제임스
『일곱 건의 살인에 대한 간략한 역사』

2016년 7월 6일 화요일

Marlon James
A Brief History of Seven Killings

애덤 바일스 우리가 다만 읽어 나가는 종류의 책이 있고 그 안에서 살게 되는 종류의 책이 있습니다. 『일곱 건의 살인에 대한 간략한 역사』는 후자에 해당하는 작품입니다. 일단 길이 면에서 압도적인데요. 이 소설은 독자를 1976년 킹스턴으로 데려가 운명의 며칠을 보내게 한 다음 뉴욕, 영국, 콜롬비아. 그리고 수십 년 너머로까지 데려가는 아름답고 열정적인 대서사시이기 때문이지요. 하지만 정말 다양한 인물들이 등장하기 때문이기도 합니다. 모든 목소리가 완벽하며, 킹스턴의 삶, 다양한 정파 간의 다툼, 게토 지역의 비참함, 상징적 인물을 암살하려는 시도, 그리고 이로 인해 몇 년 뒤에 겪게 되는 사건 속으로 독자를 몰아넣습니다. 그는 『일곱 건의 살인에 대한 간략한 역사』에서 각종 실제 사건 및 인물을 혼합하여 온 세상을 하나의 소설로 담아냈습니다. 처음부터 끝까지 흥미진진하게 읽을 수 있는 이 소설은 작년에 쟁쟁한 경쟁자들을 물리치고 맨부커상을 수상했지요. 여러분, 말런 제임스 작가님이 셰익스피어 앤드 컴퍼니에 오신 것을 환영해 주십시오.

말런 제임스 모두 이렇게 와주셔서 감사합니다. 제가 셰익스피어 앤드 컴퍼니에 초대받다니 정말 영광이군요. 중요한 버킷 리스트를 하나 이룬 기분이에요. 제 책에는 꽤 많은 인물이 나옵니다. 일곱은 훨씬 넘죠. 만약 아직 읽어 보지 않으셨다면, 살인 사건 역시 일곱 번이 훨씬 넘게 일어나며 이야기도 간단치 않다는 것도 아셨으면 합니다.

바일스 우선, 이야기의 출발점에 관한 것부터 시작하고 싶습니다. 책을 읽으면서 계속 드는 생각이, 이렇게 많은 이야기와 목소리가 들어간 방대한 규모의 작품이 어떻게 시작됐을까 하는 궁금증이었거든요. 작가님에게 최초로 들려온 목소리 혹은 아이디어가 있었는지요?

제임스 458페이지를 펼쳐 보시면 제게 들려온 첫 번째 목소리를 들으실 수 있습니다. 이 이야기는 시카고와 마이애미를 배경으로 한 범죄 소설에서 출발했습니다. 시카고에서 온 한 청부업자가 자메이카 마약왕을 죽이는 임무를 맡게 됐는데, 문제는 하필 그때 남자 친구 문제를 겪게 됐다는 거죠. 사랑에 빠진 겁니다. 그렇게 이야기가 시작됩니다. 그런데 쓰다 보니 이야기가 막다른 골목에 봉착한 거예요. 그래서 〈그냥 다른 인물을 찾는 걸로 해결해야겠다〉 싶었지요. 그렇게 떠올리게 된 두 번째 인물이 열네 살짜리 총잡이 밤밤이었습니다. 이후에도 같은 일이 계속 일어났어요. 계속 이런 생각이 들었죠. 〈짤막한 이야기를 쓰려고 했는데 도저히 적합한 인물을 못 찾겠군.〉 그때, 이제는 제 곁에 없는 절친한 친구 레이철과 저녁을 먹다가 〈이게 누구 이야기인지 모르겠어〉라고 했더니, 레이철이 〈왜 그게 한 사람 이야기라고 생각하는 거야?〉라고 묻더군요. 그래서 돌아가서 다시 읽어 보곤 무릎을 탁 쳤죠. 생각해 보니 그건 한 사람의 이야기가 아니었습니다. 다행인 점을 찾자면, 제가 이미 4백 페이지 가량을 썼으니, 절반은 써놓은 거란 사실이었죠. 하지만 이렇게 화자가 여럿인 이야기라는 걸 절반을 쓴 다음에야 알았다니 정말 낭패였어요. 심지어 그때까지도 이야기가 어떤 꼴로 완성될지 모르고 말입니다. 처음엔 구술 전기가 되리라고 생각했어요. 에디 세즈윅Edie Sedgwick 전기나 로베르토 볼라뇨Roverto Bolaño의 『야만스러운 탐정들Los detective salvajes』처럼 한 사건을 각기 다른 사람의 관점에서 풀어내는 이야기 말입니다. 하지만 결국 전혀 그렇게 되지 않았죠. 사실 책의 3분의 2 지점이 넘어갈 때까지도 어떻게 마무리가 될지 몰랐습니다. 1990년대는커녕 1980년대까지 이어지리란 것도, 일부 인물들이 끝까지 살아남으리라는 것조차도 몰랐지요. 왜냐면 저는 정말 싹 다 죽일 셈이었으니까요. 그런데 어느 날 문득, 이들 인물의 여생이 무척 궁금해졌습니다. 그다음에 이들은 어디로 가게 될까? 집을 도망쳐 나와 다시는 돌아갈 수 없다면 어디로 향하지? 이런 질문 때문에 그 모든 일이 벌어지게 된 겁니다. 그 일들이 정말…… 〈유기적으로 발생했다〉라고 말하고 싶지만, 사실 그 본뜻은 그냥 〈정신없이 폭주했다〉라는 말이죠.

바일스 어느 한 대목에서 니나라는 인물이 말하죠. 책을 쓸 때의 문제는, 결국 완전히 빠져들기 전까진 그 책이 어떤 계획을 품고 있는지 절대 모른다는 점이라고요. 그 대목을 읽으면서 당신의 경험이 일부 들어간 말인지 궁금했습니다.

제임스 전작들을 쓸 때 그게 정말 싫었어요. 〈나는 이 소설을 지휘하는 주인이고 등장인물이 감히 자신의 내적 삶을 가진다는 건 용납할 수 없다, 이건 내 책이다〉라는 생각이었으니까요. 하지만 이 작품은 그런 마음을 버리고 썼달까요. 규칙이라고는, 언제가 됐든 마지막 페이지를 쓰면서 〈이렇게 될 줄 미처 몰랐는걸〉 하고 생각하는 지점이 있어야 한다는 것뿐이었어요. 그리고 결국 그렇게 됐고요. 또 거의 날마다 한 인물의 이야기만 썼기 때문에 날마다 놀라움의 연속이었지요. 웃기지만, 저는 플롯 짜기를 아주 좋아하는 사람이거든요. 물론 플롯 도표를 만들어 놓고는 바로 싹 무시하죠. 저는 그냥 그런 걸 짜는 일이 좋습니다.

바일스 말하자면, 이야기를 시작했는데 나중에 그게 대체 어디로 가고 있는 건지 모르는 순간이 있었단 말씀이군요. 그러다 갑자기 뭔가 제대로 가고 있다는 느낌이 들면서 〈그래, 이거야〉 하고 깨닫는 순간이 있었던 건가요?

제임스 뭐, 그렇기도 하고 아니기도 합니다. 그런 감이 아예 없는 건 아니었지만, 쓰는 내내 〈이게 대체 뭐야!〉 싶었거든요. 제가 하는 일에 대해 마음의 평화를 찾은 건 〈그럼 편집자가 알아서 빼줄 때까지 일단 그냥 이렇게 놔둬 보자〉 하고 생각한 뒤부터죠. 그런데 그는 아무것도 빼지 않았고 그건 정말 무서웠습니다. 그래서 제가 그 일을 했죠. 사실 이 책은 애초에 편집자가 인쇄소에 보내려고 했던 판본에서 1만 단어가량 빠진 상태입니다. 우린 지금도 그걸 가지고 티격태격해요. 그때 제가 가장 먼저 한 일은 부사가 남아 있는지 확인하는 거였어요. 제가 부사를 진짜 싫어하거든요. 아직도 한두 개 남아 있는 듯한데 정말 짜증 납니다.

바일스 편집자가 1만 단어를 더 넣길 원하다니, 정말 희한한 경우군요.

제임스 네, 진지하게 그랬어요. 어쨌든 제가 잘라 낸 건 어떤 챕터나 단락이 아니었어요. 한 줄 한 줄, 한 단어 한 단어 봐 가면서 잘라 냈죠.

바일스 이제 다음으로 넘어가 배경 이야기를 좀 해볼까요. 개인적으로 1976년은 제가 잘 모르는 시대여서, 이 책이 제겐 재미도 있었지만 그 못지않게 교육적인 역할도 해주었죠. 그런데 당신은 1970년생이니 이 책의 중심 사건이 일어났을 때는 겨우 여섯 살이었죠?

제임스 맞아요. 여섯 살인 제게 가장 중요한 문제는 미녀 삼총사 중에 누가 제일 좋냐, 뭐 그런 거였지요. 여섯 살짜리 세상은 다 그런 경이의 세상이니까요. 밥 말리Bob Marley 의 목숨을 노린 사건[7]에 대해 기억나는 게 있냐고요? 뉴스에서 떠드는 걸 들은 기억이 납니다. 뉴스는 밤 10시에 나왔고 우리는 잠을 자고 있었어야 하는 시간이었죠. 부모님이 무슨 텔레비전 프로를 보고 있다가 그게 중간에 끊겼던 장면이 기억납니다. 세상에서 가장 유명한 자메이카 사람이 총에 맞는데 그걸 두고 텔레비전 프로가 중간에 끊겼다고 하다니, 여기서 제 가치관이 드러나고 마는군요. 아무튼 기

7 밥 말리는 1976년 정치적 대립으로 폭동이 일어나 비상사태가 선포된 조국으로 돌아와 주변의 반대를 무릅쓰고 스마일 자메이카 공연을 준비하다가 공연 이틀 전 괴한의 난입으로 가족, 매니저와 함께 총상을 입는다. 이후 붕대를 매고 공연을 강행한 뒤 영국으로 피신했다.

억합니다. 그때 뉴스 진행자가 무척 심각한 목소리로 〈밥 말리가 총격당했습니다〉라고 하더군요. 그 순간 제 부모님이 드물게도 정말 불안한 모습을 보였다는 것도 기억합니다. 여섯 살이면 아직 자기 아버지가 슈퍼맨이거나 어머니가 원더 우먼이라 생각하죠. 부모가 완벽하고 천하무적일 거라 기대하지, 두려움 따위를 보게 될 거라고는 생각하지 못하는 나이지요. 그 장면은 절대 잊히지 않아요. 제겐 꽤 냉철한 저의 부모님까지 평정심을 잃은 순간으로 각인되었으니까요. 그 사건은 단순히 말리에 대한 공격이 아니라, 그의 주거지에 대한 공격이었어요. 56 호프 로드는 킹스턴에선 일종의 성역이었습니다. 그런데 그 전날 서로를 죽이려 했던 사람들이 거기서 인간 도미노 놀이를 한 겁니다. 그 뒤로 그곳은 일곱 명을 살해한 인간과 자메이카 총리, 키스 리처드Keith Richards를 한 베란다에서 볼 수 있는 자메이카에서 유일한 곳이 됐지요. 그날 로베르타 플랙Roverta Flack이나 아바ABBA 멤버가 있었을 수도 있어요. 이처럼 그곳은 반은 성스럽고 반은 향락적인, 성역 같은 곳이었죠. 그래서 그 사건은 말리에 대한 공격일 뿐 아니라 그 집에 대한 공격이기도 했어요. 자메이카인들은 그들이 말리를 이렇게 쏠 수 있다면 누구든지 다 쏠 수 있겠다고 생각했을 거예요. 왜냐면 일인자는 절대 건드리지 않는다는 게 여태 불문율이었는데 누군가가 그를 건드렸으니까요. 그 뒤로 많은 사람이 더는 안전하지 않다고 느끼게 된 것 같습니다.

바일스 여섯 살짜리 꼬마에겐 그게 그리 와닿지 않았을 것 같은데요. 하지만 정치적으로도 선거가 임박한 상태였고, 총격 사건 다음 날엔 대대적인 평화 콘서트가 예정돼 있었죠. 부모님에게서 느낀 공포가 이 상징적 인물에 대한 공격으로 인한 공포보다 더 컸다고 생각하시는지요?

제임스 그런 것 같습니다. 당시 저는 그런 걸 이해하지 못했고, 제겐 그게 제 세상 밖의 문제였다는 뜻이죠. 제 세상이 집에서 학교까지 반경 4백 미터 안쪽이었을 땐 절대 알 수 없는 영역 말입니다. 어쨌든 그냥 위험하다는 느낌이 아니라 위험이 아주 광범위하게 퍼져 있다는 느낌이 들었어요. 뭔가가 들리기는 하는데 이해하지는 못하는 그런 느낌이었죠. 사람들은 홈 가드 같은 이야기를 했습니다. 홈 가드는 자메이카의 통통 마쿠트[8] 같은 거였는데 천만다행으로 아주 잠깐 있다가 사라졌죠. 아무튼 당시 여섯 살이었던 제가 그런 걸 이해했을 리 없지만 그래도 무언가가 변했다는 건 알았죠. 우리 기준으로도 정말 피비린내 나는 선거였습니다. 그다음 선거는 더 처참했고요. 물론 저는 다 지나고 나서 알게 된 거지만요. 책에 조시 웨일스Josey Wales라는 인물이 『우리를 위한 민주주의Democracies For Us』라는 정치

---

8 아이티의 독재자 프랑수아 뒤발리에가 1960년대에서 1970년대 초까지 이끌었던 잔혹한 불법 친위대 혹은 비밀경찰로, 3만~6만 명의 자국민을 학살했다.

선전 색칠 공부 책을 받는 장면이 나오는데, 거기서 우리Us는 미국US으로도 읽히는 말장난이죠. 저도 어렸을 때 그 색칠 공부 책을 받았는데 진짜 이상한 책이다 싶었어요. 민주주의 쪽에는 무지개와 아이스크림 그림이 있고, 전체주의적 독재 체제 쪽에는 사람들이 빵 배급을 기다리며 길게 줄을 서 있고 길은 온통 망가져 있는 그림이 있었거든요. 고작 여섯 살짜리에게 그런 그림책을 준 겁니다. 여섯 살짜리가 냉전과 싸우다니, 얼마나 웃긴 이야기입니까.

바일스 거기엔 물론 더 큰 맥락이 있지요. 미국의 카리브해, 특히 쿠바에 관한 관심 말입니다. 이 책에서 당신이 정치를 다루는 한 가지 방식은, 사실상 현재를 이야기하면서도 어떤 교훈을 준다는 느낌은 또 없다는 것입니다. 독자 입장에서, 복잡한 자메이카 정치에 대해 가르침을 받는다는 느낌이 하나도 안 들죠.

제임스 이상한 일이죠. 사실 제가 힘들이지 않고 그렇게 쓴 건 무척 암울한 이유 때문이에요. 우리는 당파 싸움을 당연하게 받아들이며 자랐습니다. 당파 싸움이 미국을 이런 코미디 같은 상황으로 몰아넣고, 영국이 엉터리 같은 브렉시트를 하게 만드는 걸 지켜보는 게 참 재미있죠. 이민자들은 〈우린 이런 똥 덩어리를 피하려고 조국을 떠난 건데〉라며 한탄할 테니까요. 저는 어떤 동네에 가려면 거기 색은 오렌지니까 초록 옷을 입지 말아야 한다는 생각을 당연하게 여겼어요. 그 반대도 마찬가지고요. 당파심은 당연하게 받아들여야 하는 게 아니니까 어떤 시민도 그걸 당연하게 여기면 안 되는데, 그게 그냥 삶의 방식이 되어 버린 거죠. 그래서 제 작품에 정치가 그렇게 아무렇지도 않게 등장하는 이유는, 그게 온갖 곳에 너무 깊이 스며들어 있는 나머지 누가 길만 걸어가도 책에선 그게 정치적 발언이 되기 때문이에요. 니나가 〈나는 정치가 너무 싫어. 그걸 알아야 한다는 게 너무 싫어〉라고 말하는데, 사실 그건 제가 하고 싶은 말이었어요. 정치는 제 할머니 집 안에 있는 온갖 것에도 스며들어 있었거든요. 거기 제 사진은 없는데 총리 사진은 있었지요. 생각해 보세요. 얼마나 말도 안 되는 상황인지.

바일스 말리라는 인물에 제가 정말 놀란 점은 — 이전에도 작가님이 살짝 언급하신 적 있지만 — 그저 그가 얼마나 중요한 존재였는가 하는 것이었습니다. 물론 음악 세계에서는 역사적으로 매우 중요한 인물임이 틀림없죠. 근데 정치에서도 그 못지않게 중요한 인물이었다는 것이지요. 그는 양쪽을 통합하는 인물, 자메이카에 평화를 가져올 수 있는 사람으로 보였어요.

제임스 그들이 1976년에 말리를 죽이려 한 건 좀 웃기는 일입니다. 그가 정말 영향력이 생긴 건 1978년에 실제로 정치적인 의견을 드러내면서니까요. 어쨌든 말리에 대한 암살 시도는 거의 케네디 사건이랑 비슷합니다. 그것에 대해 확실히 아는 사람이 아무도 없다는 거죠. 하지만 당시 그는 온갖 엉터리 같은 이유로 자메이카에서 정치적으로 중요한 사람이 되어 가고 있었어요. 유권자가 스스로 생각해야 한다는 것은 굉장히 급진적인 개념이었던 것 같습니다. 좀 전에 말했듯이, 저희 할머니는 벽에 총리 사진을 걸어 두고 계셨고, 정치적 결정은 자신이 생각하는 것이 아니라 그냥 태생적으로 주어진 것과 다름없었으니, 독립적으로 생각한다는 개념 자체가…… 그러니까 그는 너무도 많은 면에서 현 상태에 대한 도전이었던 거죠. 그의 머리카락도 자메이카에선 정치적 발언이었어요. 부잣집 아이들이 단지 부모님을 괴롭히려고 자기 머리카락을 기르는 정도였죠. 그는 텔레비전에 나와 사투리를 쓰고 레게 머리를 정치적 발언으로 활용했어요. 밥 말리가 텔레비전에 나와 하는 말은 제가 하는 말과는 차원이 다르게 들리니까요. 그는 정치적인 의도를 담으려 애써 노력하지 않았지만 그건 그냥 정치적 발언이 된 겁니다. 지금도 마찬가지고요.

바일스 그에 대해 소설로 써야겠다고 결심한 이유가 궁금합니다. 책에서 그는 주로 저 멀리 있는 인물이고, 다른 인물들이 그 주위를 맴돌거나 그에게 영향을 받거나 그가 하는 일에 반응하는 식으로 그려집니다. 실제로 그가 등장할 때면 유령처럼 느껴지기도 해요.

제임스 말리는 죽기 전에도 꼭 유령 같았습니다. 사실 저는 이 책에 말리에 대한 제 경험을 집어넣고 싶었고, 제 경험은 세상 사람들 대부분이 말리를 경험하는 방식과 다를 바 없어요. 그의 레코드, 영상, 뉴스 보도, 기사 같은 것들로 겪는 거죠. 그가 사는 모습을 직접 보지 않은 이상 그런 건 절대 그 자신이라 할 수 없는데, 저 역시 직접 보지 못했으니까요. 하지만 그의 주위를 맴도는 인물들에게 더 관심이 가기도 했어요. 게이 탤리즈Gay Talese는 「프랭크 시나트라가 감기에 걸렸다Frank Sinatra Has a Cold」 같은 놀라운 글을 쓴 사람이죠. 그가 시나트라를 인터뷰하려고 LA로 갔는데 시나트라가 그를 만나 주지 않는 거예요. 계속 〈시나트라 씨는 지금 감기에 걸렸습니다〉라고 핑계를 대면서요. 그가 행했던, 거의 우연히 저널리즘의 혁명을 가져온 일은, 그냥 시나트라 주변 사람들을 모조리 인터뷰한 것입니다. 그렇게 해서 시나트라와는 단 한 마디도 나누지 않고 시나트라의 놀라운 초상화를 그려 냈지요. 그 작업은 제게 큰 영향을 줬습니다. 저는 말리의 주변 인물들과 그들이 원하는 것에 더 눈길이 갔어요. 그래서 결국 이런 책이 나오게 된 것입니다.

바일스 말리가 지금도 큰 영향을 미치고 있다고 하셨지요.

여전히 사람들에게 공감을 불러일으킨다고요. 그를 소설 주제로 삼는 것이 자메이카, 다른 곳에서 어떻게 받아들여질지에 관한 우려는 없으셨나요?

제임스 날마다 하죠. 사람들은 계속 제가 용감하다고 합니다. 하지만 저는 용감하지 않아요. 멍청한 거죠. 내내 그 걱정을 했습니다. 그래서 제가 다짐한 한 가지는 그가 실제로 하지 않은 말은 단 한 마디도 그의 입에서 나오게 하지 않겠다는 거였습니다. 그래서 누가 그가 어떤 말을 했다고 하면 그게 실제로 그가 한 말인지, 아니면 그 사람이 거짓말을 한 건지를 반드시 확인했죠. 그 점에 대해선 굉장히 조심스럽게 접근했습니다. 하지만 그가 손해 본 건 없어요. 책에 아주 좋게 나왔으니까요. 결국 이 책은 그에 관한 이야기도 아니었어요. 이야기는 1992년까지 이어지는데 그는 1981년에 죽습니다. 그래서 말리는 사실, 자메이카와 1980년대 뉴욕에 관해서 이야기하기 위한 발판에 더 가깝다는 걸 알았지요.

바일스 그를 계속 〈대가수〉라고 지칭하는데요. 그것도 어떤 거리를 유지하는 한 방법이었나요? 아니면 그냥 당시 사람들이 그렇게 불렀던 것일까요?

제임스 아뇨, 아무도 그렇게 부르지 않았습니다. 저는 그냥 그가 얼마나 상징적인 존재였는지 강조할 만한 것을 원했습니다. 그렇다고 예언자는 너무 나간 것 같았죠. 하지만 우리 대부분에게 그는 하나의 상징이에요. 우리는 사실 그를 모릅니다. 냄새가 어떤지, 키가 얼만지 전혀 모르죠. 그리고 그게 바로 제가 원한 것입니다.

바일스 소설을 펼치자마자 독자들이 바로 알아차리는 것 중 하나는 다양한 자메이카 방언이 사용된다는 것입니다. 계층, 지위, 교육 수준 등에 따라 사람들이 아주 미묘하게 다른 언어를 쓰는데요. 무엇보다 인상적인 것은 당신이 독자가 그걸 받아들일 거라 믿는다는 것입니다. 그 점에 대해 어떤 양해를 구하는 말도 없고 언어를 쉽게 만들지도 않는다는 점에서요. 하지만 일단 그 리듬을 따라가다가 흐름을 타게 되면, 독서 경험을 훨씬 강력하게 만들어 줍니다.

제임스 제가 독자를 신뢰하는 건지 아니면 그냥 미친 건지는 잘 모르겠습니다. 이 작품을 쓰면서 제가 무엇보다 바랐던 건 제 머릿속에 있던 책을 종이에 옮겨 내는 것이었어요. 작가는 흔히 그 두 단계 사이에서 개입을 많이 하는 것 같습니다. 어떤 개입은 좋지만, 사실 안 좋은 경우가 더 많죠. 그러면 자신을 의심하기 시작합니다. 지나치게 머뭇거리기 시작합니다. 살짝 신경 쇠약에 걸리는 거죠. 그러면 가고 싶은 데까지 못 가거나, 확 밀어붙이지 못합니다. 저는 〈내 머릿속에 있는 책이 내가 원하는 책이야〉라는 식으로 밀어붙여요. 그러면 곧 사람들이 그걸 받아들이든 말든 더는 신경 쓰지 않게 되죠. 저는 주노 디아스Jonot Diaz[9]가 자신의 책에서 스페인어를 번역하지 않고 그대로 쓰는 게 좋습니다. 독자에게 할 일을 좀 주는 게 문제가 된다고 생각하지 않으니까요. 제가 우려한 것은 적어도 50페이지를 넘기기 전에는 독자들이 제대로 따라잡았으면 좋겠다는 거였는데, 대부분 그전에 그렇게 하는 것 같더군요.

바일스 다양한 방언만이 아니라 목소리의 수 자체도 만만치가 않습니다. 전부 일인칭 목소리고요. 아까 날마다 다른 인물을 쓰셨다고 하셨는데, 계속 각기 다른 인물을 염두에 두면서 그 목소리를 끌어내는 일 자체가 굉장히 힘들었을 것 같아요.

제임스 그래서 도표를 만들어 벽에 붙여 놓았지요. 그 많은 인물을 계속 쫓아가려면 있어야 했어요. 그 인물들을 전부 다 기억하려고 애쓸 사람은 저밖에 없었지요. 정말 힘든 일이긴 했습니다. 제가 게으른 작가라 그런지 글로 적는 걸 별로 안 좋아해요. 그래서 도표를 잔뜩 만들었죠. 가로는 인물들을 배치해 두고, 또 세로는 시간대를 만들어 그 시간대별

---

9 도미니카계 미국인 작가로, 도미니카 독재에 의해 철저히 파괴된 한 가족의 이야기를 유머러스하게 풀어낸 장편소설 『오스카 와오의 짧고 놀라운 삶』으로 2008년 퓰리처상을 받았다.

로 누가 뭘 하는지를 쫙 정리해 놓았죠. 저는 그냥 계속 쫓아가는 겁니다. 다들 뭘 하고 있는지를. 조시 웨일스는 누군가를 죽이고 있다. 위퍼는 게이 섹스를 하고 있지만 아무도 그걸 모른다. 이런 식으로요. 그래서 이런 것들 대부분이 실제로 책에 나오지 않지만, 저한텐 그게 필요했어요. 제가 일종의 학교 관리인 같은 사람이었다고나 할까요. 그냥 모두 뭘 하고 있는지 알아야 했어요. 그래야 필요할 때 그들의 이야기 속으로 들락거릴 수 있으니까요.

바일스 그날 쓰기로 한 인물의 마음속으로 들어가기 위해 하는 아침 명상 같은 게 있었나요?

제임스 음, 그게······향을 좀 피운 다음 사탄에게 기도해요. 늘 그렇게 합니다. 저는 글을 쓸 땐 일을 하러 가는 거라고 굳게 믿는 사람이에요. 저는 헤밍웨이의 그런 점이 항상 좋았어요. 그가 타자기를 가지고 돌아다닌 이유가 앉을 때마다 일을 하러 가기 위해서라고 했다는 이야기가요. 그게 바로 제가 글쓰기를 대하는 방식이에요. 저는 정말로 글쓰기를 하나의 직업으로 봅니다. 솔직히 글쓰기에 몰입하다 보면 제가 어떤 하루를 보내고 있는지는 아무 상관도 없거든요. 저는 앉아서 일을 하러 갑니다. 그렇게 그날 일을 마치고 나면, 완전히 지칠 대로 지쳐서 제 비참한 삶에 대해 눈물을 흘리지요.

조지 손더스
『바르도의 링컨』

2017년 3월 20일 월요일

George Saunders
Lincoln in the Bardo

바일스 『바르도의 링컨』은 에이브러햄 링컨 대통령이 열한 살짜리 아들의 죽음으로 슬픔에 잠긴 채 조지타운의 한 공동 묘지에서 보낸 밤을 독창적인 유머와 인간적인 상상력으로 그려 낸 작품입니다. 그 결과, 역사 소설이라는 표현으로는 한참 설명이 부족한, 현대에도 심오하고 놀라운 울림을 주는 훌륭한 책이 탄생했죠. 여러분, 조지 손더스 작가님이 셰익 스피어 앤드 컴퍼니에 오신 것을 환영해 주십시오.

조지 손더스 안녕하세요. 오늘 밤 여러분 모두가 여기 이렇 게 와주셔서 진심으로 감사합니다. 정말 놀라운 공간 아닙 니까? 오랫동안 생각과 자유, 형제애와 자매애에 헌신해 온

이 신성한 공간에 와주셔서 감사드립니다. 이곳에 저를 초대해 주신 셰익스피어 앤드 컴퍼니 측에도 감사드립니다. 여기 와보는 게 평생의 꿈이었어요.

바일스 제가 『바르도의 링컨』에 대해 간략하게 소개했는데, 작가님은 그 책을 또 어떻게 소개하시는지 우선 들어 보고 싶습니다. 맨 처음 그 이야기가 어떻게 탄생하게 됐는지도 좀 궁금하고요.

손더스 제가 워싱턴 D.C.에 있을 때였어요. 록 크리크 파크 웨이라는 도로 옆으로 공동묘지가 하나 있는데, 아내의 사촌이 언덕 경사면에 있는 무덤 하나를 가리키면서 그게 1862년부터 3년 동안 윌리 링컨이 묻혀 있던 자리라고 하는 겁니다. 그러더니 믿기 힘든 이상한 이야기를 덧붙였어요. 링컨이 아들의 죽음에 너무 가슴이 아파 정말로 몇 번이나 그 무덤 안에 들어가서 시신을 끌어안았는지 뭐 그런 행동을 했다는 거예요. 너무 감동적이고 깊이 와닿았습니다. 그래서 〈아, 이런 이야기는 책 한 권이 되고도 남겠는걸〉 하고 생각했죠. 하지만 글쓰기 선생님 한 분이 제게, 만약 젊은 작가가 자신이 써야 할 이야기와 쓰는 걸 고민해 봐야 할 이야기를 구분할 수 있다면 15년쯤은 시간을 절약할 수 있을 거라고 한 적이 있었죠. 당시엔 그 아이디어가 쓰지 말아야 할 이야기 같았습니다. 너무 감상적이고 너무 직설적이었다고

나 할까요. 그래서 그걸 계속 미뤄 두었죠. 그러다 2012년에 마침내 『12월 10일』이란 책을 마무리하고 출간을 기다리고 있는데, 보통 그렇게 기다리는 서너 달은 어떤 기대감에 차 있는 좀 이상한 시기예요. 그때 그 링컨 이야기를 다시 떠올리곤 왜 그걸 쓰지 않으려는지에 대해 스스로와 언쟁을 벌였죠. 이유는 이런 거였어요. 〈사랑, 상실, 슬픔 등은 지나치게 실제 내 인생의 모든 근심거리에 관한 이야기야. 그러니까 그건 쓸 수 없어.〉 사실 약간 두려웠습니다. 완전히 새로운 접근법을 사용해야 할 것 같았거든요. 말하자면 제가 예술적 갈림길에 서 있다는 느낌이 들었던 거죠. 기존 방법을 고수해서 내 〈이력〉을 망칠 위험을 피하는 길을 택할지, 아니면 모든 위험을 감수하는 길을 택할지. 그리고 새로운 걸 시도하지 않는 건 예술적 자살행위나 다름없어 보였어요.

이건 아주 이상한 소설입니다. 마치 수백 개의 독백으로 구성된 것처럼 보이죠. 어떤 의미에서 글로 적힌 연극처럼 보이기도 해요. 그 모든 일이 하룻밤 사이에 일어나고, 화자 대부분이 유령이고요. 처음엔 링컨을 화자로 할까도 싶었는데, 그러면 〈87분 전에 나는 네 무덤에 들어왔지〉하는 식으로 써야 했기에 그 생각을 접었죠. 그리고 이 책에 역사적 배경 설명이 약간 필요한 것 같아서, 역사책에서 본 일부 역사적 사실을 그대로 인용했습니다.

바일스 대화를 어떻게 구성할지 고민하다가 일단 제가 작가님과 나누고 싶은 이야기 리스트를 한번 적어 봤습니다. 그걸 주제에 따라 분류해 보니 금세 둘로 나뉘더군요. 하나는 〈링컨〉, 다른 하나는 〈바르도〉로요. 그럼, 링컨부터 시작해 보도록 하지요. 링컨이 윌리의 무덤을 찾는 이야기는 소설을 쓰기 20년 전쯤에 들었는데, 실제로 소설을 쓰기 시작한 건 2012년이라고 하셨지요. 물론 당시는 미국 역사에서 매우 특별한 순간이었습니다. 의도적이었든 무의식적이었든 링컨을 떠올리게 하는 화법을 가진 오바마 대통령의 첫 임기가 끝난 뒤였으니까요. 당시 이 소설을 쓰게 만든 동력에 그때의 시대정신도 포함된다고 생각하시나요?

손더스 아마도요. 우리가 오바마 대통령과 보낸 8년이 좋았던 이유 중 하나는, 제 생애 처음으로 어쩌면 우리가 〈거기〉에 도달할 수 있을지도 모르겠다고 진지하게 생각하게 됐기 때문입니다. 헌법이 우리에게 하라고 한 것을 실제로 할 수 있을지도 모른다고요. 완전한 평등을, 한 집단이 다른 이에게 시혜적으로 베푸는 것이 아니라 타고난 권리로 취급하는 일을요. 그래서 처음 이 책을 구상할 때, 미국 역사의 이런 대전환에 관한 책을 써보면 좋지 않을까, 하고 생각했지요. 우리가 우리의 잠재력을 실현할 수 있다고 진심으로 생각하기 시작할 때 이 위대한 국가적 기획이 멋지게 완성될 것이다, 뭐 그런 생각이었죠. 그러니 제가 나중에 얼마나 놀랐는지 한번 생각해 보세요…….

바일스 그 놀라움의 원인은 어쩌면 대화 끄트머리에 알게 될 수도 있을 것 같습니다. 하지만 일단 지금은 링컨 이야기를 계속하고 싶군요. 저는 당신이 링컨에 관해 역사적 인물만이 아니라 소설 속의 한 인물로도 알아 가는 과정에 매료됐습니다. 그의 생각, 그의 목소리로 들어가는 길을 어떻게 찾으셨나요?

손더스 아무도 링컨을 모릅니다. 그가 걸어 다닐 때 아무도 그를 알아보지 못했어요. 그는 엄청나게 자비롭고 친절한 사람이지만 사생활을 몹시 중시하는 사람이었다고들 하지요. 그래서 일단 이 인물에 대한 역사적 사실과 얼개를 충분히 공부해야겠다고 생각했어요. 그러면 일종의 틀이 만들어지니까요. 그런 다음에 자신이 겪는 현상을 가져오는 겁니다. 저의 경우 아이들에 대한 저의 사랑, 자기 의심, 야심 같은 거였죠. 그걸 전부 녹여서 젤리를 만든 다음 그 틀에 부어 넣습니다. 그러니까 관건은 링컨에 〈충실〉하거나 진짜 링컨을 만들어 내는 일이 아니라, **링컨에 대한 환상**을 잘 만들어 독자에게 감동을 주는 일입니다. 저한테는 아들을 안고 있는 아버지라는 한 장면에 모든 게 담겨 있었지요. 그래서 책을 쓰는 내내 책상 위 벽에 윌리 사진을 붙여 두고 이 책의 진짜 내용을 계속 상기했죠. 그와 그의 기억을 불명예스럽게 만들고 싶지 않았어요. 하지만 소설의 존재 가치가 무엇인가요? 그것은 모든 걸 올바르게 파악하는 일이 아닙니다. 특정 역사적 기간에 있었던 일들을 나열하는 일이 아닙니다. 남북 전쟁이나 무덤 지리에 대한 진실을 보여 주는 일이 아닙니다. 그것은 독자의 입에서 〈와, 세상에!〉 하는 감탄사가 흘러나오게 만드는 일에 가깝습니다. 훌륭한 예술 작품을 접한 뒤에 우리가 들어가는, 어떤 개념으로도 축소될 수 없는 일종의 경이를 맛보게 하는 일. 그것이 유일한 최종 목표이지요.

제가 알게 된 한 가지 사실은, 링컨을 등장시키는 일은 예수를 등장시키는 일과 다를 바 없다는 것입니다. 굉장히 위험하지요. 그래서 가능한 한 짧게 나오게 해야 합니다. 링컨을 4백 페이지에 걸쳐 무대에 세워 두면 안 된다는 말입니다. 들어와서 잠깐 머물게 한 다음, 〈고마웠어요. 이제 그만 나가 주세요!〉 해야 한다는 거죠. 다른 하나는, 만약 링컨이 사랑하는 아들의 시신을 끌어안고 있었다면 그가 뭘 하려 했을지에 너무 초점을 맞추지 말고, 아버지로서(그리고 남편으로서, 중년 남자로서) 누구든지 할 법한 행동들을 떠올려야 한다는 것입니다. 제가 하는 일은 링컨을 만드는 일이 아니라, 독자가 이 책의 이야기를 끝까지 충분히 믿게 해줄 링컨을 형상화하는 일이니까요.

바일스 역사적 링컨이 소설을 이끈 것은 아니지만 역사는 마침맞은 서사를 선물해 줬지요. 윌리가 죽던 날, 연방군이 승리를 거둔 포트 도널슨에서 사상자 명단이 공개됐다는 서사를요. 제게 그것은 남북 전쟁으로 인해 장차 얼마나 많은 사람이 죽게 될지를 일찌감치 암시하는 징조로 보였어요. 그래서 드리는 질문인데, 작가님이 역사 때문에 어떤 제약을 느끼진 않았더라도 역사의 안내를 따른 것은 아닌가요?

손더스 링컨 이야기 전체가 사실 굉장히 성경과 닮았습니다. 어디선가 불쑥 한 남자가 나타납니다. 그가 대통령에 당선되면 남부는 분리 독립할 게 분명하지요. 전쟁은 미연방에 대한 이론적인 다툼에서 시작됐다가 미 대륙 역사상 가장 중요한 종족 학살 반대 전쟁으로 확장됩니다. 그리고 그 승리의 순간에 그는 죽습니다⋯⋯ 성금요일에요. 정말 믿기 힘든 이야기죠.

이 책은 사람들이 〈두어 주 뒤면 전쟁이 끝나겠구나〉 하고 말하는 순간을 배경으로 합니다. 바로 그때 그들은 이상한 보고가 담긴 전보를 받게 되죠. 하루에 3천 명씩, 며칠 만에 1만 명의 사망자가 발생했다는 겁니다. 이제 이 전쟁은 아무도 쉽게 빠져나올 수 없는 전쟁이라는 걸 모두가 깨닫기 시작합니다. 와중에, 갑자기 모든 책임을 떠맡게 된 남자는 어수룩한 사람으로 알려져 있습니다. 그가 이끌 정부는 타락해 있었고요. 전쟁이 악화 일로를 걷고 있는 걸 보고 수백 명이 그를 만나려고 백악관으로 몰려왔습니다. 그냥 일반 시민들이요. 모두가 그를 조롱하고, 그는 어떻게 대응해야 할지 모릅니다. 그러던 중…… 아들이 죽습니다. 저는 이런 상황에서 만약 내가 링컨이라면, 너무 슬픔에 짓눌려 내 삶을 통제하는 시늉조차 계속할 수 없을 거라는, 통제 근처에도 못 갈 거라는 생각만 들었습니다. 그런데 적어도 제 작은 경험으로 비추어 볼 때, 내 안에 있던 모든 게 빠져나가고 갑자기 통제에 대한 모든 환상이 사라졌을 때, 마치 신을 본 것 같은 어떤 지복 상태에 도달하기도 하거든요. 그도 왠지 그런 상태에 있었을 것 같았어요. 물론 확실한 건 모르지만요. 아들의 죽음을 겪고 나서 그의 안에서 무언가가 확 변한 겁니다. 갑자기 그의 공감 능력이 바깥으로 확장된 거지요. 이제 자기편이나 북부군의 승리만 생각하는 대신 노예 상태에 놓인 수백만 미국인을 생각하기 시작한 겁니다. 진정으로 그들에 대해 생각하기 시작한 거죠. 아마도 난생처음으로요. 그의 공감은 남부로까지 확장됩니다. 물론 제 해석이 옳은지는 확신할 수 없습니다만.

바일스 그가 세상에서 가장 슬픈 남자로 묘사되는 순간이 있습니다. 완벽한 절망이라는 딱딱한 땅에 발을 디디는 순간이겠지요.

손더스 아마 다들 그런 순간을 겪은 적이 있을 것입니다. 저의 경우, 그런 순간은 대부분 제가 사랑하는 사람이 죽었을 때였어요. 하지만 사랑에 빠질 때, 아이가 생겼을 때, 문득 평생 옳지 않은 습관적 사고방식으로 세상을 살아왔다는 깨달음이 들 때도 그런 경험을 하게 되는 것 같습니다. 사실 그것만으론 충분치 않아요. 파리 거리를 걸으면서 우리는 생존을 위해 이런 식으로 생각하며 적응해 나갑니다. 〈나는 거리에 있고, 저것들은 나무고, 저것들은 사람이고, 저건 개야.〉전부 다 사실이죠. 일을 하고, 계속 살아가고, 기능을 수행하기 위한 좋은 방법입니다. 하지만 갑자기 엄청난 상실을 경험하게 되면 이렇게 생각하죠. 〈젠장, 나는 지금 죽어 가고 있어. 내내 그래 왔다고. 우리는 전부 죽어 가고 있어. 우리는 전부 유한한 존재고, 의식을 가지고 돌아다니는 미친 기계일 뿐⋯⋯.〉그러니까 세상은 우리가 파악할 수 있는 범위를 훨씬 넘어선다는 겁니다. 그러다 슬픔에 빠지면 간혹 그 진리를 살짝 엿보게 되죠. 그렇게 우리의 진짜 현실을 살짝 엿보고 나면 다시 벽이 올라오지요. 그런데 예술로도 그런 진실을 살짝 엿볼 수 있는 것 같아요. 무언가를 읽거나 듣거나 아름다운 창작물을 보면 아주 잠깐 우리 눈이 열립니다. 그러곤 곧 도로 닫히죠. 하지만 그 경험은 성스러운 경험이라 할 수 있어요. 그 경외감이 삶의 모든 순간을 물들이니까. 우리가 아주 잠깐 엿봤을지라도 그 진실을 완전히 잊지는 못하니까요. 어쨌든 그게 제 생각입니다.

바일스 바르도는 불교 철학에서 온 개념이지요. 링컨 이야기에서 사후 세계나 중간 세계를 이야기하려면 유대-기독

교 전통 쪽으로 가는 게 자연스러울 수도 있었을 것 같은데
요. 당시에도 지금도 미국에서 가장 흔한 종교이니까요. 그
래서 작가님이 불교 쪽을 택하신 것은 상당히 의도적인 이
유가 있을 것 같습니다. 그 이야기를 좀 들어 보고 싶어요.

손더스 음, 아내와 저는 15년 전부터 불교에 심취해 있습니
다. 특히 티베트 불교에 끌린 이유는…… 여전히 이해가 잘
안 간다는 점이었어요. 그래서 저는 〈바르도〉라고 말할 때
마다 그게 뭔지 잘 몰라 당황하게 되는 게 좋았습니다. 〈연
옥〉이라고 말할 때면 그게 뭔지 어느 정도 알잖아요. 연옥
은 딱딱한 벤치 같은 곳이죠. 종말의 날에 하느님이 오셔서
데려갈 때까지 앉아 있는 곳. 그래서 이 사후 세계를 바르도
상태로 생각하기로 한 것은, 글을 쓰는 동안 어떤 마음 상태
를 가정하는 데 도움이 되기 때문이었어요. 저는 이렇게 생
각했어요. 〈죽음이 무엇이건 우리는 그걸 모른다. 만약 지금
당장 유성이 하나 떨어진다면 아마 다들 혼비백산할 것이
다.〉 그런데 티베트 전통 중에 정말 재미있는 것들이 있습
니다. 상당히 말이 되지만 더없이 끔찍한 이야기를 하는데
요. 예를 들어 사람이 죽으면 마음이 야생마처럼 변한다는
것입니다. 생전에는 그 야생마가 말뚝에 묶여 있었지만 죽
으면 그 끈이 풀리게 되는 거죠. 그러면 그 순간에 작동하고
있던 마음의 습관들이 어마어마하게 커집니다. 그래서 질
투가 많은 사람은 엄청난 질투에 사로잡히게 되고, 행복한

사람은 엄청나게 행복해지죠. 물론 제가 완전히 단순화해서 말하는 거긴 하지만, 이런 이야기가 제겐 너무 흥미롭습니다. 사후의 삶에 대해 알고 싶으면 지금을 보면 된다는 생각이요.

바일스 저는 작품의 구성적인 측면에 매료됐는데요. 앞서 당신은 바르도에서 일어나는 일들과 그렇지 않은 일들에 대해 말씀하셨는데, 바르도에 대한 기존 개념은 얼마나 따르셨나요? 작가의 관점에서 어떤 규칙을 세우셨는지, 아니면 완전히 자유롭게 쓰셨는지요?

손더스 아주 예전에 『티베트 사자의 서』를 완벽하게 구현한 소설을 쓰면 좋겠다고 생각한 적이 있어요. 하지만 곧, 그러려면 그걸 15년쯤은 공부해야 할 테고, 그렇게 해서 소설을 쓰게 되더라도 분명 딴 이야기를 하게 되리란 생각이 들었죠. 그래서 그걸 그냥 상상력을 자극하는 도구 정도로만 받아들였습니다. 제가 이해한 바로, 이 전통이 말하는 한 가지는 만약 당신이 독실한 기독교 신자이고, 기도하고 명상하고 기독교 상징물 속에서 생각하길 반복한다면, 그 상징물들이 사후 세계로까지 따라와 예수와 마리아 등을 보게 된다는 겁니다. 당신이 불교 신자라면, 불교 도상을 보게 될 것이고요. 또 프로 레슬링 팬이라면…… 그런 장면들을 보게 되겠죠. 하지만 어느 지점에선가, 내가 그런 목록을 늘어

놓을 이유는 없고, 대신 이걸 거의 이기적으로 왜곡시켜서 예술적으로 아름다운 어떤 것을 만들어 볼 수도 있겠다는 생각이 들더라고요. 저한테 강렬히 와닿은 한 가지는 바르도가 연옥과는 달리 일종의 거래 상태이며, 지불 수단만 있으면 실제로 빠져나올 수 있다는 생각이었습니다. 그런데 이 세계에서 많은 사자가 겪는 큰 문제는 자신들이 죽었다는 걸 모른다는 점입니다. 일종의 부정 상태에 있는 거죠. 유령 문학에서 유령에게 〈지금이 몇 년도냐?〉고 묻는 장면이 나옵니다. 그러면 유령이 〈음, 1724년〉이라고 대답하고, 영매는 〈아니, 지금은 2017년이야〉라고 말해 주죠. 혹은 유령에게 신문을 보여 주면 유령이 〈아……그렇구나〉 하죠. 그러면 그 유령은 이제 천국 같은 데로 가게 되는 거고요. 영혼들이 무덤에 갇혀 있는 게 부정과 무지 때문이라는 이런 생각이 참 재밌어요.

바일스 유령 문학에 관해서라면, 작가님이 전에 디킨스의 『크리스마스 캐럴』이 감탄스럽다고 하는 것을 들은 적이 있는데, 그 작품은 명백히 도덕적 교훈을 주기 위해 만든 유령 이야기입니다. 『바르도의 링컨』에서 작동하는 도덕은 디킨스가 천착한 선악의 이분법보다 더 복잡해 보이는데요. 그럼에도 그 책에 대한 감탄이 이 소설에도 영향을 미친 건지요?

손더스 그럼요. 제이컵 말리가 긴 사슬에 묶인 돈 상자를 질질 끌면서 나타나는 장면이 있습니다. 제 소설에 똑바로 서 있는 유령도 그와 비슷하죠. 제 인물이 약간 더 그악스럽긴 하지만요. 작년에도 시러큐스 대학에서 그 책에 관해 가르쳤는데, 정말 완벽한 예술 작품이라고 생각합니다. 꼭 아름다운 작은 기계 같아요. 정말 멋진 기계요.

바일스 작가에게는 한 명을 제외한 모든 주요 등장인물이 이미 죽은 것으로 시작한다는 설정 또한 좀 이상한 도전이지요. 그러면 서사의 상승 하강 구조나 인물의 성장 따위의 가능성이 사라지게 되니까요. 이런 도전을 의식적으로 택하신 걸까요?

손더스 아뇨! 중간쯤 와서야 〈이런, 큰일 났네!〉 싶더라고요. 이 사자들에게 아무 결과도 없으면 어떻게 되겠습니까? 그러면 이야기도 없고, 아무 의미도 없어지는 겁니다. 때로는 문제가 작가 자신에게서 비롯되는 것 같지요. 그러면 〈아이고, 큰일 났네. 나는 재능이 없어. 법대나 갔어야 했는데. 이제 완전 망했구나〉라고 생각하게 되죠. 하지만 그래도 계속 쓰다 보면 문제가 자신에게서 인물의 영역으로 넘어가지요. 혹은 책 자체의 미학이 됩니다. 이 경우엔 잠재적 문제가, 링컨과 유령들이라는 두 주요 서사가 인과적으로 교차하지 않는다는 것이었습니다. 특히 유령은 보통 살아 있는 사람에게 영향을 미칠 방법이 없다고 이해되니까요. 하지만 그 과정에서 이것이 바로 유령들이 스스로에 관해 궁금해하고 걱정하는 부분이 되고, 그 점이 매우 감동을 주지요. 그들은 〈아, 우리는 이제 예전의 우리가 아닌가 봐. 쓸모없는 존재가 된 기분이야. 이제 무엇에도 영향을 미칠 수 없는 존재가 된 것 같아. 그거참 우울한 일이군〉 하면서 〈우리가 살아 있는 사람들에게 의미 있는 존재가 될 방법이 있을까?〉 하고 계속 걱정합니다. 그리고 그건 이 소설이 던지는 질문이 되었지요.

책에 관해 이야기할 때마다 설명이 복잡해지는데요. 그건 제 집필 과정이 아주 직관적이고 반복적이기 때문입니다. 저는 고쳐 쓰기를 정말 많이 하는데 그때마다 소리나 감에 따라 이것저것 바꾸는 것 외에 다른 생각은 하지 않거든요. 그건 정말이지 아름다운 과정입니다. 그 과정을 거치고 나면 책이 저보다 더 현명해지니까요. 수정 과정에서 〈그래, 그 질문은 3백 페이지로 미루고 그때 다시 물어보자〉라고 하거나, 아니면 평범한 질문에 대한 대답으로 축소합니다. 모든 게 텍스트 속 특정 위치에서 이루어지는 특정 선택들로 축소되는 것이죠. 그래서 그 과정에 열심히 참여하고 나서 보면 놀랍게도 책에 주제 같은 것이 들어 있음을 알게 됩니다. 이 모든 작동 방식이 얼마나 아름다운지 모르겠어요.

바일스 바르도를 배경으로 삼은 덕분에 인물들이 생전에 지녔던 특징들을 과장할 수 있었을 것 같습니다. 그것은 우리가 서로와 자신을 인지하는 법, 그리고 소통하는 법과 밀접한 관련이 있다는 느낌이 들었는데요. 그래서 2008년에 출간하신 산문집 『우둔한 확성기*Dead Megaphone*』에 실린 같은 제목의 에세이가 떠올랐습니다. 거기서 당신은 우리가 특히 미디어에서 소통하는 방식이 서로에게 외치는 방식이라, 소리만 클 뿐 미묘함이 부족한 것 같다고 말했지요. 이 책 속의 바르도에는 온갖 인간 군상들이 모여 있습니다. 사회적 지위든 처한 환경이든 저마다 각양각색인 인물들이죠. 그들이 취한 물리적인 모습 역시 그들이 서로를 인식하는 방식으로 재현된 것처럼 보입니다.

손더스 제가 늘 외는 세 가지 주문이 있습니다. 하나는 도널드 바설미Donald Barthelme의 〈작가는 무언가를 쓰기 시작할 때 자기가 무엇을 쓰게 될지 모르는 사람이다〉라는 말입니다. 두 번째 주문은, 실례지만 여기 아이들이 있네요. 〈이건 좀 치워야겠군요〉 같은 것입니다. 시인 제럴드 스턴Gerald Stern이 말했죠. 〈사랑을 나누는 개 두 마리에 관한 시를 쓰기 시작하고 사랑을 나누는 개 두 마리에 관한 시를 쓴다······. 그러면 이제 당신은 사랑을 나누는 개 두 마리에 관한 시를 쓴 것이다.〉 맞지 않습니까? 시작한 일을 끝까지 마치면 된다는 겁니다. 어쩐지 좀 실망스러운 말이기도 하지만요. 그다음엔 아인슈타인이 한 말입니다. 〈중요한 문제는 절대 원래 개념의 지평에서 풀리지 않는다.〉 이 모든 이야기를 한마디로 정리하자면, 만약 커다란 예술적 야망을 품고 그 목표를 정확히 조준한다면 작품은 지루해지고 독자의 관심을 놓치게 된다는 것입니다. 비법은, 일단 작품에 올라탄 다음 책이 어떤 식으로든 내게 말하기 시작하는 것을 지켜보는 것입니다. 그것이 궁극적인 목표입니다. 책의 의지에 굴복하는 것 말이지요. 이것의 무서운 점이자 좋은 점은 당분간 주제에 관한 생각을 제쳐 놔도 된다는 점이에요. 정치도 제쳐 놔도 돼요. 그냥 텍스트에만 집중하면 됩니다. 당신이 도덕적으로, 윤리적으로 생각할 줄 아는 사람이라면, 정치적으로 사는 사람이라면, 그런 것들은 자연스레 제 길을 찾을 것입니다. 단, 무의식이라 부르든, 무어라 부르든 이 아름다운 옆문으로 말입니다. 그래서 저는 이 책에 대해 뭐라 말하기가 힘듭니다. 왜냐면 저는 정말로 한 장면 한 장면 제대로 연출해 내는 일에만 신경 썼으니까요. 링컨을 무덤 안팎으로 넣었다 뺐다 할 수 있을까? 그걸 자연스럽고 설득력 있게 할 수 있을까? 그렇게 하다 보면 저도 모르게 주제 비슷한 생각들이 슬금슬금 들어오죠.

바일스 가령, 국가란 무엇인가에 관한 소설을 작심하고 쓰려고 한다면 절대 진실에 가닿는 무언가를 얻을 수 없게 된다는 말씀이지요?

손더스 그렇습니다. 저는 제 학생들에게도 그렇게 말합니다. 물론 저는 이 직관적 접근법을 열렬히 신봉하지만, 모든 걸 계획해 놓고 쓰는 사람도 있지요. 그러니까 그게 무슨 **절대적인** 방법이란 말은 아닙니다. 그냥 **제** 방법이죠. 하지만 그 책이 어떤 책이면 좋겠다는 아주 약간의 생각만 있어도 그건…… 결코 괜찮은 책이 될 수 없다는 것, 혹은 그냥 내가 계획한 책, 그래서 그저 그런 책이 나온다는 것을 저는 오래전에 깨달았어요. 그래서 저는 아주 작은 생각의 씨앗만 가지고 시작합니다. 그리고 〈내가 그 씨앗에 흥미를 느끼고 그걸 잘 다듬기 시작하면, 플롯은 저절로 싹틀 것이다〉라는 믿음으로 써나가기 시작합니다.

바일스 대화를 시작할 때 미국의 정치 상황에 대해 언급하셨는데요. 2012년에 집필을 시작하신 이 책이 2017년에 출간됐을 때 상당히 묘한 느낌이 드셨을 것 같습니다. 집필을 시작한 당시에는 링컨과 위상이 비슷하다고 할 수 있는, 앞서 제가 말했듯이 실제로 링컨을 상당히 많이 떠올리게 하는 인물이 대통령이었지요. 그런데 지금은 그와 정반대인 상황입니다.

손더스 민주주의에 무감해져 있던 우리에게 경각심을 일깨워 주는 순간이었죠. 다른 사람들과 마찬가지로 저도 몹시 충격을 받았습니다. 하지만 지금은, 내 개가 내 사타구니를 문다면 결국 그건 내 책임이 아닐까, 하는 생각을 합니다.

그리고 이렇게 생각합니다. 그렇다면 작가로서, 지성인으로서 우리의 임무는 무엇일까? 그것은 우리가 해온 대로 감각을 활짝 열고, 호기심을 품고, 우리의 예술을 활용해서 대체 지금 무슨 일이 일어나고 있는 건지를 알아내고, 반발해야 한다는 느낌이 들면 반발하는 것입니다. 그것이 바로 지금 제가 하는 일이죠. 미국에는 젊은 예술가, 젊은 진보주의자가 많습니다. 그들은 말합니다. 〈우리는 항상 공감과 친절과 연민과 서로에 대한 호기심을 믿어 왔어요. 하지만 지금은 단단히 마음먹고 격렬히 맞서 싸워야 할 때인 것 같아요. 그래서 우리가 싸워야 할까요, 아니면 공감해야 할까요?〉 그러면 저는 그게 바로 맞서 싸우는 최고의 방법이라고 말합니다. 공감은 선한 싸움의 핵심 요소입니다. 그래서 오바마 시대의 낙관주의에 빠져 있던 우리에겐 사실 지금이 활력이 샘솟는 시기입니다. 선거 이후 진보주의자들이 통곡하고 이를 가는 시기가 있었지만, 지금은 〈그래, 어차피 이미 일어난 일이야〉 하고 받아들이고 툴툴 털고 일어나야 할 때인 것 같아요. 사실 놀라운 일도 아니에요. 많은 이들에겐 하나도 놀랍지 않죠.

바일스 맞습니다. 실은 저도 『우둔한 확성기』를 다시 읽으면서 거기에 그 모든 씨앗이 들어 있었다는 걸 알고 정말 놀랐습니다. 사람들이 이걸 좀 더 제대로 읽어 봤더라면…… 하는 안타까운 느낌이 들었죠.

손더스 저도 그랬어요. 사람들이 제 책을 더 많이 사기만 했어도 이런 끔찍한 상황이 생기지 않았을 텐데 말이죠! 하! 이 아름다운 곳, 이 아름다운 도시에 있으면 수 세대에 걸쳐 이곳, 이 건물, 이 아름다운 서점에 왔던 사람들을 떠올리게 됩니다. 왜 그럴까요? 그들은 자신들이 충분히 알지 못한다는 걸 알았으니까요. 충분히 알지 못하면 자기만이 아니라 자기 주변 사람들을 위해서도 더 작은 삶을 살게 된다는 걸 알았으니까요. 엄청나게 큰 세상을 아주 작은 구멍으로 보며 살기 때문에 덜 친절하고 공감과 연민도 부족한 삶을 산다는 것을요. 제가 『뉴요커*The New Yorker*』에서 트럼프 선거 운동을 취재한 적이 있는데 그때 발견한 한 가지 사실은, 격한 감정과 분노 따위를 배제하고 냉정하게 보면 트럼프를 지지하는 사람들은 실제로 이민자, 비백인, 국경, 이슬람교도 주변에 살지 않는 경향이 있다는 것입니다. 그렇다면 그들은 왜 그런 생각을 하게 되는 걸까요? 투사 때문이지요. 누구나 다 투사를 합니다. 그건 괜찮아요. 그게 인간의 본성이에요. 하지만 이런 공간이 신성한 이유는 사람들이 이곳에 와서 그런 투사 따위를 날려 버리고 더 큰 시야를 얻기 때문입니다. 너무 날린 나머지 투사가 거의 사라지는 일도 종종 일어나지요. 저는 투사가 사라지면 사랑을 얻게 된다고 생각합니다. 진짜로요. 하트나 장미가 아니라 명료한 시각을 갖게 되고, 모든 타인을 자신과 크게 다르지 않은 빛나는 영혼으로 보게 된다는 말입니다. 만일 우리가 결국 어느 쪽도 절대 이길 수 없는 엄격한 좌우 대립에서 벗어나고 싶다면, 누군가를 설득하고 싶다면, 한 사람 한 사람의 얼굴, 그들 각자의 꿈, 실제로 굴욕과 창피를 당하는 개개인들에 관해 이야기하자고 해야 합니다. 그곳이 제가 선거 운동 취재를 하면서 느낀, 어쩌면 우리가 비집고 들어갈 작은 공간이 되어 줄 장소입니다. 제가 만난 우파 쪽 사람 다수는 제 생각을 구체적으로 말했을 때 더 잘 이해했고, 그렇게 하지 않으면 잘 이해하지 못했거든요.

칼 오베 크네우스고르
『나의 투쟁』

2017년 3월 28일 월요일

Karl Ove Knausgård
Min Kamp

애덤 바일스 칼 오베 크네우스고르는 노르웨이의 작가이면서 편집자, 출판인이기도 합니다. 그의 첫 소설 『세상 밖으로 *Ute au verden*』는 1998년에 출간되어 데뷔작으로는 최초로 노르웨이 문학 비평가상을 받았습니다. 하지만 2009년에 자전 소설 『나의 투쟁』 1권이 출간되면서 크네우스고르는 노르웨이 대중의 마음속에 자신의 이름을 확고히 새겨 넣고 전 세계 수백만 독자를 확보하기 시작했죠. 우리는 현재 이 소설의 마지막 6권 영문판을 기다리는 중입니다. 이 책은 소설과 회고록의 가능성과 한계에 도전합니다. 여러분, 칼 오베 크네우스고르 작가님이 저희 셰익스피어 앤드 컴퍼니에 오신 것을 환영해 주십시오.

(크네우스고르가 당시 미출간 상태였던『가을 *Om høsten*』을 읽으며 시작한다.)

바일스 방금 책을 읽으시는 동안 든 생각은, 여섯 권짜리『나의 투쟁』에 비하면『가을』은 현재에 뿌리를 두고 미래를 바라보게 될 것 같다는 것이었습니다. 이 책의 집필을 시작하면서, 의도적으로 회고를 피한다는 느낌이 있었을까요?

칼 오베 크네우스고르 네, 그런 느낌이 컸죠. 더는 저의 내적 혼란에 관해 쓸 수 없었습니다. 한 글자도. 그래서 이제 어떻게 해야 할까를 생각했죠. 바깥을 바라봐야겠다 싶었습니다. 단 아주 근거리의 주변을요. 딱 제 주변 반경 10미터 안쪽을요. 그래서 그 작은 세계에서 제 눈에 보이는 것들을 쓰고 있지요.

바일스 그러니까 또 집요하게 파고드시는 거군요. 이번엔 다른 쪽으로 방향을 바꿔서.

크네우스고르 그렇죠. 저는 한 해 동안 아침마다 한 가지씩 썼어요. 그중 한 시간은 뭘 쓸지 그 대상을 찾느라 보냈고요. 가령 칫솔에 대해 무슨 이야길 하겠습니까? 별로 할 말이 없지요. 하지만 꼭 해야 한다면, 그래서 무작정 계속 생각하다 보면, 아무리 하찮은 대상일지언정 그에 대해 할 말이 아주 많다는 걸 알게 됩니다. 거기에 무궁무진한 의미가 담겨 있다는 것을요. 일종의 심리학까지 들어 있지요. 하지만 또 약간 다른 게, 지금 하는 작업은 그림 그리는 일과 좀 비슷한 듯해요. 어떤 면에서 굉장히 시각적이죠.

바일스 그 한 해 동안 자신이 좀 변했다는 느낌이 들었나요? 그렇게 힘들여 의미를 찾으려고 노력하면서, 주변 세상을 더 이해하고, 세상과 더욱 소통하게 되었을까요?

크네우스고르 작은 규모에서는 그렇습니다. 하지만 『가을』과 『겨울 Om vinteren』을 쓰고 나서 『봄 Om våren』을 쓰기 시작하는데, 갑자기 더는 못하겠다는 생각이 들더군요. 너무 정적이었어요. 그러면 이걸 좀 움직이게 해봐야겠다 싶었죠. 사물, 가족, 어린 소녀 전부 다요. 그렇게 한 권의 소설이 됐습니다. 하루 동안 모든 일이 벌어지는, 하지만 완전히 똑같은 세상에서. 제가 해오던 작업이 마침내 소설로 표현된 느낌이었어요.

바일스 그러니까 소설은 그런 연습이 확장된 것이었나요?

크네우스고르 그렇습니다. 그렇게 모든 게 사라지고 이야기의 일부가 됐습니다. 중심이 아니라요. 중심이 된 것은 사람이죠.

바일스 그 이야기를 들으니 궁금해집니다. 2008년 『나의 투쟁』을 쓰기 시작한 순간으로 돌아가서, 첫 줄을 쓸 때 이렇게 여섯 권에 달하는 긴 소설이 되리라는 느낌이 들었나요?

크네우스고르 아뇨, 전혀요. 처음엔 제 아버지에 관한 이야기를 쓰려고 했는데 4~5년의 노력 끝에 결국 실패하고 말았습니다. 그래서 뭐라도 해야 했어요. 진짜 절박했죠. 소설만 완성할 수 있다면 말 그대로 팔이라도 잘라 낼 수 있을 것 같았어요. 그러다 〈아, 허구는 안 되겠구나. 그냥 있는 그대로 써야겠다〉 하는 생각이 들었고, 그렇게 했습니다. 그런데 정말 무서웠어요. 하지만 그와 동시에 텍스트에서 엄청난 에너지가 뿜어져 나와 얼마나 흥미진진했는지 모릅니다. 여러 면에서 금지된 것들도 많았고요. 그걸 편집자에게 보냈더니 편집자는 뜨악해하면서 그걸 〈편집증적 자기 고백〉이라고 부르더군요. 편집증적이란 말도 옳고, 자기 고백이란 말도 옳았죠. 그래서 저는 서사를 집어넣었고, 그게 소설의 영혼이 되었죠. 그래도 당시 저는 그냥 소설을 하나 쓸 거고, 어차피 아무도 관심을 안 가지리라 생각했습니다. 어떤 면에선 그런 생각 덕분에 자유로워졌다고 할 수 있지요. 아무도 관심이 없다면 원하는 건 뭐든지 다 할 수 있으니까요. 이렇게 하나 저렇게 하나 아무도 안 읽을 테니까 말이죠.

바일스 무척 흥미로운 결정인 것 같아요. 4년 동안 방향을 바꾸지 않고 아버지에 관한 소설을 쓰려고 고군분투했다니 말입니다. 어떻게든 당신 안에서 이 이야기를 몰아내야 했던 것 같습니다.

크네우스고르 아버지가 세상을 떠났을 때 드는 생각들이 너무 많았어요. 하나는 존재론적인 차원이었고, 다른 하나는 물리적 차원이었습니다. 그가 갑자기 하나의 대상이 되어버렸죠. 그다음엔 가족사가 되었고, 제 역사가 되었고, 우리의 역사가 되었고, 제 정체성이 되었지요. 하지만 제겐 너무나 수수께끼였어요. 저는 그를 미워한다고 생각했고, 실제로 미워했고, 죽었으면 좋겠다고 생각했죠. 표현도 했습니다. 죽었으면 좋겠다고요. 그런데 진짜로 죽은 겁니다. 저는 장례식장에 내려갔고, 일주일 동안 울었습니다. 정말 하염없이 울기만 했습니다. 그러면서 이걸 써야 한다는 걸 알았지요. 내가 왜 우는 건지를. 그게 대체 뭔지를.

바일스 흥미로운 건 그걸 출판까지 하고 싶다는 욕구입니다. 물론 작가로서 그런 충동을 이해는 합니다만, 특히 쓴 것을 읽고 〈와, 이건 안 되겠어. 너무 위험해. 내 관계를 죄다 망칠 것 같아〉라는 생각이 들었을 때조차, 그럼에도 출판하리란 걸 아셨습니까? 아니면 다 쓰고 나서 그냥 내버려둘 수도 있다고 생각했는지요?

크네우스고르 글을 쓰는 게 내 안의 악마를 몰아내기 위한 것은 아닙니다. 무언가를 창조해 내려고, 책을 만들려고 쓰는 거죠. 그게 핵심이에요. 어떤 목적을 위해 자신을 활용하는 거지요. 책은 어떤 식으로도 저를 돕지 않지만, 어쨌든 무언가를 창조하는 건 기분 좋은 일입니다. 저는 제가 그걸 출판하리란 것은 알았지만 가족들과 친구들이 화를 내리라고는 생각하지 못했어요. 저는 소설을 썼고, 그다음엔 사람들에게 보여 줘야 했어요. 애초에 관련된 인물 모두에게 보여 주기로 결심했으니까요. 그래서 〈다들 **약간** 화가 날 수도 있겠구나〉 생각하면서 아버지 쪽 가족들에게 보냈는데, 그때부터 완전히 지옥문이 열렸지요.

바일스 출간되고 나서요?

크네우스고르 출간되기 전에요. 그래서 가족에게 상처 주는 일이란 걸 알았으니 출판하지 않겠다고 결정할 수도 있었지요. 하지만 그렇게 하지 않았습니다. 저는 그 책을 출판하지 않을 도리가 없었으니까요. 그때 나 자신이 얼마나 야망 덩어리인지를 알게 됐고, 그건 정말 끔찍했습니다. 저는 자신에게 설명할 변명거리를 만들어 내고 그걸 이해할 만한 것으로 만들기 시작했죠. 지금도 계속 그러고 있어요. 하지만 그건 사실, 아무 해결책 없는 기본적인 도덕적 갈등 같은 거죠.

바일스 작가님을 뵈니 전에 이곳에 모신 적 있는 에두아르 루이Edouard Louis[10] 작가님이 떠오르는데, 그도 프랑스 북단의 한 산업 도시에 사는 자신의 가족에 관한 책을 써서 출판했거든요. 그는 이야기의 중대성으로 그 출판을 정당화했습니다. 이 도시 이야기의 정치적 중요성이 대중적 노출에 대한 가족의 우려를 능가했다고 말입니다. 하지만 당신의 책이 정말 매력적인 것은 어떤 정치적 목적이 있지는 않는 것 같다는 점입니다. 사실 예술 외에 다른 목적은 하나도 없는 느낌입니다.

크네우스고르 하지만 그것이 책을 출판해야 하는 유일한 이유일 수도 있지요. 적어도 소설의 경우엔 말입니다. 저는 정치적인 이유로는 소설을 출판할 수 없었습니다. 저한테 소설을 만드는 것은 그 안에 있는 특출한 소설적 요소들입니다. 물론 그것이 정치일 수도 있고 그 외에도 다른 많은 것들이 될 수 있지만, 반드시 소설에 도움이 되어야 합니다. 또한 사회나 정치에 대해 의미 있는 말을 할 수 있는 유일한 방법은 그 바깥에 있는 것인데, 소설이 바로 그렇지요. 제가 정치 문학에 반대한다는 이야기가 아니라, 그 작동 메커니즘이 그렇다는 이야깁니다.

---

10 현 프랑스 노동 계급의 실상을 충격적으로 폭로한 자전 소설 『에디의 끝』으로 데뷔해 큰 화재를 불러 모았다.

바일스 이 작품을 소설로 분류하는 일 자체가 흥미롭게 느껴집니다. 서점마다 소설 칸에 꽂혀 있지요. 하지만 말씀을 들어 보면 이것은 당신의 삶을 쓴 이야기가 틀림없는데요. 그런 특징이 독자들을 혼란스럽게 하는 것 같습니다. 이미 두 권의 훌륭한 소설을 쓰고 나서 이런 글을 쓸 때, 기존의 소설적 기술과 관습이라고나 할까요. 이를테면 모든 걸 말이 되게 하거나 말끔한 결론을 내리거나 어떤 리듬을 부여하려는 일종의 소설가로서의 본능 때문에 갈등을 느끼시진 않았나요? 아니면 그것들에 맞서 싸웠을까요?

크네우스고르 좋은 질문입니다. 왜냐하면 예전에는 문학을 사람들에게 깊은 인상을 남기는 방법이라고 여겼거든요. 〈이것 좀 봐요, 나는 이런 일도 할 수 있어요〉라고 말이죠. 제 인생 역시 그게 문제였던 것 같아요. 다른 사람들이 날 어떻게 생각할지에 제가 너무 의존했다는 사실요. 이 책은 거기에서 빠져나오는 한 방법입니다. 다른 사람이 날 어떻게 생각할지에 대해 아무 신경도 안 쓰고 나 자신을 있는 그대로 보여 주려고 애를 썼어요. 문체도 마찬가지입니다. 누구를 기쁘게 하려고 쓴 게 아닙니다. 그냥 쓰려고 한 거죠. 그게 이 작품의 한 가지 측면입니다. 다른 측면은 소설을 쓴다는 것, 기억한다는 것이 과연 무엇인지와 관련이 있습니다. 이상한 건 어떤 면에서 글쓰기가 기억하기와 매우 흡사하다는 사실입니다. 자신으로부터 무언가를 창조해 내고,

어떤 기억에 관해 쓰는 과정은 거의 같은 것 같아요. 이 책에서 저는 소설가가 쓰는 모든 기법을 활용합니다. 이 소설이 회고록이 아닌 이유는 2~3분 동안 벌어진 일에 대해 1백 페이지를 쓸 수 있었는데 그건 굉장히 소설적인 글쓰기 방식이기 때문이에요. 또 다른 하나는 저는 제 삶에 관심이 없다는 것입니다. 저는 제 삶에 관해 이야기하는 것이 아니라, 저의 정체성을 탐구하는 데 관심이 있습니다. 자신에 관해 쓸 때 저는, 제가 소설을 쓸 때 가는 장소로 갑니다. 어디로 가는지도 모르고, 뭘 쓰고 있는지도 모릅니다. 그저 생각할 수 없는 어떤 곳에 당도하려 애쓸 뿐이죠. 만약 그렇게 되면 저는 저 자신 속으로 사라집니다. 그러면 우리 자신 바깥에 있는 우리는 누구일까요? 저는 그게 궁금했습니다. 제 생각엔 우리 자신 바깥에서 우리는 서로일 것 같아요. 또한 음악이고, 우리가 읽는 것들이고요. 그 밖에도 그와 유사한 것들은 무궁무진하지요. 그리고 이렇게 우리 사이에 있는 것들의 안, 그곳이 바로 소설이 작동하는 곳입니다.

바일스 말씀을 듣고 보니 저널리스트 에반 휴스Evan Hughes가 『나의 투쟁』을 읽으면 다른 사람의 일기장을 열고 자신의 비밀을 발견하는 느낌이 든다고 한 말이 떠오릅니다. 이 책의 독서 경험을 완벽하게 표현한 말이라고 생각했지만, 물론 글쓰기 경험을 표현한 말은 아닙니다. 이것은 일기가 아니라는 뜻이지요. 말씀하신 대로 이 책은 소설입니다. 적어도 매우 사적인 수준에서는 독자에게 어떤 공감을 불러일으키지만, 상당히 불편한 느낌도 불러일으킬 수 있을 것 같습니다. 독자 입장에서는 어떤 것들이 의미를 지니거나 텍스트 전체에 울려 퍼지길 기대하니까요. 그래서 이를테면 당신은 누군가의 빨간 신발을 이야기하는 데 시간을 보낼 수 있고, 우리의 본능은 〈그래, 앞으로 이 빨간 신발이 중요하겠구나. 그 얘길 이렇게 오래 하는 것을 보니〉 했는데, 그 빨간 신발 이야기는 두 번 다시 안 나오는 거지요. 우리가 소설에서 기대하는 바와 현실이 작동하는 방식 간의 이런 밀고 당기기가 이 책이 그토록 매력적으로 느껴지게 하는 비결인 것 같습니다. 소설이 우리를 끌고 갔다 내버려뒀다 할 때마다 끊임없이 놀라게 되죠.

그런데 작가님은 기억이란 게 놀랍도록 유동적이고 신뢰하기 힘든 것이라고 말했음에도 온갖 세부적인 기억을 적어 놓으셨는데요. 그렇다면 그 많은 사소한 기억이 만들어진 것이라고 여겨도 무방한가요?

크네우스고르 네. 없는 걸 만들어 낸 건 아니고 텍스트에 등장하는 시점을 제가 만들어 냈죠. 하지만 세부적인 것들은 정확합니다. 당연히 최대한 정확히 썼습니다.

바일스 하지만 누군가 신고 있던 신발 브랜드라든지 티셔츠에 박힌 사진이라든지 그런 건 글을 쓸 때 떠오른 이미지 아닌가요?

크네우스고르 맞습니다. 이 책을 처음 시작할 때 저는 어떤 자료 조사도 하지 않고 그냥 제 머릿속에 떠오른 것을 전부 다 적어야겠다고 생각했습니다. 그게 다예요. 기억은 절대 믿을 게 못 된다고 대놓고 썼습니다. 무의식적으로 기억을 조작해, 자신이 좋은 사람이거나 아무 실수도 하지 않았다고 합리화하는 작업을 우리 안에서 끊임없이 하고 있죠. 그래서 자기 삶, 자기 머릿속에 들어 있는 것에 관해 쓰는 사람을 완전히 믿어선 안 됩니다. 진실을 방해하는 요소들이 수도 없이 많을 테니 말이죠. 제 소설도 마찬가지입니다. 책 안에서조차 서로 모순되는 사실들이 상당하고, 사실 그것이 핵심이기도 합니다. 정체성의 복잡성을 찾으려 노력하는 것 말이죠. 그건 계속 변하니까요. 하지만 우리는 바깥에서 바라보는 게 아니니 그 변화를 알아차리지 못하죠. 계속해서 같았다고 생각하지만, 절대 그렇지 않습니다.

바일스 우리에겐 우리 행동을 정당화하거나 변명하는 정신적 메커니즘이 있다고 하셨는데요. 작가님 인생 속의 일부 사람들과 책 속의 일부 인물들도 힘든 시간을 보내지만, 정작 가장 가혹한 취급을 당하는 사람은 당신 자신인 것 같습니다. 당신이 누군가와 언쟁을 벌일 때 독자가 당신을 특별히 좋아하거나 지지하도록 만들려고 하지 않았으니까요.

인생에서 벌인 어떤 행동들을 정당화하려는 욕구와 싸워야 했었나요?

크네우스고르 아뇨. 글쓰기에는 나를 보는 누군가를 향하는 요소가 있는데, 저는 대체로 제약이 되는 외부 시선을 피하고 자유로운 공간을 만들어 내려 노력했습니다. 말하자면 그 공간엔 〈타인〉이 없다는 뜻이죠. 그럼에도 글을 쓰다 보면 소설 자체에는 여러 대상에 우리 자신을 투영하는 방식을 반영하는 요소가 아주 많습니다. 저는 저에게 매우 불쾌한 장소들을 통과하려 애쓰는 것에서 자유를 느꼈습니다. 덕분에 쓰는 동안에는 그렇게까지 마음이 아프지 않았어요. 제가 쓴 글 중에는 낯부끄러운 일들이 많습니다. 저는 수치심에 관심이 많습니다. 정말 수치심을 많이 느끼는 사람이거든요. 아마 그것이 사회와 자아 사이에 일반적으로 작동하는 메커니즘인 것 같아요. 그것이 바로 자아가 통제당하거나 스스로를 통제하는 방식이지요. 내가 타인들을 느낄 수 있는 장소이기도 하고요. 그래서 자꾸 수치스러운 곳으로 가서 그게 뭔지를 알아내려고 하는 것 같습니다. 왜냐하면 그곳이 타인들과의 관계가 어떤 식으로든 분명해지는 곳이니까요.

바일스 글을 쓰는 동안 기억을 다시 떠올리는 일이 고통스럽지 않았다고 하셨지요. 그 말을 믿기 어렵다는 말은 아니지만 컴퓨터 앞에 앉았을 때 그런 순간, 그런 경험이 있을 것 같은데요. 말하자면…….

크네우스고르 물론 신나는 일은 아니었습니다. 하지만 불가능한 일도 아니었어요. 끔찍한 순간은 제가 글쓰기를 멈추고 그걸 누군가에게 보여 줬을 때였죠. 그땐 정말이지 너무 끔찍했습니다.

바일스 그러니까 당신과 지면과의 관계는 거의 표면화되지 않는다는 거군요.

크네우스고르 혼자서 무슨 생각을 할 때면 불쾌한 생각이 들어도 그냥 받아들입니다. 〈그래, 그게 나야〉 하면서 그냥 잊어버리죠. 나를 벌할 사람이 없으니 큰 의미가 없기 때문이에요. 물론 스스로를 벌할 수도 있겠지요. 하지만 그건 내가 글을 쓰거나 혼자 있는 곳에서 일어나는 일이죠.

바일스 그래서 그때조차 자신을 판단하는 일종의 초자아가 등장하지 않는다는 건가요? 혼자 자기가 저지른 나쁜 일들을 떠올릴 때도 판단당하는 느낌과 수치심을 느낄 수 있지 않습니까?

크네우스고르 맞습니다. 그래서 저는 늘 문학을 도피처로 삼

앉죠. 그곳에선 나 자신을 없애고 다른 사람이 되거나, 다른 곳에 있을 수 있으니까요. 『나의 투쟁』이전 두 권의 책도 그런 마음으로 썼고, 책을 읽을 때도 마찬가지였습니다. 하지만 『나의 투쟁』의 핵심은 도망치고 싶지 않다는 것이었습니다. 문학을 도피처로 삼지 않겠다는 것이었습니다. 저는 삶을 직면하고 싶었어요. 그래서 아주 이상한 경험을 하게 된 거지요. 하지만 그때조차 일종의 무아 상태가 가능했습니다. 저 자신에 관해 직접적으로 쓰려고 할 때조차 말이지요.

바일스 조금 전 자유라는 단어를 쓰셨고, 자기 파괴에 관해서도 말씀하셨는데요. 『내 집처럼 편안한 곳*Hjemme-borte*』을 읽다가 발견한 문장이 하나 떠오릅니다. 농담으로 한 말씀인지는 모르겠지만, 〈나는 뼛속까지 프로테스탄트다〉라는 말이 나오죠. 그래서 『나의 투쟁』에 종교적인 측면이 있는지를 생각하게 됐습니다. 자기 파괴를 말씀하셨을 땐 누구나 불교나 힌두교 같은 종교를 떠올리게 되니까요. 하지만 프로테스탄트, 특히 루터교에서 육체적 고행과 자기 채찍질은 은총으로 이어집니다. 혹시 이 책에서도 비슷한 일이 일어나고 있다고 생각하나요?

크네우스고르 그런 생각을 해본 적은 한 번도 없지만, 우리 문화에서 한 언어로 글을 쓰는 일이 그래서 흥미로운 것 같아요. 그 문화에서 따라오는 사상이나 생각들이 너무도 많으니 말입니다. 저는 저 자신을 그런 식으로 분석하지는 않지만, 그런 식으로 읽는 것도 충분히 가능할 것 같군요.

바일스 개인적으로, 여섯 권에 걸쳐 묘사한 사건들에 대해 쓰면서 일종의 카타르시스를 느꼈는지요? 그 덕분에 예컨대 『가을』에서 현재에 더 머물면서 미래에 시선을 둘 수 있게 된 걸까요? 아니면 그 사건들이 여전히 같은 방식으로 당신을 괴롭히나요?

크네우스고르 미안하지만, 글쓰기에는 카타르시스가 없습니다. 그 순간에는 치유가 되는 느낌도 들지만, 글쓰기는 매우 기술적인 일이기도 합니다. 『나의 투쟁』 마지막 권에서는 저와 제 가족과 아이들에게 엄청나게 슬픈 일을 쓰고 있었어요. 아내가 입원한 후, 아이들을 데리고 아내를 보러 간 이야기였는데, 정말 끔찍했습니다. 6권에서 글쓰기의 대가를 다뤘는데, 그중 하나가 아내가 무너져 내린 일이었습니다. 그래서 〈그래, 그걸 쓰자〉 하고 생각했죠. 그 모든 걸 한 번 더 겪는 거지요. 저는 그토록 끔찍했던 곳을 다시 찾아가야 했고, 그렇게 했습니다. 울면서 썼지요. 그걸 편집자에게 보냈더니 편집자가 〈음, 아무것도 없네요. 다시 써야겠습니다〉 하는 겁니다. 그래서 저는 또다시 그리로 돌아가 똑같은 일을 했습니다. 편집자는 또 같은 말을 했죠. 〈여긴 아무것도 없습니다. 전부 당신의 안에 있어요. 그걸 지면에 풀어

놔야 합니다〉라고요. 5권에는 제 형제와의 관계도 나오는데 그걸 쓸 때도 정말 끔찍했습니다. 하지만 어떻게든 거기서 스스로를 분리해야 하고, 동시에 거기에 완전히 들어가서 그걸 재현해야 합니다. 어떻게 봐도 그런 경험이 카타르시스가 되진 않지요. 얼마나 끔찍한데요.

바일스 5권에서 글쓰기와의 관계에 관한 이야기가 나오기 때문에 그 말이 놀랍게 들리지 않습니다. 〈그래, 나는 이 일에 적합한 사람이 아니야. 다른 일을 찾아야겠어〉라며 포기하는 순간들도 있지요. 썩 행복하지 않은 순간들을 재미있게 표현하신 것 같습니다만, 분명 당신은 글쓰기에서 어떤 만족감을 느끼는 것 같습니다. 적어도 즉각적인 의미에선 어떤 기쁨도 주지 않는데도 당신은 계속 이 글쓰기 과정에 이끌리는 것 같아요.

크네우스고르 맞습니다. 도무지 글이 안 써졌을 때 흥미로운 점이 바로 그것이었어요. 처음엔 텍스트를 제 외부에 있는 어떤 것으로 생각했습니다. 제가 원하는 것은 무엇이든 만들 수 있고 할 수 있는 것으로요. 하지만 그렇게 생각하니 좀처럼 감정 이입이 되지 않았어요. 그러다 제가 작가로 살아가는 이유가 되어 준 분을 만났죠. 그분은 지금도 제 편집자인데, 저를 믿고서 제가 계속 쓸 수 있도록 독려해 줬습니다. 저는 글쓰기가 읽기와 같다는 사실을 발견했습니다. 정확히 똑같았지요. 결국 같은 장소에 들어가는 일이었습니다. 그곳에 있는 어떤 것도 통제하는 일이 아니었지요. 그래서 정말 안심이 됐습니다. 글쓰기는 그 장소, 기본적으로 무아 상태인 곳을 찾는 일입니다.

바일스 당신의 작품에 관해 이야기할 때 잘 언급되지 않는 한 가지가 유머입니다. 특히 3권에서 어린 당신은 아이들이 흔히 저지르는 일들을 하지요. 물병과 딱정벌레 사건, 똥 누는 장면에 대한 묘사 등이 떠오릅니다. 글을 쓰면서 운 이야기를 하셨지만, 컴퓨터 화면 앞에서 웃음을 터뜨린 적도 있나요?

크네우스고르 재미있을 때도 많습니다. 특히 열여섯, 열일곱, 열여덟 당시 이야기를 쓸 때는요. 무척이나 긴장감이 넘치고 아주 진지하게 써야 하니까요. 열일곱 살짜리와 동일시를 해야 하지만 사실 엄청난 거리가 있지요.

바일스 그저 사실만 꺼내 놓는 게 아니라 아주 진지한 태도로 그래야 한다는 건가요?

크네우스고르 그의 생각이나 감정, 그가 하려는 일이 아무리 우스꽝스러워도 그의 편에 서야 하지요. 번번이 그에게 〈아니야, 이렇게 해. 그러면 괜찮을 거야〉라고 하고 싶었지만 그럴 수 없었습니다. 저는 그의 뒤를 따라가야 하니까요. 하지만 다시 보니 정말 웃기더라고요. 이 책은 희극이에요.

바일스 인터뷰를 끝내기 전에 이 『나의 투쟁』 현상에 관해 묻고 싶습니다. 2011년에 노르웨이어로 여섯 권을 내셨는데, 지금도 이 작품에 관해 이야기해 달라는 요청을 받으시죠. 이 현상을 어느 정도로 이해하고 계시나요? 작가들은 가능한 한 많은 독자가 자신의 책을 읽어 주길 바랍니다. 그래도 이렇게 많은 이들이 당신의 책을 즐기는 것을 보고 놀라지 않았나요? 이 현상을 정확히 이해할 수 있으신가요?

크네우스고르 사실 엄청 놀랐습니다. 처음엔 노르웨이에서 난리가 나더니 그게 다른 나라로까지 점점 퍼져 나가서 도저히 적응이 안 되더라고요. 어디 갔다가 집에 돌아오면 꼭 다른 사람이 된 기분이었어요. 썩 좋은 기분은 아니지요. 하지만 글을 쓰는 데는 좋습니다. 항상 긴장감이 느껴지니까요.

바일스 이 현상을 자신에게 설명하려고 해보셨을까요?

크네우스고르 제가 생각할 수 있는 유일한 것은, 저는 책에 다른 사람이 존재하고 있을 때 그 작품에 애착을 느낀다는 사실입니다. 그러면 그 책에 끌리게 되죠. 그래서 이 책에도 사람이 존재한다는 것으로 설명해야 할 것 같습니다. 여기 한 사람이 존재하는구나, 하고 느끼는 거죠. 그게 제가 이 현상을 설명할 수 있는 유일한 방법입니다.

콜슨 화이트헤드
『언더그라운드 레일로드』

2017년 6월 20일 화요일

Colson Whitehead
The Underground Railroad

애덤 바일스 『언더그라운드 레일로드』는 조지아의 한 목화 농장에서 일하던 코라라는 여성이 지하 철도 조직의 도움으로 노예의 굴레에서 탈출한 이야기입니다. 지하 철도는 콜슨 화이트헤드 작가가 재구축한, 지하 역사, 증기 기관차, 철도원 등의 완전한 물리적 형태를 갖춘 조직입니다. 그런데 코라가 새로운 주에 당도할 때마다 진정한 자유의 꿈은 점점 더 요원해 보이지요. 이 작품은 단순히 노예제의 역사를 다루는 소설이 아니라, 남북 전쟁 이전부터 현재에 이르기까지 미국의 흑인들이 직면한 공포와 위협을 정면으로 다루는 소설입니다. 여러분, 콜슨 화이트헤드 작가님이 이곳 셰익스피어 앤드 컴퍼니에 오신 것을 환영해 주십시오.

콜슨 화이트헤드 안녕하세요. 이 더운 날씨에 이렇게 와주셔서 감사합니다. 이 자리에 오게 되어 정말 영광입니다.

바일스 『언더그라운드 레일로드』에 대한 최초의 아이디어가 떠오른 것은 아주 오래전이었다고 들었습니다. 본론으로 들어가기 전에 우선, 왜 이 책은 다른 소설들과는 달리 잉태 기간이 그렇게나 긴지 여쭤 봐도 될까요?

화이트헤드 이 소설의 아이디어를 처음 떠올린 건 17년 전이었어요. 지하 철도에 관한 이야기를 처음으로 접한 때였죠. 4학년 때, 선생님이 그 이야기를 해줬을 때 저는 땅속의 작은 지하철을 떠올렸습니다. 아주 비현실적인 상상이었죠. 그때 선생님은 그 조직이 실제로 어떻게 활동했는지를 설명해 주셨지만, 저는 그날 〈만약 이 은유적 철도를 내가 진짜 철도로 만들어 책을 쓴다면 너무 이상할까?〉 하는 생각을 했습니다. 그런데 이는 이야기라기보단 어떤 전제에 가까우니만큼, 『걸리버 여행기』처럼 우리의 주인공이 지나는 한 주 한 주가 미국의 각기 다른 가능성의 상태라는 요소를 덧붙였어요. 정말 좋은 아이디어 같았고, 바로 실행하면 그 아이디어를 망칠 것이라는 걸 알았죠. 그래서 기다리기로 했어요. 일단 책을 여러 권 쓰다 보면 더 나은 작가가 되어서, 꼭 필요한 방식으로 그 아이디어를 꺼낼 수 있을지도 모른다는 생각이 들었습니다. 당시에 저는 뉴욕의 서른 살짜리 얼간이였고, 더 나이가 들어 충분한 모험을 하고 나면 세상 경험을 책으로 써낼 수 있으리라 생각했어요. 그래서 소설을 한 권 끝낼 때마다 〈이제 준비됐나?〉라고 자문해 봤죠. 그때마다 대답은 〈아니〉였습니다. 그 상태로 14년쯤 지나 편집자와 책을 하나 내기로 계약했는데 영 마음이 편치가 않은 겁니다. 그래서 아내에게 지하 철도 책 이야기를 했지요. 아내는 〈여보, 당신이 지금 집필 중인 중년의 위기를 겪는 브루클린 작가 이야기가 바보 같다는 말은 아니지만, 그 지하 철도 이야기는 정말 좋은 책이 될 것 같아〉라고 하더군요. 그래서 제 에이전트에게 그 아이디어를 이야기해 줬지요. 그랬더니 그는 둘 다 좋은 아이디어라는 겁니다. 그런 말은 제게 별 도움이 되지 않았죠. 그런데 다음 일요일에 그가 뜬금없이 이메일을 보내서는 〈지하 철도 아이디어가 계속 머릿속을 맴돌아요〉라고 하더군요. 당시에 저는 수요일마다 정신과 의사를 만났는데 의사한테 그 얘기를 했더니 의사가 〈당신 미쳤어요? 그러니까 당신이 미쳤다는 건 우리 둘 다 알지만, 이 책은 그런 당신한테 완전 찰떡일 것 같아요〉라는 겁니다. 그 다른 책을 이미 계약했던 편집자는 딱 이 한마디만 했어요. 〈이랴, 개새끼!〉 출판계 전문 용어로 〈정말 멋진 아이디어야. 그건 무조건 해야지〉라는 뜻이죠. 그렇게 해서 이걸 쓰게 된 것입니다.

바일스 17년 전에 그 아이디어를 떠올렸을 때도, 그리고 몇 년 전에 그걸 쓰기 시작했을 때도, 주인공이 여성이어야 한다는 생각이 쭉 분명했나요?

화이트헤드 이 책을 머릿속에 품고 있던 동안에는 〈한 남자가 도망치고 있다. 그 남자는 팔려 간 아내를 찾는 남편, 아이를 찾는 부모다〉라고 생각했습니다. 그러다 결국 사라진 어머니를 찾는 여성 코라가 주인공이 됐죠. 거기에는 몇 가지 이유가 있습니다. 해리엇 제이컵스Harriet Jacobs[11]가 쓴 유명한 노예 이야기가 있지요. 7년 동안 다락에 숨어 있다가 노스캐롤라이나를 탈출한 이야기인데, 회고록 전반부에는 노예 소녀가 노예 여성이 됐을 때 어떤 새로운 지옥도가 펼쳐지는지가 나옵니다. 여자는 아이를 낳아야 하기 때문인데, 아이가 많아진다는 것은 목화를 딸 일손이 많아진다는 뜻이고 주인은 돈을 더 많이 벌 수 있다는 뜻이기 때문이죠. 남자 노예와는 완전히 다른 차원의 노예 생활이 펼쳐지는 것이지요. 탐구해 볼 만한 가치가 있는 것 같았습니다. 그전까지 모녀 관계는 한 번도 다뤄 본 적이 없는데 그것도 해볼 가치가 있어 보였고요. 그런 다음 아주 관조적인 남성 화자가 연이어 떠올랐습니다. 제 머릿속 한편에서 이렇게 말하는 소리가 들려왔죠. 〈그걸 섞어. 자꾸 똑같은 것만 하

---

11 미국 흑인 노예 여성이 쓴 최초의 자서전으로 고전의 반열에 오른 『린다 브렌트 이야기』를 써, 노예 여성들에 대한 성적 착취와 학대 문제를 정면으로 폭로했다.

지 말고.〉

바일스 코라는 처음부터 우리에게 아주 균형 잡힌 인간으로 다가오는데요. 그렇게나 어린 소녀가 농장을 벗어날 거란 보장이 전혀 없는데도 조용한 결단력이 있는 것 같아요. 이 인물과 그 목소리는 어느 정도 미리 완성된 상태에서 그려졌나요?

화이트헤드 처음엔 지하 철도를 현실로 만들겠다는 생각 하나로 시작했습니다. 인물도 배경도 아무것도 없었죠. 2015년에 제 편안한 아파트에서 그걸 쓰려니, 도주를 결심할 정도로 용기 있고 상상력 넘치고 신념이 강한 노예의 마음속으로 들어가기가 쉽지 않았습니다. 이 모든 속성을 구현할 수 있는 인물을 찾다가 코라를 떠올리게 됐는데, 거기에 도움을 준 결정적인 순간이 두 번 있습니다. 하나는 그녀가 체스터를 보호하는 장면입니다. 누군가 내 앞에서 맞고 있는 모습을 보아 온 날이 하루이틀이 아닌데 어느 날 그 사람이 그것에 맞서 싸우는 겁니다. 그 이유는 무엇일까요? 한 사람을 그렇게 만드는 것은 무엇일까요? 또한 그전에는 자기 할머니와 어머니에게 물려받은 작은 텃밭을 훔치려는 악당에 맞서 싸웁니다. 먹을 것도 가진 것도 없는 그녀에게 텃밭은 너무도 소중하니까요. 제겐 결단력과 용기를 보여 주는 그 두 순간이 그녀가 누군지를 말해 주고, 그녀가 보일 다른 모든 반응을 결정하는 데 도움이 되었습니다.

바일스 프랑스 기호학자 롤랑 바르트는 소설에서의 현실 효과, 즉 독자가 자신이 읽은 것이 현실이라고 또는 현실일 수도 있다고 생각하도록 만들기 위해 작가가 사용하는 장치들에 관해 이야기하는데요. 이 책은 거의 그 반대라는 점에 놀랐습니다. 지하 철도는 실제로 존재했던 철도망이 아니라는 것을 우리가 알기 때문에 일종의 비현실 효과라고 말할 수 있을 것 같습니다. 독자에게 이 작품이 단순한 역사 소설이 아니라는 신호를 분명히 주고 있는 거지요.

화이트헤드 그 구상 자체부터 환상적 요소가 있었죠. 단순히 북쪽으로 도망치는 노예 이야기였다면 이 책에서 제가 쓴 내용 중 어떤 것도 가능하지 않았을 겁니다. 일단 주인공이 기차를 타는 순간 우리는 환상적 요소 안으로 들어가게 됩니다. 그러면 저는 갖가지 역사적 에피소드를 집어넣어 소설을 만들고, 그 뜻을 새롭게 헤아려 보도록 만들 수 있는 거지요. 하지만 주인공이 철도 여행에 오르기 전에, 조지아를 최대한 현실적인 장소로 만들고 싶었습니다. 수많은 야만적이고 끔찍한 일들이 일어나는 곳으로요. 현실을 해체하기 전에 먼저 1백 년 전에 그 일을 겪은 조상을 비롯한 노예들을 위해 똑바로 증언하고 싶었죠. 이런저런 것들을 바꾸기 전에 우선 역사적 사실을 있는 그대로 보여 주고 싶었습니다.

바일스 앞서 『걸리버 여행기』를 언급하셨는데 그 이유는 확실히 알 것 같군요. 하지만 『걸리버 여행기』는 독자가 그 어느 것도 실제로 일어났다고 생각할 리 없는 순수 판타지입니다. 당신의 책이 독자를 불안하게 만드는 이유 중 하나는 현실과 판타지 요소가 뒤섞여 있다는 점입니다. 주인공이 맨 처음 사우스캐롤라이나에 도착해 지내는 동안, 실제로 그런 일이 있었는지 찾아보고 싶은 순간들이 많았습니다.

화이트헤드 각각의 주마다 각기 다른 상황들을 설정했지요. 각 주의 문화와, 그 문화가 미국이나 자유에 대해 무슨 이야기를 했는지를 떠올려야 했으니까요. 사실 저는 『걸리버 여행기』를 그렇게까지 좋아하진 않습니다. 하지만 오랫동안 이 책에 관해 이야기하면서 〈저마다 다른 미국의 주들〉 얘기를 꺼내면 사람들은 〈아, 거참 엉터리 같은 이야기군〉 하고 반응하더니, 〈걸리버 여행기처럼〉이라고 하면 다들 〈아, 그렇구나〉 하고 바로 이해하더라고요. 오래전부터 미국의 각 주는 실제로 훨씬 더 환상적이었습니다. 현재 다양한 유전적 실험이 진행되고 있는 사우스캐롤라이나는 초미래적 DNA 실험과 함께하는 환상적인 미래에 살고 있죠. 또, 집필을 시작하기 몇 달 전에 『백년의 고독』을 다시 읽었는데, 가브리엘 가르시아 마르케스 표 마술적 리얼리즘이 유용한 도구가 될 수도 있겠다는 생각도 들더군요. 책 뒤편에 마르케스와의 인터뷰가 실렸는데, 거기에서 그는 어렸을 때 할머니가 해주는 이야기를 들으며 자랐고, 할머니는 평범한 사실을 그가 〈장식 벽돌〉이라 부르는 환상적인 사실과 뒤섞어 이야기했다고 합니다. 그래서 저는 이 소설에선 환상적인 일들이 많이 일어날 텐데, 이 〈장식 벽돌〉을 가져와 노예제라는 재미없는 현실을, 환상적이고 터무니없는 순간들과 〈장식 벽돌〉 역할을 하는 화자와 섞으면 더 효과적으로 작동할지도 모르겠다 싶었지요.

바일스 그 효과가 정말 흥미로웠습니다. 밥 딜런의 「해티 캐럴의 외로운 죽음The Lonesome Death of Hattie Carroll」이나 빌리 홀리데이Billie Holiday의 「이상한 열매Strange Fruit」 같은 서사적인 노래가 감동을 주는 방식이 떠올랐어요. 그러다 말미에, 노래를 통해 매우 효과적으로 자기 이야기를 들려준 데이비드 보위David Bowie를 인용하신 것을 봤습니다. 그렇게 이야기에 거의 신화적이거나 원형적인 느낌을 주는 스토리텔링 방식에서 영감을 받았는지요?

화이트헤드 저는 어디에서나 영향을 받습니다. 이 책에 코러스가 들어올 때 「환상 특급」의 한 장면 같죠. 제가 사랑하는 모든 책과 텔레비전 프로, 영화와 음악이 전부 제각기 다른 방식으로 들어가지요. 예컨대 책 뒷부분에선 미스피츠Misfits처럼 자주 들었던 노래 이야기를 하고요. 저는 소음이 심한 뉴욕에서 자랐습니다. 늘 차가 빵빵거리거나 경보기가 울리거나 위층에서 누군가가 죽을 것처럼 캑캑거리는 소리가 들렸죠. 그래서 일할 때도 소음이 필요해서 항상 음악을 틀어 놓습니다. 이제 플레이리스트에 들어 있는 곡이 3천 곡쯤 돼요. 힙합, 재즈부터 클래시Clash, 미스피츠까지 온갖 음악이 들어 있죠. 좋아하는 노래들이 항상 제 곁에 있고, 저는 그 노래들을 따라 부릅니다. 휴식이 필요하면 중간에 댄스파티도 벌이죠.

바일스 이 책에서 가장 무서운 동시에 가장 매력적인 인물 중 하나는 노예 사냥꾼 리지웨이라고 생각합니다. 이 인물이 어떻게 탄생하게 됐는지 조금 이야기해 줄 수 있으실까요?

화이트헤드 저는 코라가 강력한 인물이라고 생각합니다. 그래서 강력한 적수를 원했죠. 그 인물의 목소리를 찾아내는 데 시간이 제법 걸렸습니다. 초고를 쓸 때 6개월 동안 그냥 〈인트로 리지웨이, TC〉라고만 적어 두었지요. 저는 뉴욕 출신이고 뉴욕에 대해 많이 쓰기 때문에, 남부에 관한 책을 쓰고 있는 게 슬펐죠. 뉴욕을 담을 수 없어서요. 그러다 노예제 폐지론자와 노예 사냥꾼 간의 일종의 스파이 전쟁을 다룬 에릭 포너Eirc Foner의 『자유를 향한 출구 지하 철도의 숨겨진 역사Gateway to Freedom: The Hidden History of the Underground Railroad』를 읽게 됐죠. 뉴욕에선 경찰이 도망친 노예를 붙잡으면 노예 사냥꾼이 당도하기 전에 노예제 폐지론자 변호사들이 그들을 풀어 줬습니다. 이렇게 다양한 법적 전략이 오고 간 거지요. 그래서 저는 두 페이지쯤 할애해서 리지웨이를 뉴요커로 만들 수 있겠다 싶었죠. 제가 볼 때 그는 백인 우월주의와 숙명론, 제국의 지배권 따위에 대해 다양한 생각을 가진 잔혹한 전사 철학자였습니다. 황열병과 산불로 황폐해진 테네시 챕터는 그 황량한 풍경이 리지웨이와 코라가 서로 다른 세계관으로 얽히고 전투를 벌이는 텅 빈 무대가 됩니다. 그리고 호머가 있지요. 그는 해방된 노예이지만 여전히 리지웨이와 어울리고 밤이면 스스로 제 몸을 마차에 묶는 열 살짜리 흑인 소년입니다. 그 관계를 통해 저는 주인-노예 역학의 이상한 구석을 조명해 보려 했습니다. 남북 전쟁이 끝나고 해방된 노예들이 달리 살아가는 법을 몰라 자기 주인을 떠나지 않는 경우가 많았어요. 그들은 평생 알고 살아온 농장 바깥세상에 대해 아무것도 상상할 수 없었어요. 우리가 볼 땐 너무 이상하죠. 베시라는 나이 많은 여자 노예가 키운 노예 주인들도 나오는데, 그들은 〈아, 나는 베시를 사랑해. 베시가 날 키워 줬지. 베시는 우리 가족이야〉라고 말합니다. 물론 그들은 베시를 때리고 그의 아이들을 학대해 왔지만, 여전히 그렇게 믿습니다. 이렇게 리지웨이와 호머는 주인-노예 관계의 다른 구석을 이야기하거나 조명하는 한 방법이 됩니다.

바일스 〈전사 철학자〉라는 말이 눈길을 끄는데요. 리지웨이의 가장 흥미진진한 부분이 그가 아메리칸드림의 어떤 개념을 구현하는 인물로 보인다는 점에서 그런 것 같습니다. 그는 이 용어는 쓰지 않지만 〈미국 정신〉과 〈미국의 임무〉에 대해 이야기하지요. 그는 말합니다. 〈나는 우리를 구세계에서 신세계로 불러내 정복하고, 건설하고, 문명화하도록 요구한 미국 정신을 선호한다. 파괴되어야 할 것은 파괴하라. 열등한 종족은 일으켜 세워라. 일으켜 세울 수 없으면 정복하라. 정복하지 못하면 절멸시켜라. 그것이 신이 내린 단 하나의 운명, 미국에 대한 명령이다.〉 리지웨이는 우리가 아메리칸드림이라고 생각하는 것의 어두운 측면을 상당히 구현하는 것 같습니다.

화이트헤드 맞습니다. 그게 바로 미국을 위대하게 만드는 것이죠. 자유와 행복을 추구하기 위해 파괴하고, 훔치고, 땅을 황폐화하는 능력 말입니다. 그래요, 정말 대단하죠.

바일스 이런 생각은 지금도 공감을 불러일으키죠. 디스토피아가 미래 사회보다 현재 사회에 대해 더 많은 이야기를 해준다는 말은 이제 식상할 지경이지요. 이른바 〈역사 소설〉도 과거보다 현재에 대해 더 많은 이야기를 해준다고 생각하나요?

화이트헤드 글쎄요, 사실 지금도 역사 소설을 집필 중이라 그 질문은 피해 갈 수가 없을 것 같네요. 지난주에 강연을 하나 했는데 누군가가 이렇게 말하더군요. 〈이 책은 역사 소설인데 어떤 부분에선 레즈비언도 나오고 사도마조히즘도 약간 나오는 것 같던데요.〉 그래서 제가 〈글쎄요, 50년 전엔 그런 이야기를 하지 않았겠지만 그때도 레즈비언은 존재했어요〉라고 대답했죠. 역사물을 쓴다고 해서 당시 대화의 대상이 되지 않았던 것들을 아예 빼야 하는 것은 아니지요. 공포 소설이든 리얼리즘 소설이든 우화든 역사 소설이든 각 스토리텔링 방식은 저마다 세상과 접촉하는 방식이 다를 뿐이라고 생각합니다. 그것들은 작가가 서로 다른 방식으로 세상을 공략하기 위해 사용하는 다른 도구들이죠. 그래서 장르를 자주 바꿉니다. 세상에 관해 이야기하는 방법 면에서 저마다 장단점이 있기 때문이에요. 저는 각 장르가 어떻게 다른 방식으로 문제를 다룰 수 있는지를 찾으려고 노력합니다.

바일스 앞서 이 책의 아이디어를 17년 전에 떠올렸지만, 그때는 왜 쓸 수 없었는지를 말씀해 주셨죠. 그 이유는 전부 경험치와 작가적 능력이라는 아주 개인적인 것이었어요. 하지만 이 소설은 지금의 특정 대화에 아주 잘 어울려 보이기도 합니다. 제 말은, 당신이 이 책을 쓰기 시작한 때가 〈흑인들의 생명도 소중하다Black Lives Matter〉 운동이 대중의 인정을 받기 시작한 오바마 정부 말기 때였다는 뜻입니다. 17년 전에도 이 책이 같은 방식으로 쓰이고 출판됐으리라고 생각하나요, 아니면 이 작품이 제기하는 주제들에 대한 논의가 지금은 더 열려 있다고 생각하나요?

화이트헤드 지금도 책에 있는 것에 대한 열린 토론이 제대로 이루어질 만한 분위기가 아닌 것 같습니다. 지난 17년 동안 문화적 이벤트 차원에서 특별히 이 책에 뭔가를 덧붙여 준 게 있었던 것 같지는 않아요. 소설이 나왔을 때 〈흑인들의 생명도 소중하다〉 운동에 대해 질문을 많이 받았습니다. 하지만 미국에서 흑인으로 살아가는 제가 볼 때, 특별히 잔혹한 일이 벌어질 때마다 한 번씩 경찰의 잔혹 행위를 두고 토론하다가 1년쯤 지나면 다시 이야기를 멈추는 식이 반복되는 것뿐입니다. 3년쯤 뒤엔 또 그런 잔혹 행위가 벌어지고, 우린 그 이야기를 하고, 그러다 또 멈추겠죠. 미국에 말도 안 되는 경찰 폭력 문제가 있다는 사실은 전혀 뉴스거리가 아닙니다. 제 현실의 한 단면이죠. 그래서 사실 퍼거슨 사건[12]은 그런 일련의 사건 중 1백 번째 사건에 불과했죠. 제가 그걸 쓸 수 있었던 것에 대해 말하자면, 5년, 10년 전이었다면 아마 훨씬 길어졌을 겁니다. 이 책에서 살아 있는 박물관 대목은 달랑 두 페이지로 끝났죠. 10년이나 5년 전이었다면

---

12 미주리주 퍼거슨시에서 2014년 무장하지 않은 흑인 소년 마이클 브라운이 경찰의 총에 맞아 사망한 사건. 이 사건으로 아프리카계 미국인을 중심으로 폭력을 동반한 격렬한 시위가 벌어졌다.

그 큐레이터와 큐레이팅 철학에 대해 아마 한 챕터는 할애해야 했을 겁니다. 철도 건설과 그들이 실제로 어떻게 이 기술 공학 모델을 찾아냈는지를 상세히 설명해야 했을 거예요. 하지만 이 책은 철도에 관한 이야기가 아닙니다. 코라가 각기 다른 경기장에 들어가서 시험받고 한 인간으로 성장하면서, 자기 자신과 자유에 관한 생각을 발전시켜 나가는 이야기지요. 지금까지 몇 권의 책을 썼는데, 다른 일들을 조금씩 더 잘하게 되면서 스토리텔링의 다른 측면들에는 흥미를 잃었어요.

바일스 굉장히 인상적으로 다가온 부분은 인물들에게 가해지는 폭력의 수위가 아니라 그것을 매우 냉정하고 무미건조하게 표현한 점입니다. 그 폭력을 매우 공들여 묘사하거나 아주 잔혹하고 피비린내 나게 그려 낸 것보다 그 방식이 훨씬 강렬하게 와닿았습니다. 사실을 아주 명료하게 진술하는 것은 문체에 대한 작가님의 의식적인 결정이었나요?

화이트헤드 네. 앞서 현실적인 것과 환상적인 것에 관해 이야기하면서 〈장식 벽돌〉 얘기를 했지요. 노예 서사를 읽다 보면, 그들이 일생에서 가장 끔찍한 사건을 덤덤한 얼굴로 꾸밈없이 이야기하는 것을 보게 됩니다. 왜냐하면 날마다 일어나는 일은 극적으로 표현하지 않기 때문이에요. 스무 번을 맞았는데, 그 스무 번째를 어떻게 더 극적으로 만들 수 있겠습니까? 그래서 현실과 환상을 위한 〈장식 벽돌〉도 있지만, 폭력이라는 단순한 사실을 위한 〈장식 벽돌〉도 있는 것입니다. 저는 그것을 기존 노예 서사에서 빌려 왔는데, 그 자체로 전달되는 것을 굳이 꾸밀 필요가 없어서였죠.

바일스 지금 듣고 계신 대로 노르트담 종소리가 이제 시간이 다 됐다고 알려 주네요. 곧 인터뷰를 마무리해야 할 것 같습니다. 그 전에 마지막 질문이 하나 남아 있습니다. 이렇게 상도 박수도 많이 받고 좋은 평도 받았을 뿐 아니라, 오늘 밤 이 자리에 오신 독자분들로 확인할 수 있듯이 사람들의 삶과 문화에 실로 큰 영향을 미친 책을 쓰셨는데요. 이것이 작가님에게 어떤 영향을 주었을까요? 또한, 이토록 큰 영향을 미친 책을 쓴 데 대한 책임감으로부터 글쓰기 본능과 욕구를 잘 지켜 낼 수 있으신가요?

화이트헤드 음, 두 가지를 말씀드릴 수 있습니다. 이 책은 정말 쓰기 힘들었습니다. 첫 책도 그랬고요. 정말 힘들었죠. 아마 앞으로도 그럴 것입니다. 4월엔 진짜 행복했어요. 퓰리처상 수상 소식을 듣고 나서 〈이제 뭔가 분위기를 좀 바꿔 봐야겠다〉 생각했죠. 그러곤 다음 날 한 페이지를 썼는데 〈정말 형편없군!〉 싶은 거예요. 그래서 저는 그저 매번 최선을 다하려 노력합니다. 때로는 독자들이 책을 읽고 공감하고, 때로는 그러지 않죠. 이게 제 여덟 번째 작품인데, 그동안 사람들의 고개를 갸우뚱하게 만든 책들도 분명히 있었어요. 하지만 때로는 이 책의 경우처럼 십분 공감하기도 하지요. 얼마나 멋진 일인가요!

하리 쿤즈루
『하얀 눈물』

2017년 7월 6일 목요일

Hari Kunzru
White Tears

애덤 바일스 내성적인 세스와 힙스터 상속인 카터의 우정은 음악에 대한 공통된 집착에서 싹텄습니다. 그들은 함께 살면서 같이 녹음 스튜디오를 차리고, 순식간에 음악 제작 분야에서 두각을 나타냅니다. 그다음엔 음악과 정체성, 잊혀진 문화의 유령들이 어떻게 복수에 나서는지를 보여 주는 엄청나게 정치적이고 끔찍한, 기막힌 이야기가 펼쳐집니다. 『하얀 눈물』은 작가로서 최고의 반열에 오른 하리 쿤즈루 작가에게 독자들이 기대하는 유머와 언어적, 형식적 기발함이 가득한 소설입니다. 여러분, 하리 쿤즈루 작가님이 저희 셰익스피어 앤드 컴퍼니에 오신 것을 환영해 주십시오.

하리 쿤즈루 무더운 날 이렇게 오셔서 자리를 채워 주신 것에 감사드립니다. 네 살짜리 제 아들 말에 따르면 〈케일[13] 폭풍〉이 곧 닥칠 거라고 하는데 말입니다. 하늘에서 진짜 초록 채소가 떨어질지는 모르겠지만 녀석은 지금 엄청 기대하고 있답니다. 그게 얼음이라고 설명해 줬더니, 아빠 머리 위로 얼음이 막 떨어진다는 것도 꽤 재밌나 봐요……. 아무튼 와주셔서 정말 감사합니다.

바일스 『하얀 눈물』은 음악이 가득한 책입니다. 첫 장을 읽으면서 〈대체 이걸 어떻게 풀어낼까?〉 하는 생각이 들었어요. 물론 소설이 음악에 반하는 것은 아니지만 음악과는 완전히 다른 매체이기 때문입니다. 그래서 소설이 과연 이 두 요소를 어떻게 균형 잡아 나갈지 궁금했습니다. 실제로 그 점이 상당히 힘들었을 것 같은데요?

쿤즈루 제 기억이 정확한지는 모르겠지만 〈음악에 관해 글을 쓰는 일은 건축에 관해 춤을 추는 일과 같다〉 뭐 그 비슷한 말이 있지요. 사실 처음엔 감이 잘 안 왔습니다. 첫 페이지를 쓰기 시작하면서 제가 시각이라는 감각에 상당히 지배당하고 있다는 걸 깨달았어요. 어떤 장면을 개념화할 땐 먼저 그게 어떻게 생겼는지부터 자문했으니까요. 그래서

---

13 우박hail을 잘못 알아듣고 말한 것.

어휘를 확장하고 소리를 편안하게 묘사하는 훈련을 하느라 꽤 많은 시간을 보냈습니다. 세스는 오디오에 대해 아주 음악광답게 이야기하고 그 기술적 측면을 좋아하지만, 저는 음이 통과하는 상자 이름을 읊어 대는 것보다 훨씬 더 많은 것들을 떠올리는 이야기를 하고 싶었어요. 그래서 소설에서 세스가 한 것처럼 바이노럴 녹음[14] 장비를 하나 장만했지요. 정말 놀라워요. 귀에 꽂는 이 작은 마이크는 머리 위치에 정말 민감하게 반응합니다. 헤드폰으로 그 소리를 다시 들으면 내가 어떤 공간에 있는지가 생생하게 들려요. 그래서 시끄러운 군중 속을 걸으면 그 효과가 엄청납니다. 귀에 그걸 꽂고 도시를 걸어 다니면 소리가 약간 증폭돼서 들려요. 제가 발견한 것은, 그 소리가 약간 위로 밀리는 느낌이 드는 탓에 갑자기 청각이 지배적인 감각이 되면서, 공간을 보이는 것이 아니라 들리는 것으로 이해하게 된다는 것입니다. 그래서 저는 길을 걷다가 이스트빌리지의 나무 위에 새들이 있다는 걸 알게 됐습니다. 그 근처에 한참 살았어도 그런 생각은 한 번도 해본 적이 없었는데 말이죠. 사람들이 하는 말을 엿듣기에도 아주 좋습니다. 똑바로 쳐다보지 않는 이상 아무도 누가 자기 말을 엿듣는지 모르니까요. 이게 바로 제가 이 책을 쓰기 위해 한 한 가지 일입니다. 물론 블루스 음반도 무진장 들었고요.

14 두 마이크의 음원이 각각 도달하는 위상차로 인해 청취자에게 마치 실제 소리를 듣고 있는 듯한 착각을 불러일으키는 녹음 방식.

바일스 음, 그게 또 다른 요소일 것 같습니다. 일인칭 시점이라서 당연히 설득력이 있지요. 이 남자가 블루스 음악에 대한 집착, 그와 관련된 수집 문화에 대해 잘 안다는 확신이 들었습니다. 한 저널리스트는 『하얀 눈물』에 대해 쓰면서 〈보나 마나 집에 음반이 수북이 쌓여 있을 테니 그의 은행 잔고가 걱정되지 않을 수 없다〉 같은 말을 했지요. 블루스 음악과 그걸 수집하는 일은 본래부터 좋아했나요, 아니면 집필을 위해 자료 조사를 하고 책을 쓰면서 좋아하게 되었나요?

쿤즈루 제가 온갖 종류의 제2차 세계 대전 이전 음악을 듣기 시작한 것은 한 10년, 12년쯤 됐습니다. 미국으로 오고 나서는 본격적으로 들었죠. 저는 역사와 과거 참조물을 활용해 제 삶의 방향을 잡으려 노력하는 습관이 있는데, 블루스나 다양한 컨트리 음악 같은 옛날 전통 음악을 듣는 것도 저와 함께 살아가는 사람들을 이해하는 데 유용한 방법이었습니다. 그 뒤에 블루스 음반을 둘러싼 수집 문화에 대해 더 많이 알게 됐지요. 저는 그 문화가 매우 열성적인 사람들에 의해 만들어진 아주 작은 하위문화라는 점에 매료됐습니다. 음반 수집가들의 우월 의식과 괴짜다운 면에 대해서는 누구나 알고 있죠. 하지만 블루스 수집가들은 세상에 한두세 장 있는 음반을 취급하는 경우가 많아요. 주로 1950~1960년대부터 이런 일을 해온 동료 수집가들이 그 대상이죠. 그래서 다들 서로 다른 사람이 뭘 갖고 있는지 다 알고,

누구는 저그 밴드[15]를 좋아하고, 또 누구는 애팔래치아 바이올린 음악을 좋아한다는 걸 알지요. 그래서 만약 그 애팔래치아 바이올린 음반을 다른 사람한테서 구하고 그걸 다른 음반과 합친다면, 원하던 미시시피 델타 블루스 음반을 기웃거려 볼 수도 있게 되는 겁니다. 아주 오랫동안 이런 환경에 속해 있던 사람이 아니라면 절대 접근할 수 없는 음반들이죠. 하지만 다행히도 저 같은 사람들한테는 인터넷이 있으니 이 모든 음악에 접근할 수 있지요. 음반을 소유하지 않아도 온갖 희귀한 음악을 들을 수 있어요. 사실 저는 수집가 한 분을 잘 아는 덕분에, 오직 그의 음악 감상실 외에는 세상 어디에도 없는 음반에 레코드 바늘을 올릴 수 있었습니다. 그분도 참 용감하죠.

바일스 등장인물 중 하나가 이 수집가 모임에 가는 장면이 나옵니다. 거기에서 그가 방 안에 다섯 명쯤 있는데 전부 남자라고 말하지요. 물론 두 주인공도 모두 남자고요. 수집벽과 그에 종종 수반되는 음악에 대한 속물적 우월 의식에 남성 특유의 무언가가 있다고 생각하는지요?

쿤즈루 꼭 남성적인 것만은 아닙니다. 음악에 매우 진지하고, 수집하고, 연주하는 여성도 저는 많이 아니까요. 하지만

---

15 미국 남부의 흑인 사이에서 1930년대 인기를 끌었던 재즈 악단으로 술병, 항아리 따위를 악기로 활용했다.

저는 이것이 남자들이 질척거리는 대화에 빠지지 않고 다른 남자들과 함께 있을 수 있는 한 방식이라고 생각합니다. 오랫동안 사람들을 알고 지내면서 이런저런 이야기를 나눌 수가 있는 거죠. 그저 한자리에 앉아 서로에게 일련번호를 알려 주면서, 타인의 인생에 무슨 일이 일어나고 있는지 아무것도 모른 채로도 정서적으로 완벽히 충족감을 느낄 수 있지요. 저도 수집벽이 있습니다. 다행히 그게 여러 갈래로 분산된 덕분에 제대로 표출되지는 않았지만요. 저는 집필을 위해 자료 조사를 할 때 작은 컬렉션을 만들곤 합니다. 물건을 조립하는 것과 비슷하죠. 그러고 보니 어쩌면 제가 남자라 그런 건지도 모르겠네요.

바일스 조금 전 다행히 인터넷이 있어서 이 모든 음악을 들을 수 있었다고 하셨죠. 그런데 적어도 책 초반부에는 아날로그와 디지털의 차이가 등장인물들에게 상당히 결정적인 역할을 합니다. 카터가 무언가에 대해 고작 1과 0의 조합일 뿐이라며 〈이 무손실 어쩌고 하는 헛소리엔 항상 손실이 있는 것 같아〉라고 말하는 장면이 나옵니다. 오늘날 우리 문화는 이처럼 〈진짜〉라고 여기는 것에 이끌리는 경향이 있는 것 같아요.

쿤즈루 제 글쓰기 인생 전체가 그 진짜라는 생각과 나눈 대화였다고 할 수 있을 것 같습니다. 저는 평소에 〈내가 아는 사람 중에 진짜와 가장 거리가 먼 사람이 바로 나)라는 농담을 자주 합니다. 저는 온전히 머물러야 하는 다양한 공간들에 온전히 머물지를 못하거든요. 하지만 인터넷이 생겨난 뒤로 무엇보다 다양한 문화적 상징들에 접근하기가 매우 쉬워졌다고 생각합니다. 인터넷 시대가 도래하기 전 제가 자랐던 시절엔 특정 음반이나 특정 옷을 가지고 있으면 그걸 얻기 위해 어마어마한 공을 들였다는 뜻이었어요. 그래서 그냥 그런 것을 갖고 있다는 것만으로도 알고 지낼 가치가 있는 사람으로 취급받았죠. 하지만 지금은 어떤 밴드 이름을 생전 처음 듣는 것과 그 음악을 듣는 일 사이의 격차는 그냥 컴퓨터 자판을 두드리는 속도일 뿐이죠. 그래서 모두가 항상 자신을 변형시킬 수 있다고 느끼는 것 같아요. 힙스터 이야기를 많이 하는데, 힙스터는 특정 문화에 충성 맹세를 하는 사람이 아닙니다. 모드족이니 로커족이니 스킨족이니 하는 옛날 젊은이 집단들과는 전혀 달라요. 옛날에는 평생 이런 집단 상징에 충성하면서 자신을 열여섯 살 소년으로 생각했지만, 힙스터는 새로운 것, 가장 최근 것에 대한 수용적인 태도와 더 관련이 있지요. 그들은 끊임없이 변화의 선봉에 있으려는 사람들입니다. 그 위치를 점하려면 압박감도 많이 느끼고 약간의 편집증이 생기기도 합니다. 그래서 LCD 사운드 시스템 밴드의 「그들에게 밀린다 Losing My Edge」 같은 노래도 있지요. 조만간 젊은이들이 와서 자길 쓰러뜨릴 것이기에 자신이 계속 파도 맨 꼭대기에서 파도타기를 할 수는 없으리라는 것을 아는, 약간 나이든 멋진 남자가 나오죠. 그게 우리가 살아가는 환경인 것 같습니다. 그래서 진짜에 대한, 무한 복제가 가능한 디지털보다 물리적 실체에 대한 갈망은 이런 인터넷에 대한 일종의 노이로제 반응인 거지요.

바일스 재밌군요. 확실히 아주 최근엔 그런 현상이 벌어지고 있는 것 같습니다. 대학 때 강의실에 들어가면 옷차림만 딱 봐도 그 사람이 무슨 음악을 듣는지 어느 정도 맞출 수 있었는데 말이죠. 몇 년 전에 대학생들을 가르칠 때는 더는 그게 안 되더군요. 종족 개념은 이제 무너진 것 같아요.

쿤즈루 문화적 상징은 이제 완전히 다른 방식으로 작동합니다. 지금은 아직 그 변화를 겨우 제대로 이해하기 시작하는 단계인 것 같아요.

바일스 당신은 소설을 통해 다양한 방식으로 그 주제를 다루셨는데요. 실제로 살아 보지도 않은 시절에 향수를 느낀다는 것도 희한하고, 그걸 향수라고 부를 수 있는 건지도 잘 모르겠습니다. 예컨대 사진에 인스타그램 필터를 씌워서 어떻게든 더 진짜처럼 보이게 만들기도 하지요.

쿤즈루 몇 년 전엔 뭐든지 약간 빛바랜 느낌으로 노르스름하게 만드는 게 유행이었습니다. 1960년대 말, 1970년대 초반에 새로운 할리우드 영화를 많이 찍은 촬영 감독 라슬로 코바치László Kovács의 작품처럼 렌즈에 약간 빛을 넣어서 말이지요. 그땐 다들 사진에 버터를 발라 놓은 듯 끝없는 여름의 느낌을 풍겼습니다. 마크 피셔Mark Fisher[16]라고 올 초에 유명을 달리한 제 친구는 데리다에게서 유령론이라는 용어를 빌려와 이런 현상을 설명했습니다. 그가 염두에 둔 것은 음악이었지만 인스타그램 필터 같은 다른 것들에도 적용할 수 있는데, 시간적 거리가 우리에게 어떤 문화적 충격을 준다는 이야기입니다. 탁탁 튀는 소리가 나는 음반을 들을 때 우리는 그게 오래된 것이라는 사실을 절대 무시할 수 없는데, 거기에서 우리가 어떤 의미를 느낀다는 거지요. 바로 그런 그리움과 시간 회귀를 경험하고 싶은 소망이 유행이 된 것입니다.

바일스 그건 카터가 아주 강렬하게 느끼는 감정입니다. 앞서 그는 힙스터 상속인이라고 했지요. 아주 부유한 가족 출신이라고요. 극단적 부유층 출신일 경우 어쩌면 삶을 지탱해줄 뿌리가 더 약하기 때문에 과거, 또는 진짜가 아니라는 생각에 대한 집착이 더 강해진다고 생각하나요?

---

16 영국의 철학자이자 비평가로, 〈k-펑크〉라는 블로그를 운영하며 철학, 정치학을 대중문화와 결합하고 자본주의 리얼리즘, 유령론 등의 이론을 전개해 컬트적인 인기를 끌었다. 대표작으로 『자본주의 리얼리즘』, 『기이한 것과 으스스한 것』 등이 있다.

쿤즈루 그렇습니다. 신용 카드만 흔들면 뭐든지 다 살 수 있게 되면 삶이 얄팍해질 위험이 생기지요. 제가 만난 다수의 부유층 젊은이가 세상을 그렇게 느끼며 살아가더군요. 부유층 아이들이 왜 마약 중독자가 되겠냐고요. 그들은 단순한 방식으로는 소비할 수 없는 무언가를 찾습니다. 그렇다고 모두가 향수에 젖어 들고 싶어 하진 않아요. 미국인들에게 어느 시대에 살았으면 좋겠냐고 물어보면 대다수 백인은 아마 1920년대에 살고 싶다고 대답할 겁니다. 심지어 1865년에 살고 싶다는 사람도 있겠죠. 하지만 나머지 사람들은 대부분 〈음, 그때가 내게 좋은 시절이었을 리 없지〉라고 하겠지요. 그래서 이 과거와의 관계는 절대 순수한 것이 아닙니다. 저는 그런 사실을 망각하는 현실에 관심이 있어요. 이 책은 10년쯤 전에 미국에 와서 살게 된 제가 미국인들 삶의 거의 모든 측면에 영향을 미치면서도 종종 무시되는 인종적 역사에 적응하고, 이를 받아들이려 노력하는 한 방법입니다.

바일스 소설에서 그 부분이 아주 큰 역할을 하죠. 세스가 〈우리는 음악에 대한 우리의 사랑이 우리에게 흑인의 권리 같은 것을 부여해 줬다고 진심으로 느꼈다〉라고 말하는 장면이 나옵니다. 누가 이 음악의 주인인지, 음악과 소통할 권리, 그것에 대한 소유권을 주장하는 듯한 태도를 보여 줄 권리가 누구에게 있는지 등의 주제가 굉장히 복잡하게 얽혀 있는 것 같습니다.

쿤즈루 저는 〈쿨하다〉는 말에 관심이 아주 많습니다. 명백히 역사가 있는 말이거든요. 이 단어는 재즈 음악과 헤로인과 관련된 하위문화에서 나온 말입니다. 주류 바깥에 있던 특정 사람들이, 쿨하지 않지만 쿨해 보이길 바라는 사람들에게 매력적으로 받아들여져 세상에 존재하는 방식과 관련된 말이에요. 이 모든 점에서 블루스는 정말 흥미로운데요, 이를테면 블루스 음악인의 전형인 로버트 존슨Rovert Johnson은 기타를 잘 치게 해달라며 교차로에서 무릎을 꿇고 악마에게 영혼을 파는 사람인데 그 역시 아웃사이더 중의 아웃사이더죠. 그런데 이런 블루스 음악인을 무슨 땅속이나 외계에서 나타난 악마 비슷한 인물로 게으르게 묘사한 것을 종종 보게 됩니다. 하지만 이 사람들이 살아온 과정을 들여다보면 결코 그렇게 생각할 수 없을 겁니다. 1920년대나 1930년대에는 사람들이 음악과 실로 다양한 관계를 맺었습니다. 로버트 존슨 같은 떠돌이 악사가 있었는가 하면, 약장수 공연팀에 속해 탄탄한 연주 경력을 쌓은 사람도 있었어요. 전부 백인 젊은이들이 열광하는, 백인 부유층 젊은이들이 목마르게 찾는 진짜 흑인 음악을 만들어 냈죠. 백인 젊은이들은 흡혈귀처럼 그걸 착즙하면서 나쁜 것은 쏙 빼고 좋은 것만 원했습니다. 하지만 실제로 사회 바깥에 있는 사람들에겐 나쁜 일들이 벌어지고, 그들은 젊고 쿨한 백인 아이들이 절대 원치 않을 취급을 당하지요. 이제 더 보편적인 문화 차원에서 이런 대화가 이루어지고 있습니다. 제가 이 책을 쓰고 있던 2014~2015년은 〈흑인의 생명도 소중하다〉 운동이 힘을 얻고, 1960년대 이후로 가장 중요한 민권 운동임이 분명해지던 때였습니다. 사람들은 오랫동안 미완의 상태로 남은 임무가 있다는 걸 알게 됐고, 오래도록 그 임무를 무시해 온 사람들은 더는 그럴 수 없게 되었음을 알게 됐지요. 제가 이 책에서 하고 싶었던 또 한 가지는 역사적 지점들을 하나로 잇는 일이었습니다. 왜냐하면 한 경찰관이 마이클 브라운을 쏘아 죽인 뒤로, 화약고가 된 퍼거슨이라는 이 작은 공동체는 법 집행 방식이나 재정적으로 지원받는 방식 면에서 짐 크로 법[17] 시대, 나아가 노예제 시대의 사회 통제 기술과 완벽히 연속성을 지니는 곳이었다는 것이 빤히 보이기 때문입니다. 그런 연결이 지나치다고 생각하는 사람이 많지요. 분명, 지금 미국에서 우리가 목격하는 것이 말 그대로의 노예제는 아닙니다. 하지만 우리 모두 그 지속성을 제대로 이해해야만 합니다. 지금 미국에는 흑인 가족을 자기 아파트 건물에서 내쫓는 것으로 시작해서, 나중에 무죄임이 밝혀진 센트럴 파크 사건의 어린 용의자 다섯 명을 사형에 처해야 한다는 전면 광고를 『뉴욕 타임스』에 낸 대통령이 있습니다.

---

17 미국 남부 11개 주에서 1880년대에 만들어져 시행되다가 1964년에야 폐지된 인종 차별 법으로 식당, 화장실 등 공공장소에서의 흑인과 백인 분리를 분명히 밝혀 놓은 법.

지금 미국에는 이런 사람들이 정치 질서의 맨 꼭대기에 있어요. 저는 이 책을 그 모든 대화의 일부로 여깁니다.

바일스 말씀하셨듯이, 이 작품의 원동력 중 하나는 사람들이 음악을 듣고 소비하고 집착하는 과정에서 파손된 역사성을 되짚는 일입니다. 예컨대 세스는 자기가 블루스 음악을 좋아하는 이유 중 하나가 이 음악이 정치적이지 않아서라고 말합니다. 그는 좋은 것만 취하고 자기가 나쁘다고 여기는 것은 밀어내죠.

쿤즈루 저는 런던에서 자랐고, 인종과 관련한 제 나름의 역사가 있습니다. 포스트 제국주의 영국과 훨씬 더 관련된 역사이지요. 하지만 2008년에 뉴욕으로 이주했을 땐 선거운동이 한창이었고 결국 버락 오바마 후보가 대통령에 당선됐습니다. 할렘에 있었던 저는 제가 살아오면서 보아 온 다른 어떤 선거보다도 이 선거가 중요한 사람들에게 둘러싸여 있었지요. 이후 정치 평론가들 입에서 매우 흥미로운 말이 쏟아져 나왔습니다. 〈우리는 흑인 대통령을 뽑았습니다. 이제 우리는 인종주의를 넘어선 미국에서 살게 됐습니다.〉 마치 이제 여기에 밑줄을 쫙 긋고 다음 장으로 넘어갈 수 있게 됐다는 말 같았지요. 저는 미국이 과거보단 미래를 바라보는 문화를 가진 나라라고 생각합니다. 미국은 과거에 얽매이는 걸 별로 좋아하지 않아요. 영국은 여왕이 있으니 좋아하지만 미국은 그런 게 없으니까요. 대신 문화적으로 미래 지향적인 걸 선호하고, 사람들에게 길을 막고 〈당시에 무슨 일이 있었나요? 그 돈을 어떻게 벌었나요? 누가 그걸 세웠죠?〉라고 물으면 그들은 대답을 회피합니다. 사람들이 그 역사를 완전히 지난 과거로 취급하기 바쁜 꼬락서니를 보는 게 재밌어요. 물론 우리가 얻은 것이 포스트 인종주의 미국은 절대 아니죠. 우리는 오랫동안 억눌려 있던 모든 공포가 폭발하는 모습을 보게 됐어요. 결국 그렇게 문제가 가시화되기 시작해서 전면화된 거지요.

사실 저는 이 책을 쓸 자격이 없습니다. 그게 이 작품의 중요한 부분이기도 하지요. 저는 다른 사람들의 이야기 속에서 편안함을 느끼려 애썼습니다. 제게 그 이야기를 할 권리가 없다는 사실은 그 일을 하는 저에게 중요합니다. 그 일을 하고 싶은 저만의 이유가 있지만, 지금은 누가 뭘 말해도 되는지, 누가 뭘 대표해도 되는지를 두고 경계를 설정하는 일이 곧잘 이루어지는 때이기도 하지요. 종종 진보적으로 보이는 일들이 그 일 자체에서, 그리고 조준해야 할 대상에서 등을 돌리는 경우가 많은 탓인 것 같습니다.

바일스 터무니없는 질문인 것 같긴 하지만, 비슷한 책을 미국에서 살아온 백인이나 흑인이 쓸 수도 있었으리라 생각하시는지요? 만약 그랬다면, 작가의 배경 때문에 사람들의 반응도 달라졌으리라 생각하는지요? 어떤 면에서 당신은 이 역학의 당사자가 아니기 때문에 일종의 면책 특권을 얻을 수 있었다고 생각하나요?

쿤즈루 저는 제가 어떤 것에 대해서도 결백하고, 완전히 외부에 있다고 말하고 싶지 않습니다. 저도 다른 사람들과 마찬가지로 이 모든 걸 지켜보느라 분주하거든요. 하지만 이 책은 한 명의 흑인 인물에게 보내는 책이 아니기 때문에, 만약 미국의 흑인 작가였다면 제 방식을 이 소재를 다루는 확실한 경로로는 여기지 않았을 것 같습니다. 이것은 거의, 존재해야 하는 누군가의 부재에 관한 이야기, 만들어졌어야 할 음반의 부재에 관한 이야기이니까요. 그리고 그 중심에 있는 사람들은 인종과 자신들이 어떻게 그 자리에 있게 됐는지에 대한 진실의 억압에 붙들린 백인들입니다. 저한테 어떤 면책 특권이 있다는 게 아니라, 지금 미국의 백인 작가가 제 백인 인물들의 입에서 나오는 어떤 인종 차별적인 대화는 아무래도 쓰기 어려울 거라는 이야기죠. 온라인상의 누군가는 분명 그 인물을 작가로 오인하기로 마음먹을 테니까요. 책 속에 흑인이 백인보다 더 진짜라며 불편한 목소리를 내는 장면들도 나오는데, 어쩌면 제가 제삼자 위치에 있기에 당사자들에게는 허용되지 않는 공간을 차지할 자유가 있는 건지도 모르지요.

바일스 방금 〈억압〉이라는 표현을 쓰셨는데요. 개인 차원의 심리학이나 정신 분석학적 관점에서는, 과거에 일어난 일들의 억압은 해로운 것이고 언젠가는 다시 돌아와 우리를 괴롭힌다고 아주 쉽게 말한다는 게 재밌습니다. 반면 사회적 수준에선, 미국만이 아니라 영국과 프랑스에서조차 그런 아주 건전한 충고를 무시하는 경향이 있는 것 같아요.

쿤즈루 네. 프로이트 심리학에 애도와 우울증이라는 대립 개념이 있는데, 우울증은 똑같은 것을 반복하면서 앞으로 나아가지 못하는 상태를 말합니다. 제가 볼 땐 지금 우리가 처한 상태가 그렇습니다. 역사를 정면으로 직시하지 않으려 하니까요. 이 소설은 장르의 규칙을 존중하는 유령 이야기입니다. 제 눈엔 사람들이 유령에 사로잡혀 있고, 과거의 망령 때문에 계속 앞으로 나아가지 못하고 있는 것처럼 보였습니다. 물론 저도 마찬가지고요. 하지만 유령 이야기는 항상, 성급하게 파묻었다가 현재에 다시 나타나 우리가 느끼도록 만드는 어떤 과거에 관한 이야기입니다. 미국의 수많은 유령 이야기가 옛날에 학살당한 선주민이 묻힌 곳에서 일어나는 것도 절대 우연이 아니지요. 일이 제대로 돌아가게 하려면 어떤 것들은 억압해야 하니까요.

바일스 그게 사실 저의 마지막 질문이었습니다. 장르 선택에 관한 질문 말입니다. 말씀처럼 이것은 유령 이야기입니다. 한 번씩 굉장히 애처롭고 환각적인 느낌을 주는데요. 그 방향으로 정했을 때, 장르의 제약 안에서 작업할 수 있다는 사실에서 어떤 해방감을 느꼈나요?

쿤즈루 예술에서 제약은 보통 좋은 것입니다. 저는 제가 느낀 망령의 그림자가 어떤 것인지, 그것을 이런 문학적인 방식으로 어떻게 제대로 표현해 낼 수 있을지를 알아내야 했어요. 그리고 그것은 앞으로 나아가지 못한다는 느낌, 한 발짝 내딛고 두 발짝 뒷걸음질 치는 듯한 느낌이리라 생각했습니다. 그래서 소설 속 중심인물은 이런 역사적 취약성을 느끼기 시작하지요. 어떤 계보에 속한다는 느낌도, 그걸 발전해 간다는 느낌도 없다는 생각이 들기 시작하는 겁니다. 그리하여 갈수록 더 정체된 느낌에 사로잡히는데, 실제로 블루스에는 그런 기분을 표현하는 어휘가 많습니다. 이를테면 징크스처럼요. 그 외에도 아프리카의 민담에서 유래한 말들이 아주 많아요. 로버트 존슨의 「내가 가는 길에 놓인 돌들Stone in My Passway」이라는 노래가 있는데, 이것도 적에게 불운을 가져오는 방법에 관한 아프리카 이야기에서 착안한 곡이에요. 다른 사람에게 뭔가를 하고 싶으면 그가 걸어갈 길에 뭔가를 놓아두면 된다는 이야기로, 누군가를 저주하는 방법이죠. 꼭 고양이처럼 내 다리를 비벼 대는 징크스를 이야기하는 멋진 노래도 있습니다. 말 그대로, 삶 주변을 맴도는 불운과 골칫거리를 표현한 노래이지요. 음악을 알아 갈수록, 가사를 자세히 들여다볼수록, 사람들이 자신의 사회적, 정신적, 심리적 조건을 설명할 매우 정교한 어휘를 가지고 있음을 느꼈습니다. 실제로 강제 노동이 뇌에 좋을 리가 없으니까요.

레일라 슬리마니
『달콤한 노래』

2018년 3월 27일 화요일

Leïla Slimani
Chanson douce

애덤 바일스 〈아기가 죽었다. 단 몇 초 만에〉 ▨▨▨ 슬리마니는 공쿠르상 수상작 『달콤한 노래』 ▨▨▨ 리 사회한 단면의 집단적 시각 ▨▨▨ 와 계급, ▨▨▨ 는 거의 드러나지 않으면서도, 상상할 수 없을 ▨▨▨ 인 결과를 초래할 수 있음을 치밀하고도 우아한 문체로 탐▨합니다. 여러분, 레일라 슬리마니 작가님이 이곳 셰익스▨어 앤드 컴퍼니에 오신 것을 환영해 주십시오.

레일라 슬리마니 정말 감사합니다.

바일스 먼저, 이 책의 집필을 시작한 시기에 관해 이야기하고 싶습니다. 맨해튼에서 일어난 실제 사건에서 영감을 받아 이 작품을 쓰셨다고 들었습니다. 이번이 두 번째 소설이자 실제 사건을 소재로 삼은 두 번째 소설이기도 한데요. 첫 소설은 미국에서 도미니크 스트로스칸이 체포된 사건[18]에서 살짝 영감을 받으셨지요. 그래서 이 소설을 문학적으로 어느 지점에 두시는지 궁금합니다. 한쪽 끝에, 아주 조심스럽게 표현하자면 〈순수〉 소설이 있고, 다른 쪽 끝에 예컨대 엠마뉘엘 카레르의 『적L'Adversaire』처럼 최대한 실제 사건에 가깝게 쓰려 노력한 작품이 있다고 한다면요.

슬리마니 사실 이 책을 쓰던 중에 실제 사건을 알게 됐어요. 서른 살 때였는데, 저도 아들을 낳아 막 보모를 고용한 상태였습니다. 그런데 이 보모와의 관계가 너무 이상한 겁니다. 저 또한 모로코에서 보모 손에 자랐기 때문에, 보모가 가끔씩 슬퍼하던 기억이 났어요. 부모님과 저 때문에, 그리고 글을 읽을 줄도 쓸 줄도 모르는 자신과 저 사이에 놓인 거리에 굴욕감을 느끼는 모습도 떠올랐고요. 저는 나이가 들면서 점점 어머니와 가까워졌고, 보모와는 점점 멀어졌어요. 보모가 그 사실에 굉장히 슬퍼한다는 걸 느낄 수 있었지요. 그

18 프랑스의 유명 정치인 도미니크 스트로스칸이 뉴욕의 한 호텔 청소부에게 성폭행을 시도한 혐의로 고발된 사건으로, 언론의 집중적인 조명을 받으며 국제 사회에 큰 파장을 불러일으켜 권력자에 의한 성범죄 문제를 공론화하는 계기가 되었다.

래서 처음엔 사랑을 대가로 돈을 지불하는 이 유일한 관계를 탐구해 보기로 했습니다. 말하자면 누군가에게 〈월급을 줄 테니 내 아이를 사랑해 주세요. 나는 당신이 내 아이들을 다정하게 대하고, 사랑하고, 먹이고, 모든 걸 다 해주면 좋겠어요〉라고 하는 거죠. 이는 아주 특수한 관계라고 할 수 있습니다. 거기에는 권력과 폭력도 있지만 동시에 사랑과 친밀감도 상당하니까요. 그러다 실제 이야기를 알게 됐고, 살인으로 이야기를 시작하면 좋겠다는 생각이 떠올랐습니다. 이 관계에 내재된 두려움과 폭력을 피하지 않고 제대로 들여다보고 싶었거든요. 저는 모든 부모가 아이를 낳았을 때 느끼는 이 특정한 공포에 대해 말하고 싶었습니다. 실제로 제가 제 아이를 처음 봤을 때 느낀 감정은 사랑이 아니었던 듯해요. 그것은 공포였습니다. 그 조막만한 아기를 보고 있노라니 이런 생각이 들었어요. 〈만약 이 아이한테 무슨 일이 일어난다면 나는 어떻게 될까? 나는 아마 죽어 버릴 거야. 이 공포와 불안을 절대 견뎌 낼 수 없을 테니.〉 저는 짐짓 그런 감정이 존재하지 않는 척해야 했습니다. 그래서 마치 동화 같은 이 실화로 이야기를 시작하기로 했습니다. 아이들을 죽이는 마녀 이야기 말입니다. 하지만 그게 핵심은 아닙니다. 이 책의 핵심은 살인이 아니에요. 살인은 우리에게 그 공포를 기억하게 만드는 장치일 뿐이죠.

바일스 ㄱ 공포가 책에서 미리암이 깊는 짐짓이시ㅂ 미리암은 아이가 태어난 순간부터 내내 두려움에 시달렸다고 말합니다. 하지만 미리암의 역할이 매우 흥미롭습니다. 우리 사회에서 여성들이 흔히 그렇듯, 그는 보모를 고용하는 결정만이 아니라 보모의 행동들에 대해서도 책임을 떠안아야 하죠. 그래서 예컨대 미리암이 일터로 복귀하고 보모를 고용하는 문제를 의논할 때, 이야기는 이 가족이 돈을 얼마나 쓰게 될지가 아니라 그로 인해 미리암의 월급이 어떻게 변할지에 관한 이야기로 흘러갔지요.

슬리마니 미리암은 저를 비롯해 여기 있는 여성들과 아주 닮았지요. 그녀는 모두에게 〈너는 뭐든지 다 가질 수 있어〉라는 말을 들은 첫 세대 여성에 속합니다. 이제 여성은 아이도 가질 수 있고 직업도 가질 수 있고 결혼도 할 수 있어요. 하지만 원치 않으면 꼭 결혼할 필요도 없지요. 그냥 한 개인으로 살아도 돼요. 약간 이기적이어도 됩니다. 오늘날 우리는 그 모든 걸 가졌어요. 그래서 〈세상에, 모든 걸 가졌는데 아무도 날 도와주지 않으니 이제 어떡하지? 대체 어떻게 해야 하는 건지 아무도 내게 설명해 주지 않아〉라고 생각할 거예요. 저는 그 모든 걸 다 가지는 일이 얼마나 힘든 일인지를 보여 주고 싶었습니다. 그게 신화에 가깝다는 것도요. 독립적이거나 자유로운 여성이 되는 건 그렇게 쉽지 않습니다. 미리암은 모든 걸 완벽하게 해내고 싶어 하지요. 완벽한 엄마, 완벽한 변호사가 되고 싶어 하고, 남편과도 완벽한 삶을 꾸려 가고 싶어 합니다. 하지만 그건 몹시 힘든 일이죠. 늘 자신에게 실망하고 마니까요. 그녀 역시 다른 여자들처럼, 자신이 완벽하지 않다는 사실을 받아들이기 힘들어하는 여성이죠.

바일스 어떻게 해도 그녀는 욕을 먹습니다. 아이를 낳고 일터로 돌아가지 않으면 그런 결정을 한 것 때문에 어떤 식으로든 지위가 강등된 것으로 여겨지죠. 그런데 다시 일터로 돌아가고 보모를 고용하기로 하는 순간, 그에 대해서도 같은 사람들로부터 비난받지요.

슬리마니 맞아요. 제가 여성에 대해 하고 싶었던 말이 바로 그겁니다. 사회는 항상 여성들에게 죄책감이 들게 하지요. 집에 있으면 사람들이 〈아, 일을 안 하시는군요. 아이를 돌보는 건 정말 훌륭한 일이죠〉라고 하지만, 내심 경멸하고 있다는 걸 압니다. 바깥일을 열심히 하면 사람들이 〈아, 아이를 직접 돌보지 않으시는군요. 출장이 많으니 당연히 그럴 수밖에요. 멋지세요〉라고 말하지만, 그때도 내심 경멸하고 있다는 것을 압니다. 보통 어려운 일이 아니죠. 이 문제를 해결하는 유일한 방법은 그냥 원하는 대로 하고 나를 비난하는 사람들을 보지 않는 것이죠. 하지만 남편에게도 똑같은 감정을 느끼게 됩니다. 남편이 출장을 다니면 사람들이 그에게 〈와, 출장을 자주 다니시는군요. 아이들이 보고 싶겠어요〉라고 말하죠. 그런데 제가 출장을 다니면 다들 저한테 〈와, 출장을 자주 다니시는군요. 아이들이 엄마가 보고 싶겠어요〉라고 합니다. 제가 가족에서 빠진 사람이 되는 거죠. 남편은 그렇지 않은데 말이죠.

바일스 사실 보모의 역할은 보통 대리 어머니 같은 것으로 취급되지요. 보모가 일반적으로 여성이기 때문이기도 하고, 보모는 어머니를 대신하지, 직장에 다니는 부모 모두를 대신하는 존재가 아님을 암시하기 때문이기도 하죠.

슬리마니 책을 쓰기 시작하면서 친구들한테 보모를 어떻게 골랐냐고 물으니 대부분 이렇게 대답하더군요. 〈모성이 강해 보이는 여자였어. 성격이 아주 나긋나긋하고 가슴도 풍만했지. 그래서 아이들한테도 다정할 것 같았어.〉 얼마나 비합리적인 말인가요. 말씀하신 대로 보모는 제2의 어머니 같은 존재지만, 진짜 어머니는 아니죠. 그래서 이 관계가 이상하다는 것입니다. 엄마는 자기 아이들이 보모를 사랑하되 어머니로 사랑하지는 않기를 바라니까요.

바일스 보모가 가짜 어머니로 묘사되는 순간이 있습니다. 프랑스어판 원서에 〈대용품ersatz〉이라는 단어를 쓰셨는데, 이 단어는 보모가 빈자리를 어떻게든 채우지만 매우 인공적인 방식으로만 그렇다는 뉘앙스를 주니까요.

슬리마니 그것 때문에, 또 그게 사실이 아니라는 걸 다들 알기 때문에 모두가 불편함을 느끼죠. 모두가 그에게 〈당신은 우리 가족의 일원이야〉라고 말하지만, 그게 사실이 아니라는 것을 다들 알지요.

바일스 그런 사실이 보모인 루이즈와 미리암, 폴 사이에 흥미로운 긴장감을 유발하죠. 그들은 한편으론 루이즈가 대체 어머니가 되어 주길 원하지만, 동시에 양심 때문에 마음이 불편하지 않도록 그가 가급적 눈에 띄지 않기를 바랍니다. 이 긴장은 그들이 해결하기 아주 힘들뿐더러 루이즈 입장에서도 참기 힘들죠.

슬리마니 저는 이 친밀감의 문제에 매료됐습니다. 누군가와, 심지어 커플끼리도 친밀감을 나누기가 절대 쉽지 않아요. 누군가와 오랫동안 살다 보면 때로는 서로에게 보이지 않는 존재가 되기도 하니까요. 날마다 일을 마치고 집으로 돌아와 가족을 보지만 더는 제대로 보지 않는 거죠. 루이즈는 그들과 친밀감을 나누기 때문에 약간 다른데요. 그는 그들에 대해 모르는 게 없지요. 그들이 뭘 먹는지, 어떻게 자는지, 뭘 하는지 다 알아요. 주말이나 자기가 그곳에 없을 때조차 말이죠. 하지만 동시에 그들은 친밀한 사이가 아닙니다. 같은 가족의 일원이 아니기 때문이죠. 미리암은 루이즈가 자기 옷을 훔쳐보고 가끔 화장 크림도 훔쳐 바르는 걸 알기 때문에 마음이 굉장히 불편합니다. 아주 묘한 기분이 드는 거죠.

바일스 아침에 루이즈가 나타나지 않아 미리암과 폴이 그녀에게 연락하려 애쓰는 장면이 나옵니다. 〈만약 계속 전화를 안 받으면 루이즈가 사는 데로 찾아가 봐야지. 주소가 뭐지? 계약서를 확인해 보자고〉라고 하면서요. 아무리 친밀해도 사는 곳을 알아내기 위해 법적 서류를 뒤적여야 하는 관계라는 사실이 새삼 강조되는 장면이었죠.

슬리마니 한쪽만 친밀하게 느끼는 거지 다른 한쪽은 그렇지 않죠. 그들은 루이즈에 대해 알고 싶어 하지 않습니다. 그의 삶이 어떤지 알고 싶어 하지 않습니다. 경계가 있지요. 그는 그들의 고용인이고 그게 다입니다. 하지만 그건 사실이 아니지요. 그들도 그걸 압니다. 하지만 그들은 그의 비참한 상황을 알고 싶어 하지 않는다고 생각합니다. 자신들에게 부담이 되기 때문에 그의 어려움을 알고 싶지 않은 거죠. 그런 사실을 받아들여 그를 돕는 책임을 지고 싶지 않은 거예요. 그래서 그는 그들로부터 멀찌감치 떨어져 있어야 합니다.

바일스 계속 유지해 나가기엔 참으로 이상한 거리입니다. 갈수록 이런 긴장이 고조되는 한 원인이죠. 특히 흥미로운 대목 중 하나는 루이즈가 전에 돌봤던 아이 중 하나인 올리비에의 관점이었습니다. 그 역시 적어도 자신의 기억 속에서는 루이즈와 매우 모호한 관계를 맺는 것 같아요. 부모 자식 관계와 비슷하지만 거의 로맨스에 가까운 유사 성애 관계이기도 한데요. 가족 내에서 이런 위치에 있는 사람이 아이들에게 미치는 영향에 대해 우리가 제대로 말하지 않는다는 생각이 들었습니다.

슬리마니 저는 아이들을 순수하거나 악하게 그리는 책이나 영화를 싫어하기 때문에, 어린 등장인물들을 구축하는 일이 무척 어렵고도 재밌었어요. 세상 그보다 더 복잡한 게 없을 정도죠. 저는 아이들의 심리가 굉장히 복합적이라고 생각합니다. 그들은 많은 것들을 이해하고, 그걸 활용해 어른들을 조종하죠. 그래서 제 소설 속 아이들도 딱 그런 모습이길 바랐습니다. 아이들은 직관도 뛰어납니다. 딸 밀라는 루이즈에게 뭔가 문제가 있다고 느끼지만 그걸 어른들에게 표현할 언어가 없습니다. 설령 있다고 해도 어른들은 아이들 말을 믿지 않는 경우가 많죠. 〈아, 그냥 뭣도 모르는 애가 하는 소린걸〉 하고 말지요. 빅토르는 말하죠. 〈나한테 무슨 일이 일어날 수도 있었다는 것을 나는 안다. 그가 나를 죽일 수도 있었다. 그게 나였을 수도 있다.〉 저는 아이들이 이런 걸 느낀다고 생각해요.

바일스 어른들도 이런 걸 느끼지만 어른들은 이상하게도 그걸 밀어내는 데 관심이 있죠. 특히 폴이 그렇습니다. 사실 처음엔 보모를 고용한다는 생각 자체에 몹시 불편해하는데, 그 사실이 자신이 어떤 사람이 됐는지를 말해 주니까요. 그간 스스로 절대 인정하지 않았지만, 자신은 이미 부르주아 계급에 들어섰다는 것을요.

슬리마니 그는 전형적인 보보[19]예요. 여전히 좀 10대 아이 같죠. 진짜 남자가 되고 싶어 하지 않아요. 자기 아버지도 보스도 되고 싶어 하지 않습니다. 〈나는 누군가에게 《당신을 해고할 거야》라고 말하고 싶지 않아〉 하고 말하죠. 그러면 마음이 너무 불편하니까. 하지만 루이즈를 고용하고 그가 아파트에서 요리를 비롯한 모든 일을 하기 시작하자, 폴은 어쩌면 부르주아로 사는 게 그리 나쁘지 않을 것 같다고 느낍니다. 하지만 결국 자신이 다른 사람들과 하나도 다를 바 없다는 사실을 받아들이기 힘들어하죠.

바일스 그의 어머니도 마찬가지로 이 사실을 받아들이기 힘들어합니다. 책을 읽어 가면서, 폴이 어디에서 왔고 그의 동기가 무엇인지 계속 궁금했어요. 그러다 어머니에 대한 소개가 이루어지고 나니 그 모든 게 납득이 되더라고요. 어머니는 68세대이고 여전히 자유, 특히 여성의 자유에 대한 철

---

19 부유한 전문직 종사자로 자유분방한 가치와 부르주아적 생활 양식을 가진 집단.

학적 신념을 고수하지만, 며느리가 보모를 두기로 한 것에 대해 매우 비판적으로 생각하죠.

슬리마니 그는 아들과 미리암이 개인주의적이고 이기적이라 생각해서 그들의 결정에 매우 실망합니다. 두 사람은 자기들이 환경주의자고 좌파에 투표한다고 말하지만, 자기가 볼 땐 그것이 사실이 아니기에 그들이 가짜라고 생각합니다. 그들이 행동하는 방식이 그걸 보여 주니까요. 그들은 심지어 자기 아이들도 부르주아식으로 교육하죠. 피아노 과외 등 부르주아 동급생 아이들이 하는 것을 죄다 시키면서요.

바일스 아닌 게 아니라, 계급은 완전히 현재 진행형 개념이지요. 계급이 사회에 훨씬 체화되어 있는 영국인의 관점에서 보면 무척 흥미롭습니다. 여기는 완전히 다르니까요. 프랑스인은 모두 혁명의 자녀들입니다. 그래서 프랑스에는 기본적으로 계급 시스템이 없죠. 하지만 계급 시스템은 사람들이 사는 방식과 지역, 특히 얼마나 돈이 많은지에 따라 저절로 생겨나는 것입니다. 흥미로웠던 한 가지는, 파리지앵의 맥락에서 이 책을 읽고 파리지앵들이 바로 알아챌 만한 그 모든 세부적인 것들을 알아보는 일이었습니다. 이를테면 아파트의 위치 같은 것 말이죠. 주제는 참혹하지만, 이런 프랑스 사회 코드를 상당히 즐기시는 것처럼 느껴졌어요.

슬리마니 폴은 바로 저입니다. 미리암도요. 저는 보보들에 대해 아주 잘 압니다. 제가 보보이기 때문이죠. 저는 좋은 동네에 살면서 퀴노아를 먹어요. 제 아들은 노래 수업 따위를 들으러 다니고요. 저는 스스로를 조롱하기 때문에 그들도 그렇게 할 수 있습니다. 하지만 말씀하셨듯이, 여긴 계급이란 게 없습니다. 미리암과 폴은 자기들이 어떤 계급의 일원이라고 생각하지 않습니다. 그저 어떤 가치들을 갖고 있을 뿐이죠. 그들은 〈우린 평등을 믿고, 환경 보호를 추구해. 그리고 인간을 존중하지〉라고 말합니다. 그들은 어떤 계급의 일원이 아니지만 어떤 문화적 가치를 가지고 있죠. 루이즈 역시 한 계급의 일원이 아닙니다. 그는 연대를 통해 어떤 이익도 얻지 못하니까요. 계급의 일원이라면 그 계급 내에서 연대감을 느낄 수 있습니다. 하지만 그는 혼자예요. 백인인데 이민자들 일을 하니까요. 그는 아프리카계 집단에도 필리핀계 집단에도 속하지 않습니다. 계급 투쟁도 없습니다. 서로 절대 싸우지 않으니까요. 루이즈는 아무 말도 하지 않아요. 그들은 그냥 서로를 바라보면서 모든 게 괜찮은 양 행동합니다. 국세청 같은 데서 편지가 날아와도 아무 말도 안 하죠.

바일스 각자의 출신에 따라 루이즈를 다르게 바라보는 게 무척 흥미롭습니다. 루이즈가 공원에서 만나는 다른 보모 친구는 루이즈는 남들에게 진짜 부르주아 아가씨로 보일 거라고 말하죠. 동시에 폴은 루이즈가 수영을 할 줄 모른다는 걸 알고 그걸 교육의 결핍과 연관시키며 가난한 그를 멸시하는 것처럼 보입니다.

슬리마니 폴은 루이즈가 우스꽝스럽다고 생각하죠. 우스꽝스러운 치마를 입고 이상한 화장을 하면서 부르주아가 되려 애쓰니까요. 폴과 미리암은 그런 옷을 입을 필요가 없죠. 폴은 쿨하지만, 루이즈는 쿨하지 않아요. 그래서 폴은 루이즈를 아주 경멸합니다.

바일스 루이즈는 연상하기 쉽도록 무척 선명하게 그려져서 저는 이 인물의 기원에 굉장히 흥미를 느꼈습니다. 예컨대 그녀가 이민자들 일을 하는 백인 보모라고 하셨지요. 그러니까 작가로서 보모를 이민자 출신으로 설정하지 않는 명백히 의도적인 결정을 하신 건데요. 루이즈라는 인물이 어떻게 만들어졌는지에 대해 조금 이야기해 주실 수 있나요?

슬리마니 저는 어렸을 때 메리 포핀스가 굉장히 무서웠어요. 너무 완벽해서요. 이 여자한텐 뭔가 좋지 않은 게 있어요. 그래서 저는 메리 포핀스로 시작해야겠다고 생각했죠. 그녀는 완벽해야 합니다. 옷을 완벽하게 갖춰 입고, 아이들을 완벽하게 다루고, 그들과 잘 놀아 주는 거지요. 제겐 이 완벽함이 책에 많은 불안을 불어넣는 한 방법이었어요. 그래서 그녀는 완벽합니다. 항상 사람들이 자신을 찾아 주기를, 필요로 하기를 바랐고, 그것이 인생의 전부였어요. 필요한 존재가 되는 것 말이죠. 그래서 자기 삶은 완전히 잊었어요. 자기 아이도, 남편도. 모든 걸 잊었습니다. 그저 다른 가족, 다른 계급의 일원이 되고만 싶었지요. 그리고 사람들이 자길 보고 고맙다고 말해 주길 바랐죠. 〈네가 그렇게 해줘서 정말 고마워.〉 물론 그녀는 미쳐 버리고 말았지요. 루이즈는 접시 같습니다. 날마다 테이블에 올려놓으며 안에서 금이 가고 있다는 걸 보지 못하는. 그러다 어느 날 그걸 내려놓는 순간 확 깨져 버리는 거예요. 저한테는 그녀가 그런 존재입니다. 그녀의 내면에서 여기저기 금이 가고 있는데 아무도 그걸 보지 못해요. 그러다 어느 날 그만 확 깨지는 것이지요.

바일스 루이즈를 알아 가면서 마음속에 떠오른 것들이 몇 가지 있는데, 그중 하나가 살아가면서 느끼는 잔잔한 굴욕감에 관한 생각이었어요. 정말 매우 작은 굴욕감의 연속 말입니다. 부코스키의 「신발 끈The Shoelace」이라는 시가 떠올랐는데요. 그 시는 한 인간을 미치광이로 만드는 것은 자잘한 비극의 연속이라고 말하지요. 사랑하는 이의 죽음이 아니라, 시간이 없을 때 툭 끊어져 버리는 신발 끈이라고요.

슬리마니 바로 그거예요. 사람들이 하는 사소한 일들이죠.

사람들이 마치 자기가 거기 없는 것처럼 자기에 대해 말한다는 사실. 가끔씩 아이들이 〈아줌마는 싫어. 엄마가 보고 싶어〉라고 말한다는 사실. 만약 아이들이 날마다 그런 말을 한다면 굉장히 힘들 거예요. 그러니 그 말이 맞습니다. 루이즈를 그토록 절망적으로 만드는 건 끝도 없이 당하는 사소한 굴욕들입니다.

바일즈 루이즈를 군이 백인 보모로 설정하신 이유가 궁금합니다. 만약 그녀를 이민자 보모로 그렸다면 그녀가 어떤 식으로든 결국 프랑스 이민자라는 상황에 의해 움직이는 것처럼 보일 수 있다는 점이 우려됐지요?

슬리마니 아뇨. 첫 번째 이유는 약간의 아이러니를 추가하고 싶어서였어요. 미디어든 영화든 심지어 일부 소설에서도 부유한 사람은 주로 백인이고, 가난한 사람은 흑인이거나 북아프리카 출신이죠. 현실은 그보다 훨씬 더 복잡합니다. 오늘날 우리 사회에는 부유한 흑인과 북아프리카계 사람도 있고, 가난한 백인도 있습니다. 하지만 또 다른 이유는 조금 전에 강조하신, 이민자들의 일을 하는 루이즈의 굴욕감 때문입니다. 거의 대부분 이민자들이 하는 일을 백인이 하고 있다면 무척 굴욕적으로 느껴지고 외로울 것 같았죠.

바일스 실제로 책을 읽는 내내 그 외로움이 계속 느껴졌습니다. 루이즈는 사실상 노숙자죠. 그녀가 자기가 너무 많은 것을 봤다는, 다른 사람들의 사생활을 너무 많이 안다는 느낌에 사로잡혔다고 말하는 장면이 나옵니다. 그때 저는 소설 초반부에 미리암이 자신이 처한 상황을 뒤돌아보며 〈우리는 오직 더 이상 서로 필요로 하지 않을 때만, 혼자 힘으로 살아갈 수 있을 때만 행복할 수 있을 것이다〉라고 말하는 장면이 떠올랐습니다. 두 사람 모두 같은 결론에 도달한 것 같지만 결과는 완전히 달랐지요.

슬리마니 네. 보모라는 직업에서 가장 어려운 건 아이를 키우는 일이라는 점입니다. 아이의 첫걸음마를 보기도 하고 아이를 무척 사랑하지만 언젠가는 떠나야 하지요. 그걸 계속 반복하는 겁니다. 저한테는 루이즈가 끊임없이 실연당하는 여자처럼 보입니다. 물론 자기 집도 없는 사람이고요. 항상 남의 집에서만 살았으니 자기 집은 아무것도 아닌 거죠. 미리암은 또 달라요. 자기 아이들을 보면 아주 이상한 기분을 느끼는데, 저는 많은 부모가 같은 경험을 한다고 생각해요. 아이들이 자신에게 의존한다는 사실은 그들이 자신을 사랑하기 때문에 아름다운 것이지만, 때로는 무섭기도 하죠. 너무 부담스러워 떠나고 싶을 때도 있어요. 그래서 저는 어머니가 된다는 것, 누군가가 날 필요로 한다는 것이 꼭 멋진 일만은 아니라는 사실을 보여 주고 싶었습니다. 때로는 무척 암담하고 감내하기 힘든 일이라는 사실을요.

바일스 절차에 관한 질문으로 마무리하고 싶습니다. 후반부에 아파트 재건축을 이끄는 경찰 반장이 나오는데요. 그는 때로 재건축이 마치 무아지경 상태에서 고통에 찬 진실이 튀어나오게 하고 새로운 빛으로 과거를 환히 드러내는 부두교 의식처럼, 감춰져 있던 무언가를 드러내는 것 같다고 말하죠. 그 대목을 읽으면서 저는 소설가가 하는 일을 떠올릴 수밖에 없었습니다.

슬리마니 물론 그것은 소설가에 대한 은유입니다.

바일스 그렇군요. 소설을 쓴다는 건 물리적, 정서적으로 몰입하는 일이지요. 굉장히 지치고 피곤하기도 하고요. 그래서 궁금합니다. 일단 이들 인물이 움직이도록 설정하고 그들에 대해 어느 정도 알고 나면, 그들을 이해하게 됐다고 느끼나요? 그래서, 이를테면 루이즈 같은 인물이 왜 그런 일을 저지를 수 있었는지 이해하게 됐다고 생각하는지요?

슬리마니 제가 반장에 대한 챕터를 쓰기로 한 것도 바로 그 때문인데요. 그는 사실 작가에 대한 은유입니다. 제가 표현하고 싶었던 건, 인물의 어떤 조각들은 이해하지만 모든 걸 이해하지는 못한다는 점입니다. 노력은 하지요. 그의 말대로 인물의 영혼 속에 손을 집어넣으려 애씁니다. 상황을 지배하려고 고군분투하죠. 하지만 결코 그러지 못합니다. 이해하지 못하는 것, 표현하기 불가능한 것이 늘 있으니까요. 동료 작가들이 저한테, 자기 인물들이 돌아오길 기다리는 중이라 아직 글을 못 쓰고 있다고 말할 때가 있는데요. 그때마다 저는 웃으면서 〈음, 그건 사실이 아니야〉라고 생각하죠. 하지만 실은 사실입니다. 톨스토이 이야기가 기억나는데요. 그가 『안나 카레니나』를 쓰고 있을 당시에, 그에게 이미 큰돈을 지불한 편집자가 원고를 기다리다 아무 소식이 없자 그의 집으로 찾아가서, 이제 기다리는 데 지쳤으니 그만 책을 주든지 아니면 돈을 돌려 달라고 했답니다. 그러자 톨스토이가 그를 보고 〈안나 카레니나가 사라졌어요. 그래서 지금 돌아오길 기다리는 중이에요〉라고 했대요. 웃으시지만 그게 사실이에요. 때로는 등장인물이 돌아오길 그냥 기다리죠. 돌아오면 쓰고, 다시 가버리면 그가 어디에 있는지 정말 몰라요. 정말 미스터리입니다.

레니 에도로지
『내가 더는 백인과 인종에 대해
이야기하지 않는 이유』

2018년 4월 3일 화요일

Reni Eddo-Lodge
*Why I'm No Longer Talking To White
People About Race*

애덤 바일스 때로는 한 시대를 포착하는 데 그치지 않고 더 나아가 어떤 운동을 촉진하는 작품이 나옵니다. 레니 에도 로지의 『내가 더는 백인과 인종에 대해 이야기하지 않는 이유』가 바로 그런 책이지요. 구조적 인종 차별과 그 효과에 대한 권위 있는 동시에 개인적이기도 한 작품의 말들은 논쟁을 불러일으키기보다, 논쟁의 대상인 용어 자체를 재정의하는 오랜 숙제를 해냈다고 할 수 있습니다. 그녀가 서문에서 썼듯이 〈이 책은 인종 차별의 명백한 측면만이 아니라 미끄러지는 측면, 정의하기 어려운 부분, 스스로를 의심하게 만드는 부분에 관한 것〉이기도 합니다. 그뿐 아니라 이 책은 역사와 시스템, 특권, 페미니즘, 계급, 미디어에 관한 것이기도 하지요. 여러분, 레니 에도로지 작가님이 이곳 셰익스피어 앤드 컴퍼니에 오신 것을 환영해 주십시오.

레디 에도로지 오늘 이 자리에 와주신 모든 분께 감사드립니다.

바일스 오늘 밤엔, 이 책의 시발점이 된 블로그 글 말미에 나오는 문장으로 한번 시작해 보려 합니다. 〈나는 세상의 작동 방식을 바꿀 만큼 거대한 힘은 없지만 경계는 설정할 수 있다.〉 블로그에 그 글을 쓰고, 그로 인해 이 작품을 쓰고, 그것이 커다란 반향을 불러일으키는 모습을 보신 지 어느덧 4년이 흘렀습니다. 그 문장을 쓰실 때, 경계를 설정하는 일이 얼마나 강력한 힘을 발휘할 수 있는지 조금이라도 짐작하셨지요?

에도로지 아뇨. 제게 그 경계는 아주 개인적인 것이었습니다. 저는 평생 일기를 써온 사람이고, 열세 살쯤 때부턴 인터넷 블로그에 글을 써왔어요. 그래서 아무도 읽지 않는 제 블로그에다가 그걸 썼지요. 블로그는 제 트위터와 연결되어 있어서 글을 올리자마자 제 트위터에도 올라갔죠. 그러니까 저는 그저 제 개인적인 경계에 관해 이야기한 것입니다. 하지만 글이란 게 그렇잖아요. 글은 자기 의사를 명확히 하고 스스로 책임지는 한 방식이라고 할 수 있죠. 그래서 그렇게 한 것입니다. 인터넷에 글을 쓸 때 누군가 들어 주길 바라는 것이기에 아무도 읽지 않으리라 생각한 것은 아니었습니다. 하지만 그걸 읽고 자기도 똑같이 느꼈다고 말해 주는 사람이 그렇게나 많을지는 상상도 못했어요. 다양한 사회 운동 단체에서 활동하는 동안 저는 거의 혼자서 그런 기분을 감당해야 했습니다. 그곳 사람들과도 이야기해 봤지만 우린 그저 주변부에 있는 사람들이었죠. 그랬기 때문에 그런 개인적인 경계 설정을 했는데, 희한하게도 정반대의 일이 일어났습니다. 적어도 이제, 사람들이 인종적 불평등에 대해 말하려고 할 때 많이 겪는, 무의미하고 파괴적이고 엄청나게 불균등한 대화의 장에 끌려가서 자신을 정당화하라는 말을 듣는 대신, 제 방식대로 인종에 대해 말하고 있습니다. 사람들은 대부분 그런 문제를 절대 인정하지 않고, 만약 그게 문제라면 증명해 보라고 하죠. 그래서 그걸 증명하는 책을 쓴 것입니다.

바일스 자신만의 방식으로 그 이야기를 하는 한 방법은 책 초반부의 상당 부분을 역사, 특히 영국 흑인의 역사에 집중적으로 할애하는 것이었는데요. 그 역사를 이해하는 일이 책이 나아갈 방향에 얼마나 중요한지는 금방 알게 됩니다.

에도로지 맥락이 핵심입니다. 그것이 활동가로서, 블로거로서 이런 대화를 할 때 제가 발견한 사실이에요. 종종 이런 이야기를 들어요. 〈아, 그건 미국 문제죠. 우리 영국에는 그런 문제가 없는데 왜 그렇게 불평하는 건지 잘 모르겠네요.〉 하지만 그건 사실이 아님을 알았습니다. 학교 교과 과정에서는 배우지 않았지만, 제가 태어나기 불과 한 세대 전만 해도 아주 심각한 학대가 있었음을 나이 든 주변 흑인들에게 들어 알고 있었지요. 그래서 그걸 제 임무로 삼았습니다. 저는 저널리스트이기도 합니다. 그 점이 왜 중요하냐면, 저널리스트로서 어떤 문제에 관해 이야기할 땐 그 현상에 대한 큰 그림의 분석을 제시해야 하기 때문이에요. 그래서 제겐 그 맥락을 제시하는 일이 매우 중요했습니다. 사회 운동 단체에서 제가 자주 접한 것은 윗세대 어른들이 하는, 젊은 비백인들이 자기 역사를 모른다, 자기들이 어디에서 왔는지를 모른다는 등의 걱정 어린 말이었어요. 마치 지식이 전수되지 않는 것이 우리 책임이라는 듯한 뉘앙스였죠. 하지만 학교 교과 과정에서는 미국적 맥락에서 마틴 루서 킹과 로자 파크스 같은 사람들 이야기만 배웠어요. 그래서 저는 우리가 우리의 역사를 모른다고 불평하는 대신 직접 찾아 보겠다고 생각했고, 대영 도서관과 브릭스톤의 흑인 문화 기록 보관소에 죽치고 앉아 옛날 책과 기록물을 뒤졌습니다. 찾기도 힘들지 않았고 접근하기도 전혀 어렵지 않았어요. 유일한 문제는 다른 역사 서사처럼 〈영국 이야기〉로 재현되지 않았다는 점이었지요. 그래서 제가 이 책을 쓰게 된 것입니다.

바일스 영국 교과 과정에서 영국 흑인사보다 예컨대 미국의 민권 운동 이야기를 하는 것이 더 편해 보이는 이유가, 만약 당신이 책에서 이야기하는 역사를 다룰 경우, 사람들이 직면하고 싶지 않은 어려운 질문이 많이 제기될 것이기 때문이라고 생각하는지요?

에도로지 그러면 아마도 너무 많은 자기 성찰을 해야 하게 될 텐데 영국은 그걸 별로 좋아하지 않아요. 그럴 바엔 차라리 식민주의가 사실 얼마나 대단했는가를 외칠 겁니다. 국가 차원의 교과 과정을 만든 사람들과 직접 대화를 나눠보진 않았지만 제가 보기엔 깊은 반감이 있는 것 같아요. 그리고 이것은 세대를 거듭할수록 재생산되고 있습니다. 어느 날 누군가 알면서도 그걸 기록하지 않기로 한 게 아닙니다. 한 세대 전체가 그걸 배우지 않았고 그래서 모르는 거지요. 그리고 그들이 교사가 되고, 배우지 않은 채로 아무것도 모르는 아이들을 가르치죠. 그래서 저는 책의 그 부분을 조사하면서 이러한 역사 문서를 수집하고, 1970년대와 1980년대에 영국의 민권 운동 관련 일을 했던 사람들과도 연락을 주고받았습니다. 그들 중 다수가 아직 살아 있습니다. 문서도 아주 쉽게 접근할 수 있는데, 그저 한 번도 사람들 앞에 펼쳐 놓은 적이 없을 뿐이죠.

바일스 그렇게 말씀을 나눈 사람 중 하나가 영국 흑인 역사의 달을 만드는 데 일조한 린다 벨로스Linda Bellos였죠. 〈우리가 왜 이 나라에 있는지 그들은 모른다〉라는 그의 말에서 좌절감이 느껴집니다. 그는 자신에겐 **문화**의 달이 아니라 **역사**의 달이라고 부르는 게 중요하다고 말하죠. 그래서 저는 영국 사람들은 노팅힐 카니발[20] 같은 축제는 아주 편하게 즐기고 치킨티카마살라는 국민 음식이라고 말하지만, 오늘날 영국의 다양한 문화를 만든 역사에 대해서는 그만큼 관심을 두지 않는 것 같다는 생각이 들었습니다. 국민 정서에 어떤 단절이 있는 것 같아요.

에도로지 어떤 면에서는 그렇죠. 다시 말하지만, 어떤 자기반성을 유도하는 거라면 우선 꺼리는 것 같은데, 제가 보기엔 그게 좀 이상해요. 북반구의 다른 나라들, 이를테면 독일은 순순히 자신들의 차별과 억압의 역사를 직시하니까요. 미국도 천천히 진전을 이뤄 나가고 있고요. 적어도 나라의 절반은 말입니다. 그래서 노팅힐 카니발에 가서 모두가 같이 즐기고 음식을 먹고 거기서 춤추는 백인 경찰도 있지만, 애초에 그 카니발이 유래된 갈등에 대해서는 별로 논의하지 않는 것 같아요. 꼭 삶의 은유 같기도 합니다. 하지만 정작 갈등은 외면한 채 좋은 것만 취할 수는 없습니다. 그래서 사

---

20 카리브해 출신 이민자를 상대로 1958년 백인들이 집단 폭행을 가한 노팅힐 폭동 사건 이후, 이민자들이 자신들의 전통과 문화를 기리고 인종 차별에 반대하는 퍼레이드를 벌인 것을 계기로 시작된 축제. 지금은 유럽 최대 규모의 다인종 축제로 발전했다.

람들이 심리 상담을 받으러 가는 거예요. 개인 차원에서든 국가 차원에서든 어려운 감정을 그냥 무시하고 억압하면 문제가 생깁니다. 그래요, 그게 제게 정말 좌절감을 줬죠. 아마 린다 벨로스도 마찬가지였을 겁니다.

바일스 역사를 아는 것이 중요한 또 다른 이유는 똑같은 실수를 반복하지 않게 해줄 수 있다는 점인 것 같습니다. 그래서 책에 자기 집을 영국인에게만 팔겠다는 표지판을 내건 로버트 렐프 사건을 언급했지요.

에도로지 거기서 영국인은 백인을 말한 거죠.

바일스 네. 이 사건이 정치적 올바름에 반대하는 언론 선전으로 이어지게 된 이야기도 하셨어요. 어떤 면에서 정치적 올바름이 우스꽝스럽거나 파괴적이라는 생각의 씨앗이 되었다고요. 지금 〈교차성〉이라든지 〈안전한 공간〉 같은 용어에 대해서도 같은 일이 일어나고 있는 걸 보고 정말 놀랐습니다. 특정 언론 기관들이 단합해 이들 용어를 훼손하려고 하는 것 같은데요. 만약 이전에 언론이 어떻게 정치적 올바름을 훼손하려 했는지를 사람들이 더 잘 알게 된다면 같은 책략이 다시 작동하기 어려울 수도 있을까요?

에도로지 네. 정치적 올바름은 제가 쓰는 문구는 아니지만 기록물을 살펴보니 그 글들이 무엇에 분노했는지가 보이더군요. 그들은 차별적인 주택 거래 방침을 시행하려는 남자 주변에서 시위했습니다. 지방 정부는 남자가 하려는 일이 불법이니 그걸 금지했고요. 언론이 사람들 간의 잔인한 행태를 지지한다는 게 도무지 이해가 안 가지만 제가 신문 편집자는 아니니까요. 신문을 팔아먹는 게 제일 중요한 목적이라는 사실을 제가 잘 이해하지 못하는 것 같아요.

역사 인식의 측면에서 보았을 때, 불과 한두 세대 전에 일어난 일을 제대로 모른다면 똑같은 실수를 반복할 수밖에 없습니다. 책에 영국 인종 관계 연구소 명예 소장인 암발라바너 시바난단Ambalavaner Sivanandan이 말한 〈우리가 여기 있는 것은 당신들이 거기 있었기 때문이다〉를 인용했는데요. 영국의 이민자 경험을 두고 한 말이지요. 비단 이민자뿐만이 아닙니다. 이 맥락에선 게으른 말이라고 생각하는데요. 왜냐면 우리는 이제 2세대, 3세대가 된 사람들 이야기를 하고 있기 때문입니다. 저 자신을 포함해 정식 영국인이 된 사람들 말입니다. 〈우리가 여기 있는 것은 당신들이 거기 있었기 때문이다〉라는 말은 굉장히 중요해요. 영국은 말 그대로 이들 나라로 갔어요. 그것이 뜻하는 바에 대한 폭넓은 이해가 없다면 이 사람들이 전부 어디에서 왔는가 같은 대화를 끝도 없이 하게 될 겁니다. 1950년대와 1960년대에 자메이카 사람들이 영국 해안에 나타난 것은 그곳이 모국이었기 때문입니다. 그래서 불과 20년 뒤에 영국이란 나라의 한 무력 기관인 경찰이 그들을 대하는 태도를 보면 어처구니가 없어요. 〈당신들이 거기 있었다.〉 저는 이 말이 아주 중요하다고 생각합니다. 그것이 전하지 않는, 가르치지 않는 맥락인 것 같아요. 정말 답답하고 짜증 나는 노릇이죠. 하지만 부디 더 많은 사람이 그게 어떤 것이었는지 이해하길 바랍니다. 책만이 아니라 참고 문헌들도 좀 찾아 읽으면 좋겠군요. 예컨대 영국의 역사학자 스티븐 번Stephen Bourne은 독학으로 이 문제에 깊이 천착했습니다. 하지만 그 교육에 대한 책임을 개인에게만 지울 수는 없다고 생각해요. 〈당신들이 거기 있었다〉가 실제로 뜻하는 바에 대한 더 폭넓은 이해가 필요합니다. 전 북반구 차원의 식민주의 기획에 관해서 말입니다.

바일스 그렇게 말씀하시니, 이 책의 핵심 중 하나인 구조적 인종 차별 개념으로 자연스레 넘어갈 수 있을 것 같습니다. 당신은 〈제도적〉이라는 용어보다는 〈구조적〉이라는 용어를 선호하는데, 제가 제대로 이해한 거라면, 구조라는 개념이 특정 제도를 넘어 사회 전체를 아우르는 개념이기 때문인가요?

에도로지 네, 〈제도적〉이라는 말이 더 이해하기 수월하다면 그것도 괜찮습니다. 하지만 저는 구조에 관해 이야기하고 싶습니다. 구조는 무엇이든 될 수 있습니다. 가족 구조도 있고 친구 집단 구조도 있지요. 크든 작든 일터 구조도 있고요. 국민 건강 서비스, 경찰, 교육 시스템에도 구조가 있지요. 하지만 그런 부분들에 대해선 왈가왈부하고 싶지 않네요.

바일스 작품을 아직 읽어 보지 못했거나 구조적 인종 차별을 잘 모르는 청중들을 위해서 그 용어의 뜻을 간단히 설명해 주실 수 있을까요?

에도로지 영국의 인구 구조와 부, 기회, 불평등에 관한 데이터는 아주 많습니다. 그 숫자만 봐도 누가 불이익을 당하고 있는지, 어떤 집단이 차별당하고 있는지를 한눈에 알 수 있습니다. 물론 피부색이 같다고 해서 모두가 자신을 특정 집단의 일원으로 여기지는 않는다는 것을 알기에 저는 집단이란 말을 느슨하게 사용하지만요. 어쨌든 저는 고등 교육, 의료, 사법 시스템 등의 관련 기관들의 데이터를 포괄적으로 들여다보며 인종과 기회가 어떤 관련이 있는지를 찾아봤지요. 그랬더니 백인이 아니면 인생의 기회가 제약당한다는 사실을 반복해서 발견할 수 있었습니다. 영국의 인구 분포와 각종 통계 수치를 보면 백인이 아닐 경우, 노동자 계급일 가능성이 백인보다 훨씬 많음을 알 수 있습니다. 가난한 백인이 없다는 말이 아니에요. 다만 노동자 계급은 백인이 아닌 사람들이 훨씬 많다는 말이지요. 그렇다고 잘 사는 흑인 중산층이 없다는 말도 아닙니다. 단지 그 수가 훨씬 적다는 말이지요.

그래서 저는 흑인 소년이 초등학교 시스템에서 배제될 가능성이 백인 소년보다 훨씬 높다는 것을 보여 주는 통계를 발견했습니다. 중등학교 입학시험을 치르는 열한 살짜리 중 흑인 아이들은 그 시험에서 자기 선생님에게 낮은 점수를 받고 있었어요. 이것은 사실 익명 채점으로 바로잡을 수 있었던 부분이지요. 고등 교육에서는 흑인 학생들이 백인 학생보다 더 낮은 성적을 받을 가능성이 훨씬 높았습니다. 그리고 대학을 떠나면, 2009년 정부의 노동 연금부가 작성한 보고서에 따르면, 구직 시 아프리카계 및 아시아계 이름을 가진 지원자들이 비슷한 지원 자격과 경험을 가진 백인 이름의 지원자들에 비해 면접 기회가 훨씬 적었습니다. 데이터를 보고 있노라면, 백인이 아니면, 혹은 이름 때문에 백인이 아닌 것으로 여겨지기만 해도 인생의 기회를 저지당한 사실이 계속 눈에 들어왔어요. 저는 이에 대해 둘 중 하나로 설명할 수밖에 없다고 생각했습니다. 인생의 기회를 저지당하는 이 사람들이 그저 열등하게 타고나서 모든 지점에서 차별받는 것이거나, 아니면 이 나라에 광범위한 차별이 벌어지고 있다는 것이죠. 지원서를 읽은 사람들이 KKK 단원일 거라고 할 만큼 그리 단순한 상황이 아니라고 생각해요. 실제로 이것은 노골적인 혐오를 드러내는 인종 차별이 아닙니다. 하지만 거기에는 분명 어떤 편견이 작동하고 있지요. 그런 뜻에서 제가 구조적 인종 차별이라는 말을 한 것입니다.

바일즈 어떤 면에서 이것은 영국이 적어도 지난 30~40년간 스스로 말해 온 본질적으로 능력주의 국가라는 이야기에 정면으로 반하는 이야기인 것 같아요. 하지만 능력주의 사상을 신봉하는 사람들은 근본적으로 구조주의를 받아들일 수 없지요. 왜냐면 이 둘은 하나가 옳으면 다른 하나는 완전히 무의미해지는 개념이니까요.

에도로지 저는 이제 명실상부한 중산층 직업을 갖고 있죠. 그래서 중산층 직업에 종사하는 비백인을 많이 알지요. 그들은 자기 일에 뛰어나지만, 여전히 자신들의 이력서에 적힌 이름이 약간 이국적으로 들리지만 않았어도 더 멀리까지 갔을지도 모른다고 느낍니다. 능력주의에 대해선, 물론 노력이 중요하죠. 구조적 인종 차별 때문에 노력이 중요하지 않다고 말하는 게 아닙니다. 제 말은, 열심히 일하는 사람들의 잠재력과 발전을 가로막는 외적 요인들이 있다는 것이 불공평하다는 것입니다. 제가 짜증 나는 건 바로 그 점이에요. 문제를 축소하려는 사람들이 항상 하는 말 중 하나가 〈당신은 자격이 없는 사람을 원한다. 할당제로 뽑힌 사람들은 그 일을 할 자격을 갖추지 못했을 것이다〉라는 건데요. 하지만 제가 아는 사람 중에서, 특히 문화 예술 업계에 종사하는 사람 중에는 자격은 차고 넘칠 정도로 갖췄지만,

마땅히 누려야 할 기회를 얻지 못하는 사람들이 정말 많습니다. 여기서 문제는, 의식적으로든 무의식적으로든 인종을 이유로 차별할 경우, 사실상 평범한 집단의 지배를 허용하는 꼴이 된다는 것입니다. 영국의 문화 예술 및 정치 업계, 권력을 가진 사람들을 보면 전부 중년 백인 남성이에요. 저는 단지 이 나라에서 오직 중년 백인 남성만이 재능을 가졌다고 믿지 않을 뿐입니다. 믿기를 거부합니다. 그게 사실이 아니라는 것을 아니까요.

바일스 통계상 거의 중년 백인 남성만으로 구성된 영국 기업 간부층의 인종적 편견에 관한 연구를 인용하셨는데요. 그 연구자는 〈영국 기업의 간부층에는 조직적인 인종적 편견의 징후가 거의 없다. 조사를 해봤지만, 그런 흔적이 거의 없다〉라고 하지요. 어느 정도 인지 부조화가 있는 것 같아요. 〈통계적으로 결코 우리 사원들이 영국 사회를 대표하진 않지만, 조사 결과 어떤 편견도 찾을 수 없었다〉라는 결론이라니요!

에도로지 영문학을 공부하고, 정전을 읽고, 모든 철학자의 말에 귀 기울여온 작가로서, 저널리스트로서 정말 한숨이 나오는 말입니다. 백인 남성들은 종종 논리적이고 이성적인 사고의 담지자로 간주되어 왔어요. 다 좋습니다. 하지만 방금 언급하신 사례처럼 그 담지자가 나무만 보고 숲은 보지 못하는 경우들이 있었지요. 저는 객관성을 좋아하고 진실을 찾는 일을 좋아하는 저널리스트이기 때문에 그런 것을 보면 얼마나 답답한지 모릅니다. 누군가의 편견이 개입되어, 증거가 보여 주는 결론에 도달하지 못하는 모습을 보면 얼마나 갑갑한지 몰라요. 활동가로서 저는 늘 증거를 제시해야만 하는 입장이었어요. 이것이 제가 저널리스트가 된 이유 중 하나이기도 하고요. 그래서 저는 그렇게 했습니다. 그런데 여전히 증거를 보지 않으려 하는 사람들이 있다는 사실이 너무 좌절스럽죠.

바일스 영국 사회는 아주 오랫동안 그런 식으로 구조화 되어 왔기 때문에 백인, 특히 백인 남성의 입장에선 딱히 그걸 인식할 필요가 없었기 때문이 아닐까요?

에도로지 책에는 제가 적어도 일화들을 통해 아는 현실적인 격차에 관한 이야기가 나옵니다. 저는 사우스런던에서 자라면서 어머니로부터 〈네가 인생에서 성공하려면 백인보다 두 배는 열심히 일해야 한다〉라는 말을 들었습니다. 그런데 제 백인 친구들은 부모님에게 〈사람은 모두 평등해. 다 똑같아. 아무 문제 없어〉라는 말을 들었지요. 이렇게 우리는 서로 다른 메시지를 듣고 자란다는 점이 매우 우려되는 거죠.

바일스 인종에 구애받지 않는다는 생각에 대해 말씀하시는데요. 저 역시 이런 말들을 통한 교육을 받고 자란 것 같은데, 제 부모님은 아마 아주 좋은 의도에서 그렇게 하신 것 같습니다. 하지만 그 부분에 대해 작가님은 매우 흥미로운 관점을 갖고 계시죠. 그 생각이 별로 유용하지 않다고, 사실 어떤 면에서는 정의로운 사회를 만드는 데 방해물이 될 거라고요.

에도로지 네, 물론입니다. 공명정대한 경쟁을 믿는다면, 기본적으로 먼저 이 〈증거〉에 기초하고 난 다음에 정당한 위치를 차지하려고 노력해야 한다고 생각합니다. 저는 능력주의에 반대하는 사람이 아닙니다. 오히려 능력주의를 아주 긍정하지요. 그렇기에 제가 인종 차별에 반대하는 것입니다. 그곳이 미래에 우리가 도달해야 할 지점이라고 보니까요. 하지만 차별 문제를 해결하지 않으면 결코 거기에 도달하지 못할 것입니다. 증거와 데이터를 모으는 일은 제게 무척 중요했습니다. 그래서 증거와 데이터 수집이 사실상 불법인 나라에서 이렇게 이야기하고 있다는 게 정말 재미있군요.[21] 모르겠어요. 이 자리를 떠날 때 체포되려나요? 어쨌든 저는 공명정대한 경쟁을 진심으로 믿습니다. 모두가 평평한 운동장에서 경쟁을 시작해야 한다고 생각해요. 하지만 아직 우리는 그런 상태에 있지 않다는 증거가 많습니

---

21 인종, 민족, 정치적·종교적·철학적 의견, 노동조합 결성, 건강, 성생활에 기초한 사적 데이터의 수집을 금지함을 밝힌 1978년 제정된 프랑스 법률 — 원주.

다. 우리는 아직 그 상태에 도달하지 못했어요. 그러니 그냥 솔직해지자고요. 개인으로서든 국가로서든 우리는 절대 완벽하지 않은데, 왜 자꾸 거짓말을 하는 걸까요?

바일스 새로 추가한 〈여파〉라는 제목의 챕터에, 학교 강연 중 백인 여성 청중 하나가 최종 종착지가 어디냐고 물어본 이야기를 쓰셨지요. 나중에 그 젊은 여성은 종착지를 찾는 사람들은 상황의 복잡성과 어려움을 인정하지 않으려 하는 것 같다고 말합니다. 사실 그들은 그걸 그냥 제거하고 싶어 하는 거지요. 바로 그겁니다. 이 책은 쉬운 해결책을 담은 책이 아니라는 거지요.

에도로지 다들 쉬운 해결책을 물어보길 좋아하는데요. 그러니 제발 오늘만은 그러지 말아 주세요. 대답 안 할 테니까요!

바일스 이 책에는 초현실적인 순간이 그리 많지는 않지만 하나를 들자면, 당신이 영국 국민 전선에서 떨어져 나온 영국 국민당[22]의 당수 닉 그리핀을 인터뷰하는 장면입니다. 독자로서 작가님 말을 한참 듣는 와중에 갑자기 그의 말과 맞닥뜨리는 것은 정말 희한한 경험이었습니다. 왜 이 인터뷰를 포함하기로 하셨는지, 그리고 그 경험은 어땠는지 조

---

22 반이민 정책을 강령으로 내걸고 사형제 부활, 동성애 및 동성 결혼 반대, 다문화주의 반대 등을 주장하는 극우 정당.

금 말씀해 주실 수 있을까요?

에도로지 사실 제가 한 10년 전부터 그와 그의 정치 이념에 대한 글을 쓰고 있었는데, 편집자가 소송당하지 않으려면 제가 하는 이야기가 정확한지 그를 직접 만나 확인하는 게 좋겠다는 거예요. 그래서 그러겠다고 했죠. 그와 연락이 닿을 수 있었던 것은 저널리스트로서 같이 일했던 한 편집자가 몇 년 전에 국민당에 관한 책을 쓴 덕분이었습니다. 그래서 저는 닉 그리핀에게 메일을 썼지요. 대화는 무척 이상했지만, 책에 전문이 다 들어가야 할 것 같았습니다. 어느 정도 의도적으로 이 책의 제목과 모순되게 말이죠. 브렉시트와 트럼프를 중심으로 생성되는 서사들, 이를테면 제가 책에서 〈검은 행성에 대한 공포〉라고 부른 인구 통계학적 변화 따위의 이야기를 들으면서, 그런 생각이 본래 어디에서 온 건지를 사람들에게 상기해 주고 싶다는 생각도 있었습니다. 모든 뉴스 기사, 특히 트럼프 선거를 둘러싼 기사들은 전부 〈백인 노동자 계급〉이라 불리는 특정 인구가 인구 통계학적 변화를 얼마나 두려워하고 위협을 느끼는지에 관한 이야기였습니다. 저는 이것이 엉터리 통계학이라고 말하고 싶군요. 노동자 계급에는 흑인도 백인만큼 많다는 명백한 증거가 있으니까요. 하지만 뉴스 채널들에서는 그게 트럼프가 당선된 이유라고 앵무새처럼 반복하고 있었어요. 그래서 닉 그리핀과의 대화를 통해 우리는 그 서사의 기원으로 되돌아갈 수 있었지요. 저는 그저 사람들이 무슨 말을 앵무새처럼 따라 하는 건지 기억하길 바랐습니다.

바일스 〈백인 노동자 계급〉이라는 문구는 상당히 재밌는 말입니다. 1980~1990년대에 영국에서 제가 자랐을 땐 계급은 꺼내지도 말아야 할 주제였어요. 아주 값비싼 사교육을 받은 노동당 당수가 있던 시절이라 계급이란 단어를 입에 올리면 〈어떻게 그런 말을 해! 어떻게 단지 누군가가 엄청나게 부유하다고 해서 그가 공공 주택 가에서 일어나는 문제를 이해하지 못할 거라고 말할 수 있어!〉라는 말을 들었죠.

에도로지 못 하죠! 엄청나게 부유한 사람이 대체 어떻게 이해하겠어요!

바일스 그러니까요! 작가님도 지적한 이 새로운 분할 통치에 대해 말하자면, 희한하게 요 몇 년 사이에 정치인들에게 갑자기 이 노동자 계급 개념을 다시 소환하는 것이 유용해지면서, 일종의 정치적 유행어가 되어 아무렇지도 않게 쓰이는 것 같습니다.

에도로지 맞습니다. 1990년대 중반, 스티븐 로런스 사건[23]에

---

23 스티븐 로런스라는 18세 흑인 소년이 살해당한 사건을 인종적 편견으로 부실 수사한 사건. 이에 대해 진상 조사를 촉구한 운동이 벌어져 재조사가

대한 재조사와 맥퍼슨 보고서[24] 같은 것들이 나오면서 인종 이야기가 언급됐는데, 그때 누락된 것은 그냥 진실을 말하는 것이었습니다. 이것은 인종과 계급 문제라는 사실 말입니다. 그때 계급 문제를 뺀 반인종주의 서사가 있었지요. 하지만 저는 그것만으로는 충분치 않다고 생각합니다. 그래서 책에 인종과 계급과 주택, 특히 제가 자란 런던의 토트넘과 해링게이 자치구에 관해 한 챕터를 할애한 것입니다. 그저 계급 서사에서 누가 손해 보고 있는지, 국민 중에 누가 말 그대로 손해 보고 있는지를 생각해 보라고요. 책에서 제가 말하는 한 가지는 우리가 이 노동자 계급이라는 개념을 납작한 모자를 쓴 북부의 뚱뚱한 백인 남성으로 상정한다는 것입니다. 하지만 저는 실제로는 런던에서 유아차를 밀고 다니는 흑인 싱글 맘에 가깝다고 생각합니다. 그게 바로 증거가 우리에게 알려 주는 것입니다. 그러니 우리는 이런 것들을 동시에 생각하지 않을 수가 없습니다. 한 가지도 아니고 똑같지도 않지만, 서로 너무도 밀접하게 연관되어 있으니까요.

바일스 후반부에 나오는 또 하나의 큰 챕터는 계급 챕터 앞에 나오는 페미니즘 챕터입니다. 책 전체를 통해 주장을 구

이루어졌다.
24 스티븐 로런스 사건에서 경찰 조직의 인종 차별적 관행이 있었음을 처음으로 인정한 정부 보고서.

성하는 방식이 정말 대단하다고 생각했는데요. 인종 차별에 반대하지 않는다면 결코 페미니스트가 될 수 없다는 사실이 매우 분명해지기 때문입니다. 인종 차별에 반대하지 않으면 계급 전사도 될 수 없고요. 역으로, 페미니스트이자 계급 전사가 아니면 인종 차별에 반대할 수도 없습니다. 이 모두가 분리할 수 없는 개념이죠.

에도로지 그럼요. 이런 것들을 복합적으로 고려하지 않으면 각각의 운동은 실패한다고 생각합니다. 페미니즘 챕터는 사실 맨 처음에 쓴 챕터예요. 알아보신 분이 계실지 모르겠는데, 저는 정말 짜증이 났어요. 2012년에서 2015년 사이에 영국에서 일어난 페미니즘 운동은 어느 정도 성과가 있었다고 생각합니다. 하지만 누구에게요? 맞습니다. 날씬한 백인 중산층 숙녀들에 대한 미디어의 표현이 꽤 사려 깊게 바뀌긴 했죠. 하지만 잘 모르겠어요. 저는 그게 그리 신나지 않네요. 그러니 정말로 그 부분에는 여전히 진전이 좀 필요합니다.

제스민 워드
『묻히지 못한 자들의 노래』

2018년 4월 26일 목요일

Jesmyn Ward
Sing, Unburied, Sing

애덤 바일스 『묻히지 못한 자들의 노래』는 악취가 진동하고, 미끄덩한 피투성이 내장이 흥건한 죽음으로 시작되는 작품입니다. 공중에 은은하게 펴져 있는 향기, 즉 독자들이 제스민 워드의 섬세하고 아름다운 세 번째 소설 속으로 빠져드는 동안 절대 완전히 떨쳐 버릴 수 없는 향기이지요. 우리의 안내자는 조조와 조조의 어머니 레오니입니다. 성인의 문턱에 서 있는 조조는 특히 젊은 아프리카계 미국인에게 수반되는 온갖 불확실성에 시달립니다. 세 번째 목소리는 너무도 놀랍고 파격적이기 때문에 오늘 밤 그것에 대해 이야기할지 말지, 한다면 어떻게 할지는 작가님의 결정에 맡기도록 하겠습니다. 이 작품은 우리를 타는 듯한 미시시피 시골로 데려가는 동시에 인종 차별, 빈곤, 수감, 마약 중독의 문제와 관련된 이 시대 미국의 험난한 정치 지형과 그것들이 폭발적으로 교차하는 지점을 횡단합니다.

제스민 워드는 2011년『바람의 잔해를 줍다*Salvage the Bones*』로, 그리고 작년에『묻히지 못한 자들의 노래』로 두 차례 전미도서상을 받은 첫 번째 여성 작가가 됐습니다. 여러분, 제스민 워드 작가님이 이곳 셰익스피어 앤드 컴퍼니에 오신 것을 환영해 주십시오.

제스민 워드 대단히 감사합니다.

바일스 책의 시작 부분은 우리가 기대할 수 있는 분위기를 설정합니다. 무척 대담하기도 하고요. 단순히 죽음의 개념만이 아니라 죽음과 관련된 것에 대한 아주 생생한 묘사로 독자들로 하여금 그것을 직시하도록 요구합니다. 여기서 죽은 것은 염소지만, 인간으로 상상하는 게 그리 어려운 일은 아니죠. 도입부를 그렇게 강렬한 이미지로 쓴 이유는 무엇인지요?

워드 도입부를 항상 강렬한 이미지로 시작하길 좋아하는 것은 강렬한 이미지로 끝맺기를 좋아하는 것과 마찬가지의 이유에서입니다. 도입부는 정말 제대로 써야 합니다. 독자가 계속 읽고 싶게 만들어야 하죠. 독자의 흥미를 확 잡아끄는 동시에 책의 원동력 혹은 숨겨진 주제가 무엇인지를 어느 정도 짐작할 수 있게 해줘야 해요. 아주 개략적인 초고를 쓰기 시작할 때부터 저는 이것이 죽음에 관한 책이 되리라는 것을 알았습니다. 그래서 죽음으로 시작해야겠다고 마음먹었지요. 제 두 번째 소설『바람의 잔해를 줍다』가 생명, 탄생으로 시작한 것도 염두에 뒀습니다. 탄생에 관해선 이미 썼고, 이번엔 죽음에 관해 쓰니까 이 가족을 먹일 동물을 도살하는 걸로 시작하는 게 옳을 것 같았어요. 조조는 정말 많은 것을 박탈당한 아이입니다. 염소의 죽음은 엄청난 폭력의 순간이죠. 하지만 폭력 뒤에 있는 건 어떤 부드러움, 친절함, 보살핌입니다. 도살은 포프가 표현하는 손자에 대한 사랑이라고도 할 수 있어요.

바일스 조조의 생일이고 그가 딱 열세 살이 됐기 때문에 이 도살은 그가 어른이 되기 위해 치르는 어떤 통과 의례처럼 느껴지기도 합니다. 소설 대부분이 조조나 레오니, 그리고 제3의 시점에서 말하는데요. 이 가족들의 이야기를 구상하면서 어느 목소리를 통해 이야기할지 처음부터 분명했을까요?

워드 조조 목소리를 가장 먼저 찾았습니다. 새로운 아이디어를 구상하고 있는데 머릿속에 그가 불쑥 떠올랐어요. 매우 어려운 환경에서 자란 열세 살짜리 혼혈 남자아이였지요. 그건 처음부터 명확했어요. 구체적인 특징은 어떻게 할지 몰랐지만, 그가 힘든 시간을 보내고 있고 어떤 면에서는 어른의 짐을 짊어진 아이라는 걸 알았죠. 그 짐이 정확히 뭔지는 잘 몰랐지만요. 어쨌든 처음부터 그의 목소리가 중요하다는 것은 알았습니다. 하지만 먼저 다른 인물들도 자기 이야기를 들려주기를 바랐어요. 어쩌면 서너 가지 혹은 다섯 가지 목소리가 나올 수도 있다고 생각했지만 아무래도 집중이 필요할 듯했고, 그래서 또 다른 일인칭 시점을 어머니의 시점으로 정했죠. 레오니가 어떤 인물인지를 파악하는 데는 시간이 좀 걸렸습니다. 처음엔 그가 흑인인지 몰랐어요. 백인이리라 생각했죠. 처음부터 조조한테 형제자매가 많다고 생각했기 때문에 아이는 여럿일 것이었어요. 항상 중독에 시달리는 것도, 항상 아이들을 학대하는 것도 아니었습니다. 하지만 시작하기 전에 이 중 일부는 알고 있어야 했죠. 나머지는 써가면서 차차 알게 됐고요. 그리고 리치라는 영혼이 있습니다. 사실 열세 번째와 열다섯 번째 개정판 사이 어디쯤 이르러서야 편집자의 제안으로 그의 시점이 담긴 챕터를 쓰게 됐답니다. 리치라는 인물을 떠올렸을 때 그 생각을 했지만, 두려웠던 것 같아요. 편집자의 제안이 제게 자신감을 불어넣어 준 셈이지요.

바일스 조조 이야기를 잠깐 해보자면, 그가 맨 처음에 작가님을 찾아왔고, 작가님은 그가 어려운 환경에서 자란 혼혈 남자아이였다는 것을 알았다고 했죠. 조조라는 인물이 떠오른 건, 예컨대 경찰의 총에 맞는 흑인 소년들과 더 폭넓게는 그들이 평생토록 겪는 차별 대우에 관한 뉴스 기사가 늘어나던 당시의 분위기와 관련이 있을까요?

워드 꼭 그 때문에 그 인물이 제게 온 것인지는 잘 모르겠어요. 저는 꽤 오랫동안 어린 인물들에 관해 써왔기 때문에, 그 둘 사이에 직접적인 관련이 있는지는 잘 모르겠군요. 확실한 건, 아이디어를 구상하는 동안 제가 흑인 남녀와 아이들이 살해당하고 있다는 사실을 아주 잘 알고 있었다는 거죠. 이 책을 쓰기 시작했을 때부터, 이야기 어디쯤 경찰이 등장하고 아주 긴장된 순간이 있으리란 점을 알았던 것도 아마 그 때문이었을 겁니다.

바일스 그 이야기는 조금 뒤에 다시 다뤄 보도록 하죠. 어린 인물들에 대해 쓴 다는 생각에 관해 이야기해 보자면, 조조는 막 성인이 되려는 참이고 레오니는 성인입니다. 동시에 레오니는 거의 어린아이 같은, 확실히 미성숙한 면이 있지요.

워드 레오니는 20대 중반쯤인데 제가 수학을 잘 못해서 정확히 몇 살인지는 당장 말씀드릴 수가 없네요. 하지만 소설을 쓰는 동안 알게 됐지요. 독자들이 레오니에 대해 그런 인상을 가질 수밖에 없는 이유는 그가 어른이 되어서도 어린 시절과 청소년기의 트라우마를 너무 많이 짊어지고 있기 때문이란 것을요. 그는 그 트라우마와 더불어 건강한 어른으로 살아가는 법을 찾지 못했어요. 그리고 이것이 그의 부모와 아이들을 대하는 방식, 중독과의 싸움에 영향을 미치죠. 오빠를 잃은 슬픔, 살아가면서 한 사적인 결정들로 부모를 계속 실망시켰다는 생각. 그런 고통을 견디지 못해 어른이 되어서도 건강하게 살아가는 방법을 찾지 못한 것 같아요. 그는 완전히 갇힌 거지요.

바일스 죽음을 주제로 삼기로 한 작품이라면 영혼이 나올 수밖에 없을 것 같아요. 하지만 그 영혼의 형태는 다양할 수 있을 것 같습니다. 일종의 은유로 나올 수도 있고 환각으로도 나올 수도 있지요. 플롯에 관여하는 어떤 실체로 나올 수도 있고요.『묻히지 못한 자들의 노래』에서 정말 탁월한 부분은 이러한 차이들을 가지고 논다는 것입니다. 이를테면 레오니는 자신의 오빠를 약물에 의한 환영에 불과한 걸로 여기지만, 뒤로 갈수록 우리는 그 영혼들이 훨씬 실체에 가깝다는 것을 깨닫게 되죠.

워드 처음에 이 책을 쓰기 시작했을 땐 딱히 영혼 이야기를 쓸 생각은 아니었어요. 이 이야기에 마술적 리얼리즘의 요소가 있으리란 것은 알았지만요. 조조가 동물들을 보고 녀석들이 자기한테 뭘 전하려 하는지를 이해할 수 있다는 것, 레오니가 환영을 본다는 것도 알았어요. 하지만 초고에선 사실 레오니가 오빠가 아닌 마이클의 환영을 봤지요. 초고의 도입부를 쓸 때부터 알았던 것 중 하나는 이들 인물이 마이클을 데리러 파치먼 교도소로 간다는 것이었어요. 하지만 파치먼 교도소에 대해서는 아무것도 몰랐죠. 그래서 조사를 좀 했습니다. 파치먼 교도소 농장은 미시시피주 델타에 있는데, 그게 아마 미시시피에서 가장 큰 교도소일 거예요. 미시시피 최초의 대형 교도소이기도 하고요. 거기에는 굉장히 끔찍하고 폭력적인 역사가 있습니다. 교도소는 1800년대 말, 1900년대 초쯤에 설립됐는데, 일단 세우고 나니 이 주의 법률가들이 법을 바꿔서 그냥 어슬렁거리며 돌아다니는 것도 범죄로 삼았어요. 법을 조정하면 교도소를 채울 흑인 남성 수감자를 많이 확보할 수 있다는 것을 알았던 거죠. 처음에는 이 남자들과 소년들을 지역 산업 지배자들에게 빌려줬습니다. 남자와 소년 들은 철로를 놓고, 쇠사슬에 서로 묶인 채로 광활한 숲을 개간했죠. 그러다 1930년대쯤엔 파치먼 교도소를 명실상부한 노동 농장으로 만들었어요. 수감자들은 새벽부터 해 질 녘까지 온종일 들판에서 일했어요. 수확 일이 빨리 진행되지 않으면 그들은 블랙 베티라는 채찍으로 매질을 당했습니다. 그러다 죽기도 했지요. 도망치려고 하면 사냥개들이 쫓아왔어요. 수감자 중 일부는 간수가 되기도 했습니다. 간수들은 들판 가에

서서 들판에서 일하는 수감자들을 지켜보았죠. 그러다 누구라도 도망치려고 하면 그를 쏘았어요. 그러면 그 간수는 풀려날 수 있었죠. 그가 무슨 일을 저지르고 교도소에 왔건 그냥 풀려났어요. 그러다가 열두 살짜리 흑인 소년들이 어슬렁거리며 돌아다닌 죄로 파치먼 교도소로 보내진 사실을 알게 됐습니다. 그런 아이들이 있었고, 그걸 내가 전혀 알지 못했고, 그들의 삶과 고통이 사실상 역사에서 삭제되어 왔다는 사실을 알게 되자마자 저는 그런 인물, 이를테면 리치 같은 인물에 대해 써야 한다는 것을 알았어요. 하지만 그 인물이 살아 있는 동안엔 부정되었던 주체성을 갖기를 원했지요. 그래서 조조를 비롯해 살아 있는 모든 인물과 소통하기를 바랐습니다. 그 유일한 방법은 그를 영혼으로 만드는 것이었죠. 그렇게 해서 영혼이 이 소설의 주요 인물이 된 것입니다. 리치가 영혼이라는 사실을 깨닫고 나자, 레오니가 보는 환영에 대해 다시 생각하게 됐어요. 마이클 환영이 서사에서 아무 일도 안 하니까 그도 영혼일 수 있겠다고 생각한 거지요. 어쨌든 제가 이 영혼들을 만들 수밖에 없겠다고 느낀 것은, 미시시피와 파치먼에 대해 알게 된 이 끔찍하기 짝이 없는 일들 때문이었습니다.

바일스 그 외에도 서사에 영혼을 활용해서 시간이 붕괴되는 느낌을 주고, 역사의 층들을 겹쳐 과거 리치가 살았던 시절 및 그 전 시대와 현재의 유사성을 그릴 수 있게 됐지요. 리치는 그 자체로 일인칭 서사와 관련된 구전 스토리텔링 전통과도 연결되는 것 같습니다. 역사, 구전 스토리텔링에 대한 당신의 접근 방식, 그리고 이 책을 일인칭 서사로 써야 했던 이유에 대해 말씀해 주시겠어요?

워드 저한테는 일인칭으로 쓰는 게 더 쉽습니다. 그 이유 중 하나는 삼인칭으로 쓰면 제가 모든 선택을 해나가고 있다는 사실을 지나치게 의식하게 되기 때문입니다. 그럴 경우, 글쓰기 과정이 더 고역으로 느껴져요. 문장 하나, 단어 하나, 부호 하나도 계속 의심하고, 너무 의식하게 돼서 더 느려지기도 하고요. 〈나는 이걸 하고 있어. 내가 이걸 만들어 내고 있어.〉 이런 생각은 어떤 거리감을 만들어 내서 글이 더 약해지는 것 같아요. 첫 단편을 일인칭으로 썼는데 〈아, 이거 좋구나. 계속 이렇게 해야겠다〉 하는 생각이 들더군요. 그냥 저한테는 이게 더 자연스럽게 느껴졌어요. 마치 제가 귀 기울이는 인물들이 바로 옆에 있고, 그들이 제게 말하고, 그걸 들으며 소통하는 듯한 느낌이었죠. 그래서 좀 더 수월하게 느껴졌습니다. 저 자신을 덜 의식하게 됐죠. 그리고 특히 전통적으로 침묵해 온 사람들에 대해 쓸 때는 인물들이 일인칭 시점으로 말하게 하는 게 가치 있다고 생각합니다. 제가 쓰는 사람들은 관습적으로 침묵당해 왔어요. 그들의 목소리는 미국 서사의 일부가 아니었습니다. 『바람의 잔해를 줍다』의 열다섯 살짜리 가난한 흑인 임산부든, 자기 아이들을 방치하고 학대하는 스물 몇 살짜리 마약 중독자 어머니든, 아니면 현대 남부에서 남자가 된다는 것, 인간이 된다는 것이 무슨 뜻인지를 이해하려 애쓰는 열세 살짜리 소년이든 말이죠.

바일스 『묻히지 못한 자들의 노래』에는 수감, 마약 중독, 인종 차별 등 다양한 주제가 들어 있습니다. 이 책을 보는 한 방법은 그것을 〈국민〉 소설 또는 적어도 국가의 특정 지역에 관한 소설로 보는 것입니다. 하지만 책을 읽으면서 제가 깨달은 것은, 빈곤에 처하면 이런 문제들이 한꺼번에 겹치게 된다는 사실이었죠.

워드 맞습니다. 저는 제 가족, 제가 속한 집단의 구성원과 다름없는 사람들에 대해 씁니다. 저는 미시시피의 작은 해안 마을 출신입니다. 미시시피 해안의 작고 가난한 동네죠. 그래서 가난이 대물림되어 나타나는 현상을 아주 흔히 봅니다. 제가 사는 동네, 제 가족 중 다수가 마약 중독으로 고통을 겪고 있어요. 제 사람들에 대해 작심하고 쓰기로 했기 때문에 저는 그들이 살아가는 환경에 관해 정직해야 할 의무가 있습니다. 또한, 안타깝게도 지금 미국에서는 과거는 중요하지 않고 현재와 아무 상관이 없다는 식의 이야기가 힘을 얻고 있는 것 같아요. 우리는 모두 평등하고, 당신이 상상하는 이 모든 부정의는 그저 상상의 산물일 뿐이라고요. 저는 각종 자료를 찾아 읽으면서 미국의 역사, 남부의 역사, 노예제와 짐 크로 법과 폭력적인 사적 제재에 관해 더 많이 배우고 있습니다. 더 많은 글을 읽어 볼수록 과거가 현재이고, 과거는 현재에 큰 영향을 미치고 있으며, 큰 시스템 차원은 물론이고 아주 사적인 방식으로도 많은 이들에게 영향을 미친다는 사실을 더 잘 알게 됐지요. 그래서 글을 쓸 때마다 어쩔 수 없이 자꾸 그 생각으로 되돌아가게 됩니다.

바일스 한 인물이 역사의 무게가 자신의 뒤에서 끌어당기는 것만 같다고 이야기하는 장면이 나옵니다. 말씀하신 서사의 일부는 그 무거운 역사를 끌고 다닐 의무가 없는 사람들에 의해 지속되지요. 경찰관이 나오는 장면에서 이것이 아주 강하게 느껴지는데요. 그 장면은 정말 이 작품에서 가장 긴장감 넘치는 장면입니다. 굉장히 물리적인 영향을 미치는 장면이고요.

워드 앞서 말했듯이, 제 인물들이 누군지, 어디에서 왔는지를 생각하면, 그들을 만든 장소를 생각하면 그 일이 꼭 일어나야 할 것 같았어요. 필연이었죠. 그런데 쓰기가 너무 어려웠어요. 저는 글을 쓸 때 모든 이야기를 미리 짜놓지 않기 때문에 재밌기도 했어요. 이미 말씀드렸는지는 몰라도, 저는 플롯을 미리 짜놓지 않아요. 그저 이야기를 따라가죠. 인물과 함께 가다 보면 가끔씩 그들이 저를 놀라게 만들기도 합니다. 때로는 전혀 예상치 못한 일이 벌어지기도 하죠. 그래서 그 순간엔 무슨 일이든지 일어날 수 있는 순간처럼 느껴져요. 그땐 조조라는 인물에 대한 저의 사랑, 연민과 그를 보호하고 싶다는 충동이 그 장면을 방해하지 않도록 정말 조심해서 작업해야 했지요.

바일스 그 대목을 읽으면서, 요즘엔 깜빡이는 파란 불빛이 더는 우리를 안심하게 하는 이미지가 아니라는 생각을 했습니다. 예전에는 그랬던 사람들에게조차 말이죠. 특히 경찰과 관련된 아프리카계 미국인의 경험은 대중의 의식 속에 훨씬 많이 자리 잡았습니다. 그리고 그로 인해, 그동안 입막음당해 온 무수한 경험들이 드러났고요.

워드 물론입니다. 문제는 이제 무언가가 바뀔 것인가 하는 거겠지요. 수많은 예술가와 공동체 활동가, 심지어 일부 의원과 정치인까지 그 변화를 보고 싶어 합니다. 하지만 잘 모르겠어요. 부디 그렇게 되길 희망합니다. 경찰을 만날 때마다 목숨이 위험하다고 느끼지 않는다면 좋겠고요. 또 항상 경찰의 감시를 받는다고 느끼지 않는다면 좋겠지요. 살면서 가끔 경찰이 매우 위압적으로 느껴질 때가 있었습니다. 그냥 사람들을 불러 세우고 싶어서 그러는 거죠. 그러다 사람들이 왜 불러 세웠는지 따져 물으면 체포하겠다고 위협하고요. 때로는 진짜로 체포합니다. 쉰 살 된 엄마와 서른 살 먹은 딸을 체포해요. 마치 내가 경찰 국가에 살고 있는 것만 같고 아무 권리도 없는 느낌이 들지요. 매일같이 그렇게 사는 것은 정말이지 심각한 정신적 상처가 됩니다.

바일스 조조가 〈여긴 행복이 없어〉라고 생각하는 순간이 있지요. 정말 그 가족에겐 불행할 요소가 많습니다. 하지만 사랑도 많죠. 이 소설이 감탄스러운 점 중 하나는 쉽게 희망을 품거나 쉽게 결론을 내리지 않는다는 점입니다. 그럼에도 저는 조조에게 어떤 믿음이 생깁니다. 그에게 맡겨 두면 희망이 있을지도 모른다는 믿음이요. 작가님도 그렇게 생각하는지요?

워드 그렇습니다. 조조와 미카엘라에게 그런 느낌이 들어요. 두 사람에겐 조부모에게 받은 사랑과 보살핌과 친절함이라는 힘이 있으니까요. 그들이 끊임없이 자기들을 때리려고 하는 세상에 나갈 때, 조부모의 서로에 대한 사랑, 조부모와 손자 손녀 간의 사랑, 형제자매 간의 사랑이 그런 세상을 견디며 살아 낼 수 있도록 지탱해 줄 테니까요. 제 책의 결말이 쉽게 행복하거나 희망적이지 않다는 걸 잘 압니다. 포프, 조조, 카일라, 맴, 심지어 리치와 레오니 같은 인물을 쓸 때도 저는 인물을 최대한 발전시키고, 최대한 복잡하고 인간적으로 만들려고 노력하는 것이 중요하다고 생각합니다. 왜냐하면 우리는 우리가 가진 트라우마 이상의 존재이니까요. 과거 미디어나 일부 책 속에서 우리는 계속해서 우리가 가진 트라우마로 축소되곤 했죠. 그래서 외부 사람들이 우리를 충분히 구체적이고 복잡한 인간으로 보기가 어렵게 되었다고 생각합니다. 그래서 저는 독자가 그 사실을 이해하도록, 우리가 트라우마 이상의 존재임을 이해하고, 우리도 다른 사람들처럼 기쁨을 누리고 다정하고 친절한 사람이라는 사실을 이해하도록 글을 쓰는 것이 제 임무라고 느낍니다.

카를로 로벨리
『시간은 흐르지 않는다』

2018년 6월 13일 수요일

Carlo Rovelli

L'ordine del tempo

애덤 바일스 우리는 왜 미래가 아닌 과거를 기억할까요? 우리가 시간 속에 존재하는 걸까요, 아니면 시간이 우리 안에 존재하는 걸까요? 시간이 흐른다는 말은 무슨 뜻일까요? 시간과 우리의 주관성을 연결하는 것은 무엇일까요? 카를로 로벨리 교수는 최근에 출간한 『시간은 흐르지 않는다』에서 이 모든 질문을 던지고 그 답을 찾아갈 뿐 아니라, 그 질문의 확고한 토대마저 뒤흔드는 여정으로 독자를 안내합니다. 그 여정은 아찔한 순간도, 우리를 불안하게 만드는 순간도 많지만 초월적인 독서 경험도 선물하지요. 로벨리 교수는 매우 복잡하고 때로 직관에 반하는 과학적 아이디어, 양자 중력 및 불확정성의 개념을 일반 독자도 이해할 수 있도록 설명합니다. 이 모든 것을 해내기 위해 폭넓은 문학적 재능과 섬세하고 유연한 사고에 의존할 뿐 아니라, 셰익스피어와 그레이트풀 데드[25]까지 인용합니다. 그 결과 과학적이면서도 철학적이고, 인문학의 아름다움만큼이나 추상 이론의 뉘앙스에 관심을 기울이는 책이 탄생했습니다. 여러분, 카를로 로벨리 작가님이 이곳 셰익스피어 앤드 컴퍼니에 오신 것을 환영해 주십시오.

카를로 로벨리 대단히 감사합니다. 이곳에 오게 되어 정말 기쁩니다. 정말 마법과도 같은 곳이에요. 이곳 2층에서 이틀을 지낸다고 생각하니 가슴이 설렙니다. 파리에서 지내기에 이보다 더 멋진 곳은 없을 거예요.

바일스 우선 시간이라는 개념 자체와 시간을 경험하는 방식에 관해 이야기하는 것으로 시작하고 싶습니다. 시간은 정의하기가 매우 까다로운 개념이지요. 왜 그럴까요?

로벨리 핵심은 시간이 정말 여러 가지 측면을 지닌 매우 복잡한 개념이라는 점입니다. 그중 일부는 명료하고 본질적입니다. 시간이 없는 우리 자신은 상상조차 할 수 없지요. 우리는 시간이 뭔지 안다고 생각합니다. 시간이 과거에서

---

25 20세기를 풍미한 미국의 전설적인 록 밴드.

현재로, 미래로 흐른다고 생각해요. 시간을 실처럼 하나의 긴 줄로 상상하죠. 시간은 흘러가고, 미래는 현재와 본질적으로 다르죠. 지금 우리는 현재에 있고, 런던의 현재는 이곳의 현재와 같습니다. 뉴욕의 현재도 같습니다. 전 우주의 현재가 같은 현재이지요. 시간은 시계로 측정되고, 모든 시계는 같은 속도로 움직입니다…….

음, 제가 방금 한 말은 대부분 틀렸습니다. 더 복잡한 구조를 근사치로 설명한다는 점에서 그렇지요. 그런데 여기에 한 가지를 추가해 보도록 하죠. 우리에게 시간은 제가 방금 말한 것 이상이라는 점 말입니다. 시간은 단순히 시계 속에서 흐르는 시간, 우리 삶을 꾸리는 데 사용하는 시간만이 아닙니다. 감정적인 측면이 강한 것이기도 하죠. 우리는 시간이 천천히 흘러가는 것처럼 느낄 때도 있고, 시간이 없다고 느낄 때도 있습니다. 시간은 우리의 기억, 기쁨, 슬픔, 욕망과도 관련되어 있습니다. 우리의 모든 감정의 변화가 그렇게 흘러가는 시간과 연결되어 있죠. 이처럼 시간에 대한 관념을 구성하는 층위는 너무도 다양하기에 그걸 다 제대로 풀어내기는 굉장히 힘듭니다.

바일스 시간에 대해 생각하는 방식에는 모순적인 부분이 많은 것 같습니다. 방금 시계 속의 시간을 언급하셨는데요. 대부분의 사람들이 시간을 생각하는 방식인 것 같아요. 누구에게나 똑같이 흐른다고 생각하는 거죠. 하지만 우리는 개인적인 경험으로도 그렇지 않다는 것을 압니다. 롤랑 바르트의 『사랑의 단상 *Fragments d'un discours amoureux*』에도 전화를 기다리는 시간이, 전화를 걸려고 기다리는 시간보다 훨씬 길게 느껴진다고 말하는 대목이 나오지요.

로벨리 고등학교 때 여학생들이 저한테 나중에 전화하겠다고 했을 때 기억이 나네요.

바일스 맞아요! 저도요! 그와 비슷한 맥락에서 LSD 몇 밀리그램이면 시간을 완전히 다르게 경험할 수 있다고 말씀하셨지요. 하지만 이 모든 사실에도 불구하고 우리는 여전히 시간을 시계에 의해 아주 엄격하게 통제되는 것으로 생각하는 경향이 있어요.

로벨리 우리는 물리학에서 시간이 가변적이라고, 즉 시계는 위치에 따라 다른 속도로 움직인다고 배웁니다. 지금은 사는 곳의 고도에 따라 노화 속도가 다를 수 있다는 것도 알지요. 영웅이 우주여행에서 돌아와 자기보다 늙어 있는 딸을 만나는 영화도 있고, 이것이 가능한 이야기라는 걸 압니다. 할리우드 판타지가 아니고 실제로 세상이 작동하는 방식이란 것을요. 그런데 왜 시간이 누구에게나 똑같은 속도로 흐른다고 굳게 믿는 걸까요? 시간은 결코 같은 속도로 경험되지 않습니다. 빨리 흐를 때도 있고 천천히 흐를 때도 있죠.

규칙적인 시간이라는 개념은 물리학적으로도 틀렸을 뿐 아니라 경험과도 일치하지 않아요. 우리는 보통 시계가 알려주는 공통의 보편적인 시간을 생각하지만, 시간이라 부르는 건 결코 그런 것이 아니죠. 그것은 다른 경험입니다.

삶이 시계 속 시간에 의해 규제받는다는 생각은 역사적으로 볼 때 최근에 생겨난 발상입니다. 역사상 대부분은 시계가 존재하지 않았어요. 그러다 몇 세기 전 교회가 시계탑을 세우면서 시계가 더 보편화됐지요. 그 전까지 시간은 기본적으로 낮과 밤이었어요. 하루를 24시간으로 나눈 것은 아주 오래전, 그러니까 3천~4천 년 전 메소포타미아에서였습니다. 하지만 그건 해가 뜰 때부터 질 때까지의 열두 시간을 구분한 것이었고, 그러므로 여름이 겨울보다 한 시간 더 길 수밖에 없었어요. 그래서 몇 세기 동안 한 시간이라는 개념은 유동적인 개념이었지요. 지금 우리는 시간대에 익숙해져 있습니다. 그래서 파리와 마르세유는 시간이 같지요. 하지만 이렇게 된 것은 19세기 말에 이르러서입니다. 그 전까지는 마을마다 해가 정중앙에 오는 때에 정오가 맞춰져 있는 자체 시계가 있었어요. 가령, 파리에서 해가 정중앙에 떴을 때 보르도에서는 그렇지 않았습니다. 그래서 보르도는 언제나 파리보다 시간이 15분 늦었지요.

이것은 기차와 전신이 생기고 나서야 바뀌었습니다. 당연히 역마다 시각이 다르면 시간표를 만들기가 쉽지 않기 때문이지요. 그야말로 악몽이 되고 맙니다. 그래서 우리 모두 어떤 공통의 시간에 합의해야 한다는 생각이 떠오른 거죠. 미국인들은 전 지구에 단일 시간을 적용하자고 제안했습니다. 사람들은 그 생각을 좋아하지 않았어요. 왜냐하면 우리는 오후 5시가 아닌 아침 8시에 일어난다는 사실에 익숙하니까요. 시각을 표준화하는 방법을 두고 엄청난 논쟁이 벌어졌습니다. 그리고 마침내 타협점을 찾아냈지요. 바로 지구를 시간대별로 나누는 방법이었습니다. 문제는 시계를 같은 시간으로 맞추는 일이었습니다. 쉽지 않은 일이죠. 좋은 방법을 찾아야 합니다. 그래서 시계를 똑같이 맞추기 위한 온갖 전략이 제시됐지요. 스위스의 특허청에도 이 시계 동기화 특허 기술을 심사하는 사람이 하나 있었는데, 바로 알베르트 아인슈타인이었어요. 확실히 이 일이 그에게 영향을 미친 것은, 시계들은 사실 서로 다른 속도로 똑딱이기에 인류가 시계를 동기화하는 일은 불가능하다는 것을 그가 깨달았기 때문입니다.

바일스 그 말씀 덕분에 자연스레 다음 질문으로 넘어갈 수 있을 것 같은데요. 일단, 우리가 시간을 경험하는 방식의 사회사는 여기 계신 모든 분이 개인적인 경험으로 쉽게 수긍할 수 있는 부분일 듯합니다. 하지만 이렇게 당신이 시간에 관한 책을 쓰신 것은 적어도 부분적으로는 과학 분야에서 평생 시간을 연구하는 데 헌신한 결과라고 생각합니다. 책을 쓰기로 결심했을 때, 시간을 바라보는 엄청나게 다른 두 시각을 결합해 독자들이 이해할 수 있도록 설명하는 일이 두렵지는 않았나요?

로벨리 두려운 부분은, 여전히 열려 있고 또한 너무도 다양한 측면을 가진 문제에 관해 이야기한다는 사실이었어요. 전에 『모든 순간의 물리학Sette bervi lezioni di fisica』이란 책을 출간한 적이 있는데 내용과 관련해 좀 더 읽고 싶다는 사람이 많았습니다. 똑같은 이야기는 하고 싶지 않았기 때문에 이번엔 저를 매료시킨 과학의 핵심 주제를 이야기하기로 했죠. 시간은 평생 저의 주된 관심거리였습니다. 시간은 정말 기가 막힌 주제인 게, 시간이 실제로 어떻게 작동하는지에 대해 너무도 많은 사실을 알아냈고, 그것은 우리의 일상적인 경험과는 너무도 다르기 때문이에요. 하지만 시간은 사람들 대부분이 생각하는 것이 아니고 근본적으로 시간이란 건 존재하지 않는다는 사실이 이야기의 전부가 아닙니다. 이야기의 또 다른 부분은, 시간에 대해 우리가 이해하지 못하는 부분이 정말 많다는 사실입니다. 시간에는 여전히 수수께끼 같은 면이 있어요. 저는 그 이야기를 모두 하고 싶었습니다. 우리가 아직 이해하지 못하는 부분을 숨기지 않고 시간에 대해 우리가 아는 모든 사실을 말하고 싶었습니다.

바일스 말씀한 대로 실제로 책에도 널리 알려진 사실들이 나오다가 갑자기 전환점이 나타나죠. 〈지금 내가 제시할 내용 중 일부는 확실하진 않지만 내 직관이 말해 주는 것들이다)라는 말로 시작해, 사실상 시간이 영웅인 고전적 3막 구조 서사가 되는 거예요. 1막에서 우리는 여태 우리가 안다고 생각한 모든 사실이 틀렸음을 알게 됩니다. 2막에서는 작가님이 우리의 모든 선입견이 사라진 텅 빈 풍경이라고 묘사하신 심연 속에 빠져서, 이제 어떻게 해야 할지 고민에 빠집니다. 그러다 3막에서 따뜻한 집으로 돌아오게 되죠. 인간의 경험으로 다시 돌아와, 우리가 앞에서 배운 것들을 모두 소화해서 그것이 우리의 경험과 어떻게 연결될 수 있을지를 알아내도록 도움을 받는 거죠. 당신도 처음 연구를 시작했을 때 그런 과정을 거친 건가요?

로벨리 그렇습니다. 그 구조는 어느 정도 제 경험을 반영한 것입니다. 양자 중력에 대한 제 모든 연구는 시간 없이 진행되기 때문이죠. 우리는 사막으로, 황무지로, 높은 산으로 점점 더 멀리 나아갑니다. 하지만 그다음엔 이런 질문이 떠오르죠. 〈그래, 세계의 근본 구조에는 시간이 없구나. 그렇다면 시간은 우리에게 무엇일까? 우리가 시간으로 경험하는 이것은 대체 무엇일까?〉 이 책은 이런 식의 생각을 거쳐 쓰게 된 것입니다. 하지만 이것은 적어도 길가메시 이후로 전형이 된 서사이기도 하죠.

바일스 1막에서 시간에 대한 발견을, 아이가 나이 들어 세상이 자신이 자란 집 안의 모습과 다르다는 사실을 발견하는 일에 비유하셨죠. 인간이라는 종으로서 우리는 같은 과정을 겪어 왔지요. 그 시작은 이 책의 제목을 제공한, 어떤 의미에서 우리가 최초의 과학자라고 부를 수 있는 그리스의 과학자 아낙시만드로스에서 이루어졌고요.

로벨리 맞습니다. 저는 과학이 대체로 집단적인 학습 방식이라고 생각합니다. 우리가 어린 시절부터 성장하는 방식과 비슷하죠. 처음엔 세상에 파리만 있다고 생각합니다. 그 다음엔 프랑스도 있다는 것을 알게 되죠. 그다음엔 세상이 프랑스만이 아니라 유럽이라는 것을 알게 되고 뭐 그런 식으로 계속되지요. 그래서 현대 과학 철학은 다른 이야기를 하지만, 과학은 굉장히 누적되는 것입니다. 지구는 둥글고 우리는 그 사실을 배웠죠. 그것은 영원히 우리와 함께 있게 될 것입니다. 우리는 계속 배우고 놀랍니다. 하지만 세상의 실제 모습에 대해서가 아니라 얼마나 모르고 살았는지에 놀라는 거지요. 새롭게 발견하는 것은 언제나, 우리의 관점이 부분적이었다는 사실입니다.

오늘날 과학은 여러 면에서 공격받는데, 이건 문제라고 생각합니다. 그런 공격은 우리가 가진 최고의 도구 중 하나를 약화시켜 사회를 위험에 빠뜨리니까요. 물론 과학 자체에는 결함이 많습니다. 그중 하나가 완전히 객관적이고자 하는 강한 욕망이에요. 그래서 자꾸 인간으로부터 거리를 두려 하지요. 하지만 우리에게 필요한 것은 그저 무언가를 객관적으로 배우는 일만이 아닙니다. 우리에겐 과학 지식, 인간의 감정, 우리가 살아 있는 이유에 대한 감각을 하나의 이야기와 서사와 상징으로 묶는 포괄적인 구조도 필요합니다. 계속 발전해 나가겠지만, 그것이 우리 삶을 통합해 주어야 하죠. 이것이 제가 이 책에서 하려고 하는 일입니다.

바일스 오늘날 과학이 공격받는 이유 중 하나가 아인슈타인 이후로 과학이 어지러울 정도로 획기적인 진전을 이룬 사실 때문이라고 생각하시나요? 예컨대 〈시간은 흐르지 않는다〉 같은 개념에 방어적인 반응을 자극하는 불안한 요소가 있는 건가요?

로벨리 그래서 과학이 공격받는 것은 아닌 것 같습니다. 과학을 공격하는 사람들은 그런 것조차 제대로 알려고 하지 않으니까요. 일단 우리가 발견한 세상의 경이들을 들여다보기 시작하면 그 아름다움과 마법 같은 신비에 매료되고 맙니다. 눈을 뜨는 일에 반대하기는 어렵지요. 그것은 창문을 열고 〈이제 나는 창문에 반대해〉라고 말하는 것과 마찬가지예요. 절대 반대하지 못합니다. 오히려 창문을 활용하려 들 겁니다. 바깥에 펼쳐진 바다, 독수리를 보는 거지요. 오늘날 과학이 공격받는 이유는 인간이 계속 서로 싸우고, 좋은 생각에 귀 기울이지 않기 때문이라고 생각합니다. 또 다른 이유는 원자 폭탄 때문입니다. 주로 과학 덕분에 만들어진 현대 세계가 수많은 훌륭한 것들도 가져왔지만, 많은 문제와 부정의, 불평등도 가져왔기 때문이죠. 사람들이 과학에 반발심을 갖는 것은 구체적인 이유에 정치적으로 반응하기 때문이에요.

바일스 이 책이 매우 성공적으로 해낸 것 중 하나는 당신이 하는 일에 대해 스스로 느끼는 경외감을 전달하는 일입니다. 조금 전에 과학이 차갑게 느껴지는 것에 대해 말씀하셨는데요. 만약 그게 사람들이 갖는 인상이라면 아마 그 때문에 쉽게 공격하거나 적어도 굳이 방어에 나서지 않게 되는 것 같아요. 하지만 『시간은 흐르지 않는다』를 읽으면 작가님이 이런 우주에 대한 것들을 발견하는 데서 느끼는 절대적인 경이를 따라 경험하게 됩니다. 더 많은 사람이 그걸 느끼고 공감할 수 있다면 과학을 옹호하는 데도 더 많이 동참하게 될 것 같습니다.

로벨리 네. 저는 뒤늦게 물리학에 빠졌지만, 그 순간 〈와, 대단하다, 너무 멋지군, 배울 게 엄청나구나〉 하고 생각한 것은 분명합니다. 세상이 생각만큼 단순하지 않고 훨씬 더 풍부하다는 사실을 알게 되는 건 멋진 일이죠. 글쓰기도 늦게 시작했지만, 제 글엔 제가 과학과 사랑에 빠진 이야기를 하면서 과학과 감정을 나란히 두는 부분이 많습니다.

바일스 예를 들어, 책상 앞 벽에 록 밴드 포스터를 덕지덕지 붙여 놓고는 거기에 $\langle 10^{-33} \rangle$을 적어 넣었다든지요. 그에 대해 설명을 좀 해주신다면……

로벨리 지금까지 쭉 저의 주된 관심사가 된 이 문제에 빠진 순간이 바로 그때였죠. 자, 일단 우리는 사물이 원자로 이루어져 있다는 것을 알게 됐지요? 이 유리잔 속의 고요한 물은 실제로 수십억 개의 작은 원자의 움직임으로 이루어져 있습니다. 그 사실은 볼츠만 등 19세기 말 과학자들에 의해 밝혀졌죠. 하지만 흥미로운 일이 일어나는 훨씬 더 작은 단위가 있습니다. 아주 아주 더 작은 단위 말이죠. 그 단위에서는 공간 자체가 일종의 원자 구조를 가지는데, 그에 대해 우리는 아직 완전히 알아내지 못했습니다. 그것이 제가 스물네 살 때 대학에서 알게 된 사실입니다. 그러니까 우리는 사실 공간이 무엇인지, 공간의 구조가 무엇인지, 혹은 공간과 함께 오는 시간의 구조가 무엇인지 모릅니다. 이 열린 질문을 발견하는 일은 제게 기상천외한 일이었습니다. 어떤 열린 문제가 있고, 그것이 현실의 최소 단위 구조와 관련이 있다는 사실 말입니다. 그게 바로 요 위에 매달려 있어요. 저만이 아니라 제 친구들까지 다 같이 나서서 풀어 주기를요. 우리는 할 수 있습니다. 그래서 저는 평생을 바쳐서 그렇게 해보기로 결심했지요. 이것이 일어나는 단위가 $\langle 10^{-33} \rangle$입니다. 1센티미터를 경에 경을 곱한 수보다 큰 수로 나눈 정도의 크기죠. 그래서 저는 이 숫자를 제 방 벽에 써두고는 〈저기가 내가 가고 싶은 곳이야〉라고 했지요.

바일스 오늘 밤 우리가 가진 시간으로는 도저히 과학적 정의를 실현할 수 없을 것 같지만 아주 조금은 맛보고 싶네요. 우리가 현실을 경험하는 과정에 대해 듣고 싶어 하는 분들이 있으니까요. 책의 첫 부분에서 이미 말씀하셨듯이, 우리는 시간이 서로 다르게 움직이고, 고도에 따라서도 그 속도가 다르다는 사실을 발견했습니다.

로벨리 그것이 첫 번째로 깜짝 놀랄 만한 발견이죠!

바일스 그리고 방향 상실에 대해서도 말씀하셨지요.

로벨리 그렇습니다. 그것이 두 번째로 깜짝 놀랄 만한 발견이죠. 세상이 돌아가는 공식 속에선 과거와 미래가 아무 차이가 없습니다. 그러면 이런 질문이 생기죠. 그러면 왜 과거와 미래는 그토록 다르게 경험될까? 왜 우리는 과거는 기억하면서 미래는 기억하지 못할까? 이것은 우리가 아직 설득력 있는 답을 찾지 못한 멋진 질문입니다. 우리는 그 질문에 대해 많은 것을 알고 있습니다. 그것이 엔트로피 때문이라는 것을요. 하지만 그게 다가 아니지요. 자, 이것이 두 번째 사실입니다. 우주의 작동에는 과거와 미래의 구별이 없다는 사실 말입니다.

세 번째 발견은 가장 비현실적으로 느껴지는 것입니다. 이것 역시 우리가 잘 아는 것인데요. 완전히 정립된 과학인데 아직 모든 사람이 소화하진 못했다고 할 수 있을 것 같네요. 〈현재〉라는 관념이 먼 거리에서는 의미가 없다는 것입니다. 〈지금〉은 오직 가까운 거리 안에서만 적용됩니다. 가령, 여러분과 저는 여기서 같은 〈현재〉에 있다고 할 수 있습니다. 여러분이 저를 보고 있고 저도 여러분을 보고 있으니까요. 우리는 같은 현재 속에 서로를 보고 있습니다. 하지만 빛이 여러분에게서 제게로, 제게서 여러분에게로 가는 데 걸리는 시간을 생각해 보십시오. 사실 그 시간은 나노초 단위로 짧으니 무시할 수 있습니다. 그래서 제 현재와 제가 보는 여러분의 차이가 무시할 만한 것이기에 저는 현재 여러분을 본다고 할 수 있어요. 하지만 정확히 말하면 저는 현재의 여러분을 보는 게 아닙니다. 나노초 전의 여러분을 보는 거지요. 그래서 우리는 실제로 함께 있는 것이 아닙니다. 물론 여러분은 충분히 가까이 있으니 문제될 것이 없습니다. 하지만 가령 여러분이 토성에 있다고 쳐봅시다. 저는 두 시간 전의 여러분을 보고 여러분은 두 시간 전의 저를 보게 될 것입니다. 그러니 만약 제가 〈지금 뭐 해요?〉라고 묻는다면 이 〈지금〉을 정확히 할 방법이 없습니다. 멀리 있는 것들에 대해서는 〈지금〉이라는 의미가 성립되지 않는다는 것입니다. 〈지금〉은 빛이 이동하는 데 걸리는 시간을 고려하지 않은 개념이니까요. 우리 뇌는 아마 10분의 1초 정도는 구별할 겁니다. 빛은 1백 분의 1초 만에 지구 크기보다 더 멀리 이동하고요. 그러니까 우리가 지구를 하나의 〈지금〉으로 생각할 수 있는 거죠. 하지만 달까지는 아닙니다. 화성까지도 아니고요. 그보다 훨씬 멀리 떨어진 은하는 말할 것도 없지요. 빛이 먼 은하에 도달하는 데 6백만 년이 걸리니까요. 그러니 〈지금〉은 오직 여기서만 해당되는 말이지요. 우주에서 공통의 〈지금〉이란 존재하지 않습니다. 정말 이상하지 않습니까? 여태 현실은 지금 존재하고 과거는 더 이상 존재하지 않는다고 알고 있었으니까요. 이렇게 〈지금〉이 깨져 버리고 나면 존재한다는 것은 대체 무슨 뜻일까요?

바일스 그래서 실제로 책에 우리가 무언가를 경험하는 방식의 부정확함에 대해 쓰셨지요. 〈흐리기blurring〉를 언급하셨는데, 〈흐리기〉는 우리가 시간을 경험하는 방식만이 아니라 그 **이유** 면에서도 중요한 개념이 됩니다.

로벨리 흐리기는 볼츠만 연구에서 매우 중요한 요소였습니다. 열역학을 이해한 사람들의 연구에서 중요했지요. 그것은 온도 손실이 되돌릴 수 없는 이유와도 관련됩니다. 이런 사실과 개념은 전부 〈흐리기〉의 차원에서 이해됩니다. 제가 이 책에서 하려는 한 가지는 〈과거는 왜 미래와 다른가?〉라는 질문을 진전시키는 일입니다. 저는 그것을 관점에 따른 사실로 봅니다. 우리가 부정확한 방식으로 세상을 바라보기 때문에 그렇다는 거지요. 세상 자체가 다른 것이 아니라 우리가 다르게 본다는 것입니다.

바일스 어떤 의미에서 이 〈시간이 흐른다〉는 생각은 우리의 부정확한 인식 도구들과 더 관련이 있다는 말씀이시군요.

로벨리 그렇습니다. 시간이 흐른다는 것은 그 자체로 존재하는 것, 혹은 존재 문법이 아닙니다. 시간이 흐른다는 감각은 자연의 일원인 우리가 나머지 자연과 상호 작용하는 방식과 관련됩니다. 주로 뇌가 특정 방식으로 작동한다는 사실과 관련되죠. 우리는 과거를 기억하고 미래를 예측합니다. 시간에 대해 생각할 때 우리는 시계의 위치와 사물의 상관관계가 아니라 머릿속에 있는 기억과 기대에 대해 생각하는 것입니다. 그래서 시간이 다층적인 거예요. 이처럼 열역학, 상대성 이론, 양자 역학만이 아니라 뇌의 구조와 그에 대한 우리의 감정적 반응까지 중첩되어 있으니까요.

바일스 이 특이한 개념과 씨름하는 독자로서 이제 어느 정도 균형 감각을 찾을 수 있을 것 같습니다. 하지만 우리가 안다고 생각한 모든 것이 사실이 아니라는 말을 듣고 허허벌판에 내동댕이쳐진 느낌으로, 〈그래, 우주에 대한 나의 경험이 본질적으로 거짓이구나. 그러면 이제 나는 무얼 믿어야 하지?)라고 생각하라는 말씀이 아니죠.

로벨리 네. 제가 하려는 말은 전혀 그런 게 아닙니다. 책은 아름다우면서도 비인간적인 저 황량한 땅으로 가지만 결국 다시 우리에게로 돌아옵니다. 우리가 살고 있는 우주가 바로 우리의 우주이니까요. 우주를 바라보는 우리의 시각은 틀린 것이 아니라 우리의 관점입니다. 우리를 만드는 것들은 우주의 한 측면이지요. 사물의 근본 문법은 아닐지 몰라도 그렇다고 환상도 아니지요. 우리의 인식은 우리 관점에서는 옳은 인식입니다.

바일스 우리 눈엔 지평선이 일직선으로 보이지만 우리가 살고 있는 행성은 구 모양임을 대부분이 잘 알듯이, 시간에 관해 지금 발견하고 있는 사실들도 향후 세대, 몇백 년이 지나면 그렇게 되리라고 생각하는지요?

로벨리 네, 그럴 것으로 생각합니다.

바일스 직관에 지나치게 반하는 부분이 있다고 생각하진 않나요?

로벨리 직관에 반하는 것들이 있긴 하지만 직관은 학습에 따라 변합니다. 그러려면 사실이 좀 더 명확해질 필요는 있겠죠. 만약 우리가 전쟁으로 서로를 절멸시키지 않고 살아남는다면, 미래에는 우주로 여행을 떠났다가 한참 뒤에 동년배보다 더 젊은 상태로 돌아오는 사람들이 있을 겁니다. 그런 일은 확실히 시간 감각과 직관에 근본적인 영향을 미치겠지요.

바일스 그것이 인간성, 상호 작용하는 방식, 도덕 감정에 미칠 영향을 생각하면 정말 흥미진진합니다. 얼마나 대단한 모험이 될까요!

이제 마지막으로 이야기 나누고 싶은 것이 하나 더 있습니다. 앞서 이미 언급한 바 있지만, 집필하신 책 속에 예술과 인문학이 깊이 스며들어 가 있는 모습이 무척 인상적입니다. 처음 드린 소개말에 작가님이 셰익스피어, 릴케, 그레이트풀 데드, 슈트라우스를 인용했다고 말씀드렸는데요, 단순히 우리의 이해를 돕기 위한 것만은 아닌 것 같습니다. 그레이트풀이 한 말은 단지 비유를 위해 가져온 것이 아니라 당신에게 깊은 의미가 있는 것이라는 느낌이 들어요.

로벨리 맞습니다. 특히 시간에 관해 쓴 이 책에서 그랬지요. 과학을 동굴에서 꺼내기 위해서는 과학에서 파악한 현실과, 문학이나 음악, 철학에서 파악한 현실을 결합한 관점이 필요하다고 생각합니다. 새로운 이야기는 아니지요. 예술은 이미 그걸 알고 있으니까요. 로베르트 무질Robert Musil의

『특성 없는 남자*Der Mann ohne Eigenschaften*』도입부를 읽어 보면 글 전체가 과학자들이 말한 것을 우리가 어떻게 이해할지에 대한 사유입니다. 프루스트 역시 어느 정도 그렇다고 할 수 있고요. 우리에겐 세상에 대한 분열적인 시각이 아니라 통합적인 시각이 필요합니다. 더 많이 배울수록 더 열심히 그것들을 통합하도록 노력해야 해요. 저는 그게 우리에게 필요한 일이라고 생각합니다.

제니 장
『사우어 하트』

2018년 7월 3일 화요일

Jenny Zhang
Sour Heart

애덤 바일스 제니 장의 데뷔 단편집 『사우어 하트』는 미국으로 이주한 중국인 이민자의 딸인 여섯 명의 어린이, 10대 청소년, 청년 등을 통해 두 문화, 두 언어, 두 역사 사이에서 성장하는 일에 관해 소개합니다. 소설 속 이야기들은 하나같이 생생하고 풍부합니다. 정교한 부드러움과 주인공에 대한 공감이 수시로 출몰하는 촌철살인의 B급 유머와 완벽하게 조화를 이룹니다. 그 핵심에는 씁쓸함이 있는데, 이 또한 적재적소에 훌륭하게 구현되어 있지요. 제니 장의 글은 널리 인정받고 있지만, 아마 가장 영예로운 인정은 첫 책이 출간되기도 전인 8년 전, 바로 이 서점에서 딱 한 번 주최한 〈오픈 마이크의 밤〉에 온 청중의 마음을 사로잡으며 우승을 거둔 일이 아닐까 싶습니다. 드디어 그분이 저희 셰익스피어 앤드 컴퍼니에 이렇게 다시 오시게 되어 얼마나 기쁜지 모르겠습니다. 여러분, 제니 장 작가님을 열렬한 박수로 환영해 주시기 바랍니다.

제니 장 멋진 소개 감사드립니다. 이곳 〈오픈 마이크의 밤〉에서 우승한 것은 제 인생 최고의 성취였습니다. 그때 제가 받은 상은 1960년대 삼류 소설이었죠.

바일스 혹시 무슨 작품이었는지 기억하시나요?

장 아니요. 아주 저질이었는데 끝까지 다 읽었답니다. 정말 좋았어요!

바일스 우선 소설집 제목 이야기를 하고 싶은데, 맨 처음 나오는 단편 「크리스피나, 우린 너를 사랑해We love you, Crispina」에 그 문구가 나오지요. 이 단편은 소설집 전체의 분위기를 미리 알려 줍니다. 제목을 처음 접하는 순간 그 문구 자체가 모순으로 느껴져 묘한 반전을 이루는데요. 이 〈사우어 하트〉라는 개념과 그것이 이 단편집에서 의미하는 바에 대해 조금만 이야기해 주실 수 있을까요?

장 첫 번째 단편 「크리스피나, 우린 너를 사랑해」의 화자는 아홉 살짜리 딸로, 나중에 깨닫게 된 사실이지만 신맛을 좋아하는 아이입니다. 부모는 단맛을 싫어하고 신맛을 좋아하는 딸을 스위트하트sweetheart 대신 사우어 하트sour heart라고 부릅니다. 제가 쓴 단편들을 한 권의 책으로 묶으면서 이것이 모든 단편을 정확히 관통하는 말이라는 생각이 들더군요. 이들 화자는 흐린 날에 웃는 사람들이니까요. 세상에는 〈좋은 고통〉이란 게 있고, 인생의 시고 쓴 불행 속에도 달콤함이 있으며, 어떤 달콤함에는 역겨운 면이 있다고 믿는 사람들이니까요. 그래서 그 말이 이 여성 화자들을 하나로 묶어 줄 좋은 표현이 될 것 같았어요. 그들은 스스로를 무척 마음에 들어 하지만 다른 사람들은 그들을 아주 싫어하는 경우가 많습니다. 게다가 최악의 여자아이가 맨날 뚱한sour 표정을 짓고 있는 아이죠. 하지만 그건 사실 진짜 나쁜 게 아니라 그냥 사회가 그렇게 여기는 것일 뿐이죠. 그 뚱한 얼굴, 재수 없을 정도로 무표정한 얼굴, 호감 안 가는 얼굴, 상냥하지 않은 얼굴은 말이죠. 그래서 그런 정서에 경의를 표하고 싶다고 생각했어요. 나중에 친구들이 제게 중국에서는 〈시다〉는 말이 일종의 아픔을 뜻하고 달콤 쌉싸름한 감정과 더 가까운 말이라는 사실을 상기해 줬는데, 그게 정말 말이 된다고 생각했지요.

바일스 책에 나오는 여섯 명의 주인공은 전부 중국 이민자 가정의 딸입니다. 때로는 작가에게 특정 대상의 중요성을 지나치게 설명해 달라고 부탁하는 게 위험한 일이긴 하지만, 제게 이 〈사우어 하트〉라는 말은 이들 여자아이가 두 문화 사이에 살면서 느끼는 혼란을 압축한 말처럼 느껴지기도 했습니다.

장 물론입니다. 이 별 볼 일 없거나 망가졌다는 느낌은 상한 것만 같은 느낌이 아니라, 말 그대로 썩은 유기물이 된 느낌을 말한 거죠. 뭔가가 쉬면 그냥 버리고 그러면 쓰레기가 됩니다. 이 이야기들은 자신들이 〈대체 누가 나와 내 시큼한 마음을 사랑할까?〉 하고 탄식했던 사춘기 시절을 뒤돌아보는 여자들에 관한 이야기입니다.

바일스 이 소설집에서 강렬하게 와닿았던 것 중 하나는 가족이 정말 중요한 존재라는 점이었어요. 화자들과 그들 가족의 상호 작용은 각 이야기의 전개에 핵심적인 역할을 합니다. 그뿐 아니라, 가족이 대체로 부정적인 모습으로 재현되리라는 우리의 기대를 완전히 뒤집어 놓기까지 하는데요. 화자들이 절대 완벽하지 않은 자기 가족에 대해 긍정적으로 표현하는 모습이 제겐 무척 흥미롭게 느껴졌습니다.

장 그 점에 주목해 주셔서 뿌듯하군요. 1세대와 2세대 이민자 이야기에는 어떤 전통 같은 게 있습니다. 사람들이 익숙한, 그리고 아마도 미국인들이 듣고 싶어 하는 이야기는, 지나치게 거칠고 무신경하고 보수적이고 무식하고 아이들을 자유롭게 내버려두지 않는 1세대 부모를 2세대 자녀가 미워하는 이야기인 경우가 많습니다. 그건 지구상에서 미국이 가장 살기 좋은 곳이라는 생각, 미국의 자유와 행복을 누릴 수만 있다면 누군들 미국인이 되고 싶지 않을까, 누가 구세계에 갇혀 있고 싶어 할까, 하는 안일한 생각에 지배당한 서사라고 생각해요. 저는 비록 이 여자아이들이 어떤 면에선 자신들의 가족에게서 만들어졌지만, 나이가 들면서 자신들이 분노하는 대상은 아메리칸드림, 특히 이 아메리칸드림이 지껄이는 헛소리, 거짓말, 실패할 수밖에 없는 환경에 놓인 사람들 앞에서 불가능한 것을 매달아 놓고 그것을 얻지 못한 데 대해 자신과 가족을 탓하게 만드는 심각한 모욕임을 깨닫게 된다는 사실을 보여 주고 싶었습니다. 그래서 이걸 모든 이야기에 녹여 내고 싶었죠. 그 이면에선 사실 이들 자녀가 가족에 대한 애착이 매우 강하다는 것을 보여 주고 싶었어요. 전쟁 같은 물리적 싸움이든 그보다 더 정서적이고 심리적인 싸움이든, 일단 전투를 치르고 나면 그 과정을 함께한 사람들에게 일종의 전우애 같은 감정을 느끼게 되죠. 이 여자아이들은 90년대에 가족과 함께 상하이에서 뉴욕시로 건너온 사람들인데 그들은 매우 특별한 방식으로 이민을 왔고, 모두 비슷한 시기에 왔기 때문에 상당히 유사한 경험을 합니다. 그들이 가난과 역경과 고난의 경험으로 돌아가고 싶어 한다는 말이 아니라, 그 경험이 어떤 것인지를 아는 유일한 사람들이 그들의 부모와 형제자매, 가족 구성원 및 확장된 공동체라는 말입니다.

바일스 모든 이야기에서 느껴지는 한 가지는, 여성 화자들이 아주 어렸을 때 이민을 왔기에 대부분 미국에 완전히 동화되고 통합되었지만 그럼에도 항상 자신들의 고향은 가족과 함께 있는 것이라고 인식한다는 점이었습니다. 한 화자가 〈이 나라는 우리의 음식은 좋아하지만 우리의 얼굴은 미워한다〉라고 말하는 순간이 나옵니다. 이 화자들에게 아메리칸드림이 작동하지 못한 지점을 정확히 찌르는 말 같아요.

장 그렇습니다. 다른 나라로 이민 간 사람이 가장 하지 말아야 할 것이 동화에 실패하는 일이니까요. 그것은 명백한 실패로 간주됩니다. 그리고 지금은 굉장히 정치적인 의미까지 갖게 됐죠. 동화에 실패한 사람은 누구든지 말 그대로 추방당해야 한다고요. 다른 나라로 삶의 터전을 옮기면 무조건 그 나라의 지배 문화를 따라야 한다고요. 만약 다른 나라에서 살기 위해 갔는데 그 나라가 자기들은 나를 미워한다고, 내가 혐오스럽고 역겹고 인간 이하의 존재라고 매일 같이 끊임없이 모욕하면 어떻게 되겠습니까? 날마다 너는 섞일 수 없다는 말을 들으면서 어떻게 섞여 들어가고 싶은 마음이 들겠어요? 만약 이 단편들 속 화자들과 전화 통화를 한다면 아마 그들이 무슨 인종인지 모를 거예요. 그들이 쓴 글을 읽으면 〈아, 이 사람은 중국인이군〉 하고 생각하지 않겠죠. 하지만 얼굴을 보여 주면 그들은 완전히 이방인이 됩니다. 그래서 그들은 내면에서 느끼는 것과 외부의 시선 사이에서 끊임없이 흔들립니다. 이민자든 외국인 거주자든 망명자든 두 집단 사이에 존재하게 되면, 새 집단에 무리 없이 섞여 들어갈 수는 있지만 윗세대가 다른 곳에서 왔기 때문에 결코 뿌리를 가진 느낌은 들지 않는 곳에 있게 되면, 고향은 자신과 함께 이동하는 무엇일 수 있습니다. 이를테면 어떤 사람일 수 있지요. 어떤 장소나 건물, 국가가 아니라 다른 사람과 맺는 관계 말입니다. 20분 동안 하고 끊는 전화 통화처럼 일시적으로 나타났다 사라지는 것이죠. 반대로 같은 사람이 내 고향이 아닌 것처럼 느껴지는 순간도 있습니다. 이 책에도 화자들이 자기 부모가 공감하지 못하는 학교생활 경험을 이야기할 때가 가끔 있습니다. 그러면 갑자기 부모가 고향이 아니게 되는 거죠. 고향은 끊임없이 변합니다.

바일스 그들이 자라면서 받는 기대 역시 마찬가지죠. 한 화자는 스탠퍼드 대학에 가는데요. 그는 자기가 원하는 삶과, 부모가 원하는 삶을 살아야만 할 것 같은 일종의 부채감 때문에 고민하지요. 여러 이야기에서 이 두 영향 사이의 긴장이 느껴지는 것 같습니다.

장 음, 그건 자신이 태어나고, 존재하고, 음식을 먹고, 원하는 바를 추구해 나가는 데 누군가의 희생이 있었기에 아예 태어나기 전부터 자유롭지 않다는 생각 때문인데요. 내 삶이 다른 사람의 희생으로 주어진 것이고 앞으로도 항상 그럴 거라는 느낌은 사실 엄청난 부담이죠. 누군가가 스탠퍼드에 갈 수 있다는 것은 그 부모가 20년 동안 휴가를 가지 못한다는 뜻입니다. 그런 상황을 두고 기분이 좋기는 매우 힘들지요. 동시에 이들 부모는 〈아냐, 제발 스탠퍼드에 가다오. 우린 네가 정말 훌륭한 학교에 가면 좋겠어〉라고 말하죠. 하지만 그렇게 하는 순간, 그 지평에 존재할 수 있게 해준 사람들은 결코 도달할 수 없는 존재의 지평에서 영영 살게 되죠.

바일스 특히 작품에 등장하는 이민자 세대가 볼 때, 그 자녀들이 자기 부모, 조부모 세대의 역경과 고난을 이해하는 것은 거의 불가능한 일인 것 같습니다. 부모가 자녀에게 무슨 죄책감을 느끼게 하려는 것은 아니지만, 자녀들은 살면서 똑같은 경험을 할 필요가 없었던 사실에 관해 스스로 이런 죄책감을 감당해야 한다는 거죠.

장 네. 부모에게 물려받았지만 딱히 이해받을 수는 없는 고통이죠. 그것이 두 세대가 서로를 이해하는 데 방해가 됩니다. 이들 자녀의 부모는 전쟁을 겪고 살아남은 사람들입니다. 구세대는 젊은 세대가 말 그대로 상상도 하지 못할 고통을 이야기합니다. 이 책의 화자들의 경우, 부모들이 자기들은 가본 적도 없는 나라에서 일어난 일들을 이야기하죠. 반대로 진짜 독재 정부 혹은 초기 파시스트 정부와 5천만 명이 아사한 기근을 겪은 사람이 〈학교에서 괴롭힘을 당한다고? 그까짓 것 때문에 그렇게 날마다 울고 다니는 거야? 그냥 무시해〉라는 식으로 말하지 않기는 어렵죠.

제가 여성 화자들의 관점에서 글을 쓰는 이유는 그저 누가 그들을 못생겼다고 말해서가 아니라, 그들은 지금 여기서 날마다 그런 비인간적인 대우를 받고 있다는 사실을 보여 주기 위해서입니다. 다시 한번 말하지만, 열두 살 때 친구가 살해당한 경험이 있는 사람에게 그런 말을 하는 것은 거의 모욕입니다.

바일스 이 소설집에서 아주 섬세하게 잘 표현한 것 중 하나는 세대 간의 공감의 밀고 당김입니다. 자녀들이 자신들의 부모와 조부모가 겪은 것을 이해하기에 이르는 방식은 물론이고, 부모들이 자녀들의 얼핏 무관해 보이는 문제에 공감할 용기를 가까스로 내게 되는 방식도 그렇습니다.

화자가 각기 다른 단편집을 쓸 때 가급적 각 화자가 서로 다른 목소리를 내게 하려는 유혹에 빠지는 경우가 많은 것 같습니다. 사람들이 전부 자전적인 이야기라고, 혹은 전부 똑같은 인물이라고 생각하기를 원치 않아서 그런 것 같은데요. 그와 동시에, 앞서 말씀하신 대로 이 책의 여성 화자들은 살아가면서 근본적인 차원에서 유사한 경험을 합니다.

서로 다른 목소리를 만들어 내는 동시에 공통의 경험을 강조하는 일은 특별히 어려운 작업이었을까요?

장 네, 어려운 작업이었어요. 앞서 글쓰기를 배우는 일에 관해 이야기했는데요. 만약 소설을 또 쓴다면 이 책에서 한 실수들에서 배운 것을 적용할 것입니다. 이 이야기들을 다시 읽어 볼수록 각 이야기를 더 분명하게 만드는 데 실패한 이유가 보이더라고요. 다음 작품에는 그 점을 보완하도록 노력할 거예요. 아니면 그걸 다시 쓸 수도 있고요.

저는 하나의 집단 초상화를 보여 주고 싶었습니다. 이 등장인물들은 천안문 사태 이전에, 그러나 중국이 개방한 뒤에 이민 온 사람들입니다. 사실 아주 작은 집단이죠. 매우 독특한 집단이고요. 당시엔 교환 학생 같은 신분이 아니면 중국에서 미국으로 이민 올 수가 없었습니다. 이를테면 중국 본토의 시골 노동자에겐 아예 불가능한 일이었죠. 방법이 몇 가지 없었지만, 특정 유형의 사람에겐 방법이 더 많았죠. 물론 여자들이 다 똑같지는 않지만, 여성의 본성이라든지 가부장제하에서의 다양한 경험 때문에 어떤 경험에 관해서는 많은 여성이 서로 공감하고 이해할 수 있다고 생각합니다. 그건 다른 소수자들도 마찬가지죠. 특정 민족이나 인종 또는 계급적 배경을 지닌 소수자들이 전부 같은 성향이나 성격을 가진다는 말이 아니라, 어떤 공통점을 가지기 쉽다는 말입니다. 그래서 저는 그들이 유사한 특정 경험을 함으로써 서로 어떻게 닮았는지를 보여 주고 싶었습니다. 하지만 그 외에는 모두가 제각각이지요.

바일스 그 공통 경험 중 하나가 언어와의 상호 작용이 아닐까 싶은데요. 다수의 이야기에서 언어가 주제로 등장합니다. 그들은 언어를 배우지만 자신들의 언어 능력으로 평가받기도 하니까요. 개인적인 경험상, 언어에 대한 작가님의 다양한 실험이 복수의 언어 생활 덕분이라고 생각하나요?

장 네, 그런 것 같아요. 어떤 언어를 배울 때는 실제보다 훨씬 멍청해 보이죠. 보통 선량한 사람의 성격을 갖게 됩니다. 자기 성격을 내보이기는 매우 어렵죠. 개인적으로 8년 전에 파리에서 프랑스어를 배우면서 같은 경험을 또 했어요. 저는 〈아, 또 멍청한 사람이 되고 싶지 않아〉라고 생각했죠. 다섯 살 때 영어를 배우면서 이미 그걸 겪어 본 적이 있거든요. 저는 뭘 몰라서가 아니라 고의로 실수할 수 있는, 사람들이 내가 모르고 한 말 때문이 아니라 고의로 한 말 때문에 웃게 되는 최고 수준에 도달하고 싶었어요. 아무래도 다섯 살 때 상하이에서 뉴욕으로 이민 와서 다시 아기가 된 경험, 어떤 식으로도 나를 표현할 수 없고 뭘 어떻게 해도 가장 기본적인 문장조차 구사하지 못하는 바보가 된 경험 때문에 제가 언어를 통제하고 조작하는 일에 굉장히 집착하게 된 것 같아요. 저는 항상 반복을 좋아했어요. 사실인지는 몰라도 사뮈엘 베케트를 읽을 때마다 그가 반복을 사용하는 것이 항상 영어와 프랑스어 사이를 오간 경험 때문이 아닐까 하는 생각을 했죠. 언어를 새로 배울 땐 반복을 많이 하게 됩니다. 저는 이 반복이 무척 좋아요. 그래서 제 글에서도 반복을 자주 하는 것 같습니다. 언어를 습득할 때 항상 더듬거리는 단계가 있고, 지금도 실제 소리로는 한 번도 들어 본 적 없는 단어가 있을 거라는 느낌 때문인지도 모르겠어요. 책에서만 읽었거나 부모님의 입을 통해서만 들어서 제가 엉터리로 발음할 거라고요. 늘 부모님하고만 같이 차를 타다가 열여섯 살 때 처음으로 미국에서 태어난 백인 친구들과 여행을 간 적이 있어요. 그때 차가 터널 안으로 들어가길래 제가 〈우리 털널에 들어왔어〉 했죠. 그러니까 친구들이 〈뭐?〉 하고 되묻는 거예요. 저는 다시 〈털널〉이라고 말했죠. 그때까지 그 단어는 부모님을 통해서만 들었는데 그들이 그렇게 발음했으니까요. 하지만 만약 그게 저한테 부끄러운 일이 아니라 매력적이고 시적이고 아름다운 일로 느껴진다면 어떨까요? 그래서 제가 그런 부끄러운 순간들을 창조의 순간으로 자꾸 바꾸려고 해본 것 같습니다.

바일스 이 작품에서 언어에 접근하는 모습은 그 언어가 모국어인 사람들에게는 불가능한 어떤 가소성이 가능하다는 것을 보여 주는 것 같습니다. 작가님은 언어를 새로운 방식으로 비틀 기회를 포착한다는 거지요.

이것은 제가 마지막으로 나누고 싶은 주제로 연결됩니다. 바로 이 책 『사우어 하트』가 특별히 유쾌한 책이라는 점입니다. 꼭 〈대담하다〉라는 말을 사용하고 싶지는 않습니다. 그 말에는 어떤 사람들은 해도 되고 다른 사람들은 하면 안 되는 말이 있다는 뜻이 내포되어 있으니까요. 하지만 이른바 〈이민자 문학〉에서 그런 터무니없는 행동은 찾아보기 어렵다는 생각이 문득 들었습니다. 작가님도 그런 사실을 발견한 건가요? 그 이유가 과거 작가들이 자신이 한 집단을 대표하고 있다고 여겨 행여 독자에게 좋은 인상을 주지 못할까 조심한 탓이라고 생각하나요?

장 물론입니다. 서사가 너무 적거나 목소리를 낼 수 있는 사람이 너무 적으면 이런 책임감을 느끼게 되죠. 만약 내가 그 소수의 사람 중 하나라면 내가 속한 공동체를 긍정적으로, 위협적이지 않게, 저속하지 않게, 부끄럽지 않게, 명예롭게 그려 내는 게 좋겠죠. 그 점에 대해 몇 가지 생각을 하게 됐는데요. 하나는 이민자 트라우마에 대한 맹목적 숭배가 있고 비참하게 박탈당한 사람들을 마치 순전히 선하고 고결하고 순수한 사람들인 것처럼 그린다는 것입니다. 마치 완전히 선한 사람만이 우리의 공감과 동정을 받을 자격이 있다는 듯이요. 하지만 만약 그들이 잘못을 저지르거나 그냥 보통 인간처럼 행동하면 갑자기 더 이상 그런 대우를 받을 가치가 없어지죠. 그래서 저는 그 부분을 시험해 보고 싶었습니다. 얼마나 안 좋아져도 되는지를요. 사람들을 화나게 만들 수도 있는 것, 또는 충격적으로 보일 수도 있는 것을 쓸 땐 이 허구적인 것 때문에 화가 날 사람이 있을지, 혹은 이런 일이 일어날 수 있다는 생각만으로도 화가 날 사람이 있을지 자문해 봅니다. 이 이야기에서 이 두 아이는…… 그냥 아이들입니다. 부모가 항상 일을 하기에 이 아이들은 늘 혼자 있는 데다, 정말 거칠고 위험한 동네에서 자라면서 너무 어린 나이에 온갖 것들에 노출되지요. 아이들은 정신적, 심리적으로 준비되어 있지 않더라도 자신들이 보는 것을 모방하는 경우가 많습니다. 저는 초등학교 때 처음 성교육을 받고, 모든 여학생이 자신이 친구나 친척이나 의사에게 폭행이나 부적절한 신체 접촉을 당했다고 털어놓는 동네에서 자랐어요. 참으로 충격적인 일이고 절대 일어나서는 안 되는 일이죠. 하지만 제게 몹시 불편하게 다가오는 것은 그 사실을 감추거나 인정하고 싶어 하지 않는 일입니다. 그런 이야기를 듣는 불편함조차 싫다면 어떻게 누군가를 위해 그걸 바꿀 수 있겠어요? 그래서 저는 제게 주어진 책임에 대해, 사람들이 어떻게 반응할지에 대해 걱정하지 않고 이런 이야기를 쓰려고 노력했습니다. 하지만 다 쓰고 나서는 과연 이 이야기들이 누군가에게 피해를 주는 것까지 감수할 정도로 가치가 있는지 다시 자문해 봤지요. 결국 스스로 그 이야기를 쓰는 것이 더 중요하다고 믿는지를요. 저는 그 논쟁을 피하지 않았습니다. 하지만 글을 다 쓸 때까지는 자신과의 그런 논쟁을 멈추려고 노력했어요. 왜냐면 시작하기도 전에 스스로 멈추는 사람들이 너무 많다는 것을 아니까요. 어떤 것을 이용해 먹는 것과 대화와 소통의 장을 여는 것 사이에는 희미한 경계가 존재합니다. 저는 항상 그 경계가 어디인지를 알아내려고 노력합니다.

외적, 내적 검열도 있다고 생각합니다. 저를 포함한 비백인들이 〈이건 안 쓰고 싶어. 내가 가진 한 줌의 가족을 잃고 싶지 않으니까. 사람들을 화나게 하고 싶지 않아. 이런 이야기는 내 가족과 내 공동체에서 말하지 않는 것들이니까〉라고 말하는 걸 줄곧 들어 왔으니까요. 스스로도 그런 느낌을 강하게 갖습니다. 저 역시 그에 대해 어떻게 말해야 할지 모릅니다. 큰 대가를 치러야 할 수도 있지요. 가족이 이미 아주 취약한 상태에 있다면, 가장 하고 싶지 않은 일이 그들을 소외시키는 일일 거예요. 하지만 〈부모님이나 가족이 어떻게 생각할지 몰라서 나한테 일어난 이 끔찍한 일에 관해 이야기하고 싶지 않았다〉라는 말을 지금까지 우리가 얼마나 많이 들었습니까? 저는 지금 그들이 그 이야기를 해야 했다고 말하는 게 아닙니다. 최소한 그 이야기를 하면, 자신에게 일어난 일 때문에 남은 평생을 수치심 속에 살아야 할 것처럼 느꼈던 모든 사람이 〈와, 어쩌면 내가 뜨거운 햇볕에 말라 죽어야 하는 길가의 역겨운 바퀴벌레가 아닐 수도 있겠구나〉 하고 생각할 수도 있을 거란 이야기입니다.

아니 에르노
『세월』

2018년 10월 4일 목요일

Annie Ernaux
Les Années

(아니 에르노는 프랑스어로 답변했고, 이를 앨리스 히스우드가 통역했다.)

애덤 바일스 『세월』은 1941년에서 2006년까지 전례 없는 사회적 격동의 시기를 거쳐 온 한 여성과 한 나라의 일대기를 담은 작품입니다. 이 책은 흘러가는 시간의 본질과 기억, 그리고 그 기억을 형성하는 도구와 미디어에 대한 사색입니다. 현대 프랑스를 이해하고자 하는 영어권 독자들에게 이보다 더 훌륭하고 매력적인 책은 아마 없을 것입니다. 아니 에르노는 1940년에 태어나 노르망디에서 자랐고, 루앙 대학에서 공부를 마치고 1977년에서 2000년까지 중등 교사로 재직했습니다. 그가 쓴 책 중에 『남자의 자리*La Place*』 와 『한 여자*Une Femme*』는 현대의 고전이 되었지요. 여러분, 아니 에르노 작가님이 이곳 셰익스피어 앤드 컴퍼니에 오신 것을 환영해 주십시오.

아니 에르노 감사합니다.

바일스 〈출연자들의 목소리가 우르르 몰려와 집단적 사건의 대서사를 만들어 냈다〉라고 쓴 적이 있으시죠. 이런 대서사를 쓸 때 작가는 먼저 어떤 대명사를 쓸 것인지를 선택해야 하는데요. 당신은 〈우리nous〉와 〈그녀elle〉 두 가지를 선택하셨죠. 반드시 두 가지 목소리를 택해야 했던 이유가 있었나요?

에르노 사실 그 선택에는 고민의 여지가 전혀 없었습니다. 책을 쓰기 시작할 때부터 일인칭은 안 쓰리라 생각했으니까요. 이 책은 아주 오래전에 구상해서 충분히 시간을 두고 생각을 거듭해 온 것이었거든요. 그래서 역사적 배경에 관한 설명 없이는 제 이야기를 할 수 없다는 것을 알았습니다. 역사는 어떤 선택의 여지가 있는 추가 장치가 아니었어요. 이 책을 써야겠다고 생각했을 때가 마흔다섯이었을 때였는데, 지나온 시간을 가만히 돌이켜 보니 제 이야기가 제 세대 이야기의 일부라는 게 보이더군요. 엄청난 변화를 너무도 자주 목격하고 전례 없는 일들이 너무도 많이 일어난 세대 말입니다. 특히 이 세대 여자들에게요. 그래서 〈나〉라는 단어를 쓰는 게 도저히 불가능하겠다고 느꼈지요. 사실 어느 지점에선 〈우리〉의 두 가지 지칭인 〈nous〉, 〈on〉만 쓸까도 생각해 봤습니다.

바일스 『세월』을 쓰기로 결심하신 이유가 궁금합니다. 오랫동안 구상했다고 하셨고, 특정 세대와 특정 서사를 대변하는 책인 것 같은데요. 집필을 시작한 2000년에 이제 때가 됐다고 생각하게 된 이유가 무엇이었는지요? 그때 뭔가가 끝이 난 건가요? 우리가 새로운 세대 혹은 새로운 세상에 진입하는 변환기를 맞았던 건가요?

에르노 책의 첫 문장 〈모든 이미지는 사라질 것이다〉와 책의 첫 부분에 나오는 몇몇 이미지가 등장하는 시점은 정확히 1995년입니다. 이 책을 쓸 때 가장 먼저 떠오른 장면이었죠. 그다음부턴 생각을 많이 해야 했어요. 사실 사이사이에 다른 책도 몇 권 썼죠. 말씀하신 대로 저는 교사로 재직했기 때문에 수업 준비 등으로 바빠 글을 하나 쓰는 데 시간이 무척 오래 걸렸어요. 쉽지 않았지요. 그래서 제가 은퇴한 2000년에야 본격적으로 이 책을 시작할 수 있었던 것입니다.

바일스 첫 문장에 대해 잠깐 이야기를 해보지요. 〈모든 이미지는 사라질 것이다〉는 독자에게 즉각적인 영향을 미치는 문장입니다. 죽음과의 불가피한 대면을 연상시키니까요. 이후에 〈모든 게 순식간에 삭제되고 옛 세대라는 거대한 익명성 속으로 사라진다〉고 말하는 대목도 나오는데요. 어떤 의미에서 이 작품은 이에 대한 반발이었습니까? 모든 이미지와 기억이 사라지는, 모든 존재가 종말을 고하는 인간의 현실적 조건에 대한 반항, 혹은 역사에 남으려는 욕망일까요?

에르노 그렇습니다. 그저 이 작품에 언급한 전기적 세부 사실들을 전해야만 했던 건지도 모르겠어요. 방금 말씀하신 첫 문장을 쓸 때만 해도 제가 유방암에 걸린 사실을 몰랐지요. 그 뒤로 얼마 안 되어 유방암 판정을 받았는데, 아마 그게 제가 이 책을 계속 쓰도록 몰아붙였던 것 같아요. 결국 다행스러운 결과가 나오긴 했지만 치료받는 몇 달 아니, 거의 1년 동안 정말 많이 썼습니다. 그게 제가 시간과 싸우고 죽음과 싸우는 방법이었던 것 같아요. 나중에 보니 제 글에서도 시간이 매우 중요하더군요. 『세월』이라는 제목만 봐도 시간이 떠오르니까요. 사실 이 책의 주인공도 시간이라고 생각합니다.

바일스 문학에서 우리는 시간을 규칙화하려는 경향이 있는 것 같습니다. 모든 대상에 동일한 리듬과 대표성을 부여하는 거죠. 『세월』에서 굉장히 인상적인 점 중 하나는 시간이

팽창하고, 축소하고, 매우 특이한 방식으로 작동하는 순간이 있다는 것입니다. 우리는 모두 그렇게 살지만 그걸 지면으로 옮기는 데 성공하는 경우는 매우 드물지요. 작가로서 시간을 재현하는 관습적인 방식에 저항하고, 기억하고 경험한 그대로 재현하는 일이 어려운 작업이었을까요?

에르노 아뇨. 딱히 특정 관습에 맞서 싸우려고 하진 않았던 것 같습니다. 그냥 직관적으로 시간을 그런 식으로 쓰고 싶다고 생각했지요. 1950년대든 1960년대든 1968년이든 제가 써야겠다고 생각한 특정 시기에 완전히 몰입하고 싶을 때마다 어떻게든 그 시대의 맛과 색을 재발견하고 싶었어요. 수많은 개인적인 기억과 사진은 물론이고, 정치적 사건이라든지 뉴스나 노래로 기억된 사건 같은 집단적인 기억도요. 그때마다 우리는 현재와 단절됩니다. 저는 독자들이 그 시대의 세부적인 것들에 푹 빠지기를 바랐어요. 그것이 제가 그 시대를 되찾는 유일한 방법이었습니다. 다른 방법은 아예 생각해 보지도 않았죠.

바일스 1940년대, 1950년대, 1960년대를 떠올릴 때마다 사진, 영화, 영상을 그 순간들을 불러오는 일종의 기억 보조물로 활용합니다. 이런 것들이 기억 자체에 어떤 영향을 미치는지, 어떻게 이들 기억에 접근하는 수단으로 작용하는지 당신의 생각을 듣고 싶습니다. 사진이나 다른 미디어의 존재가 과거에 대한 기억 자체를 바꿨다는 느낌이 들었나요?

에르노 그 질문에 대해서는 아주 분명한 답변을 드리겠습니다. 사진은 제 기억과 조금도 관계가 없습니다. 사진은 한 사람, 한 소녀가 여자가 되는 일반적이고 집단적인 서사를 소개하기 위해 들어간 것입니다. 처음에는 책에 사진을 넣을 계획이 전혀 없었습니다. 그런데 한참 쓰다 보니 너무 인간미 없고 차가운 글이 되어 가고 있는 거예요. 그래서 사진을 넣으면 실재하는 인물처럼 느껴지지 않을까 싶었어요. 그게 결국 한 시대에 이야기의 닻을 내리는 방법도 되었지요. 어린 소녀의 복장 또한 그들의 사회 경제적 배경을 보여 줍니다. 사진이 많은 의미를 전달하지요. 거기에 추억도 집어넣었습니다. 그 점에서는 방금 하신 말씀이 옳다고도 할 수 있겠네요. 어쨌든 인간에겐 추억이 있기에 현재에 살면서 과거를 간직하고 미래에 대한 기대도 품지요. 그래서 그 사진들을 다시 보면서, 열두 살 혹은 열여섯 살짜리 여자아이가 자신의 현재만이 아니라 다가오는 미래를 어떻게 바라봤는지까지 꼼꼼히 들여다보느라 꽤나 품이 들었답니다.

바일스 우리가 다가올 미래를 어떻게 바라보는지, 특히 『세월』에서 다루는 시대에 여자아이들과 여성들이 미래를 어떻게 바라봤는지는 이 책에서 상당히 중요한 부분입니다. 어떤 역설을 보여 주기도 하고요. 그동안 많은 진전이 있었고, 피임약 같은 발명품도 있었지요. 하지만 그와 동시에 책 뒷부분에 〈여성 혁명이 실제로 일어났는지 우리는 더 이상 알지 못한다〉라고 썼죠. 지난 시간을 뒤돌아볼 때, 특히 미투 운동을 비롯해 여성 운동이 활발히 목소리를 내는 지금 이 시대의 맥락에서 볼 때 여성 혁명의 현재를 어떻게 평가 하시나요? 혁명이 일어났다고 더 확신하게 되었나요?

에르노 집필을 마쳤을 때가 2007년 말이었는데, 당시에는 여성 혁명이 일어나지 않았다고 생각했어요. 여성에 대한 아주 전통적인 시각으로 후퇴하기까지 했다고 생각했죠. 〈페미니스트〉라는 말이 금기어가 됐을 정도였으니까요. 지금은 농담처럼 말하지만, 당시에는 정말 그랬답니다. 그런 데 지난 10년 사이에 변화가 생긴 것 같아요. 미투 운동이 뜬금없이 시작된 것 같지만 그렇지 않습니다. 2010년에 스 무 살이었던 여성 세대는 남성의 성욕과 특권에 대해 다른 태도를 가졌다고 생각합니다. 시대가 변한 거죠. 하지만 한 1년 전에 그 모든 일이 벌어졌을 때 제겐 그게 정말 경이롭 고 반가운 충격으로 다가왔어요. 불과 그 몇 달 전인가 1년 전 제 일기장에 아무래도 결국 여성 혁명을 못 보고 죽을 것 같다고 썼는데 말이죠. 아직 그 혁명이 끝난 건 아니지만 이 제 중요한 발걸음을 내딛었다고 생각합니다.

바일스 사회적 진전이 이루어질 때마다 항상 퇴보가 있거나 그 결과가 바람이나 기대에 못 미칠 거라는 두려움이 있는 것 같은데요. 『세월』에서 1968년 5월의 사건들은 사회와 집단적 목소리가 절정을 맞이한 순간입니다. 하지만 얼마 지나지 않아 당시에 했던 수많은 선언이 딱히 거부되는 것은 아니어도 소비주의와 자본주의 세계관으로 흡수되어 버리는 모습을 목격했지요. 1968년 5월이 책에서 중추적인 역할을 하지만, 혹시 아쉬운 면도 있다고 생각하시나요?

에르노 사실 1968년 이후에 한동안 일종의 해방감, 낙관주의, 미래에 대한 두려움의 결여 같은 것이 있었지요. 지금은 사실상 정반대 상황이지만요. 당시에는 사회의 모든 수준에서 큰 변화의 기운을 느낄 수 있었어요. 이제 그게 하나둘 닫히고 있습니다만. 1981년에 프랑수아 미테랑이 당선되면서 잠깐 부활의 기미가 보였지만, 머지않아 자유주의의 부상으로 1980년대는 정말 슬픈 시절이 됐지요. 하지만 그건 세계적인 현상이었습니다. 1968년에 소비주의가 함께 등장했고, 이상에 대한 열망에서 소비에 대한 열망으로 일종의 전환이 일어난 것은 사실입니다. **물건**에 대한 욕구가 생긴 거죠. 하지만 제 책에서는 그걸 비난하지 않습니다. 역사를 판단하려고 쓴 게 아니니까요. 이 작품은 역사가 어떻게 우리를, 저를 통과하는지를 보여 주기 위해 썼습니다. 물론 약간의 정치적 성향은 엿볼 수 있겠지만 무슨 판단을 하려고 쓴 것은 절대 아닙니다.

레이철 커스크
『영광』

2018년 11월 29일 목요일

Rachel Cusk

Kudos

애덤 바일스 파예가 다시 비행기를 탔습니다. 우리가 그를 처음 만난 것은 『윤곽*Outline*』에서였는데요, 그땐 아테네에서 창작 수업을 가르쳤지요. 그다음엔 『환승*Transit*』에서 가족과 함께 런던에서 새로운 삶을 꾸렸다가, 『영광』에서 다시 한번 이동해 이런저런 작가 활동을 합니다. 우리는 거의 독백에 가까운 대화의 연속을 통해 파예를 알게 되는데, 그동안 파예는 말을 아끼고 대담자는 말을 이어갑니다. 대화는 다양하게 흘러가지만, 계속해서 여성성과 모성, 결혼과 이혼, 작가의 삶과 역할, 독자와 청중과 저널리스트가 작가에게 거는 기대라는 특정 주제들, 그리고 이 모든 주제가 교차하고 중첩되는 지점들로 모이게 됩니다. 여러분, 레이철 커스크 작가님이 이곳 셰익스피어 앤드 컴퍼니에 오신 것을 환영해 주십시오.

레이철 커스크 감사합니다.

바일스 오늘 밤 우리는 『영광』에 대해 이야기하려고 모였지만, 그러려면 『윤곽』과 『환승』에 대해서도 이야기하지 않고 넘어가기가 어렵습니다. 한 권의 책에서도 형식, 어조, 내용의 조화를 끝까지 유지하는 책을 만나기가 쉽지 않은데 작가님은 세 권의 책으로 그렇게 했죠. 그래서 그 접근 방식이 어떻게 만들어졌는지가 궁금합니다. 주제를 먼저 정해 두고 그 주제로부터 형식과 어조를 만들어 나갔는지, 아니면 기술적 제약을 먼저 생각해 두고 그 뒤에 채울 거리를 찾았는지?

커스크 말씀한 것처럼 말끔한 방식으로 이루어졌다면 얼마나 좋았을까요. 사실 제가 한 작업은 길가에 놓인 바윗덩이를 깨부수는 일과 다를 바 없었습니다. 정말 힘든 작업이었지요. 그건 전에 쓴 글들의 형식이 양면적이라는 느낌 때문이었어요. 소설을 몇 개 썼지만, 어떤 이유에선지 집어넣을 수 없는 소재가 있었습니다. 소설이 옳은 형식이 아니었던 거죠. 그래서 한동안 회고록 형식으로 썼습니다. 그게 하고 싶은 말을 가장 잘 전달하는 형식으로 보였으니까요. 하지만 무엇보다 회고록 형식이 제대로 기능하지 못하고, 어떤 예시가 **될 필요가 있는** 삶의 측면들을 이야기하기 위해, 그처럼 스스로를 하나의 예시로 제시하면서 누군가가 그걸 허구적 재현으로 바꿔 주길 기대하는 것은 옳지 않다는 확신이 들었습니다. 모성은 아주 좋은 예였습니다. 반드시 〈나〉라고 해야만 했지요. 그래서 개의치 않고 그냥 〈나〉라고 썼습니다. 하지만 어쩐 일인지 사람들은 그 〈나〉를 스스로 그 소재와 거리를 둘 기회로 삼더군요. 그래서 그 방법은 제대로 기능하지 못했고 결국 무지막지한 비판의 대상만 되고 말았지요. 저는 잠깐 글쓰기를 멈췄습니다. 그러곤 나 자신을 표적으로 제시하지 않고 말할 방법을 고민했지요. 저는 그것이 제가 여성이라는 사실과 특히 관련이 있다고 생각합니다. 저와 같은 일을 한 크네우스고르의 경우 그가 스칸디나비아 백인 남성이기에 특별한 표적이 되지 않았다고 생각합니다. 하지만 그 누구도 정직하기 위해 자신을 방어해야 할 필요는 없지요.

바일스 작가님이 이들 소설에 채택한 형식에 대해 흔히 소설의 재발명이라고들 하지만, 말씀을 들어 보니 이 새로운 형식이 딱히 뭔가 새로운 것을 하려는 욕구에서가 아니라 거의 필요에서 나온 것이군요.

커스크 생존과 정체성의 위기에 놓인 사람이라면 누구나 끈질기게 버틸지 아니면 변화할지 고민하게 되죠. 변화는 두려운 일이지만 필수적입니다. 제가 변화라고 생각한 것의 큰 부분은 형식 자체의 변화이고, 그것이 새로운 지평을 여는 기회라는 걸 전엔 미처 깨닫지 못했죠.

바일스 표현하고 싶었던 것을 표현하는 형식, 수단을 찾아 『윤곽』에서 성공을 거두고 나서, 이제 다음 책을 위한 일종의 규칙을 만들었다고 느꼈나요?

커스크 저는 처음부터 규칙을 세웠습니다. 어느 정도 급진적인 이야기를 하려고 할 때, 자기 통제는 정말 흥미로운 문제입니다. 저에겐 여성성과 여성의 경험을 이야기하는 일이 여전히 급진적인 일이거든요. 삶의 새로운 조각들을 기록할 때 자기 통제와 규율은 약간 멀리 있는 문제처럼 보이고, 제가 그냥 무시하고 싶은, 삶에 대한 학문적 접근에 속하는 것처럼 느껴져요. 그런 것을 추구하고 스스로를 교육하고 알기 위해서라면 적어도 딴 데로 갔겠죠. 하지만 전에도 자신에게 엄청난 자기 통제를 요구하지는 않았던 것 같습니다. 정확성, 용기 등 많은 것을 원했지만 자기 통제는 아니었어요. 하지만 이 책들을 쓸 땐 특정 공간으로 들어가지 않도록 정말 조심해야 했습니다. 『윤곽』의 첫 문장부터 『영광』의 마지막 문장을 쓸 때까지 같은 느낌이었습니다. 문장 하나를 쓰고 나면 그걸 다시 뒤집어 봐야 했죠. 문장 하나하나가 온갖 사람이 지나다니고 온갖 나쁜 일이 일어날 수 있는 맨해튼 5번가와 다름 없었으니까요. 정말 조심해야 했습니다.

바일스 수학적 제약이 부과된 곳에서 자유를 느낀다는 울리포 학파[26]처럼 제약 속의 해방감 같은 것을 느꼈나요?

커스크 물론이죠! 시를 쓰는 일과 마찬가지예요. 소네트는 쓰기 어렵지만 규칙이 있기에 자유시보다 더 쓰기 쉽습니다. 일단 그걸 이해하고 나니 완전히 기술적인 일만 남더군요. 그래서 제 작품이든 다른 사람 작품이든 이 형식 안에서 잘못된 점이 있다면 그건 완전히 기술적인 부분이란 걸 알게 됐죠. 게다가 이건 무슨 평가가 아니었어요. 그냥 우연히 깨달은 것이죠. 하지만 안타깝게도 그 결과 제가 글을 읽기가 정말 힘들어졌어요.

바일스 이 작품들을 읽으면서 남성은 절대 쓸 수 없겠다는 느낌을 받았습니다. 주인공이 여성이라는 사실, 작가가 여성이라는 사실과 깊이 연관된 무언가가 있었습니다. 남자라면 절대 이런 접근을 하지 못했을 무언가가요.

커스크 주변인으로 존재하는 것에 관한 이야기에 더 가까운

---

26 주로 프랑스어를 사용하는 작가와 수학자 들이 1960년에 설립한 느슨한 창작 모임으로 레몽 크노, 조르주 페렉, 이탈로 칼비노, 마르셀 뒤샹 등이 그 회원이었다. 이들은 어떤 제약 조건이 아이디어와 영감을 불러일으키는 수단이 된다는 전제하에 특정 공식에 따라 작품을 만든다.

것 같아요. 아마 제가 가진 가장 큰 열쇠는 카뮈에게서 가져온 것이었을 텐데요. 카뮈의 페르소나, 즉 그의 많은 작품 속에서 관찰하는 사람은 주변인입니다. 이 프로젝트에서 화자의 여성성이 필수적이라는 말에 동의합니다. 가장 먼저 버려야 할 것이 작가 자신이 책을 쓴 게 아니라고 열심히 독자를 설득하는 일이었으니까요. 작가가 화자를 신경 과학자로 만들려면 5백 페이지에 걸쳐서 신경 과학에 대해 얼마나 많이 아는지를 보여 줘야 하는데, 저는 그런 것에 남의 에너지를 낭비하게 만들고 싶지 않았죠.

바일스 저는 이야기를 나눌 작품에 대해 가급적 다른 자료들은 읽지 않으려고 하는데, 그럴 경우 제가 할 질문들에 대해 과한 정보를 얻게 될 수 있기 때문입니다. 하지만 몇몇 언론에서 사람들이 이 책을 자전 소설이라고 언급하는 것을 들었습니다. 저는 화자가 분명히 파예라는 이름을 가졌는데 그렇게 말하는 게 참 재밌다고 생각했어요. 작가님의 삶과 유사한 요소가 있든 없든 그건 둘 사이에 어떤 선이 그어져 있다는 뜻인데 말이죠.

커스크 자신이 고전적 전통에 속한다고 느낀다는 의미에서 저는 어쩔 수 없는 보수주의자입니다. 자전 소설의 저자는 어떤 의미에서 더 현대적이라고 할 수 있습니다. 하지만 우리는 모두 도로 봉쇄 차단물 앞에 선 사람들이라는 느낌이

들어요. 저는 이쪽 길로 갔고 그들은 저쪽 길로 갔지만 결국 우리는 같은 장애물을 비켜 가려 노력하고 있는 겁니다. 제가 볼 땐 실라 헤티Sheila Heti[27]나 크네우스고르가 하는 작업은 제가 하는 작업과 완전히 다릅니다. 하지만 결국 똑같은 장애물에 대한 대응이지요.

바일스 그러니까 일부 사람들이 이 책들에 붙이는 자전 소설이라는 딱지는 거부한다는 말입니까?

커스크 제가 이 책들을 쓴 방식은 전혀 아닙니다. 겉으론 그렇게 보일 수도 있겠지만 제가 쓴 방식은 아녜요.

바일스 앞서 소설에 자신을 노출하고 싶지 않다고 이야기하셨지요. 남들이 멋대로 자신에 대해 어떤 고정 관념을 가질 수 있게 하고 싶지 않다고요. 이들 소설에서 파예의 일정한 부재가 뒤로 물러서는 듯한 걸로 비칠 수도 있을 것 같아요. 하지만 『영광』을 읽다 보니 거기에 장점도 있다는 게 이해가 되더군요.

커스크 그냥 존재의 조건이 본래 그런 것 같습니다. 저는 제

---

27 캐나다의 비평가이자 소설가로, 대표작 중 『옷을 입은 여자』는 전세계 689명의 여성 작업자들과 옷에 관한 이야기를 나눈 독특하고 실험적인 책으로 주목받았다.

가 쓴 회고록으로 인해 위험 속에 풍덩 뛰어들었죠. 다른 작가들은 비판에 대처하는 데 얼마나 강한지 모르겠지만 제가 받은 공격은 정말 엄청났습니다. 그래서 이 자아의 문제에 대해 생각할 이유가 생겼지요. 진실을 말하는 사람은 무슨 예수 같은 사람이어야 할까요? 앞으로 나와 〈자, 이제 당신들은 나한테 하고 싶은 대로 다 해도 돼요. 하지만 나는 나 자신을 희생할 거예요. 당신들이 최악의 행동을 하도록 당신들 앞에 서 있을 겁니다〉라고 외치면서요? 저는 생각했죠. 〈음, 사실 도덕적 문제는 소설을 읽고 쓰는 사람들이 아니라 소설 자체에 있지. 다른 사람 속에 깊이 들어갈 수 있다고 말하는 이 형식이 문제야〉라고요. 하지만 우리가 책을 읽는 건 바로 그래서지요. 다른 의식 속에서 사는 느낌이 때론 너무도 위안을 주니까요. 그건 여전히 아무 문제될 것 없어요. 어제 어떤 사람과 브론테 자매와, 브론테 목사관에 간 경험에 대해 이야기를 나눴는데요. 세 자매는 저 같은 사람에게 책 속에서 산다는 개념을 만들어 줬습니다. 나란 존재, 나 자신이 되는 경험에서 벗어나게 해준 거죠. 목사관 옆에 있는 작은 박물관에 들어가면, 자매가 이 언덕 꼭대기 마을에 살았던 시절에는 유아 사망률이 엄청났는데 그 이유는 하수구가 지면에 드러나 있고 오수가 상수도로 흘러들어가는 것을 공동체가 해결하지 못했기 때문이라는 이야기를 알게 됩니다. 자매가 쓴 책 어느 한구석에라도 그런 이야기가 나오나요? 안 나오죠. 그렇다면 이 둘, 현실과 우리가 들어가 살 수 있는 이 세계의 관계는 무엇일까요? 그런데 오늘날 소설은 이렇게 우리가 다른 의식 속에서 살 수 있다는, 즉 작가가 다른 의식에 들어가 산 것처럼, 사람들 또한 그렇게 할 수 있도록 한다는 관점에서조차 너무 동떨어지게 된 것 같아요. 저는 이것이 문제라고 생각합니다.

바일스 들어가서 살 수 있는 일관된 의식이란 게 있다고 전제하는 것 또한 문제인 것 같습니다. 의식이 끊임없이 변하는 유동적인 무엇이 아니라 우리 각자에게 딱 하나씩 있는 단 하나의 고정된 무엇인 것처럼 말이죠.

커스크 게다가 그 의식은 무언가를 기억하지 않기로 할 수도 있고, 원치 않으면 당장 내일 그 의식 자체를 통째로 버릴 수도 있죠. 책들이 제시하는 다양한 정체성 중에 실제로 우리를, 우리가 지향한다고 여기는 삶을 구성하는 것은 얼마나될까요? 우리는 왜 어떤 것을 기억하거나 동일시하기로 선택하는 걸까요? 이것을 인간적이 아닌 기술적으로 정말 냉정하게 풀어내기 시작하면, 그래서 그 방식이 만들어 내는 문장을 보고 이러한 주관성이 어떻게 만들어지는지를 보면 역겨움이 느껴질 정도입니다. 더는 견디기 힘들 정도죠.

바일스 그 점에 대해서는 가족이라는 주제도 마찬가지인 것 같습니다. 가족이란 무엇인지에 대해 어떻게 진정한 방식으로 이야기할 수 있겠냐는 거지요. 가족이라는 주제에 있어 이 작품을 너무도 강력하게 만드는 것 중 하나는 우리가 복수의 목소리와 가족 경험을 만나게 된다는 점입니다. 이 책에서 우리는 가족에 대한 무척 다양한 관점을 접하고, 이야기를 하는 사람 중 누구도 제 가족 내의 역학을 제대로 이해하지 못하는 듯하다는 느낌도 받습니다.

커스크 아주 작은 판단의 여지만 남겨 둬도 사람들은 그렇게 합니다. 이 책에서는 특히 세 권 모두 나흘 혹은 닷새라는 아주 짧은 시간 동안 화자가 자기 아이와 함께 있지 않을 때의 일을 다룬다는 점이 표적이 됐죠. 그런데 바로 그 점이 이 작품들의 기회가 됩니다. 그래서 화자가 이 소설을 쓸 수 있는 거예요. 보통 때처럼 집 부엌에 머물지 않기 때문에 이렇게 생각할 수 있는 겁니다. 그 때문에 특정한 방식으로 가족을 저버리는 일이나 역기능적인 가족 세계를 상상할 여지가 생긴 듯한데, 저는 정말 독자들이 그렇게 받아들이지 않았으면 좋겠어요. 평소 리뷰는 별로 읽지 않는 편이지만 리뷰에서 지적하는 한 가지가 모든 인물의 말이 화자의 말처럼 들린다, 혹은 기본적으로 똑같은 목소리로 들리고 그게 정말 이상하다는 것입니다. 이들 인물의 목소리가 왜 하나로 들릴까요? 저는 그것이 자신이 속한 삶의 구조에 대해 사람들이 가지는 현실 감각 혹은 잘못된 현실 감각을 깨부수려는 저의 시도 때문인 것 같습니다. 그 구조 속에는 아이들과 충분히 시간을 보내는지 같은 판단들이 있지요. 저는 우리를 살아가는 시대와 장소의 산물로 보고, 그 시야를 훨씬 넓히고 싶었습니다. 어떤 곳에서 물을 마시면 그게 내 몸의 일부가 되지만 나는 그대로 나이듯이 말이죠. 가족생활이란 주제도 마찬가지인 것 같습니다. 우리는 서로 너무 달라 보일 수도 있지만 저는 그저 말하기를 통해 모두가 도덕 영역에 들어갈 수 있는 지점을 찾으려고 한 것 같아요.

바일스 말하기라는 주제에 관해 이야기하자면, 책을 읽다 보면 이 사람들이 파예에게 자기 삶의 모든 일을 털어놓고 싶어 하는 것 같아요. 그 점이 고해 성사나 심리 분석 치료를 떠올립니다. 이것이 방금 말씀하신, 여러 대화를 통해 사람들을 하나로 모으는 일과 일맥상통하는 것인지 궁금합니다. 일종의 집단 치료 형태 같다고는 말하고 싶지 않지만……

커스크 오, 아녜요. 맞습니다! 완전히 집단 치료에 기초한 거예요. 적어도 부분적으로는 확실히 치유 모델을 사용했죠. 이런 관점에서 자신의 삶을 진지하게 바라보면, 내가 삶을 엄청나게 믿으며 살았던 순간들도 있고 또 삶을 냉정하고 객관적으로 바라볼 수 있었던 때도 있다는 사실이 분명해집니다. 여기 오는 기차에서 한 가족을 봤는데, 그들은 보나 마나 다른 사람들의 현실이 어떤지 거의 알아차리지 못했을 것입니다. 그들은 자신으로 살아가는 드라마에 완전히 몰입해 있는 중이었으니까요. 저는 사람들을 더 익명의 상태로, 말하자면 거리의 군중 속에 홀로 있는 상태로 만들고 싶었습니다. 이런 드라마에 속해 있지 않기에, 서로에게서 자신을 약간 더 분명하게 볼 수 있도록요. 소설 스타일 일부는 사람들이 서로 이야기를 나누는 형식을 아주 자연스럽게 받아들인다는 확고한 믿음 때문입니다. 이야기는 말이란 걸 할 줄 알게 되는 즉시 배우는 것이니까요. 오늘 학교에서 어땠어? 하고 물으면 아이들은 이야기를 해줍니다. 특정 지점에서 웃음을 터뜨리면, 다음 날 아이는 그 이야기를 더 확장하겠죠. 누구나 다 그래요. 그것이 우리가 글쓰기라 부르는 것과 거의 같다는 게 일종의 제 생각의 기초인 것 같습니다.

바일스 혼란스러운 삶을 이해 가능한 서사로 만들어 내는 일 말이지요?

커스크 네. 그게 바로 치료 모델이고, 치료 모델은 그 자체로도 일종의 글쓰기라 할 수 있지요.

바일스 재밌는 생각이군요. 책을 다시 읽으면서 이게 3부작이 될 것 같다는 느낌이 바로 드는지 확인하려고 했거든요. 『윤곽』을 읽으면 아주 미묘하게 앞으로 다가올 것에 대해 독자를 준비하게 한다는 느낌이 확실히 듭니다. 일단 뒤에 오는 것을 알고 나서야 그 전에 어떤 토대가 마련됐는지를 깨닫게 되지요. 그런데 『영광』에서는 역으로 앞의 일들을 반추하는 느낌이 있었습니다.

커스크 그때 이걸 6년 동안 했으니 이제 이 이야기에 대해 농담 몇 마디는 해도 되겠구나 싶더군요. 그래서 그렇게 했죠.

바일스 하지만 처음부터 3부작으로 구상한 건가요?

커스크 아뇨. 저는 뭐든 항상 가능한 한 빨리 끝내는 편이에요. 식탁에 앉은 사람 모두가 식사를 마치기도 전에 접시를 치우는 사람이지요. 진짜 긴 책은 써본 적이 없어요. 그럴 자신도 없고 어쩐지 그럴 자격이나 여유도 없다는 느낌이 들어서요. 제겐 소설을 쓰는 일이 무슨 줄타기 같습니다. 그 줄 위에 올라가 있으면 너무 좋지만 얼른 내려오고 싶거나, 언제 내려오면 좋을지 알고 싶어 미치게 되죠. 그러니 3부작은 아마 제가 쓸 수 있는 최대 규모가 아닐까 싶어요. 기본적으로 그건 한 권의 긴 책이지만 이렇게 나눠서 할 수밖에 없었습니다. 『윤곽』 말미에 제가 질문에 비해 대답을 너무 안 했다는 생각이 들었어요. 사실 딱히 허무주의적이진 않아도 정신적이라고 할 수 있는 이 화자가 아주 적절했지만, 어떤 지점에서 그는 자기 삶으로 돌아가 집에서 몸을 가지고 살면서 사람들과 관계를 맺어야 하죠. 제 말은, 그는 바다로 헤엄쳐 갈 수 있고 때가 되면 그렇게 하려고 생각하고 있다는 겁니다. 하지만 사람들이 보통 그렇듯, 그는 그렇게 하지 않습니다. 그것은 사실 제 분노의 원인이기도 한 이 프로젝트의 원인이 일부라도 해결돼야 한다는 점을 인정하는 문제였죠. 그래서 결국 거기까지 도달하는 데 장장 세 권의 책이 필요했던 거고요.

바일스 책을, 특히 『영광』을 2년 간격으로 쓰고 출간하신 탓에 외부 사건이 개입할 여지가 생겼지요. 그래서 2014년에서 2018년 사이에 쓴 영국 소설에는 어쩔 수 없이 브렉시트가 이따금씩 등장하곤 합니다. 하지만 덕분에 의견과 감정을 드러내지 않는다는 생각에 대해서도 성찰할 수 있게 됐지요. 당신은 〈사실 떠날 것인지 남을 것인지의 문제는 보통 우리가 혼자 조용히 자신에게 하는 질문이며 사적 의식의 공적 영역으로의 최종 항복이라고 나는 말했다〉라고 썼죠. 그 문장을 보니 갑자기 우리가 우리의 모든 면, 모든 감정을 밖으로 드러내 자신을 규정해야 한다는 압박감에 시달리는 시대에 살고 있는 것 같다는 생각이 들었습니다. 이 책에서 파예가 그렇게 하지 않는다는 사실도 그 자체로 일종의 정치적 행위이죠.

커스크 거기에 두 가지 질문이 있습니다. 브렉시트는 여러

면에서 제게 꼭 들어맞는 사건입니다. 그것 역시 이혼이니까요. 지난 몇 년간 제가 관심을 가져 온 사적 주제의 공적인 예라고 할 수 있죠. 사실 작품에 지금의 사건들과 정치의 흔적을 남기는 일에 대해서는 매우 조심하는 편입니다. 이 서점에서 헤밍웨이를 인용하는 게 좀 웃기긴 하지만 해야겠네요. 그는 〈원하면 정치를 넣어도 좋다. 하지만 10년만 지나도 그 페이지는 모두가 읽지 않고 그냥 넘기는 페이지가 될 것이다〉라고 했지요. 저도 그 말에 동의합니다. 저는 대신 그 정치를 하나의 구조로 만들어야 한다고 생각합니다. 그리고 바로 그것이 제가 하려고 한 일이었죠. 저는 그저 모험을 해본 겁니다. 〈둘 다 주제가 같네. 어쩌다 보니 이 둘이 그냥 사람들의 삶에 대한 특정 이야기에 머무는 대신 우리 사회의 수면 위로 불쑥 솟아오르게 됐구나〉라고 생각하면서요.

바일스 표현을 강요받다시피 하는 시대에 드러내지 않음이 일종의 정치적 행위라는 점에 대해서는요?

커스크 제가 『윤곽』을 쓰기 시작할 때만 해도 그 점에 대해 저란 개인을 넘어선 의미를 지닌 것으로 생각하지 못했던 것 같아요. 하지만 지금은 실제로 침묵의 가치가 점점 더 분명해지고 있는 것 같습니다. 그게 정말 흥미로워요. 어느 작가든 언어의 변덕과 위험성을 인식하게 되고, 앞으로 언어를 더 도덕적으로 사용하고 말을 더 조심해야 한다는 사실을 새롭게 인식해 나가야 한다는 점은 정말 흥미로우면서도 두려운 일입니다. 또, 어떤 것을 누가 말하느냐의 문제도 있지요. 저도 이런 것들을 깨달았지만 그저 표면만 읽는 것도 여전히 도덕적으로 받아들일 만한 생각인 것 같습니다. 하지만 제가 무슨 말을 해도 되는 건지, 앞으로도 계속 말해도 될지도 여전히 확신이 없어요. 좀 이상한 일이긴 하지만요.

바일스 이제 문학적 사건이라는 주제로 이 인터뷰를 마치고 싶습니다. 그러지 않을 수 없는 것이, 어떤 책, 특히 『윤곽』과 『영광』은 너무도 많은…….

커스크 참 웃기지 않은가요? 이건 좀 위험한 이야기네요.

바일스 네! 그런데 책 세계 일반에 대해 말하는 겁니다. 『영광』에 지금의 문학과 출판에 대해 아주 인상적인 이야기를 하는 페이지가 나옵니다. 한 출판업자가 〈우리 출판업자들은 아무도 책을 신경 쓰지 않는다는 가정하에 계속 책을 내〉라고 하거나 〈우리는 항상 멸종의 위협을 받고 있지. 소설도 한때는 날카로웠지만 지금은 힘없고 무방비 상태이듯이〉라고 하는 대목이 떠오릅니다. 그래서 오늘 밤 제 마지막 질문은 소설의 잠재적 역할에 관한 것입니다. 아직도 소설이 이전 세대 때와 같은 방식으로 영향을 미칠 수 있는 세상이라고 생각하는지요?

커스크 누가 어떻게 쓰느냐에 달렸지요. 저는 문학 혹은 예술이 신성하다는 생각 자체가 책임이 정말 크다고 생각합니다. 소설의 유용성이 사라졌다면 그걸 왜 지지하고 존재하도록 도와야 할까요? 독서는 신성하다, 아이들에게 좋다, 독서는 단순한 도피의 한 형태가 아니라 도덕적으로 이롭다는 생각 말입니다. 누구나 자신이 원하는 것을 할 수 있어요. 만약 이 서점이 책 대신 햄버거를 팔기로 한다 해도 그게 도덕적 범죄는 아니라는 겁니다. 어쩌면 우리 인류와 마찬가지로 어떤 종류의 문학은 단순한 공급 과잉 때문에 멸종하고 있는지도 모르죠. 개인을 강하게 만드는 데 훌륭한 역할을 하는 다른 문학은 그렇지 않습니다. 집단을 무시하고, 집단을 기쁘게 하려는 노력을 거부하고, 개인이 중요하다고 말하는 문학 말입니다. 이것이 바로 문학이 하는 일입니다. 책은 한 개인이 다른 개인에게 말하는 일이고, 그것이 책의 힘입니다. 그런 문학은 여전히 살아 있습니다. 사람들이 생각하는 곳에 있지 않을 뿐 어느 때보다 생생하게요. 단지 상을 못 받을 뿐이죠.

미나 칸다사미
『내가 당신을 때렸을 때』

2019년 3월 5일 화요일

Meena Kandasamy
When I Hit You

애덤 바일스 사람들은 종종 소설에 대해 의문을 제기합니다. 이 수백 년 된 부르주아 문학 형식이 현대의 삶과 무슨 관련이 있는가, 문학이 우리에게 충격을 주고 우리를 뒤흔들며 진정으로 피부 깊숙이 들어와 세상을 근본적으로 다르게 이해하도록 만들 수 있는 시대는 이미 지난 지 오래 아닌가, 하고 말입니다. 『내가 당신을 때렸을 때』는 그런 주장을 반박하는 작품입니다. 작품 속 화자를 만날 때 우리는 그가 학대적인 결혼에서 도망쳐 살아남은 생존자임을 알게 됩니다. 이 책의 중심 질문은 탈출할 것인지 말 것인지가 아니라 **어떻게** 탈출할 것인가라는 점도 일찌감치 알게 되지요. 이 작품은 여성을 폭력적 관계에 가두는 데 공모하는 물리적, 정서적,

293

사회적, 언어적 구조에 대한 치열한 고발입니다. 의식적으로든 무의식적으로든 들리지 않는 척, 보이지 않는 척하면서 우리 각자가 이 구조를 유지하는 데 공모하고 있음을 드러내죠. 하지만 결정적으로 미나 칸다사미의 소설은 한 여성이 어떻게 이러한 우리를 해체하는지를 용기 있게 보여 줍니다. 이런 점에서 『내가 당신을 때렸을 때』는 단순한 탈출기가 아니라 우리에게 힘을 불어넣어 주는 도구이기도 합니다. 여러분, 미나 칸다사미 작가님을 환영해 주십시오.

미나 칸다사미 멋진 소개 감사드립니다.

바일스 일단 소설의 시작 부분이 아니라 작품의 중심이 되는 관계의 시작으로 이야기를 시작해 보려 합니다. 우리가 화자의 남편을 만나는 즉시 알게 되는 것은 관계에서 통제 구조를 만들어 가는 그의 능력입니다. 그 구조에는 아내에게 아무 연고도 없는 도시로 이주하는 물리적인 것도 있고, 아내의 친구, 사회적 관계망, 인터넷 접속을 끊는 기술적 혹은 사회적인 것도 있습니다. 그래서 첫 번째 질문은, 화자가 엄청나게 지적이고 강하고 자기 의견이 뚜렷한 여성인데 그에게 어떻게 이런 구조가 만들어질 수 있느냐 하는 것입니다.

칸다사미 도전적인 질문인 것 같습니다. 우선 이 책을 왜 쓰게 됐는지에 대한 이야기부터 하자면, 한 가지 이유는 글을 쓰려고 마음먹었을 때 결혼 생활 중 학대와 폭력에 시달리는 인도 여성에 관한 글이 진부하다는 것을 알고 있었기 때문입니다. 저 역시 인도인으로 자랐기에 〈아, 또 결혼에 관한 책이 나왔구나〉 하고 생각했을 테니까요. 그러다 자신에게 이런 일이 일어나면 뒤로 물러서게 되죠. 그래서 저 자신을 포함한 많은 사람의 경험에서 끊임없이 맞닥뜨리는 것은 거칠고 드센 여자에게 어떻게 그런 일이 일어나느냐는 질문입니다. 당신은 강한 여자이니 자신에게 이런 일이 일어나도록 허용해선 안 된다는 거지요. 이것이 여자들이 감당해야 하는 기대치입니다.

하지만 결혼 생활만이 아니라 다른 많은 환경에서도 느꼈지만, 그 핵심은 여성이 강할수록 남성이 여성을 거꾸러트리고 위축시키고 상처 주는 일에 상당한 추가 점수를 준다는 점이라고 생각합니다. 더 강한 여자를 만날수록 가부장적 통제력을 행사하기가 실제로 더 어려워지니까요. 하지만 폭력은 개인의 차원을 넘어 사회적 조건을 만드는 일인 경우가 많습니다. 우리는 불가촉천민으로 여겨지는 인간이 있는 사회에서 살아온 사람들이에요. 타고난 계층에 따라 높거나 낮은 위치에 있게 되는 카스트 제도가 있는 사회 말입니다. 이 모든 통제가 사회가 재생산되는 방식 아니겠어요? 여성들은 자기가 속한 카스트 내에서만 결혼해야 하고 그러지 않으면 마을 전체가 불타게 되죠. 폭력의 위협이 이 모든 구조를 지켜 주는 것입니다. 구조를 지키는 데 너무도 많은 폭력이 동원되는 사회에서 자란 사람이라면 왜 이것이 가족처럼 작은 단위에도 적용되는지를 쉽게 알 수 있습니다. 남편이 아내에게, 부모가 자녀들에게 말입니다. 이것이 바로 이 대화가 폭력과 젠더, 사회 구조와 젠더에 대한 더 폭넓은 대화가 되어야 하는 이유이기도 한 것 같습니다.

바일스 정말 놀랐던 한 가지는, 앞서 말하신 진부함과 관련된 것일 듯한데요. 책 속에는 인도 사회에 매우 특수한 것들도 있지만 전 세계 보편적으로 적용되는 것들도 있다는 점입니다. 예컨대 평생을 유럽이나 미국에서 살아온 사람이 완전히 낯설게 느끼리라 생각하지 않거든요.

칸다사미 누군가에게 인도인이라는 딱지를 붙이거나, 전형적인 인도 소설이라고 말하거나 혹은 어떤 집단을 대표한다고 보는 일에 관해 말하자면 사실 그런 경우는 매우 드물다는 것입니다. 모든 인도 소녀가 마오주의 게릴라[28]와 결혼하는 것은 아닙니다. 하지만 전 세계의 많은 여성이 비슷한 억압에 직면해 있고, 게다가 반드시 결혼 관계에서만 그런 것도 아니라고 생각합니다. 꼭 폭력적이지 않은 관계여도 그럴 수 있고요. 탓하기는 어렵겠지만, 많은 사람이 이

[28] 마오 사상에 기반한 인도의 극좌 성향의 무장 반군 세력. 1967년 서벵골의 낙살바리 마을에서 발생한 농민 봉기에서 유래했으며 이후 여러 분파가 생겼다가 21세기 들어서는 주로 인도 공산당(마오주의CPI Maoist)라는 단일 조직 아래 재정비되었다.

작품을 물리적 폭력에 관한 것으로 축소했지요. 하지만 제가 말하고 싶었던 건 여성으로서 나라는 존재와 내 지성이 인정받지 못할 때 그게 얼마나 굴욕감을 주는지에 대한 것이었어요. 제가 이렇게 글을 쓴 또 다른 이유는, 이건 좌파 진영 내에서 벌어지는 대화이기도 한데, 혁명에서 여성의 위치는 어디인지, 어째서 페미니즘은 언제나 주변부로 밀려나는지를 묻기 위해서였습니다. 제겐 이것이 아주 정치적인 질문입니다. 그래서 인도 바깥세상의 여성들이 이 책에 공감하는 것 같아요. 그들은 특권을 누리는 처지이니 입을 닫고 있으라는 말을 들어 왔으니까요. 불평하면 질타받고요.

바일스 작품 속에 등장하는 남편은 마오주의 게릴라였습니다. 대학에서 정치학을 가르치고, 어떤 의미에서 공산주의 이데올로기를 무기로 삼아 아내를 억압합니다. 그걸 보니, 더 넓게 보면 이념이란 것 자체에 폭력성이 내재하는 게 아닌가 하는 의문이 들더군요.

칸다사미 아닙니다. 그렇게 생각하진 않아요. 폭력의 문제에 관해 저는 의견이 매우 다릅니다. 저는 모든 폭력이 나쁘다고 말하는 파시스트의 통치를 받을 수 없어요. 억압받는 사람들의 폭력은 사람을 억압하는 데 사용하는 폭력과는 다르니까요. 그래서 저는 이념을 완전히 거부하지 않습니다.

제가 하고 싶은 말은 우리가 남성의 여성 혐오와 특권 의식을 제대로 지적하지 않으면 어떤 이념도 가부장제의 도구로 변할 수 있다는 것입니다. 모두의 평등, 사회 정의든 뭐든 좌파적 대의를 위해 싸우는 혁명적 이념조차 그저 남성들이 자신들의 권리를 주장하는 또 다른 공간이 될 수 있습니다. 그래서 지금 일어나는 일에 맞서 싸우는 것이 페미니스트들의 관심사가 된 것입니다. 성경이나 힌두교 경전을 인용해서 〈아, 여기가 바로 여자들이 있어야 할 곳이야〉라고 말하는 남자들이 아무 문제 없이 『공산당 선언』을 인용하니까요. 문제는 그 안에 내재한 성차별주의이고, 우리는 그걸 지적해야 합니다.

바일스 화자가 남편과 사랑에 빠지게 된 것이 그가 혁명을 이야기했기 때문이라고 쓴 대목은 어떤 시보다 강렬하게 와닿았는데요. 순진한 말로 들리겠지만 좌파 이념이 이렇게 악의적으로 사용되는 것에 놀랐습니다. 좌파가 정의와 사회 진보를 추구한다는 저의 믿음 때문인 것 같아요.

칸다사미 물론이죠. 흥미로운 문제인 게, 예컨대 영국에서는 지금 모두가 샤미마 베굼[29]의 급진주의를 이야기하기 때문이에요. 하지만 사람들이 급진주의에 대해, 그리고 어떻게

---

29 조국인 영국을 떠나 극단주의 무장조직 이슬람 국가IS에 합류하여 영국 시민권을 박탈당했다.

젊은이들이 그렇게 쉽게 〈급진화〉하는지에 대해 이야기할 때, 그 젊은이들이 진정으로 이야기하는 것은 자신들을 둘러싼 세상을 어떻게 바꾸고 싶으냐는 것입니다. 저는 그것을 시작점으로 받아들여야 한다고 생각합니다. 〈와, 쟤들이 테러 조직으로 도망쳤네〉라고 할 것이 아니라요. 이 둘 사이에는 큰 차이가 있습니다. 젊은이들은 이제 참을 만큼 참았다고 말합니다. 그래서 저는 지금도 시위가 시보다 아름답다고 생각합니다.

바일스 관계에서 폭력이 자라나고 자리 잡을 수 있었던 것은, 이런 신념을 공언해 온 사람이 그토록 모순적인 행동을 할 수 있다는 사실을 한동안 받아들이지 않은 탓이라고 생각하시는지요?

칸다사미 여성이 자신에게 일어나는 폭력에 책임이 있다고 생각하냐고요? 아니요. 폭력이 곪아 터질 때까지 방치한 책임이 여성에게 있다고 생각하냐고요? 아니요. 이 작품이 자전 소설이라고 불리는 것도 그래서입니다. 이 책을 회고록이라고 부르는 사람이 많은데 저는 〈아니에요. 제발 여자들한테 우리가 쓴 것을 두고 뭐라 규정할 자유라도 좀 주세요〉라고 대답하죠. 제가 이걸 회고록이라 부르고 〈이것은 제 인생 이야기예요〉라고 했다면 아마 굉장히 수동적으로 썼을 겁니다. 이 모든 일이 내게 **일어났다**는 식으로요. 앞서 소설이 부르주아적 형식이라고 하셨는데 저는 문학을 취미활동으로 여기는 것이 사실 매우 서구적인 발상이라고 생각합니다. 우리 중 어떤 사람들에겐 그게 삶이기 때문에요. 그래서 저의 경우 글쓰기가 단지 작품만이 아니라 자신을 만들어 내는 일이었습니다. 픽션이라고 하면 선반 위의 책을 떠올리기 쉽지만, 한 여자가 자신을 학대하는 남편에게 〈나는 절대 당신을 떠나지 않을 거야〉라면서 시간을 버는 일도 픽션이에요. 이 픽션은 그 여자가 상상하는 것이죠. 그 역시 창의적인 행동입니다. 저는 모든 사람이 삶을 더 편하게 만드는 이러한 픽션을 만들고 있다고 생각합니다. 그런 의미에서 픽션이 사라져야 한다거나 일종의 사기로 봐야 한다고 생각하지 않아요. 픽션과 서사가 존재하는 것은 그것이 자신과 자신을 표현하는 방법 중 하나이기 때문입니다. 저 자신을 당신에게, 여기 모인 분들에게, 집에 있는 제 파트너에게 표현하는 방법이죠. 그 과정은 매우 적극적입니다. 만약 제가 프랑스나 영국에 살았다면 저는 그냥 경찰을 불렀을 것이고 그것으로 이야기는 끝났을 것입니다. 하지만 인도 사회는 완전히 다릅니다. 사람들은 이렇게 말하겠죠. 〈여자가 독서 모임에서 누굴 만났겠지. 그래서 남편을 떠나기로 했을 거야.〉 사람들은 누군가 폭력과 학대를 저지른다고 믿지 않으려 합니다. 그래서 이런 일이 진짜로 일어나고 있다는 걸 그들이 알게 될 때까지 한참 머물러 있거나 다른 방법을 택해야 하죠. 서사를 만드는 이유는 사람들이 믿어 줄 이야기를 해야 하기 때문입니다. 소설에서만 플롯이 중요한 게 아닙니다. 사람들은 삶 또한 그러길 기대하지요.

바일스 이 소설에서 중심적인 한 가지는 언어가 폭력의 도구 역할을 한다는 것입니다. 하지만 우리의 화자는 어느 순간 언어가 해방의 원천이 될 수도 있음을 발견하지요.

칸다사미 제2언어인 영어로 글을 쓰기 때문에 언어 문제에 많이 집착하는 것 같아요. 언어는 사실 자신이 다른 사람이 될 수 있게 해준다고 생각합니다.

바일스 어떤 의미에서 언어는 자신이 통제하는 것이지만 다른 의미에선 통제를 못 하는 것이기도 하죠. 만약 자신의 환경이 어휘를 제약한다면 그것은 또한 세상을 성찰하는 방식도 제약할 수 있으니까요. 이 책을 읽으면서 그런 느낌을 받았습니다. 사람들이 언어를 통해 반응하는 다른 방식들 때문에 화자는 마치 선택의 여지가 없는 것처럼, 잠재적 출구가 떠오르는 즉시 닫혀 버리는 것처럼 느끼지요. 예컨대 당신은 〈예의 현상〉이라 부르는 것에 관해 말씀하시는데, 이 예의라는 형식 구조가 이런 폭력적인 상황들에 관해 이야기하는 것을 허용하지 않는 거죠.

칸다사미 그 점에 관해선 소설 대신 런던에서 처음 살게 된

한 사람 이야기로 답해 볼게요. 저는 5년 전에 제 파트너를 만났는데 우리는 항상 인도와 런던을 왔다 갔다 했어요. 당시엔 파트너만 직업이 있었는데 덕분에 제가 이주할 수 있었죠. 어쨌든 런던에 오니까 사람들이 계속 〈어떻게 지내요?〉 하고 묻길래 저는 그때마다 제 하루를 설명하면서 힘든 일이나 어머니가 한 말 따월 해줬죠. 그런데 나중에 알고 보니 그냥 〈좋아〉, 〈잘 지내〉 하고 대꾸해야 하는 거더라고요. 진짜로 제 이야기를 공유하는 게 아니라 그저 〈그쪽은 어떻게 지내요?〉 하고 대답해야 하는 거더라고요. 그게 바로 예의 현상이죠. 그러니까 네, 뭐 그렇다고요. 책과는 딱히 관련 없는 이야기였네요.

바일스 저는 그 이야기가 책과 관련된다고 생각합니다. 아주 좋은 의도로, 혹은 중립적인 의도로 만들어진 공식조차 억압적인 측면이 있을 수 있다는 것을 보여 주는 일화니까요.

칸다사미 네, 마찬가지로 여자들이 받는 수많은 질문에는 엄청난 억압이 담겨 있죠. 예컨대 여자들은 특정 나이까지 아이를 낳아야 한다는 기대가 있어서 인도 친척들은 〈무슨 좋은 소식 없어?〉 하고 물어요. 혹시 임신하지 않았냐는 뜻이지요. 아니면 〈결혼은 언제 해?〉라고도 묻죠. 이것은 단순한 사회적 통제가 아니라 엄청난 이성애주의입니다. 그건 분명 모든 문화에 만연한 문제겠지만 저는 오직 제가 속한 문화에 대해서만 말할 수 있으니까요. 청년들에게 강요되는 결혼은 그들을 원치 않는 관계 속으로 몰아넣기도 합니다. 〈결혼은 언제 해?〉, 〈아기는 언제 가질 거야?〉 같은 질문을 하는 건 사실 너무나 무례한 행동이죠.

바일스 실제로 책에 나오는 가족도 그런 말들을 합니다. 어머니와 아버지는 굉장히 이해심이 많은 사람인데도 화자가 관계에 관해 이야기하는 것을 이해하지 못하고, 아마도 사회의 요구에 따른 듯한 사뭇 정형화된 방식으로 응답하지요.

칸다사미 네. 그럴 때 남에게 어떻게 보이는지가 얼마나 중요한 부분인지를 깨닫게 되죠. 사회의 돌팔매를 맞으니 차라리 딸이 나쁜 관계를 맺는 게 낫다고 생각하는 겁니다. 특히 카스트 사회에는 사회적 규율이 말도 못하게 많습니다. 사람들은 자기가 속한 카스트의 주변 사람들이 무슨 말을 할지에 엄청나게 집착하죠.

저는 문서에 관심이 많아서 영국 법률과 식민지 시대 문서를 많이 찾아봤는데요. 한 가지 큰 의문은 카스트가 그 구성원을 쫓아낼 권리가 있느냐는 것입니다. 또, 그 구성원은 이의를 제기할 권리가 있을까요? 만약 카스트가 누군가가 무엇을 해야 한다 결정한 사항을 그 사람이 이행하지 않으면 그 사람은 추방당할 수 있습니다. 인도에 관해 말하자면, 카스트가 이 모든 것을 작동하게 하는 절대적 구조라는 겁니다. 그래서 이웃들이 뭐라고 할지 궁금해하는 것은 사실 조롱과 배제 혹은 배척에 대한 두려움인 거죠.

바일스 화자 자신도 이런 감정에서 자유롭지 못합니다. 사람들이 어떻게 생각할지 궁금해하죠. 그리고 결혼한 지 한두 달 만에 이혼한다면 자신이 얼마나 조롱거리가 될지를 걱정합니다.

칸다사미 우리 모두 그런 현실을 내면화하고 있죠.

바일스 그래서 화자가 스스로에게 의문을 제기하게 되는 것이고요.

칸다사미 물론이죠. 앞서 말했듯이 어떤 결정을 하더라도 문제는 그 결정을 자기 자신에게가 아니라 다른 사람들에게 합리화하는 일인 것입니다. 우리는 사회 속에서 존재하니까요. 그래서 사회의 억압을 거부하는 만큼이나 응답도 해야 합니다. 혹은 적어도 우리가 무엇에 반항하고 무엇에서 벗어나려고 하는지를 인식해야 합니다.

바일스 어떤 한계점이 있는 것 같습니다. 남편이 가장 극단적인 형태의 통제력을 사용하는 순간, 즉 화자를 강간하는 순간 말입니다. 그 일은 화자의 부모에게도 한계점이 되는 것 같습니다. 완전히 선을 넘었기 때문에 부모도 더 이상 받아들일 수 없게 된 순간이죠.

칸다사미 네, 정말 흥미로운 문제죠. 지금 우리는 미투 운동과 여자들이 목소리를 내는 시대에 살고 있습니다. 하지만 힌두 영화에서는 강간이 거의 스펙터클이 됩니다. 그래서 대중의 상상 속에 자리 잡은 강간도 그런 것입니다. 여성의 동의 부재를 이렇게 극단적으로 만든 탓에 사람들은 실제로 그 일에 잘 반응하지 않습니다. 강간은 일상에서 일어나는 일이니까요. 제가 글을 쓰면서 마주해야 했던 것 중 하나는 제가 강간이란 단어를 말하지 않는 문화, 아무도 그 이야기를 하지 않는, 혹은 그걸 올바른 이름으로 부르지 않는 문화에서 자랐다는 사실이었습니다. 다들 강간은 산적 여왕에게나 일어나는 일이라고 생각하죠. 남자들이 눈을 가리고 끔찍한 배경 음악이 흐르는 가운데 여자는 피와 상처투성이 얼굴로 등장하는 끔찍한 광경이 펼쳐지는 거지요. 이런 일도 있다는 걸 부정하려는 게 아닙니다. 하지만 강간이 아주 극단적인 환경에서만 일어나는 일인 척하면 그것이 일상적으로 일어나는 일이라는 사실을 잊게 됩니다. 그건 여성의 동의가 항상 얼버무려지거나 지워지거나 사소하게 취급된다는 뜻이죠.

또한 인도에서는 부부간의 강간이 범죄가 아니라는 사실도 잊지 마셨으면 합니다. 법은 남성들이 생각하는 것을 반영하니만큼 그 점을 지적해야 하죠. 동시에, 이런 이야기를 쓸 때 트라우마 포르노를 쓰지 않도록 조심해야 합니다. 여기 앉아 피해자 역할을 하고 싶진 않을 테니까요. 이 책을 쓰면서 지적인 글이 되게 하는 일이 제겐 아주 중요했습니다. 비백인 인종 여성은 꼭, 자신이나 자기 고향에서 일어난 끔찍한 일을 써달라는 요청을 받습니다. 하지만 이 책도 그렇고 제가 쓰려는 대부분 글에서 저는 영국에서도 똑같이 일어날 수 있는 상황들에 관해서도 이야기하려 합니다. 여성에 대한 폭력이라는 측면에선 그곳이 어디든 크게 다를 바 없으니까요. 규모는 다를지 몰라도 여성 혐오는 어디에나 존재하고, 제가 해야 하는 일은 그걸 끄집어내는 일이었습니다.

바일스 이 책에서 그걸 끄집어내는 한 방법이 삐딱한 유머인데요. 거의 부조리극에 가까운 순간들도 있습니다. 그것은 생존 메커니즘의 일부일까요? 남편이 근본적으로 우스꽝스러운 인간이라는 인식이 어떤 면에서 힘의 원천이 됐을까요?

칸다사미 아, 확실히 그건 생존 메커니즘이지요. 최근에 전례 없는 일을 겪었는데 그때 저 자신에 대해 알게 되어 정말 놀랐습니다. 어느 모임에 갔는데 나이 지긋한 백인 영국 여성이 브라질에서 지낸 일에 대해 불평을 늘어놓으면서 이렇게 말하는 거예요. 〈거긴 대중교통이 없어요. 부자들은 그냥 비행기를 타고 다니면 되지만 가난한 사람들은 사흘 동안 버스를 타고 가야 했죠.〉 그러더니 〈이거 봐요. 적어도 인도는 영국이 철로를 깔아 줬잖아요.〉 이러는 거예요. 그 말을 듣고 저는 그냥 깔깔 웃기 시작했는데 웃음이 멈춰지질 않더라고요. 세월이 이렇게나 흐르고, 그 사이에 별의별 이야기가 다 나왔는데 그런 말을 한다니요! 식민주의는 나쁘지만 때로는 그냥 웃어넘길 수밖에 없지요. 마찬가지로 여성 혐오는 나쁘지만 때로는 웃음 메커니즘이 작동될 수밖에 없을 정도로 어처구니없이 한심할 때가 있죠.

바일스 차우셰스쿠[30]가 물러나기 직전에 관한 아주 유명한 영화 한 편이 생각나네요. 그는 옆에 아내를 세워 두고 40년 동안 아무 도전도 받지 않은 채 연설했습니다. 그러다 어느 날 갑자기 군중 속 누군가가 야유를 보내기 시작합니다. 그러자 다른 사람들도 그가 하는 말에 웃음을 터뜨렸지요. 그리고 며칠 되지 않아 그는 권좌에서 내려왔습니다. 책을 읽으면서 그 안에 절대 권력이 있음을 화자가 깨닫는 장면에서 그 생각이 났어요.

칸다사미 우스꽝스러운 모습이죠. 누군가를 비웃는다는 것

---

30 루마니아 혁명으로 1989년 처형당하기까지 24년간 루마니아를 지배한 독재자로 역사상 가장 악랄한 공산주의 독재자 중 한 명으로 회자된다.

은 사실 권위에 대한, 언어를 사용하지 않은 도전입니다.

바일스 그 우스꽝스러운 면을 인식하고 그가 가진 권력의 기계적인 측면을 인식하면서 화자는 자신이 남편의 버튼을 누를 수 있다는 것을 깨닫고 통제권을 되찾기 시작합니다. 그를 분노하게 만들거나 분노를 멈추게 하려면 무슨 말을 해야 하는지 정확히 아는 거지요. 화자는 실제로 그게 자신이 남편에 대해 가지는 어떤 권력임을 깨닫습니다. 그리고 이를 통해 탈출의 씨앗을 뿌리기 시작합니다.

칸다사미 아이들 역시 아주 일찍부터 이런 것을 깨닫는 것 같아요. 어떤 버튼을 누르면 부모가 완전히 자신이 원하는 대로 할지를요. 하지만 작가로서, 우리가 끊임없이 타인에 관해 이런 관찰을 하는 것 같다는 우려가 듭니다. 〈이건 저 사람이 원하는 거고 이건 이 사람이 추구하는 거야〉라는 식으로요. 그건 너무 냉소적인 행동입니다. 그러면 신뢰가 만들어지지 않죠. 하지만 한 걸음만 밖으로 나오면 이런 버튼을 누를 수 있어요. 어떤 환경에서는 그게 옳은 일이 될 수 있지만, 때에 따라서는 타인을 조종하기 위해 활용되죠.

바일스 하지만 저는 그게 핵심이라고 생각합니다. 그것이 해방의 한 형식으로서의 글쓰기와 서사로 돌아가게 해주니까요. 특히 당신이 쓴 두 가지가 떠오릅니다. 작가로서 배운 첫 번째 교훈은 사람들이 내 이야기에서 나를 **빼도록** 놔두지 말라는 것이라고 하셨지요. 두 번째는 작가가 된다는 것의 근본적인 의미, 즉 작가는 서사를 통제하는 사람이라는 사실을 늘 자신에게 상기시킨다고 하셨고요. 이 두 가지가 결합해 화자가 이 모든 상황을 헤쳐 나가는 씨앗이 된 것 같습니다.

칸다사미 저의 첫 책은 사회적 대의를 위해 쓴 것으로 킬벤마니 학살에 관한 이야기입니다. 1968년에 임금 인상을 위해 파업을 했다는 이유로 마흔네 명이 학살당한 사건인데요. 그들은 극도로 봉건적인 환경에서 살았습니다. 제겐 이 서사를 되찾는 일이 중요했습니다. 가장 억압받는 사람들은 목숨을 바쳐도 언제나 역사에서 제외되니까요. 저는 이걸 소설이란 형식으로 써야겠다고 마음먹으면서도 그걸 쓰는 나는 누구인지에 대한 고민도 많이 했습니다. 나는 도시에 살면서 영어로 글을 쓰는 사람인데, 대체 내가 왜 이 일을 소설로 쓰고 있는 거냐고 말이죠. 그러다 결국 내가 이걸 써서 역사가 될 수 있도록 해야겠다는 생각이 들더군요. 이 작품도 마찬가지입니다. 이 여성은 학대당하지만, 자신의 서사를 되찾아야 하는 것입니다. 일단 그 역사성을 이해하고 나면 그것을 한 사람의 이야기로 생각하는 일이 더는 사소한 일이 아니게 됩니다. 그래서 어떤 의미에서 이런 책은 어디서든지 나올 수 있는 책인 거지요.

매들린 밀러
『키르케』

2019년 4월 2일 화요일

Madeline Miller
Circe

애덤 바일스 그리스 신화만큼 자주 다시 쓰이는 이야기는 없을 것입니다. 요즘 세대들 사이에 천천히 퍼진 인식은 그 이야기를 〈누가〉 하느냐가 중요하다는 점인데요. 매들린 밀러는 『키르케』를 통해 이렇게 관찰합니다. 〈종종 여성을 낮추는 일은 옛 시인들의 주된 취미인 것 같다. 마치 우리가 엎드려 기고 울지 않으면 이야기가 성립되지 않는다는 듯이.〉 헬리오스와 페르세의 딸 키르케는 신답지 않은 외모로 조롱받습니다. 마법으로 세상에서 추방당한 그녀는 고대와 현대를 막론하고 혼자 사는 여성들에게 세상이 가하는 수많은 위협에 맞서 스스로를 지켜야만 합니다. 복잡한 성격을 가진 키르케는 아쉽게도 호메로스 이야기에서 충분한

지면을 차지하지 못하기에 다시 이야기의 중심에 둘 완벽한 후보가 되지요. 이 작품은 탁월한 점이 아주 많은데 그중 하나는 밀러가 기존 신화를 최대한 살리면서도 독자들에게 이 이야기를 생경하게 접하는 느낌이 들게 한다는 점입니다. 이는 작가의 서정적이면서도 현대적인 산문과, 인물들에 대한 작가의 지극한 심리적 공감을 통해 달성됩니다. 여러분, 매들린 밀러 작가님이 셰익스피어 앤드 컴퍼니에 오신 것을 환영해 주십시오.

『키르케』가 지금까지 접해 온 그리스 신화와 다른 한 가지는 일인칭 시점을 사용한 것입니다. 그래서 우리는 첫 장을 펼치자마자 키르케의 목소리를 듣게 되지요. 그런 결정은 어떻게 하게 된 건지요?

밀러 방금 하신 멋진 소개에서 제가 인물의 심리에 관심이 있다는 사실을 언급하셨는데요. 『일리아스』와 『오디세이아』의 호메로스는 딱히 심리를 말해 주지 않습니다. 암시는 하지만 심리적 연결 고리 같은 건 제시하지 않지요. 햄릿의 독백 같은 것이 없습니다. 그건 서사시 스타일이 아니니까요. 그래서 제가 하고 싶었던 것 중 하나는 이 인물의 심리 깊숙이 들어가는 일이었죠. 하지만 『오디세이아』 속 키르케 이야기의 화자는 사실상 오디세우스이기 때문에, 여기서 〈나〉를 사용하는 일 또한 정말 중요하다고 생각했습니다. 오디세우스가 화자라는 관점에서 보면 그 에피소드가 얼마나 자기중심적인지 알게 되지요. 예컨대 오디세우스가 이렇게 말하는 대목이 나옵니다. 〈내가 이 섬에 왔을 때 무시무시한 마녀가 하나 있었는데 내가 그 마녀를 길들여 내 발밑에 엎드리게 했다.〉 그리고 그 마녀가 얼마나 아름다운지 반복해서 이야기합니다. 그때마다 그가 정말로 말하는 것은 〈이것 좀 봐, 내가 얼마나 중요한 사람이야. 이 여신은 나와 함께 있고 싶어 해〉입니다. 제가 하고 싶은 것 중 하나는 오디세우스의 자기 과시욕을 없애는 일이었습니다. 사실이 이야기는 이중으로 편향된 것 같았어요. 우선 전통적인 남성 영웅 서사시인 데다가, 오디세우스는 고대 문학의 대단한 거짓말쟁이이기까지 하니까요.

바일스 그런 작업을 결심하고 나서 금방 키르케의 목소리를 찾았나요?

밀러 아뇨, 전혀요. 장장 5년이 걸렸지요. 제가 10년 동안 파트로클로스를 마음에 품고 살았기 때문이기도 한 것 같아요. 먼저 파트로클로스를 써야 했고 그에게 작별 인사를 고하고 나서야 키르케를 찾았습니다. 키르케는 전혀 다른 목소리로 쓰고 싶었어요. 저는 한 인물의 목소리를 찾기 위해 시행착오를 많이 하는 편입니다. 썼다가 버리고 다시 쓰길 반복하죠. 지금은 소설이 완성됐으니, 제가 원했던 키르케의 목소리를 구체적으로 말할 수 있지만 당시에는 마냥 숲

속을 헤매는 느낌이었어요. 이쪽으로도 가봤다가 저쪽으로도 가봤다가 하면서요. 그러다 5년째쯤엔 아무래도 절대 못 찾을 것 같다는 생각이 들더라고요. 그래서 일하다 막힐 때면 항상 그랬듯 한동안 생각을 안 했어요. 대신 셰익스피어의 『폭풍우』에서 영감을 받은 소설을 쓰기 시작했지요. 그것 역시 마녀와 마법과 섬에 관한 이야기였습니다. 그 뒤로 희한하게도 풀어야 할 것들이 풀리더군요. 다시 『키르케』 원고로 돌아가 보니 그 1천 페이지짜리 쓰레기 더미에서 옳은 것 세 가지가 눈에 들어오기에 그걸 하나로 엮어 냈습니다. 일단 목소리만 찾으면 그다음 일은 일사천리로 진행됩니다. 목소리가 전부라고 할 수 있지요. 보통 그것은 첫 문장과 더불어 시작되고 핵심 플롯을 만들어 냅니다. 일단 목소리를 찾고 나면 상대적으로 빨리 써낼 수 있어요. 대략 2년 정도면 충분하죠.

바일스 그 단서를 찾는 데 도움이 된 특별한 에피소드나 인물 간의 교류 같은 게 있었나요?

밀러 저는 항상 호메로스로 돌아가서 저한테 말을 걸어오는 세부적인 것들을 찾아낸 다음 그걸 상상력으로 발전시킵니다. 그중 하나가 키르케가 꼭 인간처럼 말하는 무서운 여신이라는 정보였는데요. 호메로스는 그걸 가볍게 언급하고 넘어가지만, 소설가가 볼 땐 무궁무진하게 생각할 거리를 던져 주는 의미심장한 말이었죠. 여신으로 태어났지만, 마음 한편에선 인간 세상에 머물거나 혹은 인간 세상을 갈망한다는 것은 무슨 뜻일까요? 제 상상 속에선 키르케가 두 세계 사이에 갇힌 인물, 양쪽 세계 모두에서 국외자로, 중간 지대를 모색하려 애쓰는 인물로 그려졌습니다. 그런 인물들은 양쪽에 대해 아주 흥미로운 관점을 갖기 때문에 항상 훌륭한 작업 대상이 되지요. 그래서 그리스어로는 말 그대로 한 단어에 불과한 그 짧은 대목이 이 소설의 구조에서 큰 부분을 차지하게 된 것입니다.

바일스 덕분에 그 여신은 당신이 쓴 종류의 소설에 아주 적합한 인물이 되기도 했고요. 『키르케』가 일인칭 시점으로 쓰였기 때문에 독자는 그가 인간처럼 느껴질 수밖에 없습니다. 그래서 그녀가 이 두 조건 사이에 존재하는 신이라는 말씀이 정말 흥미롭게 와닿습니다. 어떤 면에서 바로 이 신이 이런 대우를 받는 데 특별히 적합한 것도 그 때문인 것 같고요.

밀러 키르케에 대해 제가 참고할 수 있는 신화는 달랑 네 개뿐이었습니다. 『아킬레우스의 노래 *The Song Of Achilles*』를 쓸 때는 아킬레우스에 관한 이야기가 너무 많아 그걸 다 넣을 수가 없어서 버리는 과정에 더 가까웠는데 말이죠. 우리에게 주어진 키르케 에피소드 중 하나는 오비디우스가 쓴,

키르케와 인간이었다가 신이 된 글라우코스, 그리고 어떤 님프의 삼각관계 이야기입니다. 3천 년 전 이야기라도 그 님프 이름은 약간 스포일러이기 때문에 말을 안 하겠지만 요. 어쨌든 오비디우스는 키르케에 대해 흥미로운 이야기를 합니다. 키르케의 **타고난 기질**ingenium이 다른 신들보다 사랑에 더 적합하다는 것입니다. 그는 낭만적인 사랑을 말하는 것이지만 저는 그것이 공감에 더 가까운 감정이라고 생각했습니다. 오비디우스가 호메로스를 참고하려 했다고는 생각하지 않지만, 그럼에도 공감은 인류의 위대한 선물이자 문학의 위대한 선물이기 때문에 저는 이 두 감정이 겹치는 부분이 있다고 생각합니다. 책을 읽을 때 우리는 타인의 삶을 내면에서 경험하게 됩니다. 그래서 제겐 그 부분이 키르케라는 인물에서 엄청나게 중요한 부분이었지요.

바일스 키르케의 목소리를 찾는 데 단초가 된 특별한 에피소드가 있냐는 질문은 사실 제 관점이 다분히 실린 질문이었습니다. 소설을 읽다가 어느 순간 키르케가 어떤 인물인지를 깨닫게 된 순간이 있었거든요. 바로 그가 프로메테우스와 대화를 주고받을 때였지요. 프로메테우스에 관해서는 제가 각별한 애정을 품고 있는데, 그가 그리스 신화에서 가장 강력한 인물이라는 생각이 들 때가 많아서 그렇습니다. 그래서 먼저 이 두 인물이 나누는 대화에 관해 이야기해 주시면 좋겠습니다.

밀러 보통 그리스 신화의 신들은 굉장히 끔찍한 존재들이죠. 잔인하고 이기적이며 영원히 원한을 품고 삽니다. 누가 자길 화나게 하면 그 사람이나 신은 물론이고 그 자녀와 자녀의 자녀까지 벌을 주죠. 오늘날 우리는 그런 사람을 소시오패스적 나르시시스트라고 부릅니다. 하지만 몇몇 예외가 있는데 프로메테우스가 그중 하나입니다. 그는 인간애와도 관련이 있습니다. 그는 제우스가 인간을 동굴 속에서 덜덜 떨게 내버려두려고 할 때 인류에게 불을, 일부 버전에서는 문명을 가져다준 신입니다. 이 소설에서 조심하고 싶었던 것 중 하나는 이것이 그리스 문학판 『포레스트 검프』가 되지 않게 하는 일이었습니다. 키르케가 페가수스를 만나고 그다음엔 헤라클레스, 그다음엔 또 다른 핵심 인물을 만나는 식으로 말이죠. 그래서 원작이 암시하는, 키르케에게 가능했을 유기적 상호 작용에 대해 생각해 보려 애썼습니다. 그의 아버지 헬리오스와 외조부 오세아노스는 프로메테우스 신화에서 중요한 존재들입니다. 그래서 거기에 키르케가 연결될 여지가 있을 것 같았어요. 이들 이야기에서 머리 여섯 달린 괴물들과 신들을 제외하고 제가 정말 좋아하는 한 가지는 『오디세이아』가 온갖 시련을 겪으며 가족의 품으로 돌아가려 애쓰다가 결국 20년 만에 집에 돌아가 다시 그곳의 삶에 적응하려 애쓰는 지친 참전 용사 이야기라는 점입니다. 그래서 제가 하고 싶었던 일은 키르케를 그런 공감을 할 수 있는 다른 누군가와 연결해 주는 일이었어요. 키르케는 폭력적인 가정에서 태어났습니다. 그래서 어디에도 소속감을 느끼지 못하지만, 그 감정을 어떻게 다루어야 할지 잘 모릅니다. 때로는 다른 사람과 만나는 일이 새로운 길을 여는 데 도움이 되기도 하므로 프로메테우스는 제게 매우 중요한 인물이었습니다.

바일스 그가 키르케 안에 있는 반항심을 일깨워 줬고 이것은 작품 전체에 매우 중요한 줄기가 됩니다. 원작이 암시하는 상호 작용을 상상했다고 하셨는데요. 저는 흔히 정전이라 여겨지는 것을 그대로 고수하지 못하는 편이라 원작에 대한 당신의 충실성 같은 게 궁금해졌습니다. 소설가들은 진실과 연구 결과를 무시하기로 정평이 나 있지요. 당신은 확고하게 자리 잡은 이야기를 다루면서 어떻게 이 두 입장 사이에서 균형을 잡았는지요?

밀러 『아킬레우스의 노래』를 쓸 때 그 균형 때문에 정말 진땀을 흘렸는데 고전을 소재로 글을 쓰는 게 처음인 탓도 있었어요. 저도 제 스승들도 모두 고전 연구가였는데 그들에겐 제가 그런 글을 쓰고 있단 말을 하지 않았지요. 저를 내쫓을까 봐 걱정돼서요. 서사를 위해 뭔가를 바꿔야 하는 순간들이 있었는데 그때마다 무진장 긴장했죠. 그러다 전기를 맞게 된 순간이 있었습니다. 『아킬레우스의 노래』에서 마침내 제가 『일리아스』를 따라잡은 장면이 하나 있습니다.

『일리아스』의 첫 장면은 그리스 최고의 전사 아킬레우스와 그리스의 총지휘관 아가멤논이 크게 싸우는 장면입니다. 일종의 〈당신은 내 보스가 아니야〉 싸움이죠. 아킬레우스가 아가멤논을 죽이려고 하자 아테나가 그의 뒷머리 채를 붙잡아 막지요. 그런데 저는 그 장면에서 아테나를 등장시킬 수 없었습니다. 어울리지 않았어요. 하지만 머릿속에 호메로스의 말이 맴돌면서 계속 그와 싸우는 느낌이 들었어요. 도저히 제 버전을 찾을 수가 없었습니다. 그 장면을 한 50번쯤 고쳐 쓰고 나서야 마침내 아테나를 잘라 낼 수 있었지요. 그리고 아테나가 사라지자마자 그 장면을 어떻게 쓸지가 보였어요. 그 경험은 돌파구가 되었고, 『키르케』를 쓸 때쯤엔 훨씬 자유로운 느낌이 들었지요. 사실 『키르케』를 쓸 때는 대놓고 이 신화를 전복하고 싶다는 충동이 들었어요. 『아킬레우스의 노래』를 쓸 때는 제가 늘 그 자리에 있던 무언가에 조명을 비춘다고 느꼈거든요. 하지만 『키르케』는 원작이 우리에게 해준 이야기와 상반되는 이야기를 하는 느낌이었어요. 그 책을 쓸 때 맨 처음 하고 싶었던 일 중 하나는 오디세우스와의 만남이었어요. 키르케는 남자들을 돼지로 바꿔 놓는 강력한 마녀에서, 갑자기 무릎을 꿇고 자비를 간청했다가 자신에게 겨누던 검을 거둔 그를 자기 침대로 초대하는 여자로 바뀝니다. 처음 그 장면을 읽었을 때가 열세 살 때였는데 정말 분노했죠. 무릎 꿇는 장면, 남근 같은 검 모두 마음에 들지 않았습니다. 전부 말도 안 되는 일 같았으니까요. 그래서 그 대목에서 무릎 꿇는 장면은 없으리란 것을 알았습니다. 『아킬레우스』를 집필하던 때의 경험덕분에 내 생각을 밀어붙일 수 있다는 자신감도 더 생겼고요. 그렇긴 해도 저는 원작을 향해 말하고 싶기에 원작에 아주 가까이 머물고 싶기도 합니다. 어떤 텍스트를 각색할 때, 그 결과물의 성공 여부의 관점에서 보면 사실 원 텍스트와의 거리는 중요하지 않습니다. 저는 늘 영화 「클루리스 Clueless」가 원작과 거리가 아주 먼 개작의 훌륭한 예라고 생각합니다. 그 자체로 하나의 독립적인 작품이지만 제인 오스틴의 『엠마』를 개작한 것으로, 아주 흥미로운 방식으로 원작을 반영하지요. 그러므로 원작에 대한 충실도 자체는 중요하지 않습니다. 하지만 저는 최대한 충실하게 쓰고 싶은 것이, 그렇게 하면 제가 강조하고 끌어내고자 하는 부분이 제게 훨씬 구체적으로 와닿기 때문입니다.

바일스 원작에 대한 충실성 문제를 말하자면 가령 『엠마』 같은 작품은 특정 시점에 한 사람이 쓴 하나의 이야기이지만 신화는 그 자체가 유동적인 이야기 아닙니까? 텍스트는 있지만 그것들은 수 세기에 걸쳐 쓰이고 또 쓰인 이야기이기도 하지요. 어떤 의미에서, 그런 사실에서 해방감을 느끼지 않았나요?

밀러 완전히요. 제 동료 고전 연구자들이 저한테 화가 날지도 모른다는 두려움 속에서도 그 점이 제게 확신을 줬습니다. 본래 신화에는 결정판이란 게 없기에 저의 두려움은 사실 어리석은 것이었죠. 우리는 호메로스 버전에 대해 말할 수도 있고 오비디우스 버전이나 제임스 조이스 버전, 혹은 마거릿 애트우드 버전이나 데릭 월컷 버전에 대해 말할 수도 있어요. 이 버전들은 다 다르지만 모두 정말 훌륭합니다. 그것이 제가 제 고전 수업을 듣는 학생들에게 늘 강조하고 싶었던 한 가지이기도 했습니다. 어떤 버전의 신화를 듣고 그건 옳은 버전이 아니라고 말할 수는 없다는 사실 말입니다. 내 맘에 들지 않더라도 그 존재를 부정할 수는 없다는 거지요. 이 이야기들은 본래 구전된 이야기들입니다. 애초부터 즉흥적으로 만들어졌지요. 덕분에 우리에겐 우리가 원하는 건 취하고 싫은 건 버릴 수 있는 자유가 있는 것이고요.

바일스 이 작품의 아이디어가 오디세우스가 키르케를 이야기하는 방식에 대한 응답으로 나오게 됐다고 하셨죠. 이 책을 간단히 소개하는 한 가지 방식이 페미니즘의 관점에서 쓴 『오디세이아』라는 것이었습니다. 작품을 읽기 전에 저는 여신 키르케와 인간 오디세우스의 관계 역학이 어떻게 펼쳐질지 궁금했습니다. 인간 남성과 여성 간에는 반영되지 않는 권력 역학이 있고 또 다른 신들도 있지요. 그래서 이상한 위계가 존재하죠. 페미니즘 관점에서 이렇게 다층적인 이야기에 접근하는 일은 어려웠을까요?

밀러 네. 고대 그리스 신들은 엄청나게 위계적입니다. 제우스가 있고, 그다음에 헬리오스, 포세이돈, 아테나, 그리고 헤라가 있는데 이들은 모두 맨 꼭대기에 있으며 원하는 건 뭐든지 다 할 수 있죠. 이따금씩 운명이 방해하지만, 그때를 제외하고는 원하는 걸 다 가질 수 있어요. 그 밑으로 바람의 신, 강의 신 등 쭉 내려가다 보면 맨 밑에 님프가 있죠. 님프는 거의 인간과 가까울 정도로 지위가 낮습니다. 신화, 특히 오비디우스 버전을 읽어 보면 님프들은 강간과 학대를 당하고 원치 않는 남자와 강제로 결혼을 하게 됩니다. 그들의 이야기는 정말 끔찍해요. 자기 삶에 대한 주도권이나 통제권이 전혀 없죠. 그래서 『키르케』에서 그에 관한 이야기를 하고 싶었어요. 키르케가 여신으로 태어났다는 게 표면상으로는 그럴듯해 보이지만 어느 순간, 실제로는 거의 힘이 없고 온전히 이 모든 신들의 손에 좌지우지된다는 것을 알게 됩니다. 그런 키르케가 어떻게 남자를 돼지로 바꾸면서 섬에서 홀로 살아가는 마녀가 됐을까요? 어떻게, 그리고 왜 그런 일이 일어나게 된 걸까요? 키르케가 좋았던 점 중 하나는 마법이 신성과는 정말 다르다는 점이었습니다. 신성은 타고난 것이지만 그는 마녀가 되지요. 스스로 마녀가 된 겁니다. 말 그대로 마법을 발명해서요. 키르케는 고대 문학 최초의 마녀 중 하나입니다.

바일스 〈님프〉와 〈마녀〉는 수 세기에 걸쳐 우리 문화에 단단히 자리 잡고 있습니다. 마녀재판을 통해서든 색광증 nymphomaniac이라는 단어를 통해서든 말이죠. 하지만 당신의 작업에는 언어를 탈환하는 일도 있는 것 같습니다.

밀러 제가 모두에게 하지 말라고 조언하는 것 중 하나가 어느 스펙트럼에 있는 정치인이든 여성 정치인 이름과 〈마녀〉를 같이 넣고 검색하지 말라는 것입니다. 그러면 끔찍한 개미굴에 빠지게 될 테니까요. 그 마녀라는 단어가 여전히 얼마나 위력이 있는지, 사람들이 인정하는 것보다 더 많은 힘을 가진 여성을 비방하는 용어로써 여전히 얼마나 많이 쓰이는지를 알고 정말 깜짝 놀랐습니다. 마녀는 본래부터 주변 사람들을 불편하게 만들 정도로 힘 있는 여성, 주변 사람들에 의해 통제되지 않는 여성을 가리키는 말입니다. 그래서 제게는 키르케를 그 오랜 마녀의 문학사 속에 두는 일이 중요했습니다. 신화와 더불어, 마녀와 키르케가 어떻게 조합될 수 있을지를 두고 참 많이 생각했지요. 『오디세이아』에 그려진 모습을 보면 거기에 마녀의 기본 속성이 아주 많다는 걸 알 수 있습니다. 키르케는 사자와 늑대 등 동물과 가까운 관계를 맺고 있습니다. 주문을 외울 때 지팡이도 사용하죠. 학자들은 그 지팡이가 일종의 마술봉인지, 아니면 단지 돼지를 모는 데 사용하는 물건인지에 대해 논쟁을 벌입니다. 저는 사실 그냥 돼지를 모는 데 사용하는 물건이라 생각하지만, 키르케가 그걸 갖고 있는 건 사실이죠. 그는 또 마법을 부리는 데 사용하는, 그리스어로 〈파르마콘〉이라 부르는 약초, 묘약, 독약과도 관계가 있습니다. 마녀의 역사를 공부하는 일도, 그 단어가 지금도 얼마나 건재한지를 깨닫는 일도 제겐 정말 흥미로운 경험이었죠.

바일스 그리스어에서는 두 단어 모두 부정적인 의미를 담고 있지 않나요? 님프가 신의 위계에서 맨 아래에 있는 존재라고 하셨지요. 그것 역시 고대 그리스 때부터 지금까지 거의 그대로 유지되어 온 관념인가요?

밀러 그럼요. 저는 항상 님프를 시각화해 놓은 그림이 재미있다고 생각하는데요. 님프는 수 세기에 걸쳐 예술에서 가장 인기 있는 주제였습니다. 주로 아름다운 여성들이 벌거벗은 모습으로 다 같이 나들이를 즐기는 모습이었죠. 하지만 완전히 텅 빈 표정에, 몸도 자연스럽게 앉거나 서는 것과는 거리가 먼, 괴상하게 꼬고 있는 모습이 많았어요. 그들은 모두 수동적인 대상이었습니다. 저는 오디세우스가 키르케를 대하는 방식도 이와 비슷한 면이 있다고 느꼈습니다. 그는 키르케의 아름다운 머리카락에 대해서도 무도회를 위해 꾸민 듯한 모습이라며, 마치 그가 하는 일이라곤 온종일 남자가 나타나길 기다리며 섬을 거니는 일뿐인 것처럼 말합니다. 믿을 수 없을 정도로 얄팍하고 대상화한 방식으로 바라보는 거죠. 님프에 대한 시각화의 역사와도 아주 잘 어울리고요.

바일스 키르케는 처음으로 마법의 재료가 될 약초를 캐러 가면서 〈나는 그 숲으로 들어갔고 그때부터 내 삶이 시작됐다〉라고 말합니다. 그녀가 이 금기된 힘을 받아들이면서 자기실현을 하게 된다는 느낌이 있습니다.

밀러 그렇습니다. 이 소설의 매우 중요한 부분은 키르케가 섬에 홀로 있다는 것이었습니다. 다분히 『자기만의 방』의 버지니아 울프적 전통에 속한다고 할 수 있지요. 그는 가족과 공동체로부터 이탈하고 나서야 자신의 목소리를 찾고 사회의 제약을 벗어던질 수 있었습니다. 하지만 그것은 그가 치러야 하는 대가이기도 하죠. 그녀는 이 섬에 홀로 있는 한 독립적일 수 있습니다. 결국 망명은 그에게 매우 긍정적인 것이지요.

바일스 하지만 홀로 있는 탓에 굉장히 취약해지기도 하는데요. 책에도 힘과 능력의 균형만이 아니라 고립된 여성의 물리적 취약성에 관한 이야기가 계속 나옵니다.

밀러 고대 세계에서 혼자 있는 여성은 언제나 표적이 됐지요.

바일스 제가 성인이 되어 그리스 신화를 다시 접하게 된 것은 조지프 캠벨Joseph Campbell의 『천의 얼굴을 가진 영웅 *The Hero with a Thousand Faces*』을 통해서였습니다. 이 책에서 캠벨은 이른바 영웅의 여정에 대해 무척 단정적으로 설명합니다. 모든 영웅이 거쳐야 하는 어떤 단계가 있다고 하는데요. 『키르케』를 읽으면서 저는 그것이 보편적인 이야기를 얼마나 남성적으로 해석한 것인지를 깨달았어요. 이야기가 진행될수록, 어떤 이야기를 완전히 다른 방식으로도 할 수 있고, 신화를 다시 쓸 때마다 더 여성적인 서사를 번번이 억압해 왔다는 사실을 깨달았습니다. 물론 이런 사실은 처음부터 아주 명백히 드러나 있었지만 말이죠.

밀러 그렇습니다. 우선, 서사시는 가장 흥미롭고 중요한 텍스트이기 때문에 고전을 공부하고 싶어 하는 여성들은 사실상 서사시에 접근을 저지당하고, 대신 예술사나 연애시처럼 이른바 더 부드러운 영역으로 밀려났던 오랜 역사가 있습니다. 대부분은 남성 학자들이 가장 권위 있는 것을 독차지하려는 이기심 때문이었지만 서사시 자체가 전통적으로 고대 남성의 경험에 뿌리를 둔 탓도 있지요. 또 여성은 죽음과 전쟁, 복수 같은 남성과 관련된 것을 다루기에 너무 연약하다는 인식도 있었고요. 물론 여성들도 죽고 복수하기 때문에 그건 터무니없는 생각이었죠. 다행히 그런 시각은 변했습니다. 제 스승들은 제가 서사시를 연구하는 것을 전적으로 지지해 줬습니다. 하지만 말씀하셨듯이 저는 여성들에게 서사시를 되찾아 주고 싶었어요. 키르케를 무대 중앙에 올려놓고 그에게 아킬레우스와 오디세우스가 수백 년간 당당히 누린 것과 똑같은 행동반경을 마련해 주고 싶었습니다. 온갖 신과 괴물을 등장시키고 끔찍한 실수와 용기, 어리석음을 겪게 하고 싶었습니다. 동시에 저는 서사시에서 충분히 중시되지 않았던 고대 여성의 삶을 기리고 싶었습니다. 이를테면 공예, 바느질, 정원 가꾸기, 출산 같은 것들 말입니다. 특히 출산과 육아는 가장 중요한 일이었다고 생각합니다. 출산은 사실 가장 서사시다운 경험에 속하지요. 직접 겪었든 남이 겪는 것을 도왔든 출산은 인생을 바꿀 정도로 엄청난 경험입니다. 서사시 그 자체라고 할 수 있죠. 하지만 그것은 전통적으로 여성의 경험이라는 이유로 서사시에서 배제됐습니다. 그래서 제겐 소설에 특히 출산 장면을 넣는 일이 매우 중요했습니다. 또한 작가로서 괴물의 제왕 절개 장면을 쓸 기회가 주어진다면 당연히 그 기회를 받아들여야 합니다. 그래서 저는 그렇게 했죠. 하지만 무엇보다 그것은 전통적인 남성 위주의 신화에서 생략된 부분을 존중하고 그것에 중요성을 부여하는 일이었습니다.

바일스 그 부분을 중심으로 가져오면서 가족 개념도 함께 더 부각됩니다. 이 작품의 대부분에서 가족은 딱히 좋은 모습으로 그려지지 않지요. 대부분 굉장히 유해하죠. 그것이 그리스 신화에서 특정 가족이 제시되는 방식이라고 생각하는지요? 아니면 가족이라는 이 엄격히 구조화된 개념에 더 보편적인 측면인가요?

밀러 글쎄요, 그리스인들은 역기능적인 가족을 어떻게 처리해야 하는지 확실히 알고 있었습니다. 키르케의 가족은 굉장히 역기능적 가족입니다. 신이기 때문에 기본적인 공감 능력과 정서적 기술이 부족하기 때문이죠. 하지만 저는 가족 역할을 잘하지 못하는 가정에서 태어난 사람들에 관해서도 생각해 보고 싶었습니다. 『오디세이아』의 많은 부분이 집을 찾아가는 이야기죠. 자기 집과 귀향에 대한 오디세우스의 갈망, 즉 **긴 여행 끝의 귀향**nostos이 서사시 전체에 활기를 불어넣습니다. 저는 키르케에게 같은 갈망이 있으면 좋겠다고 생각했습니다. 하지만 집을 그리워하는데 나를 기다리는 고향집이 없다면요? 가족에게서 도망쳐 나왔다면 어디로 가야 하는 거죠? 그러므로 키르케는 우선 좋은 가족은 어떤 모습일지를 알아야 합니다. 그런 다음 스스로 그걸 만들어야 하지요. 오디세우스의 가족을 만나는 일도 즐거웠습니다. 소설의 마지막 4분의 1 지점 즈음 페넬로페가 저를 기다리고 있다는 사실도 무척 설렜고요. 『오디세이아』에는 텔레마쿠스가 오디세우스의 아들이고, 오디세우스를 무척 닮았으며, 나중에 아버지의 자리를 물려받을 것이라는 등의 이야기가 잔뜩 나옵니다. 결국 그가 대를 이어가겠지요. 하지만 『오디세이아』를 읽을 때마다 놀라는 것은 그가 오디세우스를 전혀 모른다는 사실입니다. 오디세우스는 평생을 집을 떠나 있었으니까요. 텔레마쿠스가 누군가를 닮는다면 그가 결국 닮게 될 사람은 그의 어머니입니다. 그래서 저는 이 강력한 모자 관계에 굉장히 흥미를 느꼈습니다. 또한 키르케의 자기 아들과의 관계, 그리고 그녀가 자기 부모보다 더 좋은 부모가 되기 위해 어떻게 노력하는지도요.

바일스 텔레마쿠스에 대해 굳이 많은 이야기를 하지 않더라도 당신이 그를 이끄는 방향을 보면, 남녀 역할 구조의 붕괴가 어떻게 해서 우리 모두에게 이로운지를 다시 한번 알게 되는 것 같습니다.

밀러 네, 맞아요. 인구의 절반을 억압하는 사회는 절반만 고통스러운 게 아니니까요. 제한된 역할과 지나치게 좁은 길 탓에 모두가 고통을 느끼니까요.

미리엄 테이브스
『위민 토킹』

2019년 6월 18일 화요일

Miriam Toews
Women Talking

애덤 바일스 메노파교도들의 외딴 공동체에서 한 무리의 남자들이 여자들을 강간하고는 그것을 악마의 소행으로 몰아붙입니다. 강간범들은 체포됐지만 며칠 뒤면 보석으로 풀려날 예정입니다. 그들의 귀환이 가져올 위협을 인식한 여자들은 다락에 모여 자신들을 지킬 최선의 방도를 논의합니다. 대화 분위기는 다급하고 걱정의 기운이 가득하지만, 이 여덟 명의 여성들이 자신들의 목소리를 찾아감에 따라 생생하고 활기찬 느낌도 생겨납니다. 여러분, 미리엄 테이브스 작가님이 셰익스피어 앤드 컴퍼니에 오신 것을 환영해 주십시오.

테이브스 대단히 감사합니다.

바일스 책을 읽어 보지 않은 분들은 메노파가 어떤 사람들인지 잘 모를 수도 있을 것 같은데요. 우선 이 특정 집단에 관해 간단히 소개해 주실 수 있을까요?

테이브스 물론입니다. 여러 가지 버전이 있어요. 짧은 버전, 긴 버전, 아주 긴 버전…… 아미시와 마찬가지로 메노파 역시 1500년대 북네덜란드 가톨릭에서 분리되어 나와 만들어졌습니다. 그 이후로 그들은 끊임없는 이주와 이민의 역사를 가지게 됩니다. 중심 교리는 평화주의, 성인 세례, 그리고 공동체 생활입니다. 주요 신조 중 하나가 〈세상 속에 있지만 세상의 일원이 아니다〉라는 것입니다. 메노파는 여러가지 방식으로 살아갑니다. 예컨대 저는 도시에 살면서 교육을 받은 세속적인 메노파입니다. 교회의 일원으로서 열다섯 살 때 세례를 받았는데 그들은 그때를 성인이 되는 나이로 여깁니다. 그리고 전 20대 초반에 파문당했습니다. 저는 캐나다의 첫 메노파 정착민 출신으로 조상들은 본래 러시아에서 온 사람들이었습니다. 매우 보수적인 농촌 기반의 종교적이고 가부장적이고 권위주의적이고 근본주의적인 공동체지요. 책에 나오는, 그리고 실제로 그 범죄가 일어난 매니토바 식민지의 메노파 역시 네덜란드에서 프로이센, 러시아를 거쳐 제가 살았던 매니토바로 이주한 사람들입니다. 그 뒤 이 집단 일부는 다른 집단들처럼 분리되어 더 먼 곳으로 이주했습니다. 처음엔 멕시코로, 그다음엔 볼리비아로 갔죠. 그들은 항상 자신들의 종교를 실천하고 자신들이 말하는 〈감시망에서 벗어나는 곳〉을 찾습니다. 각국 정부는 이들 메노파가 대개 농사를 잘 짓고 경제에 이바지할 수 있다는 등의 이유로 그들에게 땅을 팔거나 심지어 무상으로까지 제공합니다. 그들이 문제를 일으키지도 않으리라 생각하지요. 그래서 이들 메노파 집단이 스스로 치안을 유지하는 자치 공동체로 남아 있게 된 것입니다.

바일스 이 작품의 배경이 된 범죄에 대해 들었을 때 그걸 쓰리란 것을 바로 아셨나요? 당신의 배경 때문에 책을 쓰는 일이 더 쉬울 것 같다고 느끼셨는지, 아니면 그 반대로 느꼈는지요? 근접성 때문에 오히려 시작하기가 무척 두려우셨을 것 같기도 한데요.

테이브스 우선, 2009년에 처음 그 강간 범죄 사건에 대해 들었을 때 다른 사람들과 마찬가지로 저도 소름이 돋았습니다. 하지만 이들 공동체에 관해 잘 알기 때문에 놀라지는 않았어요. 오히려 제가 속한 공동체에 대한 지속적인 분노와 불신이 더 활활 타올랐죠. 특히 엄격한 가부장적 구조, 설교 때마다 용서와 관용을 강조하지만 진정한 사랑에 의한 용서와 관용은 볼 수 없는 현실은 제가 아주 예민하게 인식하고 있던 부분이지요. 저는 제가 속한 공동체와 영원히 사춘기적인 관계를 맺고 있는 것 같다는 말을 자주 했습니다. 그

동안 저는 그곳에서 일어나는 위선과 폭력을 끈질기게 고발했습니다. 소녀들과 여성들만이 아니라 소년들과 남성들에게도 일어나는 물리적, 심리적 폭력을요. 하지만 동시에 제겐 여전히 그곳에 다시 돌아가 환영받고 싶다는 갈망이 있습니다. 그렇다고 돌아가겠다는 말은 아니고 그저 그곳에서 환영받고 싶다는 말입니다. 성숙하지 못한 마음이란 걸 알지만 잘 사라지지 않네요. 그래서 이런 범죄 이야기를 들었을 때 그 부분에 대해 더 생각해 보고 싶다, 그걸로 뭔가를 만들어 보고 싶다는 생각이 들었습니다. 정확히 어떻게 그렇게 할지는 몰랐지만요.

바일스 그 〈어떻게〉가 저의 다음 질문입니다. 이 소설은 매우 흥미로운 형식을 지녔습니다. 이 여덟 명의 여성이 몇 차례 가진 모임의 회의록 형식으로 기술했죠. 대화를 기록하는 사람은 오거스트라는 남성인데요. 어떻게 그런 구조를 만들게 됐는지 궁금하군요.

테이브스 오랫동안 고민했어요. 처음엔 복수극을 쓸까 했는데 곧, 제가 그렇게 복수를 좋아하는 사람이 아니라서 그건 말이 안 된다는 것을 깨달았죠. 이 인물들에게도 마찬가지고요. 이 여자들이 그 일에 관해 대화를 나눴으면 좋겠다는 생각이 들었습니다. 강간 자체는 재현하고 싶지 않았고, 그 여파를 다루고 싶었습니다. 그리고 일이 다급하게 진행되면 좋을 것 같아 48시간이라는 짧은 시간을 설정했고요. 그러다 그 장소를 충실히 재현하려면 남성 화자가 있어야겠다는 생각이 서서히 들더군요. 이런 보수적인 정착지에선 소녀들과 여자들이 문맹이니까요. 그건 그들이 회의록을 작성하려면 남자가 필요하다는 뜻입니다. 그 남성 화자가 바로 오거스트이고 그 역시 권리가 박탈된 메노파 신자입니다. 그는 절반만 남성인 존재로 취급됩니다. 농부도 아니고 강하지도 않죠. 성 정체성도 의문이고요. 그는 가족과 함께 정착지 밖으로 쫓겨났어요. 이 여성들 중 오나라는 여자와 오거스트는 항상 서로를 사랑했습니다. 오거스트가 정착지로 돌아온 것을 본 오나는 그가 힘들어하고 있다는 것을 감지하지요. 절망에 빠져 곧 자살해 버릴 것만 같았어요. 그래서 안쓰러운 마음에 그에게 〈오거스트, 우리랑 다락방에 가자. 우린 이야기를 나눌 거야. 해결해야 할 문제가 좀 있거든. 너는 영국에서 좋은 교육을 받았으니, 기록을 좀 해 주면 좋겠어〉라고 말합니다. 사실상 그에게 여자들이 못 하는 일을 맡긴 거지요. 하지만 덕분에 그는 여자들이 하는 말을 목격할 수 있게 됩니다. 그리하여 진짜 반전이 이루어집니다. 여자들은 철학자이자 사상가, 행동가이자 기획자이고, 그는 사실상 비서인 거지요. 어쨌든 결국 그 기록은 중요한 게 아니게 되지만요. 어차피 여자들은 그걸 읽지도 못하고 더 중요한 할 일들이 있으니까요. 희망은, 그 뒤로 여성들은 계속 자신들의 이야기를 써나가고 오거스트는 교사가 되어 자신이 다락방에서 여성들에게 배운 것으로 소년들을 재교육할 것이라는 점입니다. 책을 끝내고 나서도 제 머릿속에는 이런 생각이 계속 남아 있어요.

바일스 억압적인 공동체에 관해 읽으면, 특히 여성이 교육받지 못한 문맹일 경우 안타깝게도 우리는 그들이 정교한 생각을 하지 못하리라 생각하는 경향이 있는 것 같습니다. 하지만 한 가지 분명한 사실은 여성들이 글을 쓸 줄 모르고 구체적인 용어를 알지 못해도 아주 복잡하고 정교한 철학적 결론에 도달할 수 있는 논리와 다른 수단을 가지고 있다는 것입니다. 처음부터 이것을 강조하고 선입견을 뒤집어 놓고 싶었던 것 같은데요.

테이브스 물론입니다. 이 여성들 모두 세상에 대한 경험이 굉장히 제한적이기 때문에 그들에게 자신들의 신앙이라는 맥락 속에서 이런 신학적, 철학적 토론을 벌이게 하는 일은 분명 도전이었습니다. 그들에게도 매우 중요하고 저 역시 제대로 전달하지 않으면 안 되는 일이었으니까요. 오거스트는 일부 내용을 자신에게 익숙한 〈가부장제〉나 〈상품〉 따위의 말로 해석할 수 있습니다. 모두 이 여성들에게는 없는 개념들이죠. 하지만 말씀하셨듯이 그들에겐 구체적인 언어가 없을 뿐 논리가 있습니다. 또한, 언어를 혁명적인 도구로 보는 관점도 있습니다. 언어는 강력하고 때로는 억압적인

데, 특히 성경에 대한 근본주의적 해석과 그 안에 내재한 여성 혐오가 그렇습니다. 하지만 제겐 이들 여성이 실재한다는 것을 보여 주는 일이 중요했습니다. 그들은 서로 놀리고 공격하지요. 논쟁하고, 전복을 꿈꾸고, 애도하고, 울고, 모순적인 생각과 행동도 합니다. 싸우기도 하고요. 또한, 메노파에 대한 인식은 후진적이고, 중세적인 컬트 광신도 아미시와 비슷하기에 그런 인식도 바꿔 놓고 싶었죠. 이들도 긴박한 문제의식과 주체성, 인간성을 가진 사람이라는 사실을 보여 주고 싶었습니다.

바일스 책에서 세대 간의 관계가 무척 도드라집니다. 10대들은 여느 10대처럼 행동하지요. 어머니와 할머니, 그리고 이들 세 세대 간의 역학 관계도 나옵니다. 그들의 삶에서도 같은 리듬과 역학이 펼쳐지는 모습이 우리와 이 종교 공동체 간의 거리를 정말 효과적으로 좁혀 준 것 같습니다.

테이브스 10대 여자아이들에 대해 쓰는 동안 정말 즐거웠어요. 물론 그들이 겪는 고통과 트라우마는 항상 염두에 두고 있었지만요. 하지만 여성들이 이런 중요한 주제에 관해 이야기하는 상황에서 10대 소녀가 되어 조롱하고, 냉소적인 말을 하고, 지루해하고, 공동체 내의 다양한 남자아이들에게 마음을 빼앗기고, 자신만의 삶을 살아가고, 우정을 쌓을 기회를 누릴 수 있어서 너무 재밌었어요. 작가인 제겐 휴식

같은 시간이었지요. 어쩌면 밀도 있는 대화에서 조금은 벗어날 수 있었던 시간이기도 한 것 같고요.

바일스 그 사건의 강렬한 분위기에서도요. 사건 자체는 아예 묘사하지 않는다고 하셨는데, 그래도 가끔 언급되긴 합니다. 전반적으로 우화 같은 분위기는 아니지만 좀 오래 지난 이야기인 듯한 분위기가 감도는데, 그러다 문득 범죄 사실이 언급되죠. 혐오스러운 세부 묘사는 하나도 없어요. 그러면 독자는 퍼뜩 정신을 차리고 당시 일어난 일의 잔혹함을 상기하게 되죠. 글을 쓰시면서 폭력성의 수위는 어떻게 조절했나요?

테이브스 리듬과 속도를 조절하는 게 중요했어요. 때로는 대화가 경박하게 흘러가는 순간들도 있습니다. 농담도 하고 유머도 발휘하죠. 하지만 이런 것은 실제로 벌어지는 일이고 전혀 이상하지 않은 일입니다. 그래서 저 역시 항상 그런 마음을 갖는 것이 중요했습니다. 10대들이 장난치며 재밌게 노는 장면을 쓰다가, 예컨대 한 여자의 세 살배기 딸이 성병에 걸렸고 나이 든 여자 하나는 틀니가 밖으로 튀어나와 있다는 것을 상기시켜야 했지요.

바일스 독자로서 그 점이 무척 인상 깊게 느껴졌습니다. 대화 초반에 여성들은 세 가지 선택지를 떠올립니다. 아무것도 안 하거나, 남아서 싸우거나, 떠나는 것이지요. 이것은 특수한 환경에 대한 아주 구체적인 논의지만 〈아무것도 안 하기〉, 〈남아서 싸우기〉, 〈떠나기〉는 거의 모든 억압적 상황에 적용되는 세 가지 선택지인 것 같습니다.

테이브스 어떤 선택을 하더라도 위험 부담이 크지요. 모두 우려스럽고 불확실하고 위험한 선택지들입니다. 쉬운 결정이 아니죠. 만약 우리가 억압적이거나 불편하거나 혹은 불행한 상황에 놓여 있다면 과연 어떻게 해야 할까요? 일터에, 결혼에, 대학에 계속 머물러야 할까요? 이것은 모두가 살아가면서 거의 늘 고민하는 문제입니다.

바일스 그리고 떠나는 것과 도망치는 것에는 차이가 있을지, 떠나는 것은 일종의 항복일지, 나약함을 보여 주는 걸지, 아니면 강함을 보여 주는 것일지와 같은 것 말이죠.

테이브스 네. 그들은 언어에, 이 단어들의 차이에 매우 신경을 쓰죠. 지금 우리는 떠나는 걸까, 도망치는 걸까? 겁에 질린 동물처럼 도망치는 걸까, 아니면 떠나기로 의식적인 선택을 하는 걸까? 굉장히 중요한 문제죠.

바일스 언어에 관해 아직 이야기를 나누지 못한 부분은 오거스트가 대화를 기록할 뿐 아니라 번역도 한다는 사실입니다.

여자들이 저지(低地) 독일어로 말하면 오거스트는 그걸 듣고 영어로 번역합니다. 앞서 언어는 해방적일 수도 있고 굉장히 제약적일 수도 있다고 했는데요. 이 언어는 정착지에 살게 된 뒤로 상대적으로 고착되었나요, 아니면 진화했나요?

테이브스 그 언어를 저보다 더 잘하는 사람들이 가르쳐 준 것에서 진화한 것 같진 않아요. 죽어 가는 언어라고 할 수 있죠. 오직 메노파 사람들만 쓰니까요. 어머니는 메노파 노인들과 아직도 그 언어로 말하고, 언니는 약간 사용하고, 저는 거의 안 해요. 약간 더 개방적인 메노파 부모들처럼 제 부모님도 제가 이 언어를 배우길 원치 않으셨어요. 저희 부모님 세대 사이에는 비록 자신들은 세상 속에서 살지 않더라도 우리 세대는 그래야 한다는 인식까지 있었지요. 게다가 이 언어는 문자가 없어요. 소설 속 여자들, 실제로 닫힌 정착지에서 살고 있는 여자들의 언어죠. 그들은 자신들이 살고 있는 나라의 언어를 할 줄 모릅니다. 문자가 없다는 것은 그들이 문맹이라는 뜻이고요. 사실상 포로인 거죠. 실제로 이곳에 인질로 잡혀 있는 거나 다름없습니다. 정착지 밖으로 나갈 때는 반드시 남자 형제나 남편 등 남성과 함께 가죠. 그래서 이런 범죄가 일어나면 의지할 곳이 없습니다. 갈 데가 없어요. 도움을 구할 방법이 없죠.

바일스 정착지 밖에서 살다 온 오거스트가 〈가부장제〉라는 단어를 사용하는데, 굉장히 울림을 주는 순간이었습니다. 이 언어에는 상응하는 단어가 없는 무엇을 설명하니까요. 그걸 보면서, 명명할 단어가 없다면 우리가 어떤 개념을 얼마나 상상하고 이해할 수 있을까 하는 의문이 떠올랐습니다.

테이브스 맞아요. 여자들은 성경에 대해서도 〈마을 남자 지도자들이 성경에 이렇게 쓰여 있다고 했어〉라는 식으로 말하죠. 당연히 남자들은 성경을 남성들에게 이로운 방식으로 번역하거나 해석하니까요. 그러다 보면 여성은 천천히 비인간화되지요. 여자들은 그 이야기를 하면서 그게 진짜 성경에 있는 말인지 어떻게 아냐고 묻습니다. 하지만 이 작품에서 정말 위협적인 것은 여자들이 이야기를 나누고, 메노파 신앙을 비롯한 옛 신앙들에서 사랑, 공감, 관용 같은 아름다운 것들을 추출해 내 어떤 면에선 자기들만의 종교를 만들어 내려고 한다는 사실입니다. 자신들이 진정으로 참여하고 예배할 수 있는 안전한 무언가를 만들려고 노력하면서요.

바일스 그들이 문제 삼는 특정 영역 중 하나는 용서라는 개념입니다. 〈여자들에게 남자들을 용서할 기회가 주어져 모두가 천국에 가게 될 것이다〉라고 쓰신 대목이 있는데요. 구조적으로 볼 때 이 용서라는 개념은 남자들에게 유리하

345

도록 왜곡되어 왔지요.

테이브스 그것은 이토록 끔찍한 악행만이 아니라 그보다 약한 범죄라도 적용되는 메노파 버전의 회복적 정의라고 할 수 있습니다. 가해자가 〈내가 이런 일을 저질렀습니다. 미안합니다. 나를 용서해 주시겠습니까?〉라고 말하고, 피해자가 〈네, 당신을 용서합니다〉라고 대답하면 그걸로 끝이라는 생각이죠. 용서라는 개념은 아름다운 것입니다. 저는 용서를 믿어요. 하지만 이 맥락에서는 용서는 제대로 작동하지 않습니다. 이런 일들이 끝도 없이 계속되더라도, 그 근본 원인을 결코 제대로 들여다보거나 변화시키지 않기 때문입니다. 기본적으로 여성들은 또 한 번 침묵을 강제당하는 거죠. 과장처럼 들릴지 몰라도 이것이 이들 공동체의 현실입니다.

바일스 그래서 이 문제를 생각하지 않을 수가 없지요. 남아서 싸울 것이냐, 떠날 것이냐. 남아서 싸우는 건 실제로 싸울 여지가 있어야 가치가 있으니까요. 구조가 너무 깊이 뿌리박혀 있어서 도저히 무너뜨릴 방법이 없어 보인다면 선택의 여지가 없겠죠. 떠나서 모든 걸 처음부터 다시 열심히 쌓아 올려야겠죠.

테이브스 물론입니다. 그것은 일종의 전쟁입니다. 여성들이 자신들과 관련된, 종종 자신들이 사랑하고 때로는 두려워하는 공동체 남성들과 벌이는 일이죠. 그런데 무기가 하나도 없다면 어떻게 해야 할까요?

바일스 소설 속 여자들이 떠나는 방안을 고려할 때 그렇다면 어디로 갈 것이냐, 자신들이 어디로 가고 있는지를 어떻게 아느냐고 계속 묻습니다. 그러면서 지도라는 주제가 자주 등장합니다. 그들에겐 지도가 없지만 어쩌면 하나 구할 수 있을지도 모릅니다. 비록 그걸 읽을 수 있을지는 모르지만요. 새로운 무언가를 만들려고 할 땐 익숙한 구조가 발목을 잡거나, 완전한 미지의 세계가 두려우면서도 해방감도 들 것 같습니다.

테이브스 맞아요. 10대들이라면 그냥 〈그래, 가는 거야〉라고 하겠지만, 나머지는 당연히 현실적인 것들을 고려하고 남는 선택 및 떠나는 선택과 관련된 다양한 이해득실을 꼼꼼히 따져 보지요. 그 지도 이야기는 메노파 포도원 일에 관해서는 누구보다도 잘 아는 저희 어머니가 제게 말해 준 작은 일화에서 아이디어를 얻은 것입니다. 어머니 친구 한 분이 볼리비아의 매니토바 정착지에 다녀오신 적이 있는데, 그곳 교사가 세계 지도 하나만 있으면 정말 좋겠다고 말했다는 거예요. 저는 정말 깜짝 놀랐습니다. 자신이 세상 어디에 있는지를 모른다니요. 그것도 학교 교사가요. 저는 평생, 일을 하는 내내 세상에 대한 갈망이 있었습니다. 그런데 메노파에겐 이런 갈망이 마약 같은 것이고, 그들은 평생 오로지 자기 마을에만 갇혀 살아야 하죠. 세상은 갖가지 방식으로 너무도 아름답고 즐겁고 재밌고 영감과 교훈을 주는데 말이죠. 메노파의 일원인 저는 제 공동체에도 속하지 않고 세상에도 속하지 않은 채 어중간한 경계에서 살아가고 있습니다.

바일스 나이 든 세대에겐 세상이 자신들에게 무슨 짓을 할 수 있는지, 자신들을 어떻게 취급할지에 대한 두려움이 있는데, 이것은 이들 공동체에서 나이가 들면 저절로 생겨나는 것인가요? 의도적으로 주입된 것인가요, 아니면 자연스러운 보수화에 더 가까운 것인가요?

테이브스 둘 다일 수 있지요. 제 어머니는 항상 떠나고 싶어 하셨어요. 하지만 아주 전통적 메노파다운 방식으로 아버지에게 헌신하셨죠. 그리고 아버지가 돌아가시고 나서 마을을 떠나셨어요. 아주 일찍부터 떠나고 싶었지만 60대가 되어서야 떠나게 됐죠. 그때까지 그런 바람은 더 강해지기만 했고요. 하지만 그곳에 남아 있는 친구와 다른 가족들도 있어요. 그들은 제가 여기서 바라고 즐기는 것을 잘 이해하지 못하죠. 그들은 남아 있고 싶어 하고, 자신이 속하는 곳이라 느끼든 그렇지 않든 그곳이 자신들이 머물 곳이라고 여기죠.

바일스 이 이야기의 많은 부분이 결국 우리가 서로에게 들려주는 이야기, 우리 자신에게 들려주는 이야기인 것 같습니다. 그들이 대화를 나누면서 정교한 생각을 주고받는 한 가지 방식은 작은 이야기, 작은 우화를 통해서인 것 같은데요. 혹시 그것이 메노파 언어와 문화에 아주 자연스러운 방식인가요? 특정 지점 이상으로까지 진화하진 않았을지 몰라도 다른 방식들에 적용됐을까요?

테이브스 그런 것 같아요. 그들도 우리도 성경과 그 안에 들어 있는 여러 가지 이야기와 은유에 친숙한 탓도 있고요. 우리 삶을 그 연장선상에서 설명하는 것은 자연스러운 일이죠. 특히 외딴 메노파 공동체에서는 동물, 하늘, 날씨, 농작물 같은 자연에 관해 이야기하는 게 아주 자연스러운 일입니다. 그게 그들이 사는 세상이니까요.

바일스 어느 지점에서 오거스트는 종교라는 성지로 들어가는 입구를 지키는 두 기둥이 〈스토리텔링〉과 〈잔인함〉이라는 아버지의 설명을 떠올립니다. 저는 이 대목이 무척 흥미로웠는데요. 특히 앞서 여자들이 자신들만의 종교를 만드는 일에 대해 말씀하신 것과 연결해 보니 그렇습니다. 이 두 가지가 종교의 두 기둥이라는 건 작가님도 대체로 공감하는 이야긴가요? 아니면 이 여자들이 다른 기둥으로 종교를 재창조하려는 행동에 어떤 가능성이 있는 건지요?

테이브스 다른 기둥으로 종교를 재창조할 가능성은 언제나 존재하지요. 하지만 지금은 이 두 가지가 종교의 두 기둥인 것 같습니다. 뻔히 보이잖아요. 물론 그 안에 믿음과 희망, 예수처럼 겸손하고 친절하게, 연민과 이타심을 가지고 살아야 한다는 생각도 있지만요. 사실 딱 부러지게 이렇다 저렇다 말할 수는 없어요. 저는 그저 뭔가가 변하기를 바라는 겁니다. 우리가 그런 변화를 달성하기 전에 종말을 맞게 될지도 모르지만요.

바일스 재교육과 재건설이라는 주제에 관해서도 이야기해 보고 싶습니다. 여자들이 대화 도중 서로 부딪히는 부분은 남자들과 소년들을 어떻게 할 것인가 하는 것입니다. 특정 세대 남자들에 대해서는 거의 가망이 없다는 느낌을 받습니다. 한 인물이 그들도 우리만큼 희생자가 아니냐고 말하며 토론을 불러일으키지만, 대화의 줄기는 주로 소년들, 특히 열두 살에서 열다섯 살 사이의 사춘기를 앞둔 소년들에 대해 어떻게 할지를 정하는 쪽으로 흘러갑니다. 이는 이 공동체를 넘어 훨씬 보편적인 함의를 갖는 이야기인 것 같습니다. 소년들을 다르게 교육할 책임이 과연 누구에게 있느냐는 질문 말입니다.

테이브스 여성들은 그 문제에 대해 고민합니다. 그들 중에는 아들이나 형제가 있는 사람도 많고요. 만약 떠나기로 한다면 문제는 〈누구를 데리고 갈 것이냐?〉입니다. 어느 나이에서 잘라야 할까요? 만약 열다섯 살이라면 그들은 공동체에서 세례도 받고, 교회 내에서 완전한 성인 구성원으로서의 발언권도 갖습니다. 게다가 열다섯 살짜리 남자아이한테 어떻게 함께 가자고 설득할 수 있을까요? 정말 지난한 일입니다. 힘든 일이 한두 개가 아니죠. 그들에겐 자신들의 아이를 안전하게 지키는 일이, 특히나 딸을, 그러나 아들 역시 조직적, 체계적 해를 입지 않도록 막는 일이 시급한데 말이죠. 이런 범죄는 현실입니다. 가해자가 감옥에 갇혀 있어도 범죄는 계속 일어나고 있지요. 이제 어느 때보다 큰 노력이 필요합니다. 여성들은 절박해요. 어린아이들의 경우엔 강제로 데려갈 수 있습니다. 어딜 가든 우리는 항상 아이들을 데리고 다니니까요. 하지만 청소년이라면 그게 그리 쉬운 일이 아니지요.

바일스 결국 쉬운 대답은 없는 것 같습니다. 이 책이 그런 해답을 제시하려는 것도 아니고요. 이제 제목으로 이 이야기를 갈음하려 합니다. 제목이 정말 단순하면서도 우아하고 강력합니다. 『위민 토킹』이라는 제목은 처음부터 생각한 건가요?

테이브스 처음엔 다른 제목들을 생각했어요. 제목을 정하는 일은 정말 어렵습니다. 하지만 이 제목이 마음에 드는 게,

사람들이 저한테 〈그냥 여자들이 이야기하는 거잖아요. 그게 전부고 실제로는 아무 일도 일어나지 않잖아요〉라고 할 때마다 제가 〈맞아요. 하지만 경고를 하지요〉라고 대답할 수 있거든요. 사실 여자들이 말한다는 것이 제가 속한 공동체만이 아니라 모든 공동체의 특정 사람들에겐 얼마나 위협이 될 수 있는지 정말 몰랐어요. 일단의 여자들이 모인다는 생각이요. 심지어 비밀리에 모이는 것도 아닌데 말이죠. 〈무슨 이야기를 하는 거지? 무슨 음모를 꾸미는 거야? 무슨 반란을 일으키려고?〉 특히 제가 하는 일을 항상 싫어하는 메노파 장로들에게 이 책이 두려움을 심어 준 것 같아요. 하지만 이번에는 그 장로들이 정말 대놓고 저를 비난하더군요. 〈네가 어떻게 감히 우리 메노파에 대해 그런 식으로 쓸 수가 있냐, 그 사람들을 그런 폭력적인 괴물로 만들 수가 있냐, 메노파의 그런 면을 들춰낼 수가 있냐〉면서요. 그러면서, 이들 여성이 주도권과 목소리를 가지고 자신들의 삶에서 일어나는 일에 대해 스스로 결정하려는 사람들로 그려지는 점에 대해서는 한마디도 하지 않더군요. 하지만 그 여성들도 메노파예요. 그래서 장로들이 메노파에 대해 어떻게 그런 식으로 쓸 수가 있냐고 할 때 그 메노파는 사실 남성들을 말하는 거죠. 메노파 여성들이 어떻게 그려지는지, 세상에 어떻게 보이는지와는 아무 상관 없는 말이죠. 그 여성들은 세상이 자신들을, 우리를 이처럼 아주 소박하고 화목하고 다정하고 평화롭고 성실하고 신실한 집단으로 바라

봐 주길 기대합니다. 하지만 이건 제게 정말 놀라운 일입니다. 그냥 여성들이 함께 모여 이야기를 나누는 것이 얼마나 위협적인 일인지 이 나이가 되어서야 알게 됐어요.

케이티 키타무라
『친밀감』

2021년 7월 8일 목요일

Katie Kitamura

Intimacies

애덤 바일스 케이티 키타무라의 매혹적인 네 번째 소설 『친밀감』의 화자는 국제 형사 재판소에서 일을 하기 위해 헤이그로 떠나는 통역사입니다. 처음에 그는 이제 지금까지의 뿌리 없는 삶이 종식될까 궁금해하다가 곧 자신의 소명이 그런 정주를 금하는 게 아닌지 질문하기 시작합니다. 통역사의 역할은 언어와 언어 사이를 연결하는 일이라고 할 수 있지만 자꾸만 그 균열의 심연에서 소용돌이치는 인간의 모순을 내려다보도록 유혹하기도 합니다. 실제로 『친밀감』은 바로 그 모순을 소설가로서의 탁월한 기량을 증명하는 문학적 연금술로 구현해 내는 작품입니다. 여러분, 케이티 키타무라 작가님이 셰익스피어 앤드 컴퍼니에 오신 것을 환영해 주십시오.

케이티 키타무라 감사합니다.

바일스 작가님이 쓰신 두 소설 『친밀감』과 『작별 *Seperation*』
은 거의 소설이 시작되기도 전에 시작하는 느낌이 듭니다.
제 말은, 제목에서부터 소설이 시작되는 느낌이 든다는 뜻
입니다. 좀 이상한 말처럼 들릴지 모르지만 제목은 종종 모
호할 때가 많고, 이야기가 한참 진행되고 나서야, 혹은 어떤
경우엔 끝에 가서야 그 뜻이 이해되거나 끝나고 나서도 이
해가 안 될 때가 있는데 말입니다. 『작별』에서도 그랬지만
당신은 『친밀감』에서 또다시 우리 독자에게 매우 친숙한 개
념을 제시하는 것 같습니다. 그런 다음 등장인물들과 그들
이 살아가는 이야기를 통해 그 개념을 풀어놓습니다. 당신
은 아이디어를 먼저 떠올린 다음 그걸 풀어놓는 방식으로
소설을 쓰는지, 아니면 글을 써나가면서 그 아이디어가 탄
생하는 것인지 궁금합니다.

키타무라 『친밀감』의 경우엔 사실 마지막에 제목을 바꾼 것
입니다. 제목을 정할 때 이런 경험이 있으신지 모르겠지만,
저는 그냥 봉투를 하나 올려놓고 단어 리스트를 쭉 적은 다
음 그중에 하나를 고른 게 그 단어였죠. 전작 『작별』도 그렇
고 이 책 역시 제목이 참 중요한 것 같습니다. 여러 면에서

두 작품의 목소리가 상당히 비슷하니까요. 하지만 『작별』은 주인공이 처음에는 스스로 자기 삶의 이야기를 이해한다고 생각했다가 뒤로 갈수록 결국 그렇지 않다는 것을 알게 된다는 점에서 두 작품은 거의 정반대라고 할 수 있습니다. 『친밀감』은 삶의 조각들이 제자리를 찾아가는 이야기라는 점에서 전작과 다릅니다. 이 책은 친밀함이라는 어떤 해결의 가능성에 관한 이야기입니다. 그런 의미에서 확실히 제목은 작품의 중심적인 무언가를 대변하는 것 같아요.

이 소설을 쓰게 된 것은 제가 관찰자의 주관적 위치에 대해 생각하게 되면서였습니다. 관찰과 그것이 관음증으로 넘어가는 지점에 대해서 말이죠. 저는 한 인물이 그렇게 누군가의 삶으로 발을 들여놓을지도 모른다는 생각에 굉장히 흥미를 느꼈습니다. 자기 자신을 경계에 존재하는 관찰자라고 생각하는 것에 너무 익숙해지면 그런 일이 일어날 수도 있을까요? 그 위치는 여러 가지 이유로 제게 매력적으로 느껴졌습니다. 스스로를 관찰자라 부르는 사람이, 일종의 윤리적 엄폐물이 되는 중립성을 어느 정도 자신에게 부여할 수 있는가 하는 공모와 연루의 문제에 흥미를 느꼈죠. 그 관찰자라는 위치는 작가의 위치와도 크게 멀지 않으니까요. 작가가 자신을 어느 위치에 둘지의 문제는 늘, 특히 지난 4~5년 전부터 제가 고민해 오던 문제이고요.

바일스 통역사의 역할이 매력적인 이유는 말씀하셨듯 통역사는 현장에서 매우 중요한 존재이기 때문입니다. 그래서 국제 형사 재판소에는 통역사들로 가득한 벤치가 있지요. 하지만 그들의 역할은 자신을 지우다시피 하는 것입니다. 완벽한 통역사는 거의 눈에 띄지 않고, 그저 다른 언어로 이야기하는 두 사람이 매끄럽게 소통할 수 있게 합니다. 작가님은 통역사의 마음속으로 어떻게 들어가셨나요? 실제로 그들을 만났는지, 아니면 순수한 상상의 산물이었는지?

키타무라 저는 통역과 번역이라는 주제에 굉장히 흥미를 느꼈어요. 언어가 통과하는 인물들과 그것이 의미하는 바, 즉 언어의 통로가 된다는 것이 무슨 뜻일지에 말입니다. 특히 이 책에서 저는 언어가 우리를 통과하면서 어떤 식으로 흔적을 남기는지, 그것이 우리가 말하는 언어에 의해 변화되지 않기도, 우리가 말하는 언어를 변화시키지 않기도 얼마나 어려운지에 대해 생각한 것 같습니다. 실제로 국제 형사 재판소에서 근무하는 통역사 몇 분을 만나 인터뷰를 한 것은 큰 도움이 됐습니다. 아마 제가 가장 놀란 점은 업무 특성상 그들이 어떤 식으로든 자기표현을 거의 하지 않으리라고 생각했다는 점이었습니다. 상대적으로 조용하거나 엄격한 성격을 지녔을 거라고요. 하지만 그들은 놀랍도록 카리스마 넘쳤습니다. 연기를 아주 잘했어요. 그들이 제게 말한 것처럼, 그들의 역할은 단순히 말 자체만 전달하는 것이 아니라 그 뜻을 연기하고, 문자 그대로의 의미만으로는 전달되지 않는 뜻을 전하는 일이니까요. 예를 들어 아이러니나 유머 같은 것들 말이죠. 통역은 그런 것을 전달할 수 있어야 합니다.

제가 흥미를 느낀 또 한 가지는 언어가 어딘가에서 온다는 이 명명백백한 사실이었어요. 무엇보다 제도에서 오고 제도에 의해 형성되는 경우가 많죠. 이 경우엔 사법 시스템이라는 거대한 제도에 의해 형성된 것이고요. 그래서 당연히 중립성에 대한 인식이 거기서 어떻게 작동하는지를 생각해 보고 싶었습니다.

바일스 통역사의 물리적 존재는 지금까지 제가 미처 생각하지 못했던 것 중 하나입니다. 책에는 두 가지 통역 방식이 나옵니다. 통역사가 법정에서 저만치 떨어진 부스에서 하는 통역입니다. 그들은 그곳에 존재하지만 존재하지 않는 것처럼 보이고, 재판 참여자와 방청객 사이 어딘가에 있죠. 하지만 화자가 직접 특정 인물의 귀에 대고 곧바로 조용히 통역하는 장면도 몇 차례 나옵니다. 이때 화자가 지적인 전달인 동시에 물리적 존재감을 드러낸다는 점이 무척 인상적이었습니다. 이 모든 의미를 한 사람에게서 다른 사람에게로 전달하는 일이 얼마나 힘들지 저로서는 잘 가늠이 되지 않는군요.

키타무라 제목에 관한 질문으로 다시 돌아가는 것 같네요.

책을 끝내고 나서 제목을 정하기 전에 제가 깨달은 한 가지는 〈친밀감〉이라는 말이 안전함을 뜻하는 것 같다는 것이었습니다. 따뜻함, 사랑, 에로티시즘 등과 관련이 있다고요. 하지만 물론 친밀감은 폭력의 한 형태도 될 수 있습니다. 책에 성적인 위협과 성폭력의 사례도 많이 나오죠. 특히 누군가가 아무 예고도 없이 우리를 그런 물리적, 심리적 친밀감 속에 몰아넣으면서 불편하게 만드는 사례도요. 재판 장면에 영향을 미친 것도 바로 그런 친밀감이었죠. 이런 것은 통역의 아주 다른 두 가지 형태이기도 합니다. 재판이라는 맥락에서는 역사적 기록을 염두에 두고 말하지만, 그 외의 맥락에서는 아주 친밀하지요. 한 사람에게, 한 사람을 위해 말합니다. 이 두 가지 소통의 차이를 탐색하는 일이 제겐 정말 흥미진진한 일이었어요.

경험에 비추어 볼 때 소설에서 중요한 한 가지 주제는, 바로 옆에서 이 거대한 역사적 사건들이 벌어지는 상황에 개인으로 존재한다는 것은 무엇을 의미하는지, 그리고 주변에서 일어나고 있는 일의 중요성과 아주 어리석고 사소한 일상적 관심사 간의 거리를 우리가 어떻게 받아들일 것인가 하는 질문인 것 같습니다. 가령 우리는 내가 우유를 샀던가? 같은 생각을 하거나, 혹은 파트너가 식기세척기를 비우지 않아서 짜증이 났을 수도 있죠. 감정의 저울은 정말 다루기가 힘들어요. 이 책에서 저는 한 사람이라는 아주 작은 범위에서부터, 개인이 인식할 수 있는 범위를 넘어서는 훨씬 큰 영역까지 다루고 싶었어요. 화자는 주로 단편적인 정보에만 접근할 수 있습니다. 정보의 작은 파편들만 가지고 있죠. 큰 그림은 결코 보지 못합니다. 제겐 그게 역사적으로 중요한 순간을 통과하려는 순간과 좀 비슷하게 느껴졌어요. 저는 항상 큰 그림을 보려고 노력하는 것 같은데, 실상은 여기저기 흩어져 있는 작은 조각들만 계속 줍고 있는 느낌이 드는 거죠.

바일스 이 소설에서 정말 흥미로운 한 가지는 화자의 자아 개념에 미치는 영향인 것 같습니다. 만나 보신 통역사들이 상당히 연극적이고 자기표현이 강한 편인 경우가 많았다고 한 점이 재미있는데요. 그건 혹시 두 사람 사이의 정보 전달자이면서 동시에 이 이상하고 역사적으로 훨씬 중요한 맥락에서 자신의 페르소나는 하찮게 여겨질 수밖에 없는 현실에 대한 일종의 자기방어 수단이 아닐까요?

키타무라 이래서 당신과 이야기를 나누는 게 정말 좋아요. 전엔 생각도 못 해본 걸 떠올리게 해주니까요! 연기가 일종의 보호 행위라는 말이 정말 맞는 것 같습니다. 자신이 연기자라면 일이 끝나고 나서 자신에게 〈그건 그거고, 이제 이게 내 진짜 삶이야〉라고 말할 수 있을 테니까요. 확실히 연기는 제가 소설을 쓸 때마다 정말 집착하는 주제 중 하나입니다. 제 전작의 출발점이, 파트너와 헤어졌으나 주변의 누구도 그 사실을 모르는 여자에 관한 생각이었어요. 파트너가 죽자, 여자는 내내 슬픔에 잠긴 배우자 역할을 해야 하지요. 페르소나와 사적 경험의 붕괴가 이 소설이 추적하는 이야기 흐름입니다. 그래서 이 책에서도 법정을 모순의 장소로 삼은 것입니다. 진실이 정말 중요한 곳이 있다면 바로 이 전범 재판소일 테니까요. 하지만 현실에서는 우리가 일면 정의라는 이상을 갖고 있지만 동시에 그 정의를 훼손하는 온갖 것들이 작동하고 있죠. 이 재판들은 엄청나게 연극적입니다. 전부 다 연기예요. 그래서 그 모순이 이 책의 중심에 있습니다. 하지만 연기가 자기 보존의 한 형태라는 생각은 미처 못했는데, 말을 듣고 보니 정말 그런 것 같군요.

바일스 앞서 말씀한 파편적 정보에 관한 생각이 흥미롭습니다. 전 독재자 재판의 맥락에서는 단 한 조각의 정보도 엄청나게 강력하고 비난의 대상이 될 수 있는 반면, 그 전직 대통령의 변호인은 또 다른 증거 조각들로 아주 다른 이야기를 재구성할 수도 있으니까요. 이것은 법정에서만이 아니라 그 바깥에서의 삶에서도 화자가 겪는 일입니다. 그래서 그가 이런 식으로 행동하게 된 것이 꼭 법정에서의 경험 때문인지는 모르겠지만, 그가 헤이그 생활에 동화될수록 자신이 사는 도시, 만나는 사람들, 그들이 서로에게 어떤 의미가 있고 어떻게 상호 작용하는지에 관한 진정한 감각이 사라진다는 느낌이 있습니다.

키타무라 저는 정말로 그런 것 같아요. 우정이든 뭐든 어떤 관계에서 정말 섬뜩한 순간은, 아주 잘 안다고 느꼈던 누군가가 아주 낯설게 느껴질 때입니다. 항상 그런 순간에 끌리는데, 확실히 이는 소설 내내 화자에게 끊임없이 일어나는 일입니다. 사실 제가 그걸 어떻게 생각하는지는 잘 모르겠지만, 저는 이 인물의 주요 애정 상대를 등장시켰다가 소설에서 배제하기로 했어요. 그래서 그 상대는 몇 차례 등장하고 떠나 있다가 소설 말미에야 다시 등장하지요. 사실 전작에서도 같은 구조를 활용했었습니다. 개인적으로 〈애정 상대〉라는 표현을 싫어하지만, 그걸 뭐라 부르든 애정의 대상이 되는 사람은 곁에 존재하지 않습니다. 왜 그런 건지 최근에 생각을 좀 해봤어요. 제가 관계를 왜 이런 식으로 쓰는지, 그것이 저에 대해 뭘 말해 주는지를요. 일인칭은 좋아하지만 아주 오래전부터 여러모로 꺼려지는 형식입니다. 제겐 일인칭이 주는 권위가 어떤 식으로든 항상 문제가 됐으니까요. 제가 스스로에 대해 느끼는 것과 너무 다르죠. 저는 자신이 세상에 대해 잘 알지도 이해하지도 못한다고 느끼거든요. 그런 의미에서 저는 재담가, 이야기꾼이 아닌 거죠. 그러다 문득, 일인칭을 주로 사색의 양식으로 활용해 볼 수도 있겠다는 생각이 들더라고요. 그래서 제 화자는 항상 가설을 세우는 인물입니다. 그의 사생활에서, 어떤 부재에 대해 그런 가설을 세우는 일이 거의 가장 생산적이고 에로틱하고 낭만적인 방식이기도 하고요.

바일스 그런 것이 헤이그라는 장소와도 관련이 있었나요? 헤이그는 화자가 전에 살았던 뉴욕 같은 도시에 비하면 상당히 막연한 느낌을 주는 도시 같거든요. 뉴욕은 사람마다 다양한 의미를 찾을 수 있지만 어떤 면에서는 그 정체성을 쉽게 정의할 수 있을 것 같은 도시인 반면 헤이그는 그렇지 않으니까요. 약간 상투적으로 들릴 수도 있겠지만 도시 자체가 이 작품의 중요한 인물이었나요?

키타무라 물론입니다. 책을 쓰면서 재미있는 경험을 했어요. 직접 헤이그에 가서 국제 형사 재판소 재판을 참관하고, 제 인물들이 살 법한 동네를 찾고, 화자처럼 출퇴근하면서 한두 주 지내 봤거든요. 그런데 이유는 모르겠지만 자꾸 굉장히 낯익은 도시라는 느낌이 드는 거예요. 그래서 그 느낌을 소설에 썼죠. 그리고 초안을 다 쓰고 나서야 사실 제가 유년기에 오랜 시간 그곳에서 지냈다는 사실을 깨달았어요. 어찌된 일인지 그간 완전히 잊고 있었는데 말이죠. 학자인 아버지가 가족을 모두 데리고 몇 달간 그곳에서 안식년을 보내셨거든요. 그렇게 그곳에 두세 차례 갔던 거죠. 그래서 글을 쓰는 동안 그 도시에서 도저히 설명할 수 없는 친근함이 느껴졌던 것인데, 그 이유를 나중에야 깨닫게 된 거죠. 그리고 어떤 의미에서 그런 친근함은 책의 마지막 부분에서 어떤 조각들이 제자리를 찾아가고 화자가 마침내 맥락을 찾을 수 있게 하는 데 일종의 정서적 닻이 되었다고 할 수 있습니다. 그건 제 삶에서 직접 가져온 것이었어요. 자기 자신으로부터의 소외감, 자신의 역사에 집어넣을 수 없는 일 혹은 존재가 있다는 느낌 말이죠. 우리 삶에는 이런 긴 부분이 완벽하게 기록되지 않거나 그 맥락이 유실된 경우가 많습니다. 하지만 실제로 이 글을 쓰기 시작한 당시에는 그런 걸 전혀 몰랐어요. 단지 이 책의 배경이 전범 재판소였으면 좋겠다고만 생각했고, 따라서 헤이그는 당연한 선택이었죠.

바일스 이 부분에 대해서는 조금 에둘러 말하도록 애써 보겠습니다. 책 내용을 너무 자세히 노출하면 안 되니까요. 저는 흩어진 조각들이 제자리를 찾아간다는 이 생각에 주목하게 되는데요. 다가올 특정 정치적 사건이 언급되면서 2016년 초의 특정 날짜를 떠올리게 하는 순간이 있기 때문입니다. 2016년 이후 영국과 미국을 비롯한 여러 나라들에서 일어난 일 때문에 저는 『친밀감』이 흩어짐에 관한, 서로 멀어짐에 관한 소설이 될 것이라고 직감했습니다. 그래서 마지막에 그 파편들을 하나로 모으려는 이 충동이 놀랍기도 하고 어떤 면에선 신선하게도 느껴졌습니다.

키타무라 그에 대해서는 두 가지 생각이 있었던 것 같아요. 하나는 똑같은 것을 한 번 더 쓰는 게 불편하다는 점입니다. 그냥 제가 아는 것만 쓴다는 게 불안했던 것 같아요. 인물이 그런 소외감이나 외로움 따위를 느끼는 결말은 이제 쓸 줄 안다고 느꼈거든요. 전작에서 바로 그런 걸 썼으니까요. 그래서 결말이 어떻게 될지는 저도 확실히 몰랐지만 어떤 느낌을 원하는지는 알았어요. 결국 그 느낌을 달성하진 못했지만요! 하지만 제가 어떤 것을 열망하는지는 잘 알았습니다. 저는 항상 체호프의 단편 「개를 데리고 다니는 부인」의 결말이 참 좋았어요. 결말이 정말 특별한 게, 우리가 이 인물들을 안다고 생각하고 그들 관계의 운명을 이해한다고 생각하기 때문입니다. 그러다 마지막 장면쯤에 마치 어떤 문이 하나 열리는 느낌이 들지요. 제겐 문학에서 가장 마법 같은 순간 중 하나였어요. 책을 쓰면서, 밀실 공포증이나 마비 같은 느낌은 어떻게 쓰면 좋을지 알지만 문이 열리는 느낌은 도무지 어떻게 써야 할지 모르겠더라고요. 그래서 결말이 닫히는 느낌보단 무언가가 열리는 느낌이었으면 좋겠다 싶었죠.

두 번째는 지난 4~5년 동안 책을 쓰면서 통합에 대한 충동이 아주 강하게 찾아왔다는 점입니다. 지난 4년이란 시간이 아주 이상한 점 중 하나는 세계적으로 불확실성과 불안, 불행이 너무도 만연한 시기였다는 점입니다. 하지만 개인적으로는 사실 굉장히 행복한 시기였습니다. 아이도 낳고, 제가 사랑하는 사람과도 함께 살게 됐으니까요. 그래서 그 감정을 무시하지 않고 조화시키는 일이 제가 이 책에서 하고 싶었던 일이었습니다. 이 세계적 위기의 시대에 당신의 개인적인 행복이 무슨 의미냐고 말하기는 쉽지만, 상반되는 두 가지를 조화시키는 일이 사실 더 어렵지요. 우리는 그런 모순이 존재하는 세상에 살고 있습니다. 우리의 소소한 일상과 소소한 행복, 그리고 주변에서 일어나는 더 큰일들 사이의 인지 부조화와 씨름해야 하는 세상에요.

바일스 정말 놀라운 이야기입니다. 소설을 읽으면서 제가 노트에 몇 번이나 적은 단어가 바로 〈집〉이었거든요. 화자가 굉장히 사로잡혀 있는 생각이죠. 화자는 뿌리가 없다는 느낌에 자주 시달립니다. 작품 전반에 걸쳐 화자는 집이 의미하는 바가 무엇인지, 자신에게 그걸 찾을 능력이 있는지에 대해 질문합니다. 그러다 화자가 체포된 이슬람 전사를 위해 통역을 해야 하는 순간이 닥치는데, 그때 그 전사가 머무는 감방이 자세히 묘사되죠. 〈우리가 만난 공간은 싱글 침대와 책상이 하나씩 놓여 있고 한구석에는 화장실이 있어, 감방 같기도 하고 기숙사 방 같기도 했다〉라고 쓰여 있죠. 저는 그곳이 우리의 실제 생활 공간처럼 물리적인 집의 요소를 전부 갖추고 있다는 사실에 좀 놀랐습니다. 하지만 그 전사는 사실 집을 닮은 어떤 것으로부터 가장 멀리 떨어져 있죠. 이 모든 상태가 당신이 글을 쓰면서 느낀 감정과 비슷한 건지, 또 화자는 세상의 파편들을 그러모아 하나의 집을 만들려 노력한다는 말인지 궁금합니다.

키타무라 이 책은 슬픔의 구조에 관한 이야기라고 생각합니다. 아버지의 죽음이라는 사실에서 시작해 끝에 가서야 다시 그 사실로 돌아가죠. 저처럼 다문화 속에서 자란 사람에겐 집이라는 개념이 어떤 장소보단 사랑하는 사람의 몸에 존재하는 경우가 많습니다. 그러므로 그 몸이 사라지면 어떻게 될까요? 바로 이것이 이 화자가 답을 찾고 있는 질문입니다. 소설 속 많은 공간은 임시적입니다. 화자는 임시숙소에서 살거나, 애인의 아내 혹은 곧 그와 이혼할 여자의 환영이 깃든 그의 아파트에 들어가 삽니다. 만약 물리적 공간에서 집이라는 느낌을 얻지 못한다면 우리는 어디로 가야 할까요? 집이란 것이 단지 존재의 다른 방식일 수도 있겠지만, 저는 화자가 찾는 집이 스스로 어떤 지리적, 물리적 장소와 더 단단히 결속되어 있다고 여기는 사람의 집 못지않게 타당한 의미를 담고 있는 것 같습니다.

클레어루이즈 베넷
『체크아웃 19』

2021년 9월 6일 월요일

Claire-Louise Bennett
Checkout 19

애덤 바일스 『체크아웃 19』는 읽기와 쓰기, 책의 존재와 힘에 관한 이야기입니다. 하지만 계급에 관한 이야기인 동시에 우리 중 다수가 느껴온, 특히 여성을 비난하는 사회에서 벗어나고 싶다는 강렬한 욕구에 관한 이야기이기도 합니다. 그리고 무엇보다 이 작품은 첫 소설 『연못*Pond*』이 출간됐을 때 클레어루이즈 베넷 작가에게 많은 팬을 확보하게 해준 문학적 세련미와 유쾌함의 놀라운 조합을 다시 한번 만나 볼 수 있는 책이기도 하지요. 여러분, 클레어루이즈 베넷 작가님이 셰익스피어 앤드 컴퍼니에 오신 것을 환영해 주십시오.

클레어루이즈 베넷 안녕하세요, 애덤.

바일스 일단 기억이라는 주제와 더불어 이야기를 시작하고 싶습니다. 아니면 기억하기라고 부르는 게 더 나을지도 모르겠네요. 책의 많은 부분이 화자가 자기 과거를 더듬어 갖가지 사건을 떠올리는 이야기로 이루어져 있으니까요. 그중 일부는 아주 오래전 이야기이고요. 시간상 더 가까운 이야기처럼 느껴지는 『연못』과는 사뭇 다른 관점이라 놀랐습니다. 그 점이 작가님에게 근본적인 변화로 느껴졌는지요?

베넷 『연못』의 경우 의도적으로 가까운 시간에 초점을 맞추려고 했어요. 학계에서 벗어나기 위한 한 방법이었지요. 저는 수년간 공부를 했고 그런 사고방식에서 벗어나고 싶었습니다. 공부를 중단했는데도 제 뇌는 여전히 분석적이고 지적인 방식으로 작동하더라고요. 장기적인 관점에서 보면 그게 제 창의성에 걸림돌이었습니다. 물론 박사 과정 때 배운 것들은 굉장히 유익했어요. 특히 자아와 자아의 예술적 표현과 관련된 개념들은 정말 큰 도움이 됐죠. 하지만 실제로 단어와 문장을 만들어 내는 글쓰기 차원에서는 약간 느슨해질 필요가 있었어요. 그 점에서 당면한 일에 집중하는 것이 도움이 됐지요.

이 책을 집필할 시기가 됐을 때 『연못』 출간 후 몇 년의 세월이 지나고 과거에 대해서도 뚜렷한 감각이 생기기 시작할 때였어요. 『연못』을 집필하던 당시는 물론이고 그때까지도 제 인생은 하나로 느껴졌었는데, 지금은 제 과거가 거의 다른 생애처럼 느껴져요. 그래서 어쩌면 제가 지나치게 강조했을지도 모르는 과거 사건들과 환경들, 또 어쩌면 제대로 인식하지 못했을지도 모르는 다른 것들이 궁금해졌지요. 예컨대 저는 아일랜드에서 산 지 이제 20년이 넘었는데 간혹 이곳에 어떻게 오게 됐냐는 질문을 받습니다. 그때마다 저는 항상 장난스럽거나 애매한 말투로, 영국을 벗어나려고 왔다고 대답합니다. 사실이긴 하지만 자세한 설명은 아니지요. 그 생각을 하는 데 시간이 좀 걸렸습니다. 일단 실행부터 하고 나서 그 결정의 파장을 감당하는 중이었으니까요. 최근에야 그걸 진지하게 생각하게 됐는데, 영국에는 제가 살아가면서 할 만한 일이 별로 없어서 떠난 거라는 사실이 떠오르더군요. 영국을 떠나기 전엔 WH스미스 창고에서 야간 근무를 했습니다. 사무실보다 육체노동을 하는 창고 일이 저는 더 좋았거든요. 그때 모든 게 전보다 더 온전한 모습으로 다가왔던 것 같아요.

사실 저는 기억력이 별로 안 좋아요. 오래전 첫 부분을 썼는데 시작이 이랬지요. 〈우리는 우리의 첫 기억을 기억한다. 그렇다, 그렇다, 그렇다. 하지만 그것이 처음 일어난 일은 아니다. 그렇지 않은가? 아니다, 아니다, 아니다. 우리는 처음 일어난 일을 기억하지 못한다. 그렇지 않은가? 우리는 기억하지 못한다.〉 그 초안에서 저는 살아가다가 언젠가 더 이른 시기의 기억을 떠올리게 될지도 모른다는 사실을 인식하고 있었던 거죠. 지금 제가 가진 첫 기억이 계속 첫 기억으로 남지 않을 수도 있어요. 부디 그러지 않았으면, 제가 더 이른 시기의 기억을 찾았으면 좋겠군요.

바일스 기억력이 별로 안 좋다는 말씀이 흥미롭게 느껴집니다. 칼 오베 크네우스고르 작가도 같은 말을 했거든요. 『체크아웃 19』와 『나의 투쟁』은 매우 다른 책이지만 독자인 제겐 비슷한 영향을 줍니다. 두 작품 모두 저의 기억으로 돌아가게 했다는 점에서 말이죠. 책에서 당신의 과거를 발굴하는 동안 저 역시 같은 일을 할 수 있었어요. 저는 무엇이 이런 효과를 낳았는지 궁금했고, 혹시 기억의 유동성 및 그 해체를 인정하는 일과 관련이 있는 것은 아닌가 싶었습니다. 회고록이나 자전 소설에서는 보통 모든 일이 구체적이고 명확하게 제시되는 경우가 많습니다. 하나의 포물선이나 여정으로 말이죠. 예컨대 『체크아웃 19』에서 의자에 놓인 재킷에 관해 이야기하면서 때로는 초록 재킷이라고 했다가 때로는 보라색 재킷이라고 하죠. 이런 기억을 발굴하는 동안 확고함과 일관성, 사실에 대한 기대와 싸워야 하셨는지요? 그리고 그다지 구체적이지 않은 기억을 구체적으로 만들고 싶다는 유혹을 느끼셨는지요?

베넷 정말 재밌는 질문이네요. 몇 가지 생각해 볼 점이 있는 것 같습니다. 어쨌든 대답은 〈아니오〉입니다. 저는 여러 가지 이유로 회고록을 쓰고 싶지 않았습니다. 어떤 의미에서 회고록은 과거에 필연성을 부여하는 느낌이 있어서요. 회고록은 특정 사건의 중요성을 단언하다시피 하는 경향이 있는데 저는 확신이 없어서 그러지 못하죠. 그래서 그런 형식으로 작업하는 것은 제게 적절치 않게 느껴집니다. 또한 형식에 따라 독서 경험도 달라지기 때문에 저는 방금 말씀하신, 제 책과 크네우스고르의 책이 이런 참여를 유도한다는 점에 관심이 있었습니다. 그것은 제가 정말 바라마지 않았던 것이지만, 회고록을 읽을 때 반드시 그런 일이 일어나는 건 아니죠. 사실 저는 회고록을 즐겨 읽습니다. 때로는 제 앞에 전 인생이 펼쳐지는 게 좋거든요. 하지만 이상하게도 저는 그 양식이 매우 인위적으로 느껴져요. 저의 인생 경험은 전혀 그렇지 않기 때문에 아주 설득력 있게 다가오진 않는 것 같습니다. 저는 삶이 하나의 여정이라는 생각이 상당히 문제라고 생각하고, 오히려 고요나 정적 같은 개념과 그것이 주는 것에 더 이끌리는 것 같아요.

바일스 이 소설 속에서 다른 무엇보다 생생하게 떠올리는 시절은 학창 시절입니다. 그 시절이 남다른 한 가지 이유는 작가님에겐 학교가 무한한 가능성의 시기로 느껴지지 않았다는 점이죠. 기회를 굉장히 강조하는 사립 학교에 다닌 창작자가 문단에 많기 때문인지도 모르겠습니다. 제가 공감한 한 가지는 학교 경험의 허무함이라기보단 마치 학교가 아이들에게 장난을 치는 것만 같다는 점이었습니다. 이를테면 교사들은 아이들의 장래 직업 경험이나 계획에 대해 건성으로 이런저런 말을 하지만 스스로는 딱히 그걸 믿지 않는 것처럼 보여요. 아이들 역시 자신들을 믿지 않고 말이죠.

베넷 한 가지 말씀드려야 할 것은 그걸 처음부터 한 번에 다 쓴 게 아니라는 사실입니다. 작년에 아일랜드에서 첫 봉쇄 조치가 있었을 때 비로소 하나의 이야기가 됐죠. 염두에 두고 있던 소재들은 많았지만, 그것들을 하나씩 쓰면서도 이런 모습이 될 줄은 몰랐어요. 모든 게 그냥 폭발하듯 이뤄졌지요. 오랫동안 별 의미 없는 조각들로만 갖고 있던 것들을 몇 년 전 런던에 머물면서 조합해 보려 했지만 잘 안됐어요. 그러다 작년에, 집에 갇혀 지내다 문득 그 조각들을 꺼내 연결해 보고 싶은 마음이 들었고 결국 해냈지요.

제 에너지의 또 다른 원천은 분노입니다. 『가디언*Guardian*』에서 노동자 계층 출신 학생들이 대학에서 괴롭힘을 당한다는 기사를 읽었습니다. 우리는 목소리 때문에 다른 성인을 괴롭히는 성인 이야기를 합니다. 특권층 성인이 다른 사람들의 기분을 상하게 만드는 이유가…… 아! 말만 꺼내도 또 화가 나네요. 이러니 글을 쓸 때도 당연히 분노가 치밀어 오르죠. 그게 웃길 때도 많아요. 그런 환경에서 자라면 화를 내다가도 금세 유머러스해지기도 하죠. 다들 그렇게 힘든 상황을 견디니까요. 안 그런가요? 그냥 농담으로 만들어 버리는 거죠. 안 그러면 맨날 화만 내고 있어야 할 테니.

살다 보면 불공평하거나 불평등한 느낌이 정말 격하게 들 때가 있지요. 저도 열아홉인가 스무 살 때 정말 화가 났던 기억이 있는데 당시엔 아마 이유를 말할 수 없었을 거예요.

그런 기사를 읽으면 제 경험이 떠올랐어요. 제가 얼마나 순진했는지도요. 학교를 다니면서 한동안은 제가 열심히 하면 잘할 수 있으리라 생각했죠. 제 인생을 흥미롭게 만들 무언가를 할 수 있을 거라고, 기회의 문이 열릴 거라고요. 어느 정도는 그걸 믿어야 했던 것이, 그 도시 혹은 그곳에는 절대 머물고 싶지 않았으니까요. 저는 그곳이 딱히 편치 않았기에 탈출구를 생각해야 했거든요.

하지만 얼마 지나지 않아 학교가 더없이 지리멸렬하게 느껴졌죠. 수업이 엉망진창일 때가 너무 많았거든요. 저는 곧 정말 짜증이 났습니다. 하나도 재미가 없었으니까요. 차라리 혼자 있는 게 낫겠다고 생각했죠. 그래서 혼자 있고 싶어 하는 성향이 그때 만들어진 건지도 모르지만, 아무튼 저는 저 혼자 이런저런 일을 만들어 하는 걸 좋아했어요. 그러다 각성의 시간이 찾아왔지요. 대학에 진학해서 A 학점을 받는 학생이 된 겁니다. 물론 그 조잡한 학교에선 F 학점이란 것도 없었지만요. 어쨌든 그렇게 저는 여태 받아 온 학교 교육이 얼마나 엉성한 것이었는지 깨닫게 됐지요.

바일스 다른 나라 독자들에겐 영국, 더 정확히는 잉글랜드의 학급 제도가 좀 희한하게 느껴질 수도 있을 것 같습니다.

특히 아메리칸드림의 신화가 있는 미국 독자들은 방금 설명하신 상황, 즉 거의 태어난 계급의 포로가 되는 듯한 이 느낌에 당황할 수도 있을 것 같습니다. 당신도 저도 조국을 떠나 탈출한 사람들이니 탈출구가 아예 없다는 말은 아니지만, 유독 영국에는 이런 고정된 계급 시스템이 있고 태어난 사회 수준에 따라 사람들이 대하는 태도도 달라지죠.

바일스 그게 아주 단단히 뿌리박혀 있어요, 누군가 입을 여는 순간 그에 대해 검증되지 않은 수많은 가설이 즉각 만들어져 지속되죠. 아마 뇌리에 너무 깊이 박혀 있어서 자기가 차별한다는 사실조차 모르는 사람이 많을 겁니다. 계급마다 아무짝에도 쓸모없는 클리셰가 많은 것 같아요. 저는 흔히들 생각하는 노동자 계급에 대해 아는 게 별로 없습니다. 저는 공영 주택 단지에서 자라지 않았거든요. 제 가족 중에 기초 생활 수급자나 실업자는 아무도 없었습니다. 우리는 돈이 꽤 많았어요. 집에 볼보도 있었고요. 겨울에 가족이 다 함께 말버러 숲으로 산책에 나설 때면 부모님은 바버 재킷을 입으셨죠. 바깥에서 보면 중산층이 누릴 수 있는 온갖 것들을 다 갖추고 있었습니다. 하지만 그런 것을 가진다고 해서 중산층이 되는 건 아닙니다. 그건 단순히 특정 재킷이나 자동차를 소유하는 문제가 아니에요. 가장 답답한 부분이지만, 결국 직업적 인맥과 사회적 네트워크 같은 것들이 핵심이란 사실을 깨닫게 된다는 겁니다. 그런 것들 없이는 인생을 살아가기가 굉장히 힘듭니다.

적어도 저는 대학에 갈 수 있었어요. 당시엔 등록금이 무료였고 게다가 얼마 안 되긴 해도 생활 보조금까지 받았으니까요. 어쨌든 저는 졸업 후 고향으로 돌아갔고, 거기에선 마치 학위가 없는 사람이 된 것 같았죠. 차라리 학위를 안 딴 게 더 나았을지도 몰라요. 아무 소용도 없었으니까요. 저는 가족 중 유일하게 대학을 나온 사람이지만 아무도 신경 쓰지 않았어요. 인맥이나 적어도 든든한 지원금 없이는 아무 가치도 없었죠. 운 좋으면 인턴 자리 하나쯤은 얻을 수도 있겠지만 그러려면 분명 재정적 여유가 있어야 하니까요.

바일스 전형적으로 묘사되는 노동자 계급의 생활 방식은 제게 특히나 참기 힘든 부분입니다. 노동자 계급에 대한 무슨 공인된 관점이라도 있는 것 같아요. 이를테면 출판업계 같은 특정 분야의 중산층이나 상류층 문지기들이 공인해 준 관점 말입니다. 버밍엄이나 그보다 더 북쪽 지역 출신에 가족이 각종 사회 문제에 시달리지 않으면, 출판 여부를 결정하는 사람들에게 노동자 계급의 얼굴로 인정받기가 어렵죠. 그래서 『체크아웃 19』가 신선하게 느껴진 이유 중 하나는, 지인들이 농담 삼아 상위 노동자 계급이라고 부르는 사람들을 소개한 점이었습니다.

베넷 아, 맞아요! 한동안 저는 진짜 그런 용어가 있는 줄 알

앴어요…….

바일스 대학 교육을 안 받은 가족을 가리키는 말이죠. 부모는 열여섯 살에 학교를 떠나 일자리나 견습생 자리를 얻었지만 자기 아이들은 출세하기를 바라며 키운. 아이들은 부모가 하라는 대로 다 하고 필요한 준비도 마친 다음 대학에 진학하지만, 방금 말씀하신 대로 약속받은 전설의 문이 열리지 않아 결국 고향으로 돌아가게 되죠.

베넷 또 다른 편견은 노동자 계급 출신이라면 노동자 계급의 삶을 매우 사실적으로 투박하게 그려 낼 것이라는 기대입니다. 저는 그런 식으로 글을 쓰지 않아요. 하지만 제 세계는 그런 것이고 그 너머로는 확장할 수 없으리라는 가정들을 많이 하죠. 그래서 저는 앤 퀸Ann Quin이 그토록 강력하고 흥미롭고 영감을 주는 작가라고 생각했어요. 그는 노동자 계급 출신에 어머니 손에서 자랐습니다. 브라이턴에서 태어난 그는 저임금 노동을 하며 음산한 쪽방에서 살았지만, 삶에 대해 항상 뭐랄까요, 거의 우주적 차원으로 생각했습니다. 존재의 다른 차원을 갈망했죠. 저도 그 강렬한 느낌이 기억나요. 아마 어릴 때 그렇게 느껴 본 적 있는 사람이 많을 겁니다. 그러다 어른이 되면 그 모든 게 이렇게 좁디좁은 인생길로 축소되죠. 그는 그걸 견디지 못했습니다. 저도 마찬가지였고요. 그는 열려 있는 채로 세상 모든 것과 교감하고 싶다는 열망이 삶의 원동력이었습니다. 그의 소설에는 노동자 계급의 가정 환경에 대한 세부 묘사가 많지만, 고개를 갸우뚱하게 만드는 이례적인 묘사들이어서 누보 로망[31] 쪽에서 부정적인 비교를 당했죠. 당시에 그는 그 특정 장르를 모방하는 사람으로 매도당했는데, 정말 비열하고 또 한번 계급적 무지를 드러내는 짓이었습니다. 당시의 비평가들은 그의 글이 진정성 있는 곳에서 나온다는 사실을 제대로 보지 못한 거지요. 그의 작품에는 그런 현상학적 차원이 있었고, 저는 그가 그렇게 차원을 넘어가는 게 정말 좋았어요. 사실 어떻게 그렇게 하는지는 잘 모르겠지만요.

바일스 그가 받아 마땅한 인정 같은 것을 받은 것이 불과 몇 년 전이라는 사실이 시사하는 바가 큰 것 같습니다. 그것도 오로지 몇몇 사람들이 꾸준히 헌신해 온 덕분이지요. 아닌 게 아니라 『체크아웃 19』에서도 다양한 책을 소개하면서 그 작품들이 당신을 어떻게 변화시켰는지를 보여 주지요. 그중 하나가 『전망 좋은 방A Room With a View』입니다. 처음엔 이 책을 어떻게 이해해야 할지 모르다가 결국 이 책에 빠져들게 되고, 거기 나오는 열정을 느껴 보려고 친구들과 함께 피렌체로 여행을 갑니다.

---

31 nouveau roman. 1950년대 프랑스에서 발표된, 전통적인 소설 형식을 벗어난 전위적인 소설들을 가리킨다.

베넷 노동자 계급 출신으로서 문학에 대해 낭만적인 생각을 가질 수 있다고 생각합니다. 제 안에는 깊은 모순이 존재하는데, 특권 시스템을 참을 수 없어 하면서도 화려한 사극은 또 정말 좋아하거든요. 다 보고 나서는 다시 엄청 짜증 나고 스스로가 역겹게 느껴지고요. 작가가 된다는 것은 아주 낭만적인 자기실현 방식으로 보이죠. 열일곱 살 때쯤엔 계급 격차나 차별을 크게 생각하지 못했던 것 같아요. 무엇보다 아주 강렬한 감정을 이해하거나 느끼거나 거기에 젖어 살기를 기대했지요. 문학은 그걸 도와줄 한 방법이고 말이죠. 특히 그 책은 너무도 아름답고 또 재밌지요. 앞서 말한, 삶의 다른 차원도 암시해 주고요. 온통 아름다움, 사랑, 용기로 넘쳐나는 작품이죠! 책을 폈는데 그런 말들이 나오면 당연히 막 흥분되고 짜릿한 기분이 들지 않나요?

바일스 『전망 좋은 방』과 『체크아웃 19』는 분명 완전히 다른 책이지만 일종의 진정성이라는 공통점이 있다고 생각합니다. 진정성은 사실 지속하기가 굉장히 어려운 것이죠. 그걸 잠깐 구현해 내는 책은 많지만 3백 페이지 내내 그런 책은 매우 드물지요. 작가로서 그 때문에 지치지는 않나요?

베넷 전혀요. 오히려 굉장히 힘이 납니다. 때론 진정성이란 게 약간 두려울 수는 있을 것 같아요. 최근 몇 년 사이에는 오히려 아이러니한 것을 좋아하고 진정성은 꺼리는 듯한 경향도 있는 것 같고요. 모르겠어요. 어떻게 보면 진정성이라는 말 자체도 너무 세련되지 않게 들리죠. 다른 한편으로, 책 속의 진정성은 하나하나가 다 의미 있고 유머라곤 하나도 없는 역겨운 것이 될 수도 있죠. 저는 저한테 중요해 보이는 것은 그게 무엇이든 그냥 썼고, 그것은 계시와도 같았습니다. 정말 재밌었고, 그래서 계속 그렇게 했죠. 무슨 계획이랄 게 없었어요. 나 자신이 그런 조각들을 왜 하나로 모으려 애쓰는지도 잘 몰랐죠. 하지만 그것들이 하나에 속한다는 것은 아주 강하게 느꼈어요. 각각의 조각들이 가진 기능과 그것들이 모두 서로 어떻게 관련되는지를 이해하는 것은 오랜 세월이 걸렸지만, 그렇게까지 걱정하진 않았어요. 뭔가가 떠오르는 데는 정당한 이유가 있으리라고 믿으니까요. 억지로 끼워 맞추려곤 하지 않아요. 계속 몰입하다 보면 결국엔 연결 고리가 분명해지니까.

바일스 참 희한한 게, 어떤 면에서는 기억이나 사건, 혹은 생각의 이질적 모음처럼 느껴지지만 계속 읽어 가다 보면 점점 그 모든 게 전부 하나의 줄기에 매달려 있는 느낌이 들어요. 하지만 세 번이나 읽었는데도 아직 그게 뭔지 정확히 모르겠습니다. 하나로는 거의 묶이지 않는 것 같지만 여러 에피소드와 계급이나 글쓰기나 여성성 같은 다양한 관심사들이 상호 의존적으로 계속 이어지는 것 같아요. 이 모든 요소가 서로 균형을 이루어 나가는 거죠.

베넷 저는 매우 복잡한 수준에서 일종의 연결 조직을 만들어 내는 것 같아요. 모든 조각이 얼추 하나로 모였을 때가 정말 좋습니다. 그땐 거기에 뭐가, 왜 있는지 알지요. 그다음엔 그것들을 서로 어떻게 배치할지를 연구해야 합니다. 그 부분은 거의 조각가의 일과 비슷합니다. 작은 도구를 가지고 아주 세밀한 데까지 들어가죠. 마치 공학 기술자처럼. 작은 모티브나 특성이 보이면 그걸 끄집어내 연결 고리를 만들거나 잠깐 재미난 이야기를 합니다. 예컨대 뜨거움과 차가움이라는 생각이 책 전체에 계속 흐르면서 다양한 방식으로 언급되는데, 그 수준의 작업은 마치 지하실에서 기초 공사와 배관 공사를 하는 것과 다를 바 없습니다. 하지만 그 덕분에 전체적으로 일관된 느낌이 생기게 되죠.

바일스 직접적으로 언급되진 않아도 타르퀸 수페르부스 챕터에서도 여러 해 전에 쓰신 이야기를 다시 만나게 되죠. 전부 다 기억하든 절반쯤만 기억하든, 독자로서 작가가 초창기에 썼던 이야기를 재구성하는 모습을 보게 되는 건 매우 흥미로운 경험입니다.

베넷 정말 재미난 챕터였지요. 처음엔 그게 두어 문단 길이가 될지도 모르겠다고 생각했어요. 처음 그 부분을 쓸 때 제가 뭘 하고 있는지 정확히 몰랐죠. 오래전에 그냥 부유한 남자에 관한 이야기를 하나 썼습니다. 제 첫 책을 보고 다들 제가 인물이나 플롯 지향적인 작가가 아니란 걸 알았을 거예요. 사실 이 이야기도 흔치 않은 스타일이죠. 옛날 옛적에 저는 이상한 이름을 가진 한 인물에 관한 이야기를 썼고, 혹은 쓰기 시작했고, 시간이 지나면서 그 인물의 성격이 바뀌었습니다. 인물을 만드는 법은 약간 불안정하고 불확실했죠. 처음에 그는 전형적인 19세기 유럽 남자 같았어요. 하지만 몇 년 뒤에 다시 쓰면서 당연히 더 자신감이 생겼고, 그 인물은 더 풍부해졌죠. 흔히 작가들이 인물이 살아 움직인다고들 하는데 저는 그런 경험을 해본 적이 한 번도 없습니다. 그래서 그런 식으로 시간을 보내는 게 재밌었지요. 독자에게도 그런 발전이 분명하게 와닿았으면 좋겠다는 생각도 했고요. 처음엔 옛이야기 속 상투적인 인물처럼 아주 2차원적이던 인물들이 점점 풍성해지기를, 더 인간다워지기를 바랐어요. 그 인물들에 대한 저의 감정과 더 관련이 있을지도 모르지만 어쨌든 더 부드러워지길 바랐죠. 그건 아마 제가 인물을 그리 자주 만들지 않기 때문이기도 한 것 같아요. 만약 자주 만들었다면 그 인물들을 엄청나게 보호하려 했을 테고 그 결과는 정말 끔찍했을 거예요.

바일스 대화를 나누면서 제가 공감할 수 있는 부분들이 많았다고 말씀드렸는데요, 하지만 비교적 명백한 이유로 제게 매우 생소하게 느껴지는 부분도 있습니다. 예컨대 여성의 경험이라든지, 10대 소녀가 되고 여자가 되는 경험, 글 쓰는 여자가 되는 경험, 사귀는 남자들을 도발해 겪는 반응 같은 것들 말이지요. 『체크아웃 19』를 읽은 동료들과 책 이야기를 나눈 적이 있는데, 여자 동료들은 전부 학교에서의 생리 경험담과 그 피에 관한 묘사, 그 색이 너무 완벽해 그걸 화장품 가게에 가져가 똑같은 색 립스틱을 달라고 하고 싶었단 이야기가 너무 솔직하고 정확하다며 바로 공감하더군요.

베넷 저는 생리를 영원히 하지는 않으리란 사실에 대해 생각했어요. 왠지 저는 생리가 정말 좋았어요. 오랫동안 탐폰을 쓰다가 언젠가부터 더는 그러고 싶지 않더군요. 정말 웃긴 게, 제가 탐폰을 쓰기로 한 이유가 기억이 안 나는 거예요. 별다른 생각 없이 그냥 쓴 거지요. 내 몸을 어떻게 대하고, 오랜 기간 매달 내 몸에서 일어나는 일에 대해 어떻게 생각할지에 대한 그토록 중요하고 은밀한 결정을 그런 식으로 한 이유가 궁금해지더군요. 그것은 마치 이 일을 가장 사소해 보이도록 축소하고 최대한 가시화하지 않으려는 노력처럼 느껴졌고, 저는 그걸 가시화하고 싶었어요. 제가 생리를 한다는 사실이 더 분명해지길 바랐습니다. 제 또래 중엔 바디폼 광고를 기억하는 사람들이 많아요. 〈당신의 삶을 멈출 필요가 없습니다. 프리스비 게임도 말타기도 계속할 수 있습니다〉 뭐, 그런 내용이었죠. 하지만 어쩌면 우린 그러고 싶지 않을지도 몰라요. 그따위 것을 할 기분이 아닐지도 모른다고요! 그 모든 낙관적인 헛소리야말로 진짜 부끄러운 것입니다. 생리 주기는 정말 매우 흥미로운 것이고, 그 흐름에 맞춰 사는 게 진짜 도움이 될 수 있으니까요. 만약 그게 없는 척한다면, 탐폰만 착용하면 그게 사라질 거라 믿는다면 그건 정말 멍청한 생각입니다. 그건 그런 식으로 되지 않아요. 더는 내 눈에 피가 안 보인다고 해서 그 모든 호르몬 분비가 멈추는 게 아닙니다. 그건 생리를 취급하는 아주 이상한 방식이에요. 일단 생리가 더 눈에 잘 보이게 되니 저는 〈와, 지난 며칠간 피를 많이도 흘렸네. 무슨 일이야?〉라며 제 몸의 변화를 알아차렸죠. 색이 변하는 것도 알아차리고요. 이 모든 부분이 우리 경험에서 굉장히 중요합니다. 특별히 크게 다루려는 게 아니라, 그저 제겐 학교에서 생리혈이 샌 기억이 있고, 그것이 여자로 살아가는 일의 또 다른 부분이라는 이야기입니다.

제프 다이어
『로저 페더러의 마지막 날들과 다른 결말들』

2022년 7월 11일 월요일

Geoff Dyer
The Last Days of Roger Federer
and Other Endings

애덤 바일스 오늘 초대 손님만큼 많은 주제에 관해 한꺼번에 그토록 멋지게 글을 쓸 수 있는 사람은 드뭅니다. 그의 새 작품 『로저 페더러의 마지막 날들과 다른 결말들』은 그가 지금까지 쓴 책 중 가장 광범위한 영역을 넘나드는 작품이 아닌가 싶습니다. 테니스에 관한, 특히 역사상 가장 성공적이고 기술적으로 뛰어난 선수 중 하나의 이력이 막을 내리는 일에 관한 이야기입니다. 하지만 또한 다른 수많은 것들의 결말, 예술가의 마지막 작품의 중요함 혹은 그렇지 않음, 지적, 정신적 쇠퇴, 어떤 책을 끝까지 읽는 일과 그러지 못함에 관한 이야기이기도 합니다. 여러분, 이런 이야기를 할 수 있는 유일한 인물 제프 다이어 작가님이 셰익스피어 앤드 컴퍼니에 오신 것을 환영해 주십시오.

제프 다이어 고마워요, 애덤. 여기 다시 오게 되어 정말 기쁘네요.

바일스 그것도 노바크 조코비치가 윔블던에서 일곱 번째 우승을 거둔 다음 날에요.

다이어 맞아요!

바일스 그럼 책에 관한 이야기를 시작하기 전에, 그 경기를 보셨는지부터 여쭤봐도 될까요?

다이어 어제 파리에 도착해서, 호텔에서 세 번째 세트부터 볼 수 있었습니다. 이상한 건 제가 양쪽 다 이기지 않기를 바랐다는 거예요. 키리오스는 경기를 정말 재밌게 하는 선수지만 치치파스와의 경기는 진짜 지저분했어요. 어제만 해도 그의 행동은 자기 기준에서는 말이 됐을지 몰라도 절대 용납할 수 없는 것이었죠. 조코비치는 다른 여러 가지 문제가 있을지 몰라도 코트에서만은 사실 굉장히 점잖습니다. 그러니 아마 잘된 결과인지도 모르겠네요.

바일스 사실 책에 로저 페더러 이야기가 특별히 많이 나오진 않지만, 그의 존재가 책 전체에 녹아 있는 건 확실합니다. 그를 남다르게 생각하는 이유는 무엇입니까? 기록상으로만 보면 그가 역사상 가장 위대한 테니스 선수는 아닌지라, 그가 나머지 이른바 〈빅 4〉와 구별되는 점이 무엇인지 궁금합니다.

다이어 로저에 관한 색다른 이야기를 할 수 있다면 좋을 텐데요. 저는 항상 그를 지켜보는 게 좋았어요. 그러다 5년 전쯤엔 제가 전에 없이 그를 좋아한다는 걸 깨달았죠! 우리가 그의 위대함을 당연하게 여기던 때가 있었으니 별로 특별한 감정도 아니었습니다. 그런데 그 뒤로 그가 지기 시작했어요. 놀라운 건 그 패턴이 끝없이 계속될 것만 같았을 때도 그만둘 생각 따위 전혀 하지 않았다는 것입니다. 그가 은퇴를 고려하지 않은 것은 우승 여부와는 상관없이 테니스를 정말 좋아했기 때문이죠. 더욱이 그는 투어 경기의 모든 측면을 사랑했습니다.

그러던 중 놀라운 일이 벌어졌는데, 자신이 준우승만 하게 되리라는 사실을 받아들이는 것만 같았던 그가 수술을 받고 돌아와서는 곧바로 호주 오픈, 인디언 웰스, 마이애미, 윔블던에서 우승을 거둔 것입니다. 그 마지막 영광의 불꽃이 재확인해 준 것은 항상 우리가 당연하게 여기던 것, 즉 결국 승리를 통해 증명되는, 테니스를 치는 가장 효율적인 방법이 미학적으로도 가장 아름다울 수 있다는 사실이었습니다. 이처럼 결과와 미학적 즐거움이 함께 찾아오는 경우는 스포츠에선 굉장히 드뭅니다. 이 경우엔 다른 것도 더해졌지요. 우리가 스포츠에서 찾는 것은 무엇일까요? 영광, 탁월함, 그리고 무엇보다 중요한 스포츠맨십이죠. 그가 다시 승자가 되기까지 배워야 했던, 품격 있는 패자가 되는 법 같은 것도요. 이 모든 요소 덕분에 우리는 그의 업적을 더 감동적으로 받아들일 수 있었던 거죠.

바일스 앤디 머리의 은퇴 기자 회견을 보면서 결말에 관한 책을 쓰기로 마음먹었다고 하셨는데요. 로저와 앤디 외에 역사 속 이 순간, 그리고 당신의 삶 속의 순간에서 지금 이 주제에 관한 글을 쓰게 만든 요인은 무엇이었을까요?

다이어 〈마지막 것〉들에 관한 책을 써야겠다고 생각한 건 꽤 오래전부터예요. 여기서 잠깐 설명을 좀 하고 넘어가는 게 좋을 것 같은데, 말년의 양식에 관한 연구는 아주 많습니다. 학문적으로 상당한 연구가 쌓인 영역이죠. 베토벤이 고전이 된 것은 그가 마지막으로 남긴 작품들이 그의 말기 작품들이기 때문입니다. 하지만 모든 경우가 다 그렇진 않아요. 한 예술가의 마지막 작품들이 그의 중기 작품에 해당하는 경우들도 생각할 수 있죠. 만약 베토벤이 일찍 죽었다면 그의 마지막 작품들은 우리가 지금 중기 작품이라고 여기는 것들이 됐을 것입니다. 책에서 제가 존 콜트레인에 관해 이야기하는데, 40대에 유명을 달리한 콜트레인의 마지막 작품들은 누가 봐도 다음에 할 것을 시험해 보는 듯한 과도기적인 작품이지요. 제 귀엔 말기 근처에도 안 간 것처럼 들립니다. 또, 첫 책이 마지막 책이 된 작가들은 부지기수고요.

어떤 책을 쓰려고 할 때 자문하는 것 중 하나가 지금이 적당한 때이냐는 것입니다. 그런데 그때 앤디 머리가 기자 회견에서 〈제겐 지금이 적기〉라고 하더라고요. 항상 오로지 집필에만 전념해야 할 때가 오기 마련인데, 그게 바로 그 순간이었죠. 그리고 제가 그걸 쓰는 동안 우리가 알던 세상이 실제로 종말을 맞았습니다. 덕분에 이 다양한 개인들에 관한 연구를 아우르는 더 큰 감정 구조를 얻게 됐지요. 살다 보니 제가 더는 서른이 아니라는 사실을 자각하게 된 시기가 있었어요. 뭐, 죽음의 문턱에 들어섰거나 뇌가 곧 멈출 것 같은 느낌은 아니었지만, 이런 관심사를 다루기에 좋은 때라고 느꼈죠.

바일스 스포츠 선수와 예술가 사이에 재미난 차이가 있는 것 같아요. 앤디 머리의 경우엔 부상 때문에 이제 엘리트 스포츠 선수 생활이 끝났다는 걸 분명하게 알았지만, 작가나 예술가의 경우엔 그게 그렇게까지 분명하지는 않으니까요.

다이어 맞습니다. 운동선수에게는 당연하게도 그런 일이 공개적으로 벌어집니다. 하지만 어떤 면에서 그들 역시 예술가와 비슷한 궤적을 밟습니다. 처음엔 젊음의 가능성으로 충만하다가 일이 잘 풀리면 정점을 찍고, 그런 다음 다시 아래로 내려오게 되지요. 테니스 선수들의 경우엔 그걸 명확하게 알 수 있습니다. 매주 랭킹이 떨어지는 걸 직접 확인할 수 있으니까요. 작가의 경우엔 그게 좀 더 미묘하게 진행됩니다. 하지만 애매한 지점에서 역시 퇴보하는 경향을 보이지요.

70대나 80대까지도 글을 쓸 수 있다는 사실 외에도 작가 생활이 재밌는 점이 있어요. 때로는 이 긴 창작 수명을 즐길 수 있는 조건이, 자기 독자들에겐 분명하게 보이는 것을 작가 자신은 절대 자각하지 못한다는 사실이란 겁니다. 작품의 질이 떨어졌다는 것을 말이죠. 책에 마틴 에이미스Martin Amis에 관해 썼는데, 제 세대 남성 작가들에게 그는 신과 같은 존재였습니다. 제가 볼 때『노란 개Yellow Dog』와『누가 개를 들여놓았나Lionel Asbo: A State of England』는 너무 형편없었어요. 독자로서, 우리에겐 이토록 뻔한 것을 그처럼 고도의 감수성을 가진 에이미스 같은 사람이 왜 못 보는 걸까 하고 궁금해지더라고요. 그러다『인사이드 스토리Inside Story』를 읽으면서 작품의 질과 깊이가 향상된 것을 확인하곤 정말 기뻤죠. 그래도 그의 전성기였던 초기 작품들을 생각하면 작품의 힘이 예전 같지 않다는 걸 깨닫게 됩니다.

바일스 한 삶의 가치는 연대기적으로 평가될 수 없다고 쓰셨지요. 솔직히 누구에게도, 특히 작가와 예술가 들에겐 허용되지 않는 말이라 정말 놀랐습니다. 케루악에 대해, 『길 위에서』를 완성했을 때부터 그는 살면서 심각한 실수를 저지르거나 저질렀어도 문제되지 않았다고 썼죠. 우리는 왜 후속 작품들이 전작들의 수준을 충족시킬 것을 기대한다고 생각하는지 궁금합니다. 그 기대가 충족되지 못하면 전작들이 어떤 식으로든 훼손된 것으로 보는 경우가 많은 것 같아서요.

다이어 우리에게는 시간이 지남에 따라 모든 일이 더 나아지기를 바라는 타고난 개선 욕구 같은 게 있습니다. 또, 비록 신체적, 기술적으로는 저하될지 몰라도 그건 사실 질적인 면에서 전체적으로 향상되는 데 따르는 하나의 통과 의례일 수 있다는 생각도 좋아하죠. 보노를 인용하는 게 아주 적절하진 않다는 건 알지만, 어쨌든 저는 그가 파바로티 Pavarotti에 대해 한 말을 기억합니다. 파바로티는 미친 듯이 이곳 저곳을 돌아다니며 공연했어요. 모두가 그를 보고 싶어 했으니까요. 목소리는 전과 같지 않았죠. 그래서 그걸 비판하는 사람들이 많았어요. 하지만 보노는 〈이 사람들이 대체 무슨 말을 하는 거야?〉라고 했죠. 그런 쇠퇴에도 불구하고 그 목소리가 어느 때보다 나을 수 있음을 보여 줄 수 있는 건 사실 한두 개가 아닙니다. 비극의 최고 디바로 불리는 칼라스Callas의 경우엔 더 그랬죠. 그가 어떤 음까지 못

올라갔다는 게 얼마나 중요한가요? 그게 오히려 그가 맡은 역할의 비극성을 더 증폭시키지 않을까요? 케루악은 제게 너무도 중요한 인물입니다. 『길 위에서』는 보통 열여덟, 열아홉, 스무 살에 읽으면 정말 좋지만 스물여덟에 읽으면 〈흐음, 이제 이걸 읽을 나이는 지났군〉 하고 생각하잖아요. 저는 절대 그렇지 않습니다. 다시 읽을 때마다 더 깊이 있게 다가와요. 이 위대한 업적 앞에서, 그가 좀 엉망진창 알코올 중독자가 됐다는 사실은 하나도 중요하지 않습니다. 그는 어느 정도 그걸 알고 있었고, 그래서 기꺼이 자신을 놓아주고 그냥 엄마와 함께 사는 술주정뱅이가 된 것입니다.

바일스 케루악의 말년 작품 중 상당수가 저급한 작품으로 취급되지만, 저는 흥미로운 부분이 있다고 생각합니다. 종종 과소평가되는 초기 작품들도 마찬가지인데, 블루칼라가 유동적 성애에 직면하는 부분이 그렇습니다. 그래서 아직도 누군가 케루악을 블루칼라 동성애나 양성애의 선구자로 부활시켜 주길 계속 기다리고 있죠.

케루악의 블루칼라 성향에 관해 이야기해 보고 싶은데요. 당신은 자란 세상, 즉 즐겁지도 않고 보람도 없는 저임금 노동의 세상에서 은퇴란 친척들이 놀랍도록 이른 나이부터 고대하기 시작하는 것이라 말했죠. 저도 같은 경험이 있습니다. 제 아버지는 한 10년 전에 은퇴하셨는데요. 아무도 은퇴 욕구가 없을뿐더러 그런 은퇴가 가능하다는 생각조차 인정하지 않는 책 세상 속에 살던 저는 〈아, 이런, 아버지는 대체 그 많은 시간을 어떻게 보내려고 하는 걸까?〉 싶었죠. 하지만 그가 오랫동안 육체적, 정신적으로 힘들었던 일 끝에 맞이한 은퇴를 너무도 기꺼이 받아들이는 것을 보고 무척 놀랐습니다. 모든 게 끝났으면 좋겠다는 이런 바람에 계급적 차원이 있다고 생각하는지요?

다이어 일과 관련해서는 당연히 그렇습니다. 저는 정규직 경험이 별로 없지만, 정규직을 가지면 그게 얼마나 나의 시간을 잡아먹는지를 잘 알게 됩니다. 그래서 주말을 하염없이 기다리고, 월요일 아침이 되면 내 삶이 또다시 빼앗기게 될 거란 무서운 느낌에 사로잡히지요. 만약 하루, 한 주를 한 해, 인생 전체로 틀을 바꾸어 생각한다면, 당연히 우리는 더는 이런 일을 생계 수단으로 할 필요 없이 온전히 삶에 몰두할 수 있기만을 바랄 것입니다. 하지만 작가의 삶은 일과 여가에 차이가 없습니다. 그냥 자기 삶을 사는 게 전부죠. 그래서 은퇴에 관해 말하자면, 작가가 갑자기 더는 일터에 가지 않는 순간은 없을 거란 말입니다. 대신 생산성이 점점 떨어지겠죠. 하지만 표면상으로는 똑같은 방식으로 시간을 보내게 될 것입니다. 확실히 독서는 많이 할 테고요. 그래서 또 이번 작품의 또 다른 주요 관심사가 될 문제가 생기고 말이죠. 지금 이곳 아래층에도 그런 책이 잔뜩 있을 텐데, 표지에 〈인물들의 인생을 영원히 바꿔 놓을 오후〉 따위의 문구로 내용을 소개해 놓은 책들이 저는 정말 싫습니다. 물론 밖에 나가 트럭에 치여서 나머지 인생을 휠체어에서 보내게 된다면, 네, 그건 제 인생을 영원히 바꿔 놓을 거라 말할 수 있겠죠. 하지만 보통 우리 인생은 점진적으로 바뀌고 그게 놀라운 겁니다. 공식 은퇴 역시 그런 점진적인 변화에 훨씬 가깝죠.

바일스 시 낭독회나 콘서트에 가는 일에 관해 쓰면서 늘 마음 한편에선 그게 끝나기를 바란다고 하셨는데요. 그 부분에 저도 완전히 공감했습니다. 하지만 바로 그런 느낌에 절대 공감할 리 없는 친구 하나가 떠올랐어요. 그래서 그 친구에게 메일을 써서 물었더니 친구는 〈물론이지, 나도 똑같은 느낌이야〉라고 하더군요.

다이어 『리틀 도릿』이든 뭐든 디킨스를 읽는 사람들도 이야기가 끝나지 않았으면 좋겠다고 할 때가 있습니다. 그게 어느 정도는 사실이지만 중간에 이런 생각도 하지요. 〈와, 내가 지금 5백 페이지째 읽고 있구나. 근데 이제야 책등이 갈라졌네. 휴!〉 누구나 마지막 페이지를 넘길 때면 안도감이 들게 마련이죠.

　이런 느낌이 드는 순간은 차고 넘칩니다. 여행을 마치고 집으로 돌아올 때 우리는 비행기에서 내리자마자 앞다투어 입국 심사장으로 향합니다. 특히 미국에서는 한 사람을 제칠 때마다 10분씩 절약하게 되죠. 계속 앞사람을 제치고 앞으로 쭉쭉 갈 때도 있고 그렇지 못할 때도 있습니다. 그러고 집에 도착하고 나면 〈음, 이제 뭘 하지?〉 하는 이상한 상황을 맞게 되지요. 그러곤 그냥 앉아 있어요. 마치 작은 우화 같죠. 그저 재빨리 통과하는 일 자체가 목적이고 그렇게 절약한 시간으로 실제로 뭘 할 건지는 논외인 거죠.

바일스 유쾌한 포기를 하게 되는 책에 관해 말씀하셨지요. 『카라마조프 씨네 형제들』, 『특성 없는 남자』, 『피네간의 경야』 같은 고전이 개인적으로 독서를 끝내지 못한 데서 기쁨을 느끼는 책이라고 소개하셨는데요.

다이어 사실 『카라마조프 씨네 형제들』의 경우엔 만족을 느끼지 못했어요. 끝까지 다 읽었더라면 좋았겠다 싶어요. 체력이 받쳐 주는 스무 살 때쯤에 완독했었어야 했는데 말이죠. 정말 프루스트를 제대로 읽지 않고 무덤에 들어가고 싶진 않아요. 하지만 프루스트는 시도할 때마다 진전이 더 안 되는 것 같습니다. 그래서 사실 그게 기쁘다기보단 그냥 솔직하게 말하는 거예요.

또 하나는 기회비용 문제입니다. 어떤 책을 계속 읽다 보면 〈이걸 읽으면 저건 펼쳐 보지도 못하겠군〉 하는 생각이 든다는 거죠. 앞서 말한, 입국 심사장에서 집에 일찍 오려고 서두르는 이야기와 비슷한 이야기 같지만요. 저는 그 시간에 다른 책을 읽겠다는 핑계로 어떤 책을 포기하는 때가 꽤 많습니다. 그러고 나서 그 시간에 뭘 하는지 아세요? 아무것도 안 읽는 거예요! 그냥 멍하니 앉아 있다고요. 이런 현상의 다양한 버전이 있지만, 전부 다들 겪는 일인 것 같습니다.

바일스 예술가의 마지막 작품에 관한 이야기로 돌아가고 싶습니다. 앞서 잠깐 언급하셨지만, 〈마지막〉에는 여러 가지가 있습니다. 노년에 천천히 퇴보한 뒤에 만드는 작품이 있고, 갑자기 죽는 사람도 있지요. 하지만 어느 경우든 마지막이란 것에는 어떤 매력이 있는 것 같습니다. 그게 뭐라고 생각하시는지요?

다이어 기본적인 목적론적 관심 때문이죠. 예외는 있겠지만, 일단 베토벤은 그런 생각의 이상을 가장 잘 보여 주는 존재라고 할 수 있습니다. 초기 베토벤이 있고 중기 베토벤이 있는데, 그즈음에 그는 세상에서 가장 위대한 작곡가가 되죠. 그리고 말기 베토벤이 있는데, 그땐 그가 쓴 곡은 물론이고 그 연주조차 당시 사람들의 이해의 차원을 훌쩍 넘어서죠. 이것은 그가 청각 장애를 겪게 된 것과 불가분의 관련이 있습니다. 말년에 그는 정말 기상천외한 것들을 썼죠. 물론 그 뒤로 더 기상천외한 것이 나왔지만, 그건 베토벤이 없었으면 결코 존재할 수 없었을 겁니다. 그런, 시대를 초월하는 천재가 특별한 역사적 환경에서 불쑥 나타날 수 있는 것입니다. 대체 어떻게, 언제 그런 일이 일어날까요?

바일스 자연스레 니체 얘기로 넘어가게 되네요.

다이어 오래 기다리셨습니다.

바일스 책 전체를 관통하고 있는 인물이잖아요.

다이어 니체는 작품에서 독보적으로 중요한 인물이죠.

바일스 제가 처음 니체를 읽은 건 열일곱, 열여덟 때였고 대학에 들어가서 또다시 읽었는데, 니체는 계속 젊은 남성의 철학자로 읽힌다는 느낌이었어요. 어느 정도 성장하고 나면 어느 시점엔 빠져나와 더 진지한 이야기로 옮겨 가게 되는 그런 철학자로요. 하지만 최근 몇 년 동안 다시 읽고 나서는 사실 그 반대라는 생각이 들었습니다. 당신의 책이 이걸 확인해 주기도 했고요. 니체의 작품은 삶이 우리 주위에 만든 껍데기를 털어 내는 일에 관한 이야기가 정말 많고, 그래서 오히려 젊은 남성은 그의 글에 깔린 이 급진적 본질에 공감하기 힘들 것 같아요.

다이어 책에 농담을 하나 적었는데, 제가 철학 훈련을 안 받은 사람이라 꼭 물 만난 오리처럼 니체에게 빠지게 됐다는 거였어요. 제가 다른 철학은 대부분 이해하지 못하지만, 니체는 한 권 집어 들고 아무 데나 펼쳐 봐도 번개 같은 깨달음을 얻게 됩니다. 열아홉 살 때 처음 엘리엇의 『미들마치』를 읽으면서 관계나 무언의 표현, 도덕 등에 대해 엄청나게 많은 것을 알게 됐어요. 제 삶의 경험치를 훨씬 능가하는 것이었죠. 그런데 이제 60대인 제가 최근에 그걸 다시 읽고는 예전과 똑같은 경험을 한 겁니다. 니체도 마찬가지입니다. 어릴 때 읽으면 엄청난 충격을 받죠. 하지만 지금 다시 읽어 봐도, 온갖 것들에 대한 이해가 얼마나 소설가답게 정교한지 입이 떡 벌어질 정도입니다. 그래서 우리는 『미들마치』에서 9백 페이지에 걸쳐 일어나는 일을 몰라도 그가 하는 말을 이해할 수 있지요.

바일스 문학으로 접근하면 흥미로운 부분이 있습니다. 니체를 읽고 나서 제가 뚜렷하게 느낀 감정은 철학과 문학의 분리가 깨진 느낌이었습니다. 철학자는 짐짓 진리를 다루는 사람인 듯하지만 소설가는 꼭 그렇지는 않은 느낌이었다면, 니체의 글은 그런 선입견을 깨뜨렸다고나 할까요. 어떻게 봐도 문학인데 철학을 가장하고 있으니까요.

다이어 니체는 자신을 심리학자라고 부르길 좋아했어요. 그것도 정말 놀라운 일이지만, 특히 그가 형성 과정에 있는, 하지만 소설에선 또 다른 형식으로 발전하고 있던 심리학의 한 갈래인 포스트 기독교 혹은 포스트 종교 심리학을 설명한 것에 저는 더 놀랐습니다. 하지만 그의 삶은 정말 가슴 아프죠. 어이가 없을 정도로 성공과는 거리가 멀었으니까요. 그는 그저 유럽 여기저기를 돌아다니면서 몇 안 되는 독자들이 어디에선가 자신을 응원하고 있다는 소식만 전해 들었죠. 그러다 결국 무시의 정도가 너무 심한 나머지, 걷잡을 수 없는 과대망상이라는 익숙한 위안의 희생양이 되고 말았습니다. 그 자신이 너무도 빈틈없이 묘사하고 분석한 바로 그 상태가 된 거죠.

바일스 아이러니하게도, 그리고 비극적이게도 그를 유명하게 만든 건 그의 누이가 그의 작품을 망쳐 놓은 덕분이었지요.

다이어 맞습니다. 비록 저는 인본주의 버전의 니체를 좋아하지만요. 니체는 모두를 위해 존재합니다. 존 캐리John Carey라는 무딘 도구를 가이드로 삼으면 초기 파시스트 니체를 찾을 수도 있고, 심지어 페미니스트 니체도 찾을 수 있습니다. 여자를 만나러 갈 때는 채찍을 잊지 말라는 그의 유명한 말도 있는데 정말 대단하죠. 열심히 들여다보고 잘만 찾아내면 모두가 니체의 도움을 받을 수 있어요.

바일스 물론 그는 쓰던 책을 끝내는 데 어려움이 있었던 작가이기도 했죠. 『즐거운 학문』은 운문 형식의 서문과 노래 같은 부록이 있지요?

다이어 서곡, 프롤로그, 본문, 그리고 후기, 에필로그, 덧붙이는 말! 바그너에 관해 쓸 땐 정말 끝낼 줄을 모릅니다. 비록 그가 마지막에 하는 일은 대부분 자신의 전작 선집을 인용하여, 자신이 가장 바그너에 열광할 때조차 이미 그로부터 등을 돌렸음을 보여 주는 일이지만요.

바일스 그가 가장 중요하게 여기는 사상이면서 오늘 우리가 마지막으로 이야기할 것은 영원 회귀입니다.

다이어 맞아요. 그게 바로 니체가 자신의 핵심 사상이라고 생각한 것입니다. 지금 내가 살아가는 이 삶을 영원토록 다시 살게 되리라는 말이죠. 이것은 기독교에서 말하는 구원에 대한 가장 단호하고 완벽한 부정입니다. 70년간의 고통이라고나 할까요? 영원한 축복에 비하면 정말 아무것도 아니죠. 하지만 그가 말하는 영원 회귀는 나에겐 오직 이 삶뿐이고 절대 거기에서 벗어날 수 없다는 생각입니다.

바일스 그 삶을 살고, 또 살고, 또 살고, 또 살고…….

다이어 또 살죠! 그는 처음에 이걸 『즐거운 학문』에서 조용히 밝히면서 말하죠. 〈당신이 가장 외로울 때 만약 누가 당신에게 이렇게 말했다면 당신은 머리를 움켜쥐고 《이렇게 끔찍하기만 하다고?》라고 하지 않겠는가?〉 그리고 뒤이어 말합니다. 〈살아오면서 《당신이 신이라고? 나는 이보다 더 신성한 것이 있다는 말은 들어본 적이 없어》라고 말한 순간은 없었는가?〉 우리는 가슴이 찢어지거나 끔찍할 정도로 권태로운 순간들을 떠올립니다. 하지만 첫사랑에 빠지는 순간도 있고, 저의 경우 A 플러스 학점 세 개를 받은 순간도 있죠. 우체통에 그 편지가 도착한 날 아침은 정말 기쁜 마음으로 다시 살 거예요! 하지만 그의 말대로 그런 건 내 마음대로 선택할 수 있는 게 아니죠. 〈아, 그래, 나는 최고의 히트작을 만들 거야. 하지만 그 모든 고역은 사양이야〉라고 말할 수는 없는 것입니다. 그래서 다시 테니스 이야기로 돌아가게 되는데, 불쌍한 늙은 보리스 베커, 그 안쓰러운 인물이 떠오르기 때문이죠. 그는 지금 어디에 있나요? 어느 감옥 한구석에 갇혀 있죠. 아마 또 살고, 또 살고 싶지 않은 인생 단계겠죠. 하지만 니체의 첨언을 기억해야 합니다. 〈절정의 순간이 있었는가?〉 그러면 우리는 열아홉 살 때였는지 언제였는지 베커가 윔블던에서 승리하고 두 팔을 번쩍 들어 올리던 순간을 떠올리게 되지요. 얼마나 멋진 순간이었나요! 그가 영원히 삶을 지탱해 나가기엔 그걸로 충분하지 않을까요? 제가 이 이야기를 하는 것은 그 순간이 우리 중 누구도 경험하지 못할 너무도 대단한 순간이기 때문입니다.

이걸 생각하면, 한 인생이 연대기적으로 평가될 수 없다는 사실을 또 한 번 확인하게 됩니다. 지금의 제 삶은 보리스 베커보다 훨씬 나으니까요. 저에 비하면 그는 지금 형편없는 삶을 사는 거죠. 하지만 제가 그 A 플러스 학점 세 개를 받은 제 인생의 정점과 그가 비슷한 나이에 윔블던에서 우승한 일 사이에 대체 거리가 얼마입니까? 어마어마하죠.

바일스 마지막으로 이런 질문을 드리는 게 온당치는 않습니다만, 당신의 삶이 보리스 베커의 삶보다 더 낫다는 사실에서 위안을 느끼는지요?

다이어 제가 햄스터처럼 앞으로 열심히 기어가는 것 말씀이세요? 참, 햄스터는 빙글빙글 쳇바퀴를 돌죠…….

바일스 하지만 만약 시련도 정점도 고만고만한 삶과 높은 봉우리가 있지만 골짜기도 깊은 삶 중 하나를 선택할 수 있다면…….

다이어 니체는 우리에게 지금 당장 어떻게 살 것인지 선택하라고 촉구하지요. 제가 오늘 복원 공사 중인 노트르담 성당을 지나 걸어오면서 아트 앙상블 오브 시카고의 「요요의 테마Theme de Yoyo」를 들으면서도 그랬지요. 이 곡은 1970년에 그들이 이곳 프랑스에서 살 때 녹음한 곡인데, 아무튼 이 멋진 곡을 들으면서 걷고 있자니 행복감이 밀려오더군요. 나는 파리에 있고, 날씨는 너무 좋고, 내 책에 대해 떠들려고 여러분을 만나러 가는 길이었으니 그보다 좋을 수가 없었죠. 그리고 1978년쯤에 옥스퍼드에서 만난 내 친구 크리스 미첼이 아니었으면 아트 앙상블을 몰랐겠죠. 그래서 저와 보리스 베커 중 누구로 사는 게 좋겠냐는, 다소 무자비한 질문을 제가 지금 회피하고 있는 것처럼 보이지만 그건 그렇지 않습니다. 왜냐하면 오늘은 제가 살고 또 살기를 기대하는 날이니까요. 실은, 노트르담 성당의 본래 건물과 지금의 재건축 프로젝트 모두에 관해 한두 마디 더 해야겠습니다. 작가들은 책 쓰는 일이 얼마나 어려운지를 이야기하지만 사실 굉장히 쉽습니다. 그냥 한 1년 정도 가만히 앉아 있기만 하면 되죠. 하지만 이런 세계적인 경이를 어떻게 다시 짓는단 말입니까? 아 정말, 그 책임자를 한번 만나 보고 싶군요. 재건축이 완성되면 그것은 종교가 무엇이든 무신론자든 상관없이 모두가 함께 공유할 수 있는 멋진 업적이 될 것입니다. 물론 니체는 교회에 적대적이었지만 저는 라킨의 설득에 더 수긍하게 됩니다. 이런 장소에는 어마어마한 힘이 있고 바로 이날을 특별하게 만드는 역할을 했지요. 그래서 이날의 뿌리는 자전적 차원을 넘어서며, 개인적일 뿐 아니라 역사적이기도 한 것이라고 말씀드리고 싶습니다.

감사의 말

다음 이들에게 감사의 말을 전하고 싶다. 이들이 없었다면 결코 이 책을 쓸 수 없었을 것이다.

니콜 아라기, 피파 발로, 클레어루이즈 베넷, 프랜시스 빅모어, 앤 비엘레스, 젬마 비럴, 헬렌 블레크, 벤 브라운, 제이미 빙, 찰스 버컨, 키트 컬레스, 클레어 콘빌, 레이철 커스크, 로렌자 델로카, 제프 다이어, 레니 에도로지, 로스 엘리스, 아니 에르노, 퍼시벌 에버렛, 린다 팰런, 존 프리먼, 앨릭스 프라이먼, 프랜시스 제퍼드, 헬레나 곤다, 오드레 귀메노, 닐 가워, 데이비드 그로브, 크리스타 핼버슨, 아이샤 호턴, 앨리스 히스우드, 아이슬링 홀링, 옥타비아 호건, 말런 제임스, 미나 칸다사미, 로라 킬링, 케이티 키타무라, 칼 오베 크네우스고르, 하리 쿤즈루, 데버라 란다우, 엘런 러빈, 올리비아 랭, 데이비드 매키리, 매들린 밀러, 마르고트 미리엘, 제이미 노먼, 쥘리에트 퐁스, 사이먼 프로서, 클레어 라이더먼, 카를로 로벨리, 비키 러더포드, 조지 손더스, 스테프 스콧, 레일라 슬리마니, 마일스 테멀, 미리엄 테이브스, 에드워드 월, 제스민 워드, 세라 와틀링, 콜슨 화이트헤드, 제니 장 그리고 이 책에 실린 행사를 기획하고 운영하는 데 도움을 준 셰익스피어 앤드 컴퍼니의 모든 직원과 회전초들.

옮긴이의 말

내가 셰익스피어 앤드 컴퍼니라는 파리의 독립 서점을 알게 된 것은 어언 28여 년 전으로 거슬러 올라간다. 리처드 링클레이터 감독의 영화 「비포 선라이즈」의 흥행과 더불어 〈X세대〉 젊은이들 사이에서 유럽 배낭여행이 유행하기 시작하던 때였다. 대학에서 영문학을 전공한 나는 조이스, 헤밍웨이 등 대문호의 산실로 회자되고 비트 세대 작가들이 드나들었다는 이 서점에서 설레는 마음으로 젊음의 한순간을 보낸 기억이 있다. 물론 그 설레는 마음에는 혹시라도 나도 제시, 아니 이선 호크 같은 청년을 우연히 만날 수 있을지도 모른다는 기대도 조금은 섞여 있었으리라. 이후 서점은 「비포 선라이즈」의 후속작 「비포 선셋」에서 주인공 제시와 셀린이 재회하는 곳으로, 다시 문학 마니아들이 사랑해 마지않는 영화 「미드나이트 인 파리」의 배경으로 등장해 아련한 향수를 자극했더랬다.

이 책은 내게 이토록 특별한 추억을 선물한 셰익스피어 앤드 컴퍼니 서점에서 진행한 수백 건의 작가 인터뷰 중 스무 개를 골라 만든 대담집이다. 여기에 포함된 작가들은 하나같이 이 시대를 대표하는 작가 또는 오늘날 가장 촉망받는 신진 작가다. 그들의 작품 세계 전반, 그리고 문학과 세상에 관한 생각을 육성으로 전해 듣는 경험은 특별하다. 무엇보다 이 대담집은 인터뷰어의 질문이 조금도 도식적이거나 얄팍하지 않다. 작품과 작가에 대한 깊이 있는 이해를 통해 작가들로 하여금 훨씬 흥미롭고 풍부한 대답을 이끌어내기에, 독자들이 얻는 즐거움은 배가 된다.

엄밀히 말해 지금의 셰익스피어 앤드 컴퍼니가 1920년대에 조이스와 헤밍웨이 등의 〈잃어버린 세대〉가 드나들던 바로 그 서점은 아니다. 지금의 서점 주인 실비아 휘트먼의 아버지 조지 휘트먼이 1951년에 처음 문을 열었을 때 〈르 미스트랄Le Mistral〉이라는 이름의 서점이었다. 그러다 윌리엄 셰익스피어 탄생 4백 주년이 되는 해인 1964년 4월, 휘트먼 자신이 평소 존경한 서점 주인 실비아 비치를 기리는 마음으로 지금 이름으로 바꾼 것이다.

실비아 비치가 1919년 오데옹 거리 12번지에 처음 문을 연 영어 도서 전문 서점 겸 대여점 셰익스피어 앤드 컴퍼니는 당대 위대한 문인들의 아지트였다. 제1차 세계 대전 이후 전쟁과 미국의 물질주의와 획일화, 청교도주의에 염증을 느낀 젊은 예술가들이 예술적 자유를 찾아 유행처럼 파리로 몰려든 덕분이었다. 그리하여 당시에 이미 젊은 작가들의 우상이었던 제임스 조이스를 필두로 〈잃어버린 세대 작가〉라 불리는 어니스트 헤밍웨이와 스콧 피츠제럴드, T. S. 엘리엇, 에즈라 파운드, 그리고 이들 작가의 〈대모〉 역할을 한 거트루드 스타인 등의 영미 문학 작가와 예술가, 앙드레 지드, 폴 발레리, 쥘 로맹 등 프랑스의 유명 작가들이 이곳을 드나들었다.

그뿐 아니라 서점 주인 실비아 비치 덕분에, 20세기 최고의 걸작이라 불리는 조이스의 『율리시스』가 빛을 보게 된 이야기는 이미 유명하다. 그녀는 검열의 시대, 외설적이라는 이유로 영국에서 출판이 금지됐을 때 비치는 온갖 위험을 무릅쓰고 적극적으로 작품을 출간해 미국을 비롯한 각국의 열성 독자들 품에 안겼다. 어쩌면 이는 한국 문학 최초로 노벨상을 수상한 한강 작가의 작품을 번역해 출간한 영국의 독립 출판사 포르토벨로만큼이나 독립 출판사의 중요성을 웅변한 사건이지 않았을까.

실비아 비치의 서점은 제2차 세계 대전이 발발한 후 독일이 파리를 점령한 1941년에 문을 닫았다. 조이스의 『피네간의 경야』를 사겠다는 한 나치 장교의 요구를 거절해 그의 앙심을 산 비치는 서점 내 책들을 몽땅 위층 아파트로 옮기고 문을 닫은 후 두 번 다시 서점 문을 열지 못했다. 비치가 1959년에 출간한 『셰익스피어 앤드 컴퍼니』라는 회고록에, 그녀가 서점을 운영하던 시절에 관한 재미난 에피소드가 듬뿍 실려 있으니 관심 있는 독자라면 일독을 권한다.

지금의 셰익스피어 앤드 컴퍼니를 설립한 조지 휘트먼은 비치의 정신을 이어받기 위해 열성을 다했고, 머지않아 서점은 파리로 이주한 외국 문인들의 사랑방이 되었다. 앨런 긴즈버그, 윌리엄 버로스 등의 비트 세대 작가를 비롯해 아나이스 닌, 리처드 라이트, 윌리엄 스타이런, 훌리오 코르타사르, 헨리 밀러, 제임스 볼드윈 등의 작가가 이곳을 찾았다. 그뿐 아니라 60여 년간 휘트먼이 〈회전초〉라 부른, 고향을 떠나 파리에 온 무명작가, 지식인, 예술가 손님 3만 명 이상이 공짜로 서점에 머물렀고, 전 세계 방문객이 찾는 세상에서 가장 유명한 독립 서점, 나아가 센강 좌안의 대표적인 문화적 거점이 되었다. 휘트먼은 이런 예술에 대한 헌신을 인정받아 2006년 프랑스 정부로부터 문화 예술 훈장까지 받았다. 그는 2011년 98세 생일을 보내고 난 이틀 뒤에 서점 위층의 자택에서 타계했다.

서점은 실비아 비치를 기려 같은 이름을 갖게 된 조지 휘트먼의 외동딸 실비아 휘트먼이 2002년부터 합류하여 운영되었다. 실비아 휘트먼은 2003년부터 4년간 폴 오스터, 마틴 에이미스 등이 참여하는 문학 페스티벌을 여는가 하면

2011년에는 파리 문학상을 제정해 두 차례 수여하기도 했다. 또한 매주 최소 한 차례 주목할 만한 신인 작가나 중견 작가를 초청해 독자와 만나는 시간을 마련했다. 7년 전부터는 애덤 바일스의 주도하에 꾸준히 작가들을 인터뷰했고, 바로 이 책이 그 내용을 골라 묶은 것이다.

셰익스피어 앤드 컴퍼니 웹사이트에 들어가면 신간 소개와 더불어 서점만의 베스트셀러 소개(〈책 좀 읽는 사람들〉이 요즘 무슨 책을 읽는지가 궁금하다면 훌륭한 참고가 될 듯하다), 북 토크를 비롯한 각종 이벤트 공지로 활기가 넘친다. 반갑게도 애덤 바일스의 인터뷰도 여전히 진행 중이다. 이 책 덕분에 알게 된 작가 클레어루이즈 베넷과 하리 쿤즈루, 특히 취향에 딱 맞아 3부작을 단번에 읽어 치우게 한 레이철 커스크, 그리고 전작이 인상적이었던 작가 로런 엘킨의 지난 신간 북 토크 공지와 『율리시스』를 기념하는 블룸스데이 행사 공지도 눈에 띈다. 마치 당장 달려갈 수 있는 거리라도 되는 것처럼, 전부 이미 지난 행사임을 아쉬워하고 있는 나를 발견한다. 그러다 곧 나와 같은 사람을 위해 만들어졌을 셰익스피어 앤드 컴퍼니 인터뷰 팟캐스트를 떠올리며 안도의 미소를 짓는다. 부디 온라인과 오프라인 서비스가 지금처럼 상호 보완하는 방식으로 오래오래 존속해 주기를.

끝으로 셰익스피어 앤드 컴퍼니라는 이름에 대해서도 언급하지 않고 넘어갈 수 없다. 사실 셰익스피어만큼 영어 도서 전문 서점에 어울리는 이름도 없을 것이다. 이런 이름의 서점이 오랜 세월 동안 이처럼 훌륭한 작가들과 전 세계 독자가 만나는 가교가 되어 주고 있는 것도 얼마나 자연스럽게 느껴지는지. 그런데 부끄럽게도, 뒤에 붙은 〈컴퍼니〉라는 말의 의미는 이번에 이 책을 번역하며 처음 알게 되었다. 막연히 회사 비슷한 뜻이리라 짐작했던 이 단어가 〈동료〉나 〈친구〉라는 뜻에 가까운 말이라는 사실을. 출판업이 서적 판매업자 외에도 작가, 출판업자 등의 협업으로 이루어지는 일이라는 의미에서 붙여진 말이라고 한다. 역사적으로도 출판업은 일종의 코뮌처럼 협동체로 운영되었다. 알고 보니 번역가인 나 역시 바로 이 〈컴퍼니〉의 일원이었던 것이다! 셰익스피어의 동료라니, 왠지 어깨가 으쓱해진다.

그러나 셰익스피어가 1백 명인들 그걸 읽어 주는 독자가 없다면 무슨 소용이랴. 지금 이 책을 집어 든, 우리 평범한 독자들이야말로 셰익스피어의 친구라 불러 마땅할 테다. 이 책은 진열대에 이렇게 붙여 놓아야 할 것 같다. 〈스무 명의 이 시대의 작가 초청 이벤트! 셰익스피어의 친구들 누구나 환영!〉

2025년 2월

정혜윤

저작물 이용 허락에 관하여

옮긴이 **정혜윤** 대학에서 영어영문학을, 대학원에서 정치학을 공부했다. 지금은 가족과 함께 뉴욕주 롱아일랜드에 거주하며 번역가로 활동하고 있다. 산책을 좋아하고 문학과 인문·사회 분야 도서에 관심이 많다. 옮긴 책으로 『H마트에서 울다』, 『내가 알게 된 모든 것』, 『미나 리의 마지막 이야기』, 『작가의 책』, 『지금, 호메로스를 읽어야 하는 이유』, 『디베이터』, 『예정된 전쟁』, 『전문가와 강적들』 등이 있다.

소설을 쓸 때 내가 생각하는 것들

발행일 **2025년 2월 10일 초판 1쇄**

지은이 **애덤 바일스**
옮긴이 **정혜윤**
발행인 **홍예빈**
발행처 **주식회사 열린책들**

경기도 파주시 문발로 253 파주출판도시
전화 **031-955-4000** 팩스 **031-955-4004**
홈페이지 www.openbooks.co.kr 이메일 literature@openbooks.co.kr